Falling into Glory

青春のオフサイド

ロバート・ウェストール作　小野寺健訳

〈著者のメモ〉

本書の背景として、私の故郷の町と母校を使わざるをえなかったので、この中で描かれている会話・行動・考え・希望などはすべて完全なフィクションであることを強調しておきたい。すべてはみな夢のようで……

アリック・ロウとマイケル・モーパーゴ
そして一匹の老犬と、もう二匹の犬に。

青春のオフサイド◇目次

第一部

第二部

第三部

第四部

第五部

第一部

1．グラウンドの楽しみ

エマ・ハリスをはじめて見たとき、ぼくは十歳《じっさい》だった。戦争中だった。

その頃《ころ》、ぼくたちの小学校は爆弾《ばくだん》でぺしゃんこになった。ぼくたちは大喜びだった。なにしろ、校舎はヴィクトリア朝時代（十九世紀後半。やや堅苦しい時代ととらえられている）の黒くすすけた監獄《かんごく》同然だったのだから。教室は焦《こ》げ茶《ちゃ》色《いろ》、机《つくえ》は鉄製で、窓が高いものだから外も見えなかった。便所はアンモニアくさくて涙《なみだ》が出るので、ゴキブリが、騒々《そうぞう》しく押《お》し寄《よ》せる生徒たちの小便に必死でもがきながら流されていく姿も、満足に見えないほどだったのだ。

講堂の床《ゆか》は、命令されて座るたびに、尻《しり》にとげが刺《さ》さった。座らされるのは毎度のことで、ぼくたちは腕《うで》が抜《ぬ》けてしまいそうになるまで、頭の上に両手をのせているのだった。これはべつに罰《ばつ》ではなく、ただ生徒たちに規律を守らせようとして、他に方法も思いつかないまま学校側が編《あ》み出した手にすぎなかった。

ぼくたちは校舎を惜《お》しいとは思わなかった。その中で火災を警戒《けいかい》していた校長と女教頭のことも、悲しみはしなかった。女教頭は大根脚《だいこんあし》の、ブロンドの髪《かみ》を頭の両側でドイツ風に丸めた、いやな奴《やつ》だった。ぼくたちが単語のつづりを間違《まちが》えると笞《むち》で打つので、ドイツのスパイではないかとぼくたちは疑っていた。校長のほうは赤ら顔で、黒い髪《かみ》はブリルクリーム（ポピュラーなヘアクリームの商品名）でべっとり、茶色のピンストライプのスーツを着ていた。生徒をしょっちゅう笞《むち》で殴《なぐ》るとんでもない奴《やつ》で、ぼくらがしゃべったとか遅刻《ちこく》した、廊下《ろうか》を走った、野良猫《のらねこ》をいじめたといったことが、すべて彼《かれ》の疲《つか》れを知らぬ右腕《みぎうで》の餌食《えじき》になった。

やがて二人が死なずに掘《ほ》り出されたばかりか、怪我《けが》もなく仕事に戻《もど》れると知ったときは、じつにうらめしかった。そのくせ、小学校の隣《となり》の映画館〈レックス・シネマ〉の支配人で、土曜の午前にただで映画を見せてくれたやさしく明るい心の持ち主は、あっさり死んでしまったのだから。ぼくはそのとき、神様は自分のやってることがわかっていない、と暗い気持ちで考えたものだった。

当然の話だけれど、映画館はそれきり戦争が終わるまで閉まったままだった。ところが学校は、つぎの月曜には再開された。六クラスが、近くのスプリング・ガーデンズ校の講堂につめこまれたのだ。物を書く机もなしで、いくつかの輪になって座る。学用品はみんな、それぞれの母親から借りた小さなアタッシェケースに入れて、毎晩家へ持って帰る。お祖母《ばあ》ちゃんはぼくのために、深いガラスの口がついたインク壺《つぼ》を見つけてくれたのだが、これはどんな角度で持ってもインクがこぼれなかった。おかげでぼくは二、三日のあいだ、有名人になった。みんながそれを逆さにしてみたり、むちゃくちゃに振《ふ》ってみたりしたのに、それでも一滴《いってき》もこぼれなかった。中に入っているインクは気味の悪い緑色で、これは母さんがやっと見つけてきたものだった。これで安物の紙の上に字を書くと、ざらざらした紙の表面一面にその字から細い根や枝がのび、さいごには、字が葉の繁《しげ》った低木のようになって、まったく読めなくなった。ぼくは、それがいやだった。ぼくは、きちんとしているのが好きな子どもだったのだ。

スプリング・ガーデンズは昔から、ぼくらの学校よりお上品な学校だった。グラウンドには木立があるし、窓は大きくて、地面すれすれのところまである。生徒は庭つきの立派《りっぱ》な家の子ばかりで、ぼくたちのことは、まるで動物園の猛獣《もうじゅう》でも見るみたいに、みんなで興味津々《しんしん》と講堂の窓から覗《のぞ》きこんでいた。

しかし、ぼくたちにとっては得《とく》なこともいろいろあった。向こうの生徒は笞《むち》で打たれることがなかったのだが、今では、彼《かれ》らがしょっちゅう見ているものだから、ぼくたちも打たれることがなくなったのだ。

前の学校では、始業時間や休み時間になると先生が一人現れて、ホイッスルを吹《ふ》いた。生徒は、即座《そくざ》に直立不動の姿勢をとらなくてはならない。以前の不幸な学校生活では、校長はしじゅうぼくたちのあいだを巡回《じゅんかい》して、すぐに直立不動にならなかったりだらしなくふらついているような生徒がいると、こつんと叩《たた》いたり、耳をつねったりしたものだった。ところが今ではぼくたちも、スプリング・ガーデンズの先生が引率することになった。こちらの先生は、すぐに二度目のホイッスルを吹《ふ》いて、ぼくたちを駆《か》け足できちんと二列にならばせると、さっさっと手を振《ふ》って教室まで行進するように命令するだけだった。

グラウンドの監督《かんとく》は、スプリング・ガーデンズの二人の先生が、交代でした。一人は第一次大戦

（一九一四―一八年）の古兵《こへい》で、軍隊式にいつも両脚《りょうあし》は開いて踏《ふ》んばり、胸を突《つ》き出し、両手を背中で組むという格好で立ち、ぼくたちに規則を教えた。この先生は髪《かみ》が真っ白で、信じられないほど痩《や》せていた。風が吹《ふ》くと、ぶかぶかのズボンが、二本の細い旗竿《はたざお》の旗がはためくように細い脚《あし》のまわりでぱたぱたした。ぼくは洋服の中にいるのは本当に骸骨《がいこつ》なのではないかなどと、バカな空想をした。その先生は、第一次大戦で毒ガスにやられたという話だったから。

もう一人、ぼくたちの監督《かんとく》にあたったのがエマ・ハリスだった。若かった。彼女《かのじょ》も、先輩《せんぱい》教師とまったくおなじ姿勢で立った。これが権威《けんい》を示す姿勢だと思って真似《まね》をしたのかもしれない。だが、その効果はまったく別物だった。胸がみごとに突《つ》き出し、風が吹《ふ》くと軽い夏物のドレスが、格好のよい腿《もも》に張りついたのだ。

ぼくは体じゅうぞくぞくした。狂《くる》ったように前列のいちばん近い端《はし》へ駆《か》けていって、その最上《さいじょう》の席を占領《せんりょう》している連中と肘《ひじ》で押《お》しのけあった。もっと強い風が吹《ふ》いてくれないのが、せつなかった……

それでも、ぼくはセックスのことなど何も知らなかったのだ。前の年に、ロンドンに三年いて帰ってきた友だちから、この「人生の秘密」というのを教わってはいた。だが、ぼくはそんなのは彼《かれ》だけの空想だと思って、とりあわなかった。しかもじつにいやらしい空想だから、こんな変態《へんたい》は伝染するかもしれないと思って、彼《かれ》とは二度と口をきかなかった。そのせいで、長いことロンドンへも近づかなかったほどだ。

乳房《ちぶさ》はなんのためのものかなどとも、考えてみもしなかった。ただ、やたらに見たかった。できれば犬とか兎《うさぎ》とか、家のくたびれた長椅子《ながいす》のふかふか光っている革《かわ》みたいに、撫《な》でてみたかった。ぼくはわが家では、なんでも撫《な》でる子だ、と言われていた。

　しかしハリス先生は、乳房《ちぶさ》と腿《もも》以外も魅力的《みりょくてき》だった。はじけそうな、今にも跳《は》ねそうな感じだった。秀《ひい》でた額《ひたい》はすべすべとなめらかそうで、クリーム色をしていた。頬《ほほ》の色など、バラだって恥《は》じ入らせたことだろう。深みのある、あでやかで流れるような赤褐色《せきかっしょく》の髪《かみ》を、赤いバンドー（細いリボン）で押《お》さえていた。鼻の先がちょっと上を向き、大きな目がきらきらしていて、ふっくらした唇《くちびる》の形もよかった。彼女《かのじょ》は自分の周囲を、まるでクリスマスのパントマイム（黙劇ではなく、人気スターを中心にした、寸劇、ダンス、歌などで構成されたショー。クリスマス、イースターなどの休暇中に、子どもづれの観客を目当てに上演されることが多い）がはじまるのを待ってでもいるように、熱い眼差《まなざ》しで見まわしていた。

　彼女《かのじょ》には、自分が周囲にあたえている影響《えいきょう》がわかっていたのだろうか。ぼくは、あやしいと思う。ぼくのクラスメイトたちもおなじ影響《えいきょう》を受けていたかどうかは、ついにわからなかった。クラスの連中にそんなことを訊《き》くくらいなら、死んだほうがましだ。クラスメイトたちはもしぼくの気持ちを知ったなら、あざけったうえに、ぼくを八《や》つ裂《ざ》きにしただろう。彼女《かのじょ》が好きな科目を、なんでもいいからクラスで教えてくれないかとぼくは思った。しかし、彼女《かのじょ》はあいかわらず、ただ教室まで行進させるだけだった。

　ぼくをとらえて放さなかったのは、彼女《かのじょ》の乳房《ちぶさ》だった。ぼくは胸を露出《ろしゅつ》した女性の写真さえ、一度も見たことがなかった。『ピクチャー・ポスト』誌に出ているウィンドミル劇場の踊《おど》り子たちの写真は、こっそり集めていて、その羽根の扇子《せんす》の陰《かげ》からはわずかに胸の一部がのぞいていたけれど。ぼくはこれを父さんの丸い煙草《たばこ》の缶《かん》につめこんで、今では水がたまって使えなくなった防空壕《ぼうくうごう》の、母さんにはぜったい見つからない真っ暗な隅《すみ》に押《お》しこんでおいたのだ。そんなに純情だったぼくが、なぜ母さんにはこの写真が気に入るまいとわかったのだろう。母さんが先にその写真を見つけようものなら、その場で破りとってくしゃくしゃに丸め、暖炉《だんろ》に放りこんでしまったに違《ちが》いない。ぼくのほうを用心深くそっと見ながら。そういう行為《こうい》から、人は禁断《きんだん》の木の実の存在に気づくのだ……

やがてぼくはグラマースクール（英国の伝統的な中等学校。生徒はおおむね大学進学を前提とする）に入るためのイレブン・プラスの試験（小学校の最終学年の十一歳か十二歳のとき、上級学校進学の適性を見るためにおこなう試験）に受かって、黄色い線の入った真新しい制服に身を固め、オーク材でできた教室と、黒いガウンの裾《すそ》をひるがえす先生たちと、ほとんど町立図書館と変わらない大きな図書館がある、新しい世界へ入っていった。太りすぎていて運動は無理だったが、頭は成績のことでいっぱいになり、ハリス先生のことは永遠に忘れてしまったものと思っていた。

2．栄光への突入

自然は、ぼくたちの肉体にいたずらをする。

ぼくはひよわな子どもだった。背こそやや高かったものの敏捷《びんしょう》さとはほど遠く、荒《あら》っぽいスポーツなど大嫌《だいきら》いだった。顔は丸ぽちゃで、かわいいと言われていた。しじゅうにこにこしていたから、たいていの人には好かれたのだ。

ところが、戦争がはじまった。母さんは第一次大戦のときにUボート（ドイツの潜水艦）作戦のおかげで食料不足に苦しみ、わずかばかりのスエット（牛脂）を買うのに一日行列したあげく、手ぶらで追い返されたことをいつも忘れずにいたから、こんどの戦争ではかわいい一人っ子のぼくがヒットラーのせいで餓死《がし》するのではないかと震《ふる》えあがった。そこで、手を替え品を替え、肉屋や八百屋《やおや》のご機嫌《きげん》をとり、自分は食べないで、ぼくに、まるで農業品評会に出す豚《ぶた》みたいに食べさせることもたびたびだった。そして素直で食欲旺盛《おうせい》なぼくは、母さんが出してくれるものをみんな食べた結果、すごく太ってしまった。壁《かべ》がオーク材の、まるで天国のようなグラマースクールに入っていったとき、真っ先に聞こえてきたのは、

「うぇっ、見ろよ、あのデブを」という声だった。

この時期はとても辛《つら》かった。クラスの級長は、休み時間にクラス全員を相手に、ぼくみたいな巨大《きょだい》な象をこしらえるには、ぼくの父と母はよほどはげんだに違《ちが》いない、と演説した。余分な衣料クーポンを

支給するのに先立って講堂でおこなわれた身体検査にも、ぼくは半裸《はんら》で参加しなくてはならなかった。とくべつ背が高かったり、太っていたりする生徒の身長や体重をおごそかに測る検査だ。衣類は配給だが、大きな図体《ずうたい》にもなんとかまともな服を着せてやろう、というわけだ。見物人が大勢集まった。かろうじて先生たちには聞こえない程度の（といっても、先生たちはよくにやにやしていたから聞こえないふりをしていただけかもしれない）小声で、いろいろなことを言われた、その傷は今でも消えていない。

成績が一番でなかったら、ぼくはクラスのいじめられっ子か、道化になりかねなかった。そこで、この地位を守ろうとして、やみくもにがんばった。勉強は誰《だれ》にも教えてやらなかった。クラスの連中が悪い点をとったりビリになって落ちこんだりする姿を見ると、いい気味だと思ってせいせいした。

だが、それだけでは満足できなかった。ぼくは、デブでもサッカーが上手《じょうず》になりたいと切実に望んでいた。が、グラウンドへはいつでも真っ先に出たのに、メンバーに選んでもらえるのはさいごだった。動きはのろいし、得点できそうなボールを見分ける目もなかったからだ。熱心にプレイすればするほど、もたついた。がらあきになっているゴールを、わずか一メートルくらいの差ではずしてはいつまでも大笑いの種にされたが、それでもぼくはがんばった。だが、回転の速い頭では、なすべきことがわかっていても、鈍重《どんじゅう》な体が言うことを聞かなかった。

デブの肉体につまっている怒《いか》りと憎《にく》しみのものすごさ！　その感情の大部分は、まるで足の先にボールをくっつけて、おじぎさせることさえできそうに見えるほど自在に操《あやつ》る、小柄《こがら》で敏捷《びんしょう》な連中に向けられていた。一人などは、ぎごちなくダッシュをくり返すぼくの鼻先で、牛をいたぶる闘牛士《とうぎゅうし》みたいにボールをたっぷり五分も操《あやつ》りつづけ、クラスの他《ほか》の連中ばかりか先生たちにまで、腹を抱《かか》えさせたのだった。

また、プレイのあとの更衣室《こういしつ》も不愉快《ふゆかい》だった。おまえの胸は女のようだと、からかわれたのだ。たいていはただ笑い話の種ですんだのだが、なかにはいやな奴《やつ》もいて、ぼくを隅《すみ》に追いつめ、「ちょっとさわらせろよ」などと言ったのだ。

こんなことが五年ほどつづいて、十六くらいになったとき、いつのまにか奇跡《きせき》が起こった。ぼくのすべての脂肪《しぼう》が、どっしりした骨と、それ以上にどっしりした筋肉にひそかに変化したのだ。ぼく自身は、はじめは気がつかなかった。それほど、「デブ公」と呼ばれるのに慣れていたのだ。ところが、ボーイスカウトの活動でスカウトハウスにロックガーデン（岩石を積み上げて組み合わせ、植物を配した庭）を造ったとき、他の連中どころかスカウトの指導者にも持ち上げられない岩をぼくが持ち上げられることに、一人の子が気がついたのだった。長距離《ちょうきょり》のハイキングに行ったときも、他の連中は歩けなくなったというのに、ぼくは大股《おおまた》でさっそうと帰ってきた。

そしてある日、下級六年生（グラマースクールの最上学年は通常、下級六年生と上級六年生の二年制になっていて、この期間を進学準備にあてる）の更衣室《こういしつ》で、生意気な三年生が、自分の仲間たちの前でぼくを「デブ公」と呼ぶ、という事件が起きたのだ。

何かがぽきりと折れた。ぼくは腕《うで》をのばすとそいつの両肩《りょうかた》をつかんで持ち上げ、足をばたばたさせてもそのまま下ろさずに、二十センチくらいの距離《きょり》から睨《にら》みつけた。骨をへし折ってやろうかと思ったし、相手もそれを覚悟《かくご》した。だがそのときいい考えが閃《ひらめ》き、ぼくは、いちばん高いところにあるコート掛《か》けの釘《くぎ》に彼の襟《えり》をひっかけてぶらさげ、わめいているのもかまわずに、出てきてしまったのだ。

この話は三十分で学校じゅうを駆《か》けめぐり、以後は二度とぼくを「デブ公」と呼ぶ下級生は現れず、ぼくの名はアトキンソンだから、ただ「アッカー」と呼ばれることになった。

「デブ公」の時代は去った。おかげでぼくには、自分がサッカーの名選手になれないことを認める勇気が出た。

けれどももう一つ、学校でやれるスポーツがあった。ラグビーだ。ある日の昼休み、ぼくは一軍の十五人が練習しているところを見に行った。こっちのスポーツには、器用な足の使いかたなど、あまり関係がなさそうだった。しかし、押《お》したり突《つ》いたりはたっぷりあるし、相手をグラウンドに叩《たた》きつけたり、追いすがる三人を尻目《しりめ》にラインめざして突《つ》っこむような場面もあった。動物的な力が、そして体格がすべてらしかった。小柄《こがら》で器用な子は、ボールを取ってもたちまちぶっつぶされて、息もたえだえに立ち上がるということも珍《めずら》しくなかった。

これこそ、ぼくのスポーツだった。

ぼくは志願して、栄光の世界に突《つ》っこんでいった。春学期でグラウンドは軟《やわ》らかくぬかるんでいたから、転《ころ》ぶのもまったく怖《こわ》くなかった。ボールを目で追うのはあいかわらず得意ではなかったので、ボールより、ボールを持った男のほうを狙《ねら》って、片端《かたはし》から乱暴に投げ倒《たお》した。すると他の選手たちが次第に脅《おび》えはじめ、いろいろなミスを犯《おか》してくれた。その日、練習が終わるとぼくは頭から足までべっとり泥《どろ》まみれになって、大満足でグラウンドを出た。部長のビル・フォスダイク先生は、ぼくが少し落ち着いたところで、おまえはフォワードの第一列がいいんじゃないか、と言った。

ぼくはラグビーの基本を勉強した。それぞれのチームにフォワードという一団がいて、泥《どろ》んこになって互いにボールを奪《うば》おうととっくみあう。奪《うば》ったボールが小柄《こがら》なスクラムハーフという役目に渡《わた》ると、そいつはボールをバックスの連中にパスする。バックスはボールを持って走り、つぎつぎにパスしていく。そしていちばん後ろにはフルバックがいて、かわいそうに、他《ほか》の連中の失敗の尻《しり》ぬぐいをすることになるのだ。

ぼくはフォワードの連中の仲間に入ってがんばったが、次第に、敵方のバックスを機敏《きびん》に阻止《そし》するのがぼくの主な役割になった。バックスはボールをパスしているあいだも、ぜったいボールから目を放してはいけないのだが、八十キロ近い骨と筋肉の塊《かたまり》が、おまえの顔を泥《どろ》に埋《うず》めてやるとばかりにひたすらのしかかってくるとき、ボールから目を放さずにいるのはきわめて困難だ。醜悪《しゅうあく》な表情を浮《う》かべた骨と筋肉が……というのも、白状するとその頃《ころ》には、ぼくは顔まで骨と筋肉の塊と化して、じつに醜悪になっていたのだ。鏡を見ると怖《こわ》くなった。それでも、厳《きび》しい男になるつもりなら顔も厳しそうにならなければ駄目《だめ》だ。にこにこしたりするのはやめて、睨《にら》みつけなくてはいけない。毛むくじゃらの猿《さる》が微笑《ほほえ》んでいたって、情けないだけだ。ぼくは憎《にく》しみにあふれるキャリバン（シェイクスピアの『テンペスト』の登場人物。醜悪で野蛮な男）たちめ、捕《つか》まえたら覚《かく》悟《ご》になるのだ。スリークォーターバックスのエアリエル（おなじく『テンペスト』の登場人物。主人公に忠実な空気の精）しろ……

三週間練習に出つづけると、一軍のバックスたちはぼくのせいで意気消沈《いきしょうちん》し、やたらにボールを落とすようになった。

ビル・フォスダイクはすこし不機嫌《ふきげん》になったものの（というのも、彼《かれ》もかつてはバックスで、ボールさばきのうまい選手だったたからだ）、おまえなら他校のバックスも意気消沈《いきしょうちん》させられるかもしれないと言って、ぼくを一軍に入れてくれた。彼《かれ》の態度は、無礼だった。おまえは役に立つ「かもしれない」と言ったのだから。まるで、ハイエナも大地を綺麗《きれい》にする役には立つかもしれない、と言うようなものではないか。

わが校の一軍は、それほど優秀《ゆうしゅう》ではなく、たいていの試合には負けていた。ところが、こっちが勝ちはじめたというより、相手が負けはじめた。ぼくがひっかきまわすと、他のメンバーが卑劣《ひれつ》で汚《きたな》い、むちゃくちゃなトライをしたのだ。そのあいだ、愛すべきビル・フォスダイクは、敵方の教師たちとともにタッチライン上にならんで、あいつが上品な球技を台なしにしてしまって、と謝っていた……ラグビーは紳士《しんし》のスポーツだというのに、と。

しかし、ぼくは今ではいばれるようになった。どんなにけちなチームだろうと、グラマースクールのラグビーチームのメンバーになったのだから。れっきとした選手だったのだから。

3．ハリス先生との再会

その頃《ころ》だった、バス停の行列やバスの中で、女性たちがなぜかぼくを見て妙《みょう》な反応《はんのう》をするのに気がつくようになったのは。たいていはちらっと見て、すぐにまた目をそらすだけだったが、身震《みぶる》いする女性もいた。まるで本物の毛むくじゃらの猿《さる》でも見たように。しかしなかには、それも最高に綺麗《きれい》な女性の中に、何度も何度もじっと見つめる女性もいた。ぼくと目が合うと、目をそらす。だが、ぼくがそっともう一度見てみると、また、釘《くぎ》づけになったようにじっと見ている。まるでその心にぼくが引き起こした戦慄《せんりつ》から、逃《のが》れられないかのようだった。

むろん、女性にはひどくシャイなぼくの性質はあいかわらずだったから、だからといってちょっかいでも出すくらいなら死んだほうがましだった。それでも、この、惹《ひ》かれるような反発するような気持ちには悩《なや》まされた。これは、Aレベルの試験（大学進学ふりわけの試験）の準備をする授業で、エミリ・ブロンテ（英国の作家。一八一八―四八。代表作『嵐が丘』。ヒースクリフはその主人公）とシャーロット・ブロンテ（英国の作家。一八一六―五五。エミリの姉。代表作『ジェイン・エア』。ロチェスターは主人公ジェインが恋する男）の作品の風景描写《びょうしゃ》を比較《ひかく》する論文を書かされたときまで続いた。『ジェイン・エア』と『嵐《あらし》が丘《おか》』を読んだぼくは、ロチェスターとヒースクリフという醜悪《しゅうあく》なヒーローを発見した。ロチェスターも素晴らしいとは思ったが、ぼくにぴったりなのはヒースクリフのほうだった。彼《かれ》には魔術的《まじゅつてき》な力があるうえに、こぎれいな上流階級の人たちが自分のことをどう思おうと、気にもかけないのだ。

ハリス先生がぼくのグラマースクールの先生になったのは、その頃《ころ》だった。ぼくは、あやうくハリス先生と気がつかないところだった。

ぼくたちは女の先生など、女とはまったく思っていなかったのだ。ほとんどは年寄りで、みんな四十は超《こ》えていた。髪《かみ》は、ぼくたちのお祖母《ばあ》さんみたいに、たくさんヘアピンを使って頭のてっぺんでまとめていて、骨張った首筋が見える。足には、踵《かかと》の低い黒の実用的な靴《くつ》を履《は》いていた。この上下二カ所にはさまれた部分は、学校用のガウンに包まれていて、ふくらんでいる全体の線がペンギンそっくりなのだ。スカートはくしゃくしゃで、色もぱっとせず、しかも長い。アイヴォリー色のブラウスはフリルと襞《ひだ》だらけなせいで、胸のふくらみなんか見えやしない。まるで、ついに雪崩《なだれ》を起こそうとしている古代以来の雪のスロープ、というところだ。ほとんどは眼鏡《めがね》を掛《か》けている。その下はしみだらけの頰《ほほ》。たしかに一人一人違っていて、見がいがあることはあった。ミス・サマーズはとても背が高く、瘦《や》せている。その親友で一緒《いっしょ》に暮らしているミス・ロウカッスルは、とても背が低く、太っていて……

だからといって、この女性たちが真面目《まじめ》ないい先生でなかったというわけではなく、たいていはやさしくて、たまには冗談《じょうだん》に笑う人も幾人《いくにん》かはいた。ただ、全体の印象が埃《ほこり》っぽくて、なんだか博物館の展示物みたいだったのだ。ぼくたちは、こういう先生たちを女だと思っていなかった。それどころか、この先生たちにもそれぞれの人生があることさえ、ほとんど考えもしなかった。

それは、あだ名にもあらわれていた。男の先生たちには、みんなあだ名があった。コンク・ショー、スラッシャー・リデル、パギー・ウィンターボトム。そして、彼《かれ》らには素晴らしい伝説がいっぱいあった。巨人《きょじん》のコンク・ショーは、暴れているワルを両腕《りょううで》に一人ずつ抱《かか》えて、校長のところに現れたとか……。その変人ぶりがおもしろくて、ぼくたちは彼《かれ》らの真似《まね》をし、くり返しその伝説を語った。ところが、女の先生にはまったくあだ名がなかった。ただ、「マ（「おばさん」という感じ）」だけなのだ。マ・フリーマン、マ・アントロバス、マ・サマーズという具合に。みんな独身なのに、それぞれに、どう見ても母親のようだった。

むろん、例外はいた。スタイルが魅力的《みりょくてき》なミセス・ブラウンとミセス・ホワイトは、戦時中の臨時《りんじ》教員だったが、派手なスーツにハイヒール、脚《あし》の後ろにシームの見えるナイロンのストッキングを履《は》いていた。当然その魅力《みりょく》は、労せずして人気を獲得《かくとく》した。ところが戦争が終わると、ミスター・ブラウンとミスター・ホワイトが軍務からもどってきて、この美しい妻たちを家庭の幸福に呼びもどし、ぼくたち若い者を憤慨《ふんがい》させたのだった。

埃《ほこり》っぽい女性たちの中で、もう一人の例外は、校長補佐《ほさ》でケンブリッジ大学の修士号を持っている、キャサリン・メリーだった。背丈《せたけ》は一メートル八十センチあまり。真っ白な髪《かみ》を高く結《ゆ》い上げ、見たこともないほど冷たいブルーの目をした彼女《かのじょ》が、やぼったいニシンの群れのような同僚《どうりょう》のあいだをすいすいと行く姿は、まさにガレオン船（十六世紀からスペインを中心に活躍した大帆船）だった。その言葉づかいは的確だし、声はじつに静かだった。おかげで緊張《きんちょう》して聞いていなければならず、彼女《かのじょ》の授業では針一本落ちた音でも聞こえた。彼女《かのじょ》は生徒を脅《おど》すことも罰《ばっ》することもなかった。しかし、彼女《かのじょ》を怒《おこ》らせるような真似《まね》をすることなど、考えられなかった。その先には一面の氷、ぼくたちの誰《だれ》一人踏《ふ》みこむ勇気のない、北極の世界が広がっているからだ。ぼくは、二年生のとき、彼女《かのじょ》のラテン語のクラスの夏学期の試験で、なんという幸運か、前代未聞の九十二点をとった。だが先生は褒《ほ》めてもくれず、笑顔《えがお》も見せなかった。（笑顔《えがお》はぜったい見せない人なのだ。）それどころかそれから三十分、ぼくの成績を基準にすると、それ以下の点だというのでクラスじゅうを凍《こお》りつかせてしまった。ぼくが基準になったばっかりに、ほかの連中はすっかり駄目ということにされてしまったのだ。おかげでぼくがクラスで大人気を博したことは、言うまでもない。

こういう女の先生たちに、新任のハリス先生が加わったのだった。服装は、ほかの先生と変わらない。むろん、ずっと若いことはひと目でわかった。だが、若いペンギンなら年寄りペンギンよりセクシーだろうか。むろん、ほかのペンギンの目から見れば別だけれど……。しかし、外見だけの話ではないのだ。彼女《かのじょ》の心の中では、もう灯《ひ》が消えていた。その足取りからはバネが失われて、彼女《かのじょ》はもう、パントマイムがはじまる期待に胸を躍《おど》らせながら世界を見まわしたりはしていなかった。

それに、その頃《ころ》のぼくは、すでに女の胸や腿《もも》や尻《しり》のことならなんでも知っていた。そういう情報のど真ん中で、暮らしていたのだから。人気バッグンのわれらラグビーチームの練習には、三人も見物人がやってくればいいほうだった。しかもその一人は黒いラブラドル犬で、いつでも練習にまざろうとした。それにひきかえ、女子のネットボール（一チーム七人でおこなう、バスケットボールに似た球技。英国の女子に人気）の練習にはほとんど学校じゅうの男が集まって、入場料さえとれそうな勢いで……

それでも、ぼくたち六年生は、マ・ハリスの青春と美の名残《なごり》に多少の賛辞を捧《ささ》げた。女の子たちがどういう手を使ってか、彼女《かのじょ》の名は「エマ」だと聞きこんでくると、ハリス先生はみんなに「エマ」と呼ばれるようになった。陰《かげ》で、そっとだけれど。

そして、彼女《かのじょ》は同僚《どうりょう》たちのように枯《か》れてしまわないうちに夫を捕《つか》まえるために、歴史の主任フレッド・リグリーをものにしようと最後の悪あがきをしている、という噂《うわさ》が広まりはじめた。

女の子たちを問いつめても、ハリス先生がフレッドの歴史教室にいたとか、ときどき学校の近くでフレッドと話しているところを見たといったこと以外には、なんの証拠《しょうこ》も出てはこなかった。しかしぼくたちは、欠けている証拠《しょうこ》を空想でおぎなった。

フレッド・リグリーと結婚《けっこん》したいなどと言うほどなら、彼女《かのじょ》は本当に必死なのだろうとぼくは思った。相手は、ひとり者ではあっても、おもしろみのない奴《やつ》なのだ。戦争の前からそういう男だったのだが、入隊後には、いつのまにか大尉《たいい》まで昇進《しょうしん》していた。

彼《かれ》はエル・アラメイン（エジプト北西部。第二次大戦中の一九四二年、連合軍がドイツ軍を撃破した激戦地として有名）の戦闘《せんとう》で大尉《たいい》になったことで、いささかの魅力《みりょく》を獲得《かくとく》した。けれども、噂《うわさ》によると、彼は不用意にも戦火の中で部下を見失い、敵味方のあいだの無人地帯をうろうろしていただけだという話だった。彼は流れ弾《だま》が飛んでくる音を聞いて、手近な塹《ざん》壕《ごう》に飛びこんだ。と、そこには、降伏《こうふく》する相手を必死で探している五百人ばかりのイタリア兵があふれていたというのだ。フレッドはそのイタリア人たちを引きつれて、英軍《えいぐん》戦線へ復帰することができた。イタリア人たちが道を知っていたおかげで……

彼《かれ》のAレベルの歴史の授業は、「黄昏《たそがれ》」と呼ばれていた。こっちが眠《ねむ》っていても、それどころか、ほかの先生の宿題をやっていても気がつかないし、気づいても問題にしないというのだ。

そのくせフレッドは、自分は人気がないのではないかという、根強い不安を抱《いだ》いていたらしい。そこで、金、土、日の晩には、つぎのあたったスポーツコートに、ビールのしみがついたキャバルリーツイル（丈夫な毛織物）のズボンという格好で、かならず〈ジブラルタル・ロック〉というバーに現れては、六年生相手に身の上話をしたのだ。これは哀《あわ》れな間違《まちが》いだった。第一、六年生はバーへ来てはいけないのだ。第二に、彼《かれ》の身の上話は歴史の授業に劣《おと》らず退屈《たいくつ》で、だいたいは女の怖《こわ》さとか結婚《けっこん》生活の恐《おそ》ろしさ、教師の給料の低さ、そして自分は大学に職を得たいといった話ばかりだったのだから。

男の先生の中で、彼《かれ》にだけはあだ名がなかった。だが彼《かれ》は古くからの名物教師だったたし、六年生は名物が好きだったから、ほかに笑い話の種になる新しい名物が現れないかぎり、名物として生きのびられるのだ。

マ・ハリスが彼《かれ》を追いかけているというほら話は、ぼくらをさんざん楽しませてくれた。ときには、マ・ハリスが真夜中にツタを剥《は》がしながら壁をよじのぼり、彼《かれ》の住むリンスキル・テラスの二部屋《ふたへや》のアパートを正面攻撃《こうげき》したなどという話さえ、でっちあげた。するとフレッドは、かつて彼《かれ》に降伏《こうふく》したイタリア人さながら彼女《かのじょ》に降伏《こうふく》し、どうすればいいのかわからずにベッドに寝《ね》たまま、ただ「エマ、かまわないよ」と言った、というのだ。

またときには、日曜の午後よく見られたように、彼が洗濯物《せんたくもの》をウルワース（大手のスーパーマーケット）の買い物袋《ぶくろ》二つに分けて母親の家に持っていく途中《とちゅう》を、マ・ハリスが待《ま》ち伏《ぶ》せするという話になったりもした。マ・ハリスのほうがフレッドよりずっと男性的だ、ということは誰もが認めていて、なかには彼女の胸毛のほうが多いと言う者さえ……

さて、そんなフレッドが、急にエネルギーが湧《わ》いたのか、やる気を出して（それに、おそらくまた応募《おうぼ》はしても見こみのない大学の講師の口に出す願書の、業績の一つにしたかったのだろう）歴史クラスの生徒を、ローマン・ウォール（ローマ帝国時代、北方からの攻撃にそなえて、帝国の北辺に築いた壁。現在のイングランドの大半は、当時ローマ帝国領だった。ローマン・ウォールの東端は、この物語の舞台となっているタイン川河口にある）見学の三日間の旅行に連れていく計画をたてたのだ。ぼくが下級六年生だった年の、イースターの休暇中《きゅうかちゅう》だった。一般《いっぱん》のテニスコートはまだ開いていなかったし、寒くてよく雨が降り、たいていの六年生は退屈《たいくつ》しきっていたイースター休暇《きゅうか》の前半だったというのに、半分の生徒が行くのを断《ことわ》ったという事実でも、フレッドの授業の程度がよくわかる。

そこで彼《かれ》はこの旅行を歴史クラス以外の六年生全員に開放するほかなくなり、ぼくも参加することにしたのだ。ぼくが参加しようと思ったのは、歩くのが好きなのと、歴史のクラスには何人か綺麗《きれい》な女の子がいて、晩にパブで彼女《かのじょ》たちと親しくなるチャンスがありそうだと思ったからだ。いや、そればかりか、彼女《かのじょ》たちがウォールから落ちて下着がちらりと見えることだって、あるかもしれないじゃないか。

その旅程は、休暇《きゅうか》の最後の三日間に、〈ワンス・ブルード・ユースホステル〉に泊《と》まる、というものだった。だが、休暇の前半はなんとみじめだったことだろう。グッド・フライデー（聖金曜日。イースターの前の金曜日）にも冷たい滝《たき》のような雨が降ったのも最悪だったが、イースター・マンデー（イースターの翌日）はみぞれときたのだから。そして、それ以外の日も……。二年生のときに愛読した古い本を読むくらいしかすることがなく、母さんはぼくが投げ出していた脚《あし》につまずいて転《ころ》び、がみがみ言うし、ぼくは犬とまでいがみあう始末。まるで砂漠《さばく》だった。

しかし、六年生の生活なんてこういうものなのだ。大騒《おおさわ》ぎのあとは砂漠《さばく》がやってくる。試合、女の子、笑い声、宿題、ヤードフットボールといったものがあふれていたと思うと、こんどは急に何もなくなり、早いところ家から逃《に》げ出さないと、人生にはこれきり何も起こらないんじゃないかという気がしてくる。そして、自分の部屋《へや》の空気に息がつまる。それはベッドとは違《ちが》い、何カ月も替えていなかったから。

けっきょくイースター休みの火曜の朝には、ぼくは雨の中を図書館まで、借りた本を取り替《か》えに行く羽目になった。母さんの貸出券も二枚拝借《はいしゃく》して。

借りた本にスタンプを押《お》してもらっていたそのとき、ぼくはいいことを思いついて、司書に訊《き》いてみた。「ローマン・ウォールについての、かんたんな本はありませんか」

その司書は名物男だった。本当の名前はスマースウェイトというのだが、ぼくたちはトミー・トロッドン（踏《ふ》んづけられたトミー）と呼んでいた。というのも、誰も見たことはなかったのに、彼《かれ》には巨体《きょたい》の奥《おく》さんがいて、彼《かれ》はひどく怖《こわ》がっている、という噂《うわさ》だったのだ。自分の家でいばれないから、勤《つと》め先の図書館でいばっているのだと。館員には女の子、それもとびきりかわいい子ばかり雇《やと》っていた。ところが、彼《かれ》自身が百六十二センチちょっとなので、女の子たちもみんなひどく小さくなければ駄目だった。そこで、彼《かれ》のところにはイギリスじゅうで最高のミニチュア美女のコレクションがいる、と言われていた。

だが、彼《かれ》はそれ以上何をたくらんだわけでもない。唯一《ゆいいつ》の悪癖《あくへき》は競馬で、一時間おきの正時きっかりに、プラドウ通りをとぼとぼ歩いていき、もぐりで馬券を売っている新聞販売店《はんばいてん》で馬券を買っていた。小額だが確実に利をとっているという噂《うわさ》で、そのために大いに尊敬されていた。

あと一つだけ彼《かれ》の困った点は、本が好きすぎて、人に貸したがらないことだった。彼《かれ》の執務室《しつむしつ》には、普通《ふつう》の人は見たこともないような大きくて豪華《ごうか》な新刊書が、床《ゆか》から天井《てんじょう》までぎっしりならんでいた。彼《かれ》はおしゃれな小男で、でっぷりした腹の上に赤いチョッキを着こみ、亡くなったジョージ五世（英国王。在位一九一〇—三六）みたいな顎《あご》ひげを生やしていた。

「ローマン・ウォールについての、カンタンな本ねえ」彼《かれ》はひどくバカにした口調《くちょう》で言った。「世界史についてのカンタンな本を捜したほうがいいんじゃないかな」

その意地の悪い青い目に睨《にら》まれたぼくは、もじもじと口ごもってしまった。すると、彼《かれ》はバカにした様子でぼくを子どもの本のコーナーへ連れていき、ハイキングの服装をした女がイーゼルと絵の具を手にしている下手《へた》な絵の表紙がついた、小さな本を渡《わた》してよこした。

「あんたにはこれで充分だと思うよ」

ぼくはそれを五分間ほどめくって見た。座る気にもなれなかった。ハンサムな若い羊飼いと兎《うさぎ》の出会い、といったくだらないセンチメンタルな話がいくつか出てきたあと、古代についての「考察」がついているだけの本だった。ぼくはそれを彼《かれ》のところへ持ってゆくと、憤然《ふんぜん》としてカウンターに叩《たた》きつけた。

「もっとましなのは、ないんですか？」

「そりゃ、あるよ」彼《かれ》はウィンクもせず、やや意地悪げににやっと笑った。「R・G・コリンウッド・ブルース博士《はかせ》が書いたのが。三巻本だがね」

「それを貸してください」

彼《かれ》は神殿《しんでん》の奥深《おくふか》く分け入っていくと、墓石《はかいし》くらい大きくて金文字のタイトルが輝《かがや》いている赤い革装《かわそう》の三巻本を抱えて、よろよろともどってきた。彼《かれ》はぼくをじっと見たが、こんどはウィンクなどしなかったのはぼくのほうだった。

「貸出禁止の本だが、閲覧室《えつらんしつ》へ入れてやろう」

そんなところへ入ったのは、はじめてだった。そんな部屋《へや》があることさえ知らなかった。ピカピカに磨《みが》いてある床《ゆか》と、革張りの巨大《きょだい》なオークのテーブルが素晴らしかった。誰《だれ》もいないときの教会みたいな感じだった。事実、ほとんど誰もいなくて、爺《じい》さんがたった一人、テーブルじゅうにぼろぼろの文書を広げて、顎《あご》ひげをしごきながら、思索《しさく》に耽《ふけ》っているのか、もの知りそうなひとり言をつぶやいているだけだった。

自分もいっぱしの学者になった気がした。厳粛《げんしゅく》な一瞬《いっしゅん》だった。

そこでコリンウッド・ブルースを開けたぼくは、ラグビーをはじめたときとおなじく、一気に栄光の世界へ突入《とつにゅう》したのだった。まるで、それまで知らなかった自分の家を見つけたような、それがもう何年も待ってくれていたような気持ちがした。細かい線で陰影《いんえい》がつけてある古代の地図。さまざまな武器やマイル・カースル（ローマ人がローマン・ウォールの一マイル〔約一・六キロ〕ごとに築いた砦）の正確詳密《しょうみつ》な銅版画。続々と出てくるこういう図をむさぼるように眺《なが》めていると、われわれの足もとの地面の下に、現代の道路や工場の下に、人類の過去の偉大《いだい》な生活がひそんでいるのをひしひしと感じた。すごいことに、それが今でも「残って」いて、ぼくはこれからそれを見に行くのだった。

司書は、五時半にはぼくを追い出しにかかった。ぼくはまじまじと彼《かれ》の顔を見つめたまま、容易に二十世紀にもどれず、茫然《ぼうぜん》としていた。立ち上がってみると、体がつっぱって冷えているのとお腹《なか》がすいているのとで、あぶなく倒《たお》れそうになった。

彼《かれ》は、はじめてぼくを認めてくれたらしかった。

「じゃ、明日もこの本を使うかい？　きみのために取っておくよ。名前は？」

そして彼《かれ》はぼくの名前を紙切れに書き、第一巻にはさんだ。まるで祝福を受けたような気持ちだった。いや、それ以上に、教会で洗礼でも受けたような気がした。ぼくは学者になったのだ。あの、もじゃもじゃの白い顎《あご》ひげを生やした老人とおなじように。

母さんは昼ご飯に帰ってこなかったと言って、ひどく叱《しか》った。バスにでも轢《ひ》かれてしまえ、という勢いだった。そして、オーヴンの熱でてかてかした化石のような茶色の板になってしまった卵とポテトフライを、ぼくに見せた。それでも、腹ぺこだったぼくは、それをナイフで剥《は》がして食べた。だがぼくが何をしていたかを話すと、母さんの顔にも畏敬《いけい》の表情が浮《う》かんだようだった。

「あなたのお祖父《じい》さんは、立派《りっぱ》な本をたくさん読んでいたのよ」と、母さんは言った。「今でも生きてらっしゃればねえ。さぞかし、あなたと話が弾《はず》んだと思うわ」母さんには、それ以上の賛辞は思い浮《う》かばなかったのだった。

つづく一週間、ぼくは開館時間から閉館時間まで、こういう本を相手に暮らした。町を歩いていて向こうから友だちが来ると、避《さ》けるために道路の反対側へ渡《わた》りさえした。頭の中が古代ローマの旗手や歩兵隊、石棺《せきかん》や壺《つぼ》を用いた埋葬《まいそう》などでいっぱいのときに、どうして彼《かれ》らと口などきいていられるだろう。連中にはせいぜい、ニューカッスル・ユナイテッドがマンチェスター・シティ（いずれも十九世紀に創立されたサッカーのプロチーム）に雪辱《せつじょく》した、くらいの話題しかないのだ。おまけに、そのせいでハドリアヌス大帝《たいてい》（二世紀のローマ皇帝。ローマン・ウォールを築いた）の戦略について学べるかもしれない貴重な十五分を浪費《ろうひ》することにもなりかねなかったし……

ぼくはすすんで隠者《いんじゃ》に、人目をしのぶ男になった。数カ月後にふり返ったときには、ぼくは驚《おどろ》いて首を振《ふ》り、自分はいったい何にとりつかれたのだろうといぶかしんだ。それほど歴史が好きだったわけではないのに。Ｏレベル（全国いっせいの「普通教育修了試験」。十五、六歳で一科目またはそれ以上の試験を受ける。一九八八年以降は制度改正され、中等教育一般証明試験となった）の試験のためにつめこんだときには、「穀物法」と「スピーナムランド制度」（救貧院のような福祉制度）にうんざりしたのだが。こんどはおそらく、ぼくが自力でローマン・ウォールを見つけたからだろう。

4. ローマン・ウォール

とにかくぼくは、さまざまな事実を頭にぎっしりつめこんで、〈ワンス・ブルード・ユースホステル〉へ出かけていった。ぼくにとっては聖書もおなじ事実ばかりだった。

そしてその第一夜、夕食がすんで寝台《しんだい》をきちんとしたところで、フレッドの奴《やつ》がローマン・ウォールについて講義をすると言ってぼくらを集めた。そして、むろんフレッドの奴《やつ》のことだ、講義の準備はあらかたバー〈ジブラルタル・ロック〉のカウンターでしてきたに決まっていた。

まずウォールよりも古く、ウォールの後ろにのびる防御用《ぼうぎょよう》の土塁《どるい》がある、と奴《やつ》は言った。「フォス」という土壁《つちかべ》と「ヴァラム」という堀割《ほりわり》でできている（フレッドの間違い。フォスとヴァラムの意味が逆）と……。フレッドはヴァラムを昔風の発音で「ウォラム」と言った。それが間違《まちが》いのはじまりで、「ウォラム」は堀割だと言い……

「土壁がヴァラムなんだよ」と、ぼくはジャック・ドーソンにささやいた。「堀はフォスなんだ」ぼくは憤慨《ふんがい》した。そのせいで大声になってしまった。それにぼくはもともと大声なのだ。これはみんなに聞こえたらしく、いっせいにふり返った。そしてこの旅行についてきて、輪の向こう側に座っていたマ・ハリスが、そのとおり、とばかり強くうなずいた。

フレッドは、じつにいやな顔でぼくを見た。動揺《どうよう》したらしかった。彼《かれ》があまり調子がよくないことは、はっきりわかった。おそらく、前の晩に飲みすぎたのだろう。

フレッドは半分は間違《まちが》えながら、よたよたと話しつづけたが、みんながそっぽを向きはじめた頃《ころ》には、ぼくは大事なローマン・ウォールをめちゃめちゃにされてしまったことに激怒《げきど》していた。

それでも、もしフレッドが「ヴィンドランダ」と「ヴィンドバラ」を混同しさえしなければ、無事にすんでいたかもしれない。この二つは、どっちもローマ時代の大きな砦《とりで》を指すのだが、ヴィンドランダはウォール自体の上にあるのに対し、ヴィンドバラは六キロくらい南にある貯蔵《ちょぞう》基地なのだ。フレッドの話は、でたらめの極《きわ》みに達していた。ぼくはついにがまんできなくなった。

「ヴィンドランダは」とフレッドが言う。

「ヴィンドバラ」ぼくが、囁《ささや》いたつもりの大声で言う。

これが三度くり返されると、すでに青くなって汗《あせ》をかいていたフレッドは、教師の得意な手に出た。これでたいてい誰《だれ》でもへこますことができるのだ。

「どうやら、きみが講義をしてくれたほうがいいようだな、アトキンソン」彼《かれ》はいやみたっぷりに言った。「私《わたし》よりきみのほうが、ずっと詳《くわ》しそうだ」

自分でも、よくあんな真似《まね》ができたものだと思う。ぼくは考えるより先にきっぱり「そうですね」と言うと、生徒の輪から黒板の前へ出て、フレッドのぐったりした手から黒板を指す棒《ぼう》を取りあげた。

彼《かれ》は座ったようだった。まだ、ぼくが大バカを演じると考えていたのだと思う。

だが、そうはいかなかった。棒を握《にぎ》ったぼくは、別人になっていた。ぼくは、そいつで彼《かれ》らをガンとやっつけたのだ。注意散漫《さんまん》な連中をひきつけるためには生徒のスラングも使い、いささか学者ぶって「コリンウッド・ブルース博士《はかせ》も指摘《してき》しているとおり……」などと言いさえしたのだ。

こんな力は、マ・ハリスがあたえてくれたのに違《ちが》いない。なにしろぼくは彼女《かのじょ》だけを見て講義をしていたのだから。大勢の中で、見えるのは彼女《かのじょ》の顔だけだった。そして、ぼくが大事な点をつぎつぎと的確に指摘《してき》するたびに、彼女《かのじょ》は顔を明るくし、大きな目を輝《かがや》かせ、唇《くちびる》をすこし開いてくり返しくり返し、うなずいてくれた。

まるでぼくが子どもだった頃《ころ》のマ・ハリスが、もどってきたようだった。何か素晴らしいことが起きるのを待っていた、若い女性が。そして、ぼくが今まさにその素晴らしいことを起こしているのだった。しかし同時に、彼女《かのじょ》はぼくをささえ、認めてくれていた。自分がぼくの担任教師で、ぼくはクラスでいちばんの秀才《しゅうさい》で、自分の誇《ほこ》りなのだとでもいうように。

ぼくはついに、全員の耳をひきつけることに成功した。ジャック・ドーソンの耳さえも。彼《かれ》らはぼくのつまらないジョークに笑い、ぼくが同じ生徒仲間であることを忘れていた。

だがやがて、とうとう話の種がつきた。

そして自分がとんでもないことをしてしまったという事実が、じわじわとわかってくると……ぼくはただやすらかに死なせてくれと思いながら、立ちつくしていた。

しかし、その沈黙《ちんもく》の中でマ・ハリスが微笑《びしょう》すると、指を一本立てて顔のところまで手を挙《あ》げた。大学で質問をするときのやりかたなのだろう。

「一つ訊《き》いてもいいですか」

「どうぞ」ぼくは言ったけれど、それまでの勢いは消えていた。

「マイル・カースルと攻城用移動櫓《こうじょうよういどうやぐら》の目的の違《ちが》いがよくわからないのですが」

ぼくが答えると、彼女《かのじょ》は真面目《まじめ》な顔でお礼を言った。つぎにまた誰《だれ》かが質問した。

とうとうフレッド・リグリーが立ち上がって、隣《となり》に座っていたマ・フリーマンに「ちょっと飲みたいね」と言った。

彼《かれ》はただ、ぼくらから逃《に》げ出したかったのだろう。だが、これはひどい失敗だった。〈ジブラルタル・ロック〉で飲みつけている生徒たちはみんな、レインコートを着ると、〈トワイス・ブルード・イン〉まで、ぞろぞろ彼《かれ》のあとについていってしまったのだから。

ぼくもこの連中についていった。がーがーとすごい騒《さわ》ぎで、みんな口々にぼくは頭がいい、フレッドの奴《やつ》が間違《まちが》えたところを全部直した、フレッドはまったく腰抜《こしぬ》けだ、などと言っていた。しかし、ぼくは体が震《ふる》えて気分が悪く、黙《だま》りこくっていた。

とにかく、ぼくたちは半パイント（約四分の一リットル、ビールを飲むときの標準的な単位）の、たいていはリンゴ酒かシャンディ（ライト・エールとレモネードをまぜたもの）を手にして、出入口の近くに立った。パブの中は暗く、煙草《たばこ》の煙《けむり》がもうもうとしていて、ろくに何も見えなかった。見えたのは、大勢の女子にかこまれて立っているマ・ハリスだけだった。彼女《かのじょ》に人気があるのはあきらかだった。女子たちは体がくっつきそうなほど彼女《かのじょ》のそばに立って、ぼくの講義はとっても素晴らしかったと、まだぺちゃくちゃしゃべっていた。マ・ハリスは、うなずいてはにこにこしている。その姿は、女生徒たちとちっとも年が違わないように見えた。けれど、やはり年上なのだ。

なぜそう見えるのだろう、とぼくは首をひねった。だって、彼女《かのじょ》の暗褐色《あんかっしょく》の髪《かみ》の艶《つや》は、まわりの女の子たちとちっとも変わらず、頬《ほほ》もおなじようにピンクで綺麗《きれい》な線を見せているというのに……。そうだ、曲線のあいだの皺《しわ》なのだ。ごく細い心配そうな筋《すじ》が一本、秀《ひい》でた額に走っている。そして目の下にも、幾筋《いくすじ》かうっすらと皺《しわ》が見えるのだ。口を固く結ぶと、口もとの両端《りょうはし》にも鉤形《かぎがた》の皺《しわ》が現れる。

ぼくは女の子たちの顔をもう一度見てみた。マ・ハリスと比べてそれほど綺麗《きれい》だとは思えなかった。

彼女《かのじょ》に比べると、女の子たちはあまりにもすべすべふにゃふにゃしていて、プディングみたいだった。まあ、一人二人は確かに綺麗《きれい》だったけれど。だがそれも、一本の皺《しわ》もないんじゃ、どんな性格なのか、これから先はどうなるのかもわからない。だから、この子たちは危険だった。いつなんどき、ぼくをせせら笑うようにならないともかぎらないのだ。

マ・ハリスは、ぼくが見ているのに気がついたのだろう。ちゃんとこっちを向いてぼくを見ると、意を決したように、男子学生にかこまれて立っているぼくのほうへやってきた。一瞬《いっしゅん》の沈黙《ちんもく》。みんなが耳をそばだてていた。だが、それを知っている彼女《かのじょ》は、具合が悪いようなことは何も言わず、ただ「よくやったわね」とだけ言った。これならよかった。それから彼女《かのじょ》は別の質問をはじめた。コーブリッジ（イングランド北部、ノーサンバーランド州の市場町で、古代のローマ軍駐屯地）にある、雨が少なくて水面が下がっているときでないと見えない、ローマ時代の橋の基礎《きそ》のことを訊《き》いてきたのだ。仲間たちは他の楽しみをもとめて、姿を消していった。彼《かれ》らのちっぽけな頭は、ローマの話なら、もうたっぷりひと晩分聞かされたのだ。しかし、ぼくとマ・ハリスはコーブリッジの話をつづけていた。

そこへフレッド・リグリーが、両手に一つずつ、半パイントのビールを持ってやってくると、マ・ハリスに「おかわりを持ってきてやったよ」と言った。彼《かれ》が嫉妬《しっと》に燃えていることは、見間違《みまちが》えようもなかった。

しかしマ・ハリスは、「ありがとう、でももう、これ以上は飲めないわ。眠《ねむ》れなくなっちゃうもの」と言った。その額には、あの皺《しわ》が浮《う》かんでいた。フレッドにいらいらしていることは、ひと目でわかった。

それから彼女《かのじょ》はまた一つ、ぼくに橋について質問した。フレッドはバカみたいに五分くらい突《つ》っ立っていってからふらりと離《はな》れていったが、そのうち二人分飲んでしまったのが見えた。ぼくの魂《たましい》はちょっと舞《ま》い上がると、煙《けむ》っている天井《てんじょう》のほうへ漂《ただよ》っていった。彼女《かのじょ》はこのぼくのために、フレッドをふったのだ。

やがて、店の主人が閉店ですと言うと、ぼくたちは三々五々ホステルに帰った。風が強くなってきたばかりか雨も降りはじめていたが、その暗闇《くらやみ》の中で、彼女《かのじょ》とぼくは他の連中とはぐれて、二人だけ遅《おく》れてしまった。ぼくは彼女《かのじょ》がわざとそうしたのではないかと思い、するとまた、酔《よ》った魂《たましい》が舞《ま》い上がりかけた。

けれども、また口を開いたとき彼女《かのじょ》が言ったのは、ごく平凡《へいぼん》なことだった。

「あなた、なぜ歴史の授業をとるのをやめたの？」

「ブラック・ファンのせいですよ」と、ぼくは言った。「もっと早く逃《に》げ出したかったくらいです」

彼女《かのじょ》はため息をついた。ブラック・ファンというのは、教頭で文学士のゴードン・ファンショウのことだ。彼《かれ》は生徒を殴《なぐ》るわけでも、指一本ふれるわけでもない。それなのにぼくたちはみんな、気が変になりそうなほど彼を怖《こわ》がっていた。

「私《わたし》をバカだと思うのか」彼《かれ》はそう言っては返事を待つ。そして、どんな返事をしても、その先にはまた、こっちをつまずかせる意地悪な質問が待っているのだ。彼《かれ》が返事を待っているあいだの果てしない沈黙《ちんもく》ときたら。まるで彼《かれ》の頭が、蒸気の圧《あつ》が上がって爆発《ばくはつ》しかけている真っ黒なボイラーのように見えたものだ。じっさいに爆発《ばくはつ》したことは一度もない。だが、彼《かれ》が生徒に狂気《きょうき》のような憎悪《ぞうお》の念を抱《いだ》いているということ、これは確実だった。

だから、「ブラック・ファンのせいです」というぼくの返事は本気だったのだ。ぼくは二度とブラック・ファンに苦しめられずにすむようにと考えて、Aレベル用の科目を選択《せんたく》したのだった。

マ・ハリスはため息をつくと、「あの先生はね……」と言いかけてやめた。教師は他の教師をけっして批判しない、というのは、昔からの鉄則なのだ。だが彼女《かのじょ》は、つづけて言った。「あの人の授業をとる必要はなかったじゃない。あたしのクラスに入ればよかったのに」

「でも、先生がやめちゃって、またあいつになったら?」

「あたしはどこへも行かないわよ」彼女《かのじょ》は言ったが、その声は急に低く、陰気《いんき》になった。

ぼくたちは立ちどまると、向かいあった。二人ともひどく緊張《きんちょう》していた。とつぜん、さらに強い風が吹《ふ》いてきて、ぼくたちは壁際《かべぎわ》にぴったりくっついた。

「あなたは、生まれつき歴史家なのよ」と彼女《かのじょ》は言った。「いろいろな因果《いんが》関係がわかるのよ。あたし、今日あなたがしたような話、聞いたことがないわ。それも、まだ十七の子からなんて。一つも間違《まちが》えなかったじゃない」

「ぼくの説じゃありません。有名なコリンウッド・ブルースの説なんです」

「あなた以外に、あんな話ができる六年生、考えられる?」

ぼくは仲間の顔を思い浮《う》かべて笑った。「ぼくだけですね。ぼくは器用なんです。去年は、昔の船昔のノース・シールズ（この物語の舞台となっている、タイン川河口にほど近い町）のことを調べるのに夢中になってました。戦争中はアメリカ空軍のことでした。何かに夢中になると、他のことは考えられなくなっちゃうんです。両親は、ぼくがまたとりつかれた、って言ってます。ところが、そのうち急に興味がなくなっちゃう。すとんとなくなるんだ」ぼくは指をパチンと鳴らしたはずみで、あやうく彼女《かのじょ》の鼻の頭を叩《たた》きそうになった。

「なるほどね、でも、どうかしら――すべて歴史にかかわってるんじゃないかしら――あなたが興味を持ったことっていうのは。だからあたしは、あなたは歴史家だって思うのよ」マ・ハリスは夢中になって手をのばすと、ぼくの腕《うで》をつかんだ。

ぼくは不安になって、あたりの闇《やみ》を見まわした。もし誰かが通ったら、ぜったい恋人《こいびと》同士だと思うだろう……。しかしその夜は風が強くて、誰《だれ》も通らなかった。

ぼくのびくついている視線に気がついても、彼女《かのじょ》は手を放さなかった。

「選択科目を変えるのは、今からだって間に合うわよ。二学期、遅《おく》れただけだわ。あなたなら追いつけます。あたし、本気で言ってるのよ。あなたには確かに才能がある。あたしはケンブリッジでさえ、あなたのよりひどい講義を聞いたことがあるわ。あなたの話には、人が夢中になるのよ。才能を埋《う》もれさせちゃ駄目《だめ》。一生、後悔《こうかい》するわ」

こんども彼女《かのじょ》の声には、彼女《かのじょ》自身は一生後悔《こうかい》するような、してはいけないことをしてしまったのだ、という思いが聞きとれた。

「でも、ぼくは今だってラテン語の遅《おく》れをとりもどそうと、がんばってるところなんです」と、ぼくは言った。「ぼくのラテン語はめちゃくちゃですから。このうえ、歴史で余分な勉強なんかできません。死んじゃいます」

彼女《かのじょ》はぼくの腕《うで》を放そうともせず、大きくて真面目《まじめ》そうな目でずっとぼくを見上げていた。ただし、ぼくにはその目が、わずかにほの白く見える顔の中の、黒い水たまりのようにしか見えなかったのだが。彼女《かのじょ》はぼくを「もとめて」いる。今まで出会った誰《だれ》よりも強く、父さんと母さんさえおよばないほど。いいじゃないか、やましいことはないのだから。彼女《かのじょ》はぼくを、ただ歴史のクラスの生徒としてもとめているだけなのだから。それでも、もとめていることに変わりはない。そうじゃないか？

ぼくは、いったいどうしてしまったのだろう。暗闇《くらやみ》の中で二人きりだったせいかもしれない。ぼくはそれまで、母さんを別にすれば、こんなに女の人のそばに寄ったことはなかった。いや、従兄《いとこ》のゴードンの若い美人の奥《おく》さんが、新年のパーティで、人妻だから安全だし、ぼくのことが好きなんだ、と言って、ふざけてぼくにキスさせたことはあった。そのときは、親族みんなが大笑いした。でも、それはとてもよかった。彼女《かのじょ》の香水《こうすい》と髪《かみ》の匂《にお》い、温かくて柔《やわ》らかだった肩《かた》……

そしてぼくは今、マ・ハリスの髪《かみ》の匂《にお》いを嗅《か》いでいた。ぼくはとつぜん、もしキスしたら、彼女《かのじょ》はどうするだろうと思った。だって、彼女《かのじょ》があっと思う間もなくキスしようと思えば、かんたんにできたのだから。彼女《かのじょ》にはとめる暇《ひま》はないだろう。そしたら、つぎには何か予想もつかない爆発《ばくはつ》が起こるだろう。ぼくは、あらゆるルールを破ってしまったことになるのだから。では、どんな爆発《ばくはつ》が起こるだろう。見当もつかなかった。だからなおさら、そそられたのだが……

不思議なことにそのとき、彼女《かのじょ》が手を放した。まるで、ぼくの考えていることを察したかのように。彼女《かのじょ》は生気のない、淡々《たんたん》とした口調で言った。「仕方ないわね。あたし、自分勝手なことばかり言っているみたいね。一度でも、慕《した》ってくれる生徒を教えられたら楽しいでしょうねえ」

「女生徒たちは先生が好きですよ」

「あの子たちは、いい成績をとって、試験に受かりたいだけよ。独創的な考えなんか何もありゃしないわ」

彼女《かのじょ》が向きを変えると、ぼくたちはまた歩きだした。とつぜんいっさいが生気を失って、つまらなくなった。

ホステルの門までたどりつくと、ぼくは言った。「先生が先に入ってください。そうでないと噂《うわさ》になります。そういう連中ですから」

「本当?」彼女《かのじょ》はかなりショックを受けたらしかった。しかしすぐに「ありがとう、あたしの立場を考えてくれて」と低い声で言うと、中へ入っていった。

ぼくは五分間、暗闇《くらやみ》の中にたたずんだまま、あやうく彼女《かのじょ》にキスしかけた瞬間《しゅんかん》のこと、そうしていたら彼女《かのじょ》はどうしただろうということを考えていた。ぼくはもうすこしでじつにバカげた、下劣《げれつ》で恩知《おんし》らずな真似《まね》をするところだった。だが、けっきょく、しなかったのだ。自分を立派だと思っていいはずだ。それなら、こんなにしょんぼりと元気をなくしているのはなぜなのだろう。

あと一つだけ、そのときの旅行で忘れられない思い出がある。ぼくたちがマ・ハリスを、ヴィンドバラを見下ろす丘の頂上で「生贄《いけにえ》」にした日のことだ。頂上には、目印として、四メートル近い石の柱が一本立っている。旅行の最後の日だった。みんなで頂上に寝《ね》ころんで弱い日を浴びながら、サンドイッチのお昼を食べたところだった。

旅行のあいだ、マ・ハリスは活躍《かつやく》のしどおしだった。完全にぼくたち生徒のあいだにとけこんで、笑ったりジョークを言ったりしつづけていた。それも、ご機嫌《きげん》とりなんていう感じじゃない。本当に自由な一人の人間が、自由な仲間にまじっているというふうだった。彼女《かのじょ》は、大学生活とはどんなものか、たくさん話してくれた。つまり、子どもっぽい真似《まね》をして自分をおとしめるようなことはせず、むしろ、ぼくたちを大学生仲間にひき上げてくれたような感じだったのだ。女子ばかりではなく、男子も彼女《かのじょ》が大好きになった。対照的に、フレッドの奴《やつ》は一人だけ離《はな》れたところでサンドイッチを食べながらいまだにつっぱっていたので、ひそひそ悪口を言われていた。

マ・ハリスがふと、「この柱は誰《だれ》が建てたのかしらね。なんのためのものなのかしら」と言った。

そこでぼくは、「ローマ人はぜったい、これに人を縛《しば》りつけたんですよ。生贄《いけにえ》にしたんです」と言った。

「バカバカしい」と彼女《かのじょ》は言った。目が完全に笑っていた。「これはせいぜい十八世紀のものよ。人間を縛《しば》りつけることなんかできません」

「できたに決まってます」とぼく。

「じゃ、やって見せて！」彼女《かのじょ》はおそらく、ぼくたちが誰か女子を縛《しば》ると思ったのだろう。女子たちのあいだでは、ポテトチップや何かの袋《ふくろ》が散らかっている上で、すでにつかみあいがはじまり、悲鳴《ひめい》がにぎやかに聞こえていたから。

だから、男子二人が捕《つか》まえて立ち上がらせると、マ・ハリスはかなり驚《おどろ》いた。しかし、その態度はじつに堂々としていた。女の子たちだったらきっとしただろうが、もがいたり悲鳴をあげたりするような真似《まね》はしないで、台座の上に引き上げられて両手を柱のまわりにまわし、後ろで縛《しば》られても、されるにまかせていた。ぼくたちがみんなカメラを取り出すと、ジャック・ドーソンが片腕《かたうで》をふりかざし、彼女《かのじょ》のみごとな乳房《ちぶさ》のあいだに折《お》り畳《たた》み式のナイフを突《つ》き立てる真似をした。彼女《かのじょ》のブラウスのボタンはまさにハリウッド映画さながら、本当にはじけそうになっていた。

すべてのシャッターがカチリと鳴ったところで、ぼくたちは爆笑《ばくしょう》のうちに急いで縄《なわ》を解《と》いた。先生たちまで笑っていたが、フレッドだけは例外で、これは悪魔《あくま》のように顔をしかめていた。

この写真はなかなかの人気で、一枚くれと言う人が続出した。

ぼくは、今でも自分のを持っている。そのあまりにも純真な写真を見ると、泣きたくなる。

5．お祖母《ばあ》ちゃんの家

「お祖母《ばあ》ちゃんのとこへ、春キャベツを届けてよ」と、母さんが言った。「いい子だから、自転車でひとっ走り行ってきてくれない？」

ぼくはうきうきと出かけた。お祖母《ばあ》ちゃんのところへは、何かを届けろと言われたときでなければ行くことはなかった。しかし、しじゅう行かされたし、それが楽しみだった。何かを持っていくのなら、行ってもぎくしゃくすることはない。お互《たが》いに用事がわかっているから。ぼくが自分の勝手で行ったりすると、二人のあいだには、不思議がる雰囲気《ふんいき》が生まれて、どちらも落ち着かない気持ちになりかねない。なぜ、来たの？　なんの用？

お祖母《ばあ》ちゃんはキャベツが包んである新聞紙を広げ、例によって「とてもいいキャベツね」と言って脇《わき》へ置くと、いつもどおりに「どう、ココアを一杯《いっぱい》？」と訊《き》いた。

そしてぼくも、いつものとおり「ええ」と言って、本好きだった死んだお祖父《じい》さんの椅子《いす》に深くもたれ、目をつぶって家の臭《にお》いを吸《す》いこんだ。生まれたときから吸ってきた臭《にお》いだ。埃《ほこり》と、かすかな湿気《しっけ》と、固く丸めてもう何年も戸棚《とだな》にしまったまま腐《くさ》ってゆくにまかせている、古いカーペットの臭《にお》い。いつかまた役に立つかもしれないというので、けっして捨てないのだ。

お祖母《ばあ》ちゃんは何一つ捨てなかった。ぼくが子どもの頃《ころ》には、ベッドの下やサイドボードの中で、えたいの知れないものがつまった箱をよく見つけた。父さんが見習い時代に作った、蒸気機関車の模型《もけい》の残骸《ざんがい》。アフリカ南部のズールー族の戦士が使った、ノブケリーという棍棒《こんぼう》のような武器。大きなステットソンハットに水玉のネッカチーフのマスクという、西部のならず者の格好をした父さんの写真。かと思えば、ふだんの丸くまとめた頭に派手《はで》な色の羽根を一本突《つ》き刺《さ》し、フリンジのついたバックスキンの服を着てネイティブ・アメリカンの女の格好をしている母さんの写真。

　ぼくがまだ小さかった頃《ころ》、お祖母《ばあ》ちゃんは何カ月も、あんたの両親は本当にアメリカ西部の草原で出会ったのよ、あんたは古き西部の子なのよと言ってからかったものだった。お祖父《じい》さんが全身すっかりスコットランド高地の服装をしている写真も何枚もあったが、ぼくはとうの昔に、お祖父さんだってぼくと同様スコットランド人なんかではなく、ボニー・プリンス・チャーリー（「素敵なチャーリー殿下」。王位僭称者チャールズ・エドワード・スチュワート〔一七二〇—八八〕の愛称。スコットランド王家の一人で、王位回復のためフランスからスコットランドに上陸したが、敗れてフランスへ帰った）のお供をして南へやってきたわけではないくらいのことは、わかっていた……。家じゅうが、まるで世界一の大嘘《おおうそ》つきが作った、大英博物館のようだった。

　お祖母《ばあ》ちゃんは、ぼくが座っている脇《わき》の竹製のテーブルに、がちゃんとココアを置く。コンデンスミルクはたっぷり、砂糖は三杯《さんばい》とくるから、糖蜜《とうみつ》のようにどろどろのココアだった。とてもうまい。お祖《ば》母《あ》ちゃんの作るものは、みんな濃厚《のうこう》だった。ライスプディングなど、スライスできそうなくらいだった。ぼくがまだ小さかった頃《ころ》には、お腹《なか》がすくと、お祖母《ばあ》ちゃんが決まって食料貯蔵室から、グレービーがしみて革《かわ》みたいになった、巨大《きょだい》な冷たいヨークシャープディングを出してきて、ぼくはそれを手づかみでセーターにグレービーをたらしながら食べたものだ。母さんの料理に不満があったわけではない。だが、お祖母《ばあ》ちゃんの家で食べると、カイロかボンベイで食事でもしているようにわくわくしたのだ。

お祖母《ばあ》ちゃんは満足そうにため息をついて、自分でぼろを編んで作ったラグをはさんだ向こうの椅子《いす》に、ぼくと向かいあって座った。ひきしまった小柄《こがら》な体つきは、太って見えたためしがない。ぼくが体重が四キロ半くらいの赤ん坊《ぼう》だったころ、母さんはお産ですっかり弱っていたために、ぼくを抱《だ》いて歩けなかった。お祖母《ばあ》ちゃんは、ぼくが三歳《さい》に近くなるまで楽々と抱《だ》いてくれた。銀髪《ぎんぱつ》をひっつめて後ろで丸め、ロシアの伯爵《はくしゃく》夫人といっても通りそうな頬骨《ほほぼね》をしている。小さくて離《はな》れていて真《ま》っ青《さお》な目が、部屋《へや》の向こうからまっすぐにこっちを見つめている。うっすらと血管の浮《う》き出たバラ色の頰《ほほ》。

お祖母《ばあ》ちゃんには、素朴《そぼく》なところがあった。思ったことは、すぐ口に出した。あるとき、ガス灯の点火口にかぶせるガスマントル（白熱光を発する部分）が壊《こわ》れて、とつぜんぱっと黄色い炎《ほのお》が上がったとき、お祖母《ばあ》ちゃんもぱっと目を輝《かがや》かせたのは、茶目っ気のせいだったのか、いまいましさに腹を立てたのか。なにしろ温かくて単純で、テディベアみたいに抱《だ》いてやりたくなるような人だった。お祖母《ばあ》ちゃんのそばにいると、完全に安心していられたのだ。

ずいぶん前に、ぼくはお祖母《ばあ》ちゃんをなだめすかして、新婚《しんこん》時代の、今のぼくとおなじ十七のときの写真をもらったことがある。彼女《かのじょ》が八人の子を産みながら、そのうち七人を失《な》くす前のものだった。その後、重病にかかるよりも前の……。そのとき周囲の人たちは、彼女は死ぬだろうと思っていたが、してやれるのはせいぜい、晴れた日に寝椅子《ねいす》を裏庭に出してやることくらいだった。だが、十七歳の写真の彼女《かのじょ》は今と変わらず、恐《おそ》れを知らない、やるぞという顔をしていた。人生とはぶつかっていくものだ、めそめそしていてはだめだ、というような……

ぼくはときどき一人のときに、その写真を出してじっと眺《なが》め、時間をさかのぼって彼女《かのじょ》に訊《き》いてみることがある。「サラ、ぼくと結婚《けっこん》してくれるかい」そして、彼女《かのじょ》はなんと答えただろう、と思うのだ。

ぼくはあまり自信がなかった。というのも、お祖母《ばあ》ちゃんがときどきやるせなげに、「あんたのお祖父《じい》さんはハンサムな男だったのよ、とってもハンサムだったの、若いときには」と言っていたから。父さんについても、おなじことを言った。ところが、ぼくについてはそうは言わないのだ。彼女《かのじょ》は、自分自身でさえ怖《こわ》くなるようなさまざまな迷いを抱《かか》えたこの醜《みにく》い野郎《やろう》と、結婚《けっこん》してくれただろうか？

ぼくはお祖母《ばあ》ちゃんのサイドボードのかしいだ鏡の薄暗《うすくら》がりからこっちを見ている自分の顔に、ちらりと目をやった。ハンサムな顔じゃない。ハンサムだったことなんか、一度もなかった。でも、謎《なぞ》めいた顔だ。お祖母《ばあ》ちゃんの家はかしいだ鏡だらけだったから、その暗い鏡に映ると、ぼくの顔も謎《なぞ》めいて見えるのだろう。

ぼくのほうは、間違《まちが》いなくこの女性と結婚《けっこん》したいと思っただろう。まともな男なら、みんなそう言うだろう。彼女《かのじょ》のほうさえうんと言えば……。だが、ぼくは拒絶《きょぜつ》される恐れはなかった。彼女《かのじょ》のたった一人のかわいい孫だったから。

お祖母《ばあ》ちゃんはいたずらっぽく目を光らせた。

「あんた、耳が熱いんじゃない（「耳が燃えているような気がする」という言いまわしには、「噂されていることに気づく」という意味がある）？」

「え、耳？」じつに不用心な返事だった。

「あるご婦人が言ってたよ……」お祖母《ばあ》ちゃんはからかった。お祖母《ばあ》ちゃんはぼくの体から肉を一ポンド（約四百五十グラム）削《けず》りとってしまうまで、誰との話か明かしはしないだろう。本当に、人をいじめるのが好きなのだから。笑いをこらえようとして、顔がひきつっていた。そのせいでお祖母《ばあ》ちゃんは、とつぜん八つの女の子みたいに見えた。

「ぼく、女の人なんか、誰も知りませんよ」

「その人なら、よく知ってるわよ」

「母さんのことか」ぼくはうんざりしたふりをして、ため息をついた。

「違《ちが》うわ。母さんじゃない。ロージー叔《お》母《ば》さんでもないわ」

ぼくはお祖《ば》母《あ》ちゃんのマントルピースの上のほうを眺《なが》めた。赤いベルベットに包まれた、小さな毛糸の玉のついた、カーテンの金具が見える。ぼくは子どもの頃《ころ》、この玉で何時間も遊んだものだった。真《しん》鍮《ちゅう》の燭《しょく》台《だい》、スタフォードシャー産の陶《とう》器《き》でできた、大きく欠けてしまったネルソン提《てい》督《とく》（トラファルガーの海戦に勝利し、ナポレオンの英国侵攻を許さなかった英国の国民的英雄）の人形。これは父さんの赤ん坊《ぼう》の頃の人形だ。ぼくは、お祖《ば》母《あ》ちゃんのことなどどうでもいいようなふりをしていた。

「あんたのこと、とても感心してたわよ、その人。あんた、うまくやってるわよ」

ぼくは好《こう》奇《き》心《しん》から、ぽっと赤くなりかけた。鏡の中の顔には出なかったけれど。

「ゴードン兄さんの奥《おく》さん……ヴェラ姉さん？」

それなら、お祖《ば》母《あ》ちゃんのやさしい表情ももっともなのだった。

「ぜーんぜん、違《ちが》うわね」お祖《ば》母《あ》ちゃんは、本当におもしろがっていた。「あんたの学校の、ある人よ」

「うわあ、まさか。コニー・フィッシャーじゃないよね？」コニー・フィッシャーはわが家から三軒《げん》目の家に住んでいる、ありがたくないデブの女子生徒だった。

「いいえ、コニー・フィッシャーじゃありませんよ。それはどこの家の子かも知らないけど」

これは真《ま》っ赤《か》な嘘《うそ》だった。お祖《ば》母《あ》ちゃんはコニー・フィッシャーを知っているだけでなく、コニー・フィッシャーのお母さんも、お祖《ば》母《あ》さんも、叔《お》父《じ》さんたちも、それどころかウィットリー・ベイに住んでいるおしゃれな従《い》兄《と》弟《こ》まで知っていたのだから。この町で、お祖《ば》母《あ》ちゃんが知らない人などいなかった。ぼくは、じりじりして彼女《かのじょ》の顔を見た。

「ご婦人だって言ったでしょ」まさにガツンと一発という調子。

「ケイティ・メリーじゃないよね」ぼくはもう、空想をもてあそんでふざけていた。

「いいえ、メリー先生じゃないわよ。若い人。とても綺麗《きれい》な人よ。その人が、あんたを素晴らしいと言ってるのよ」

「降参《こうさん》だ」と、ぼくは言った。ぼくはこのとき、とんでもない希望を抱《いだ》いていたのだろうか？

「ハリス先生よ」お祖母《ばあ》ちゃんは言った。

「嘘《うそ》だ。お祖母《ばあ》ちゃんが先生を知ってるはず、ないじゃないか」

「ええ、知らないわよ。でも、あの人のお母さんとは、学校で一緒《いっしょ》だったの。あの人は遅《おそ》くなってからの子でね。ハリス先生は、あんたは素晴らしい子だと思ってるって。抜群《ばつぐん》の生徒だって。大人になったら立派な学者になるだろう、教師にだってなれるかもしれない、名士というか、もしかすると国会議員にだってなれるんじゃないかって」

ぼくはちらっと鏡を見て、自分が落ち着いて、皮肉な笑顔《えがお》を浮《う》かべているのを確かめた。

「おまえ、あんよにバターをのせてる猫《ねこ》みたいな、きどった顔をしているよ」お祖母《ばあ》ちゃんは追い討《う》ちをかけた。「ハリス先生のお母さんの話じゃ、先生が誰《だれ》かのことをあんなに夢中で話すのは聞いたことがないって。あんたは、ローマン・ウォールのことを、指導の先生よりよく知ってたんだってね」

「そんなの、たいしたことじゃないよ」ぼくは言うと、フレッド・リグリーのことを話した。お祖母《ばあ》ちゃんは座ったまま、ひと言も聞きのがすまいと身じろぎもしなかった。そのうちに、お祖母《ばあ》ちゃんには、ほかにもっと聞きたがっていることがあるのがわかってきた。友だちだというハリス先生のお母さんに、お返しに話せるような話題が欲しいのだ。ぼくはかなり慎重《しんちょう》に考えてから言った。

「ハリス先生はとても綺麗《きれい》だよ。それに、生徒に人気がある。学校一の先生じゃないかな。でも、あの先生、ときどきとても悲しそうな顔をすることがあってね。籠《かご》の鳥みたいに」

お祖母《ばあ》ちゃんはこれで満足した。すこし涙《なみだ》ぐんでいる。お祖母《ばあ》ちゃんはよく笑うけれど、よく泣きもしたのだ。

「あんたは思いやりがあるのね」とお祖母《ばあ》ちゃんは言った。「やさしい心があるんだわ。お祖父《じい》さんにそっくり。お祖父《じい》さんの霊《れい》が安らかでありますように」

それから話題を変えて、お祖母《ばあ》ちゃんは肥料工場の悪臭《あくしゅう》についてこぼしはじめた。この悪臭《あくしゅう》はいつでも、東南の風が吹《ふ》くいい陽気のときにひどくなる。

ぼくは胸をふくらませて、自転車で家へ帰った。胸をふくらませていたものは、なんだったのだろう。何か貴重なものだが、同時に、動きださせないほうが安全なもの……ただ、辛《つら》いときにだけ取り出して眺《なが》めればいいもの、つまり写真か押花《おしばな》みたいなものだった。いい感じだった。危険はまったくない……すでに感傷的な二人の老婦人の茶飲み話の種になってしまったのだから。

6. 仲間たち

試験がすんだあとの夏学期は、まったく楽しい。その日の昼休みも、ぼくらはいつもの場所、講堂の後ろの窓際《まどぎわ》に集まっていた。絶好《ぜっこう》の見物席なのだ。階段式の大講堂の椅子席《いすせき》すべてが、眼下に広がっている。校長先生の部屋《へや》のドアと、出入りする人たちもみんな見えた。校長補佐《ほさ》のケイティ・メリーはレポートを腕いっぱいに抱《かか》えて、口をとがらせていた。ラジエーターのそばには、これから笞《むち》の罰《ばつ》を受けに行くことをごまかそうとしてこそこそしている奴《やつ》がいた。

窓の外で、女の子たちがテニスをしているのも見えた。パメラ・トラヴィスがボールを拾おうとしてネット越《ご》しにかがむと、フリルのたくさんついたブルーのパンティが見えた。その向こうでは、男子生徒の群れがクリケットをしていたが、二十人くらいがごちゃごちゃになって、誰《だれ》のボールかで罵倒《ばとう》しあっている。そのさらに向こうのグラウンドのはずれには、大きいばかりで醜悪《しゅうあく》なアスベスト（石綿）のガレージと、廃坑《はいこう》になったプレストン炭鉱のボタ山が見えた。

ぼくたちは、その日の朝、あらたに監督生《かんとくせい》に任命されたのだった。大講堂の階段を一度に二段ずつ駆けおりる、これが儀式《ぎしき》だった。大講堂の校長用の大テーブルの脇《わき》まで行くと滑《すべ》りこむようにとまって、温かい握手《あくしゅ》を受けてから、赤と金のきらきらしたバッジを襟《えり》につけてもらうのだ。順々に、大小さまざま、一人一人でじつに差の大きい拍手《はくしゅ》の中を進む。この拍手《はくしゅ》の種類次第で、つぎの学期に下級生のワルども相手に起こるごたごたの程度も測れるのだった。たとえばロビン・バルマーはガリ勉《べん》でスポーツをやらないせいで、一人がしぶしぶ拍手《はくしゅ》しただけだったが、これは拍手《はくしゅ》がまったくない以上の侮辱《ぶじょく》だった。ところが、すでにクリケットのキャプテンになっているジャック・ドーソンには、嵐《あらし》のような拍手《はくしゅ》ばかりか喝采《かっさい》の声まであがり、それどころか口笛さえ（これは校長がひと睨《にら》みしてやめさせたが）鳴ったほどだった。

ぼくは、その中間くらい。とにかく、トニー・アップルよりは拍手《はくしゅ》が大きかった。

「あのパメラ・トラヴィスは悪くねえな」トニーがいやらしい口調《くちょう》で言いだした。

「くだらねえ、あいつのバックハンドはひどいもんだよ」とジャックが言った。

トニーがさらにいやらしいことを言い、ジャックにやっつけられた。ジャックはセックスがかった話は嫌《きら》いなのだ。ぼくたち他の者も、それはおなじだった。ところが、トニーはいつでも度を越《こ》したことを言う。きざな奴《やつ》だ、とぼくたちは思っていた。鼻は大きいし、ブリルクリームで固めた髪《かみ》には、ひと筋《すじ》の乱れもない。彼《かれ》の父親は実業家で、ありあまるほどのこづかいをくれるので、彼《かれ》はいつでも最新のジャズのレコードを手に入れていた。ラグビーチームにとってはいいウイングだった。しかし、彼《かれ》はラグビーをやっていないときはこっそり抜《ぬ》け出して、町のYMCAのチームでサッカーをやっていた。がらの悪い連中とつきあっていたわけだ。イタリア系のトニーは、すこしでも日にあたると、すぐに色が黒くなった。ぼくたちは彼《かれ》をいじめたくなると、わざわざアントニオと呼んで、おまえの親父はアイスクリームでもうけたんだろう、と決めつけた。彼《かれ》はイタリア兵とおなじで、厳しい試練には弱いのではないかと疑われていた。ぼくたちは、残酷《ざんこく》な集団だった。だが、なかでもいちばん残酷《ざんこく》だったのはトニー自身だった。

ぼくたちを団結させていたもの、それは少なくとも愛ではなかった。信頼《しんらい》でもなければ、誠実でもなかった。むしろ互《たが》いに憎《にく》みあっていたのではないかと、ぼくは思う。ぼくはよく、夕方家へ帰る途中《とちゅう》で、ぼくたちを結びつけているものはなんなのだろうと、苦い気持ちで考えた。

ぼくたちは大部分が文科系で、理科系の連中は人間とは言えないと思っていた。科学なんていうのは、耳を動かすとか、サーカスでアザラシがボールの上でバランスをとってみせるみたいな、芸でしかないと思っていたのだ。科学者になるには頭なんかいらなかった。科学者には冗談《じょうだん》を言っても、「え、なんだって」としか言わない。

しかし、テディは理科系でも、ぼくたちの仲間だった。二つのことが、彼《かれ》のその地位をささえていた。一つは、書きかたがからきし駄目《だめ》なことで、これはまさにぼくたちの偏見《へんけん》どおりだった。彼《かれ》は聖書についてのエッセイコンテストに応募《おうぼ》したことがあったが、その書き出しは、「はじめに言葉ありき――聖書より」というのだった。

彼《かれ》のもう一つの特技は、「馬嚙《うまが》み」と称《しょう》するものだった。つまり、人の後ろからそっと近づいて脚《あし》の筋肉をつねり、容易には治《なお》らないこむら返りを起こさせるのだ。相手は二十分くらいは動けなくなり、動けるようになってもひどく痛い思いをした。

校内で『ハムレット』を上演したときには、彼《かれ》は槍持《やりも》ちの役を志願したのだが、これは陰気《いんき》なデンマーク人ハムレットを演じたトニー・アップルに、長い独白の一つがはじまるところで「馬嚙《うまが》み」を食らわせるのが狙《ねら》いだった。おかげでアップルは、いつものように舞台をきざに跳《は》ねまわるかわりに、ぴくりとも動かず、片脚《かたあし》で立ったままその独白をやるはめになった。だがそれ以上にすかっとしたのは、英語科の主任にあとでがみがみ怒《おこ》られたときにも、アップルの奴《やつ》が生徒の不文律《ふぶんりつ》を守らざるをえず、ひと言も弁明できなかったことだ。というわけで、英国の演劇界はもう一人の名優ローレンス・オリヴィエを失ったのだった……

ぼくたちをまとめていたのは、ジャック・ドーソンだった。グループの連中はみんなジャックの特別な友だちになりたがっていたから、彼《かれ》は、おもしろ半分、グループの仲間同士を対抗《たいこう》させては楽しんでいた。彼《かれ》の人生の目的はもっぱら笑うことで、その笑いがどんなに他の人間を傷つけようと気にもとめなかった。まったく冷酷《れいこく》な奴《やつ》だったのだ。

それならばぼくたちはなぜ、そんなに彼《かれ》の友情をもとめたのだろう？　彼《かれ》はそう背が高いわけでもなく、むしろひよわだった。それどころか、ぼくよりみっともなかったとさえ思う。顔はひどいもので、片方のまぶたがたれさがっているために本当に醜《みにく》く見えた。怠《なま》け者の目というやつだ。ところがジャックの場合、これは決闘《けっとう》の傷のせいだというので、むしろ魅力的《みりょくてき》に見えたのだ。その醜悪《しゅうあく》さは、かっこいい貴族的な醜悪《しゅうあく》さなのだった。

彼《かれ》の選球眼は卓抜《たくばつ》だし、動きも俊敏《しゅんびん》だった。一度テニスで、全ショット股《また》のあいだから打ち返して、アップルに勝ったことがある。これも笑いたかったからだった。クリケットで守備についている最中に、飛んできた燕《つばめ》を捕《つか》まえたこともある。ラガーとしては、ひよわなくせに怖《こわ》いもの知らずで、しじゅう負傷した。ぼくは彼《かれ》に負傷させた奴《やつ》を殺してやりたくなった。その反面、彼《かれ》は自分が何かへまをすると、わざと足を引きずって同情をひこうとした。

彼《かれ》は伝説の男だった。地元のラグビークラブのレギュラーのウイングが怪我《けが》をしたとき、ぎりぎりになって交替《こうたい》させられたこともあった。そして大人《おとな》ばかりの中で、トライを決め、得点を挙《あ》げたのだ。ピアノで、ワルトトイフェルの『スケーターズ・ワルツ』を弾《ひ》くこともできた。落ちこんでいるときにはぼくたちとつきあおうとはせず、何時間でも目をつぶってソファに横になったまま、クラシック音楽を聴《き》いていた。その女嫌《ぎら》いは伝説的だった。また、P・G・ウッドハウス（英国の有名なユーモア作家。一八八一―一九七五）は全作品を何度も読んでいて、暗記している話さえ珍《めずら》しくなかった。とにかく何よりも笑いのセンスがゆたかで、クラスじゅうに腹を抱《かか》えさせるようなことが言えた。

愛というのは単純ではない。いつでも鼻先であしらわれ、からかわれ、報《むく》いられることのない愛というのは。ワトソンがシャーロック・ホームズに抱《いだ》いたような愛のことだが。ジャックがかきたてたのは、こういう愛だった。

ウィルフ・キンバーの場合。彼《かれ》はほかの仲間ほど頭はよくなかったが、低学年の頃《ころ》には校内随一《ずいいち》の喧《けん》嘩上手《かじょうず》で、今でも相手がちょっと手強《てごわ》いときには呼び出された。ふだんは仲間はずれの寂《さび》しい奴《やつ》だった。それでも、彼《かれ》をさっさと首席監督生《かんとくせい》にした先生たちには、ぼくたちには見えなかった何かが見えたのだろう。

ピクルズというあだ名のバンティをぼくらが仲間にしたのは、なぜだろう？　赤ら顔で巨体《きょたい》のヨークシャー生まれの奴《やつ》で、夜はピンストライプのスーツを着て映画に出かけ、太い葉巻《はまき》を吸い、その単純なブルジョワ思想をたえずぼくたちにからかわれていたのだから。

トップグループというのは、なぜできるのだろうか？　からかわれてもかまわないから、とにかくぼくたちの目にとまろうとしてとりまく連中がいるからだろうか、魅力的《みりょくてき》な仲よしグループに入れてもらえるのを楽しみに……。だがこのグループは、すでに仲間になっている者にとってはなんの魅力《みりょく》もない。あるのは、侮辱《ぶじょく》と苦痛だけだ。ぼくは何度、落ちこんで苦い顔で家へ帰る道々、あいつらとは二度と口をきかないぞ、あいつらなんかぼくの人生からは切り捨てて、ぼくを侮辱《ぶじょく》なんかしない礼儀正《れいぎただ》しい友だちを見つけるんだ、と誓《ちか》ったことか。ところが、なぜか朝になると、またかならず彼《かれ》らのそばにもどっていたのだ。礼儀正しい連中は、荒涼《こうりょう》として退屈《たいくつ》な砂漠《さばく》そのものだった。

こういうわけでぼくたちは、ぼくが純情でいられた最後の学期もあと二日で終わるというその日、何かおちょくりたくなるおもしろいことが起こらないかと思いながら講堂に座り、大勢が卒業してしまったあとのラグビーシーズンの予想を、だらだらと話しあっていた。

「グレアムが卒業したんじゃ、スクラムハーフは誰《だれ》にする」

「スティーヴィー・プレンティスだな」

「あの二軍のフルバックか？　おまえ、バカかよ」

「いや、あいつはタフだぞ。向こうがあいつをつぶそうとかこんできても、奴《やつ》は平気で突《つ》っ立って待ってて、逆にぺしゃんこにしちゃう。そして、球出しをしてくれる」

「バカ言え」

「まあ、見てろよ。おれから話してみたんだが……奴《やつ》はやるってよ」

「きさま、どういうつもりだ。あいつと話したなんて。きさま、いつキャプテンになった？」

そのときシェリーという男が近づいてくると、無造作《むぞうさ》に言った。「夏休みにゃ、〈クラターバーン・ホール〉へ修学旅行だってよ。一週間だ。マットレスで寝《ね》るのさ。林で労働してな。女の子たちがわんさと行くって言ってるぜ」

この最後の言葉は、むろん興奮のざわめきを呼び起こした。

「引率《いんそつ》は誰だ？」ジャックが訊《き》いた。

「フレッド・リグリーとエマ・ハリスだ。他にも何人かいるが、フレッドが責任者さ」

「助けてくれ」

「森の中へ……」

「フレッドがターザンみたいに小脇《こわき》にエマを抱《かか》えて、枝から枝へぶらさがって飛んでいくところが見えるぜ」

「エマのほうがフレッドを腕《うで》一本で抱《かか》えて、枝から枝へつたっていくんじゃないのか」

「そいつは大笑いだ」ジャックが言った。それで決まりだった。

7．勇敢《ゆうかん》なコルテス

〈クラターバーン・ホール〉での一週間は、天の恵《めぐ》みのようなものだった。スタートから、すべてうまくいった。トニー・アップルは、父親が仕事で海外へ出かけるのに家族で同行するので参加できない、と言った。テディは、お粗末《そまつ》な誰《だれ》かさんの森の誰《だれ》かさんの木を切り倒《たお》して、お粗末《そまつ》なマットレスで寝《ね》て金ももらえないなんてのはいやだ、と宣言した。バンティ・ウィルソンは、来るんだろうな、とさんざん責めたてられたあげく、お祖母《ばあ》さんが再婚《さいこん》するのでヨークシャーへ帰らなければならない、と白状した。ぼくたちは大笑いして、バンティのセクシーなお祖母《ばあ》さんのことをからかった。きっとおまえの祖母《ばあ》ちゃんの芸名は、ダイアナ・ドーズ（英国の映画・テレビ女優。一九五〇年代からブロンドのセックスシンボルとして、アメリカのマリリン・モンローと張りあった）っていうんだろう、などと言って。

これで、ぼくらのグループで残ったのはぼくとジャックとウィルフだけになった。そしてウィルフは来年の首席監督生《かんとくせい》だったから、女子の次期首席監督生《かんとくせい》のローナ・トンプソンと何度もうちあわせをしたあげく、これはロマンスに発展した。ロマンスというのは言いすぎだとしても、少なくとも二人は町の映画館〈カールトン〉の最後列にならんで座っているのを目撃《もくげき》されたのだった。

まったく競争相手なしに、ジャックと二人きりで一週間を過ごせる道が開けた。エマのことなど、ほとんど頭になかった。彼女《かのじょ》なんか、せいぜい紙入れの隅《すみ》に入っている色褪《いろあ》せた絵はがきくらいにしか思えなかった。

ぼくの一つの課題は、目的地までたどりつく方法だった。クラターバーンは町から約六十五キロも離《はな》れている。むろん、学校側ではバスを用意してくれていた。しかし、小学生じゃあるまいし、みんなと一緒《いっしょ》にバス旅行だなんて、みっともないじゃないか。ぼくは颯爽《さっそう》と登場したかった。つまり、自分の自転車で行くのだ。仲間たちがぞろぞろとバスから下りて、みじめったらしく自分のスーツケースをひきとっているところへ、自分がかるがるとペダルを踏《ふ》んで乗りつけるシーンを思いえがいていた……。

だが、むろんこの計画には障害《しょうがい》もあった。クラターバーンまで行くには、カーター・バー付近の、スコットランドとの国境に近い荒涼《こうりょう》とした高地を抜《ぬ》けていくことになる。ところが、自転車も今では古くなったし、ぼく自身も、昔とは違って、たとえ帰ったときに気分が悪くなり、尻《しり》が痛くて痛くてそれから三日は満足に歩くこともできなかったにせよ、とにかく一日百キロ以上も乗りこなせた、かつてのぼくではない。この頃《ごろ》ではお祖母《ばあ》ちゃんの家より遠くへは行っていないのだ。だがぼくは、人間、名をあげるには苦労しなければならない、と自分に言い聞かせた。そこで自転車に油を差し、取れていた三本のスポークを新しくして、二回ほど短距離《たんきょり》を走ってみたのだが、それだけでもう、くたくたになってしまった。

出発の前夜はろくに眠《ねむ》れなかった。荒地の真ん中を走っているときにパンクするといった恐《おそ》ろしい光景が、つぎつぎに目に浮《う》かんだ。あるいは、ぼくが丘《おか》に差しかかって仕方なく自転車を押《お》してのぼっている横を、バスにぎっしりつまった仲間たちが野次《やじ》りながら追《お》い越《こ》していくといった光景が。なかでも最悪なのは、脚《あし》がまいってしまって、情けないことに彼《かれ》らに乗せてくれとたのむ羽目になるという光景だった。

朝の五時。両親がごそごそ起き出す音が聞こえた。父さんが六時から二時までの早番《はやばん》なのだ。ぼくは起きて洋服を着ると、もう出かけるよ、と言った。なんと、これでひと騒《さわ》ぎ起こった。母さんが、ちゃんとした朝食を食べろと言って聞かなかったのだ。ぼくは何も口に入らない気分だったが、けっきょく、母さんを黙《だま》らせるためにトーストを半分口に押《お》しこんだ。それから、ずしりと重い荷物を積んだ自転車にまたがると、全速力で飛び出した。災難に襲《おそ》われないうちに現地に着いてしまわなければと、やみくもに焦《あせ》っていたのだ。あまり猛烈《もうれつ》に漕《こ》いだせいで脇腹《わきばら》が痛くなり、しじゅう休まなくてはならなかった。眠《ねむ》っていないし、空腹なうえにすでに疲労困憊《ひろうこんぱい》していたぼくは、事故に遭《あ》うのを待っているようなものだった。

だがやがて、見えはしなかったが、太陽がのぼってぼくの背中を照らし、まるでプレゼントみたいに、飛ばしてゆくぼくの青い影《かげ》を前面の金色の道路に映し出した。不思議に超人的《ちょうじんてき》な感じのするほっそりした影《かげ》が、クラターバーンめざして飛ばしていく。この超人《ちょうじん》の伴走《ばんそう》にはげまされて、やっとの思いであたりを見まわしてみると、じつに美しい八月の朝だった。風はかすかにひんやりしていて、地平線から地平線まで真《ま》っ青《さお》な空が広がっていた。この早朝の時間が、完全にぼくのものなのだ。鳥たちさえ、まだ眠《ねむ》っているようだった。そして気がついてみれば、ぼくはもう十六キロは走破していて、あとはこの三倍走ればいいだけだった。そしてぼくの気まぐれな脚《あし》は、もうちっとも痛くなかった。

タイヤは朝露《あさつゆ》に濡《ぬ》れた道路にふれて口づけの音をたて、ギヤの音もたえず快調だった。ヒマラヤの山頂みたいに人気《ひとけ》がなくがらんとしていて、ブルドーザーが眠《ねむ》っている露天掘《ろてんぼ》り炭鉱の現場は、なぜか火星に似ていた。つづいて見えてくる、炭鉱村の列。ここは、村人たちが目をさまして、煙《けむり》の世界へのみこまれないうちに、スピードを上げてひそかに通過しなければいけない。早番の坑夫《こうふ》が四人、出てゆく。

真っ黒な鉄の自転車に乗った真っ黒な鉄人たち。彼《かれ》らは頭をたれて灰色の道路を見つめ、寒い朝の馬車馬のように白い息を吐《は》いていた。

不安からぐいとスピードを上げ、曲がり角を間違《まちが》えたかも、と一瞬《いっしゅん》あわてふためいたところで、ありがたいことに道標《どうひょう》を見つけた。クラターバーンと書いてある、はじめての道標だ。薄汚《うすよご》れて冴《さ》えない小さな炭鉱村の、薄汚《うすよご》れて冴《さ》えないガソリンスタンドの近くにある、薄汚《うすよご》れて冴《さ》えない道標だが、それに書いてある地名は、あらゆる汚《よご》れを吹《ふ》っ飛ばしてくれた。その先は、芽を吹《ふ》いたばかりのヒースと、川の匂《にお》い、そして、ひろびろした荒地を轟々《ごうごう》と吹《ふ》いていく風だけになった。道路が西北に曲がると、つらなる丘《おか》は雲ととけあい、雲はひろびろした空ととけあい、そのいならぶ丘《おか》の上、広がる雲の下に、クラターバーンはあった。

どこまでもつづく丘《おか》は、今や親しい競争相手となり、嬉《うれ》しそうに熾烈《しれつ》な戦いを挑《いど》んできたが、この戦いもたちまち懐《なつ》かしい思い出となった。白い目で陽気にウィンクしているみたいな、小さく楽しげな里《り》程標《ていひょう》。今やこれも、それまでより頻々《ひんぴん》と現れる気がした。ペダルを踏《ふ》むのに合わせて、チョコレートビスケットをくちゃくちゃやるのも、ひそかな楽しみだった。

ノウズゲイト・ブリッジは赤煉瓦《あかれんが》と鋳鉄《ちゅうてつ》でできた、やや凝《こ》りすぎ、堂々としすぎの、いささか悪趣《あくしゅ》味《み》なのが愛嬌《あいきょう》という感じがする都会風のアーチ型の橋だったが、ここを渡《わた》ると、ついに高地の荒地帯《あれちたい》に、わが貴婦人が、紫色《むらさきいろ》のシルクや灰色のガーゼのような霧《きり》に包まれ、城壁《じょうへき》と川と金網《かなあみ》という古典的な威厳《いげん》をまとって姿を現す。二本組の電信柱が空に向かってのびていて……

やがて最後の山頂に差しかかり、目の前の電線がはるばるクラターバーンまでつづいていることにおぼろげながら気がつくと、大地がとつじょ降伏《こうふく》したようなショックを受けた。

ギヤをキイキイきしませ、思いきりペダルを踏《ふ》んで頂上を越《こ》えると、あとは速く、どんどん速く下ってゆく。静まっていた霧《きり》が、ぼくの起こした空気の流れのせいで流れ、渦巻《うずま》いた。

朝の魔法《まほう》は解けはじめていた。太陽はふだんどおりのぬくもりをおびはじめ、家々の煙突《えんとつ》からは煙《けむり》が上がり、道端《みちばた》の農家では乳しぼりの缶《かん》がからんからんと音をたて、魔法《まほう》の時も魔法《まほう》の場所も、終わろうとしていたが、それでもなんとはなしの期待、まだこれから最高のことが起こるのだという気持ちは消えなかった。朝の魔法《まほう》が解けないうちにたどりつけば、きっと……

最後の里程標がウィンクした。〈クラターバーン・ホール〉と書かれた道標が現れ、森の木々の暗いトンネルをいくつか抜《ぬ》けると、その奥《おく》でホールの前面の古い壁《かべ》が、おだやかな日射しを浴びていた。

そして、誰《だれ》かがぼくを待っていた。女の人だ。手を振《ふ》った。もう一度振《ふ》った、前よりも力をこめて。彼女《かのじょ》はホールの開けっぱなしの戸口に一人たたずんで、低い太陽の光をさえぎるように目の上に手をかざしている。ぼくはその目の前に滑《すべ》りこむと、自転車を停《と》めた。

「アトキンソン！」彼女《かのじょ》は驚《おどろ》いて目を丸くしていた。「あなたはお昼ご飯の頃《ころ》に来るはずだったでしょ。それが、朝ご飯に間に合ったじゃない」

そのときのぼくの気持ちを、どう語ればいいだろうか。ぼくは西インド諸島のあらゆる宝物を携《たずさ》えてもどってきた、コロンブスだった。ダリエン（現在のパナマ）の山頂に黙然《もくねん》とたたずむ、勇敢《ゆうかん》なコルテス（英国の詩人ジョン・キーツ（一七九五―一八二一）のソネットからの引用）だった。歴史上のあらゆる冒険家《ぼうけんか》、探検家になった気分だった。ここはぼくのニューファウンドランド（英国が十六世紀にはじめて海外に持った州。現在のカナダ東部）であり、彼女《かのじょ》はそこの女王だった。この一瞬《いっしゅん》、ここ以外には世界はなかった。そして彼女《かのじょ》は魔法《まほう》を破らずに、おなじ奇跡《きせき》の世界にたたずんでいてくれた。

これこそ、仲間たちには理解できない感覚なのだった。彼《かれ》らはぼくたちを、暗闇《くらやみ》の中で体をまさぐりあうことだけが望みの、いやらしい奴《やつ》としか思わない。愛とは王と女王とニューファウンドランドの世界なのだということが、わからないのだ。

彼女《かのじょ》はぼくに、どこもかしこも日が射している部屋《へや》をつぎつぎに見せてくれた。ここが大教室、ここがダンスをする部屋《へや》、ここが大食堂、と。家具がまったくないせいで、なおさら夢のようだった。

それから彼女《かのじょ》は、まるで退位する女王のような悲しげな顔で、「あなた、朝ご飯を食べたほうがいいわ。あたしたち教師と一緒《いっしょ》に食べるのでもいい？」と訊《き》いた。

ぼくたちは、ナイフやフォークの音とベーコンエッグの匂《にお》いのするキッチンのほうへ歩いていった。

ぼくはなぜ、「ぼくはベーコンエッグなんかいりません。お腹《なか》がすいていても、先生さえいれば」と言わなかったのだろう。だが、ぼくの中の卑《いや》しい獣《けもの》がひどく空腹なのにとつぜん気づいて、「はい、いただきます」と言ってしまったのだ。

ぼくたちは先生たちや、はじめて会う人たちでいっぱいのキッチンに入っていった。そして彼女《かのじょ》は、興奮しきった声で、「アトキンソンが来ました」と言った。「全行程自転車で来て、朝ご飯に間に合ったんですよ。すごいでしょう？」

だが、彼《かれ》らはべつに感心したようすもなく、ぼくをじろじろ見ただけで、フレッドの奴《やつ》はフォークを口へ持っていきながら、「そんな短パンを履《は》いていると、マハトマ・ガンジーみたいだよ。がに股《また》のガンジーだな。下品な服だ」と言った。

おかげでぼくの壮麗《そうれい》な王国は瓦解《がかい》して廃墟《はいきょ》と化し、ぼくは歓迎《かんげい》されざる客として彼《かれ》らのテーブルについて、目を伏《ふ》せたままベーコンエッグを食べることになり、喉《のど》がつまりそうになったのだった。

8．カップル

幸せになるには、どうすればいいのだろう？　不幸は嵐《あらし》のときの雲のようにぐんぐん積み重なっていくのに、幸せは、数え上げてみようとすると、みんなつまらなく思えてくる。

ぼくたちは、日中は森で働いた。白髪頭《しらがあたま》の厳しい樵《きこり》の人が選んだ、ひょろひょろと弱そうな木を切り倒《たお》すのだ。樵《きこり》は、ぼくたちが気に入らないようだった。むしろ本物の労働者を雇《やと》って給料を払《はら》い、とことんこき使いたかったのだろう。

男子生徒は、木を切り倒《たお》した。ボーイスカウト流でやろうとしてみたが、樵《きこり》はやはり感心してくれなかった。梢《こずえ》を切りとり、枝を払《はら》って、棒《ぼう》を作る男子もいた。これは「枝下《えだお》ろし」と呼ばれる仕事で、ぼくたち男子は、この言葉についてつぎつぎに性的な冗談《じょうだん》を言っていたが、女の子たちにはぜんぜん受けなかった。

女の子たちがやらせてもらえるのは、下ろした枝を集めて火にくべることだけだった。女の子たちがそのへんをうろつきながら幾人《いくにん》か固まってぶうぶう文句を言っているそばで、ぼくたちは男の強さを見せようと腰《こし》まで裸《はだか》になったり、太い木の幹を放ったり、お互《たが》いに投げ飛ばしあったりしていた。なかには女の子を抱《だ》き上げて放ろうとしたり、木の枝で女の子の顎《あご》の下をくすぐったり、焚《た》き火の上に放り出すぞと脅《おど》かしたりする奴《やつ》もいた。だが、何一つ効果はない感じで、女の子たちはただぶうぶう言うだけだった。

　しかし、女の子たちは仕事がすんでから夕食までのあいだに、行動に出た。ぼくたち男子が、ホールの売店で買ってきたシャンディの瓶《びん》が転《ころ》がっているマットレスの上で、だらしなくトランプの〈21〉をやっていると、つぎつぎに寝室《しんしつ》のドアを軽くノックする音が聞こえて、お茶のおさそいがやってくる。ちゃんと相手を指名したご招待なのだ。女の子たちが仲間同士で議論をして、ぼくたちをランク分けしたことはあきらかだった。それに気づくと、ぼくたちはまず野次《やじ》りはしたものの、すぐ体を洗いに飛び出していき、水で濡《ぬ》らした櫛《くし》で髪《かみ》をなでつけたうえで、招待に応じた。口々に、ただおやつが目当てで行くんだ、と言いながら。夕食はまだまだなのに、腹ペコだもんな……

　女の子たちは、ささやかな奇跡《きせき》を見せてくれた。裸板《はだかいた》の台にはテーブルクロスが掛《か》けてあるし、ティーポットとカップも、キッチンからかっぱらってきてあったのだ。そして、家から缶《かん》に入れて持ってきた大きなケーキまでならんでいた。

　そして彼女たちは、まずきちんとした作法を見せてぼくたちを静かにさせると、ちゃんと大人らしい態度をとりなさい、と言いだした。そしてぼくたちは、何年ものあいだ自分たちが校庭で乱暴な言葉を投げつけていた女の子たちに、きちんと紹介《しょうかい》された。お互《たが》いに握手《あくしゅ》、握手《あくしゅ》。ベッドに滓《かす》をこぼさないように苦労しながらケーキを食べているうちに、ぼくたちは、彼女《かのじょ》たちも冗談《じょうだん》を言うこと、道化者もいればリーダーもヒロインもいること、女の子のあいだにもぼくたちとまったく変わらない永遠の友情が存在することを知った。彼女《かのじょ》たちは気味が悪いくらい、ぼくたちに似ていた。学校の廊下《ろうか》でぼくたちが傍若無人《ぼうじゃくぶじん》に押《お》しのけて通っていた、おとなしい羊の群れとは大違《おおちが》いだし、まして、ぼくたちが空想する従順《じゅうじゅん》そのものの乙女《おとめ》とも大違《おおちが》いだった。どちらの側も、互《たが》いに友だちになりかけていることに驚《おどろ》いていた。

　みんながたちまちカップルになったのは、まったく怖《こわ》いほどだった。女の子たちは男の群れの中から、自分の相手を切り離《はな》す術《じゅつ》を心得ていた。とつぜん、生まれてからずっと親友だった男が一人の女の子のものになってしまい、夕食へもその女の子と一緒《いっしょ》に行くようになった。

　ただし、ぼくとジャックは例外だった。ジャックを狙《ねら》っている子はいた。リーラ・サンプソンという脚《あし》の長い、赤い髪《かみ》の子だったが、おしゃべりすぎるので、息はポリッジ（おかゆ）を冷ますときのために取っておけ、とでも言いたくなった。ジャックは全員と平等に話し、父親から聞いた魚屋のインチキの話でみんなを笑わせた。リーラは彼《かれ》にまったく近づけなかった。悪賢《わるがしこ》い奴《やつ》だったのだ、ジャックは。

　ぼくに目をつけた子もいた。ジョイス・アダムソンだ。ぼくは、女の子たちにジョイス・アダムソンを割りふられたのに、腹が立った。彼女《かのじょ》は仲間はずれの笑い者で、となれば、女の子たちのあいだでの当のぼくのランクもわかったからだ。

　誤解しないでほしい。冷静な目で見れば、ジョイス・アダムソンはけっして悪くはなかった。長い茶色の髪《かみ》はつやつやしていたし、鼻筋《はなすじ》も通っていれば、ブルーの目は大きく美しかった。だが、身長が百八十センチ近くもあって、がっしりした体格だったのだ。太ってるわけじゃないけれども、がっしりしていたのだ。男どもは、話が盛り上がったときなどによく、ジョイスはラグビーチームのフォワードにぴったりだな、と言いあっていた。

　だが、もっと悪いことには、彼女《かのじょ》は耳も口も役に立たないも同然なのだった。教室でも、「はい、フリーマン先生」とか、「いいえ、アントロバス先生」といった返事以上のことは、言ったためしがない。とはいえ、バカでないことはわかっていた。いつでも点数はよかったから。けれども、それは先生が言うことをそっくりノートにとり、試験のときにはそれを暗記していたからだった。
彼女《かのじょ》は何回も、おずおずとぼくに微笑《ほほえ》んでみせた。ぼくのほうは冷淡《れいたん》な視線を返したきり、ジャックと冗談《じょうだん》を言いつづけていた。
ぼくは落胆《らくたん》した気持ちを、エマはぼくのことを勇敢《ゆうかん》なコルテスだと思ってるんだ、と考えて慰《なぐさ》めた。

最高の時間は、夕食後だった。みんなでダンス場にある大きな手巻き式の蓄音機《ちくおんき》のまわりに集まって、ダニー・ケイ（アメリカのエンターテイナー。一九一三―八七）を聴《き》くのだ。レコードを持ってきたのはエマで、ぼくたちはそれをすり切れそうになるまでかけた。最後には全曲暗記してしまい、酔《よ》っ払《ぱら》ったような節《ふし》まわしや息のつぎかたまで真似《まね》て、一緒《いっしょ》に歌った。

エマはみんなの後ろをぶらぶらしながら、ぼくたちが楽しんでいるのを嬉《うれ》しそうに見ていた。その一週間のあいだ、彼女《かのじょ》は小さな太陽のように、行く先々に喜びの光を投げかけてくれた。ぼくたちがお茶をしているとき、何か連絡《れんらく》があって彼女《かのじょ》が寝室《しんしつ》に顔を出したりすると、たちまち女の子たちが一杯《いっぱい》お茶を飲んでいってとさそいこみ、彼女《かのじょ》はその場をいっそうにぎやかに盛り上げてくれた。

反対に、フレッドのスエードの革靴《かわぐつ》がきゅっきゅっと音をたててドアの前を通ると、ぼくたちは身震《みぶる》いした。その一週間、フレッドはこごとの言いどおしだったのだ。毎晩、食事のあとで、彼《かれ》は樵《きこり》、コック、ホールの従業員たちからの苦情を、つぎからつぎへとぼくたちにつたえた。彼《かれ》があまり熱心に、十時にはかならず消灯させようとしたので、ぼくたちはじつは眠《ねむ》りたいのをがまんして、しじゅう真夜中までトランプをつづけた。だが、フレッドの奴《やつ》がホールの外からこそこそうかがって明かりがついている部屋《へや》の数を数えてから、オリンピックの選手さながら駆《か》け上がって部屋《へや》へ飛びこんでみると、部屋《へや》の電灯はみんな魔法《まほう》のように消えていて、本物としか思えないみごとないびきが聞こえ、ジャックが不機《ふき》嫌《げん》な声で、「どうしたんです、先生。おかげで目がさめちゃった。先生は眠《ねむ》れないんですか？」などと言ったりするのは、けっこう愉快《ゆかい》だった。

そして、怒《おこ》ったような足音がばたばたと遠ざかると、またトランプがはじまって……

こういう幸せなときに、ぼくはエマのことをどう思っていたかって？　ぼくの情熱は、妙《みょう》なことにふたたびおさまっていた。彼女《かのじょ》は単に思いがけない贈《おく》りものにすぎず、それ以上のものとは思えなくなっていたのだ。

彼女《かのじょ》が部屋《へや》へ入ってくると、ぼくは甘《あま》い、安らかな気持ちになった。世界がぼくの思いどおりになり、光がぱっと明るくなる気がした。そして何か素晴らしいものが遠くない将来に待っている、もう水平線のすぐ向こうまで来ているという気がするのだった。何か、はっきり正体はわからないものが……

9. 最高の一時間

このへんでいよいよ、最高だった一時間の話をしよう。
それはさいごの晩のことだった。ぼくは五人の女の子と、キッチンで夕飯のあと片づけの洗いものをしながら、彼女《かのじょ》たちを笑わせていた。綺麗《きれい》な女の子たちはみんな、カップルになった男とくっついて、外の暗闇《くらやみ》の中でかくれんぼめいたことに夢中になっていた。ときどき、開いている窓から、彼《かれ》らの興奮した甲高《かんだか》い声が聞こえてきた。ぼくは真面目《まじめ》な顔で歌ってみせた。

「ハイドの若いレディが
青いリンゴの食べすぎで死んだ。
悲しい死者の体の中で
リンゴが発酵《はっこう》、
お腹《なか》の中はサイダーがいっぱい」

みんな、くすくす笑いだした。綺麗《きれい》じゃない女の子でも、お腹《なか》の中が発酵《はっこう》するなんていう話はおもしろいらしい。ぼくは、だんだん残り少なくなってきた自分の五行戯詩《ごぎょうぎし》のレパートリーに、他に歌えるものはないかと考えてみた。バッキンガムの坊《ぼう》さんのいやらしい詩は問題外だ。

　そこへ、ウィルフ・キンバーとローナ・トンプソンが飛びこんできた。男の首席監督生《かんとくせい》と女の首席監《かん》督生《とくせい》だ。もうずっとつづいている、幸せそのものと言っていいカップルだった。だが今の二人は、幸せには見えなかった。ウィルフ・キンバーは真《ま》っ青《さお》で、冷《ひ》や汗《あせ》を流しながら、ローナに抱《かか》えられてなんとか歩いているのも同然だった。彼《かれ》は左手で右の肘《ひじ》を固くつかみ、一歩歩くごとに顔をしかめている。間違いなく、鎖骨《さこつ》を折ったのだ。こういう格好は、ラグビーグラウンドで見たことがあった。

「二人で走ってたら……」と、やはり青い顔のローナがあえぐように言った。「地下室へ下りる階段へ落ちちゃったの。彼《かれ》の上へあたしが落っこちて。何か、ぽきんって音が聞こえたわ」

「ウィルフを座らせて」とぼくは言った。「毛布を持ってきて。ショック状態なんだよ。濃《こ》くて甘《あま》い紅茶をいれて――砂糖は三つ」戦争中の習慣を忘れていなかったのは、おもしろい。

　濃《こ》くて甘《あま》い紅茶、というぼくの名案なんかくそくらえとばかり、ウィルフはすぐそれを石を貼《は》った床《ゆか》に吐《は》いてしまった。

「そこは拭《ふ》いとけよ」ぼくは言った。「先生たちを呼んでくるから」

　ぼくは二階へ駆《か》け上がって、フレッドのドア、マ・フリーマンのドア、パギー《べとべと》・ウィンターボトムのドア、そしてさいごにはエマのドアと、片《かた》っ端《ぱし》から叩《たた》いてまわった。だが、どこでも返事はない。激怒《げきど》したぼくは、エマのドアを開けてみたが、彼女《かのじょ》はいず、ブラが一つとナイロンストッキングが二足、ラジエーターにぶらさげて干してあるだけだった。自分の考えつくことなど、緊急《きんきゅう》事態では役に立たないばかりか、とんちんかんなんだとぼくが思いかけたちょうどそのとき、ジャック・ドーソンが追《お》いかけてきて、やはりエマの部屋《へや》をじろじろ覗《のぞ》くと（彼《かれ》にエマのブラを見られるのはじつに不愉快《ふゆかい》だった）、

「みんな、フレッドの車でパブへ行ったんだ。横丁で会ったよ」と言った。

「ちくしょう。〈クラターバーン・アームズ〉（パブの名前）に電話をかける」ぼくは、たった一台の電話がある事務室へ飛んでいった。

だがそのドアには、鍵《かぎ》がかかっていた。そしてここの従業員は、夜間は全員家へ帰っていた。ぼくはキッチンへ駆けもどった。女の子たちは汚《よご》れた床《ゆか》を拭《ふ》き、ウィルフに毛布を掛《か》けてやっていた。だが彼《かれ》はまた吐《は》いていたし、その合間にあえいでいるところを見ると、どうやら折れたのは鎖骨《さこつ》だけではなさそうだった。

「公衆電話でかけてくる」と、ぼくはどなった。

「三キロ以上先だぜ」と、ドニー・メインが言った。「何時間もかかる」

「自転車で行く」とぼくは言ったが、すぐに気がついた。「ああ、ちくしょう、ライトが切れてる」

「おれの自転車を貸してやるよ」ドニー・メインは協力的だった。なぜ彼《かれ》自身が行くと言わなかったのかと不思議に思ったのは、あとになってからだった。

「ギヤに気をつけろよ」彼《かれ》は後ろから叫《さけ》んだ。「ちょっと扱《あつか》いづらいから」

彼《かれ》の自転車は、自転車置場にあった。これほどぼくのと似ていない自転車もなかっただろう。ドニーはサイクリングマニアだったのだ。それは競技用自転車で、持ち上げて外へ出してみると、二百グラム足らずしかない感じだった。それにハンドルの位置も、思いきり低くしてある。トウクリップ（ペダル上に足を固定するバンド）もついている。トウクリップに足を固定しながら、ぼくはひどく不安になってきた。

だがいざ走りだしてみると、そんなことは序《じょ》の口だった。サドルの幅《はば》は五センチくらいしかなく、位置がひどく高い。ブレーキはみんな変な場所についているし、自転車全体がまるで細い針金でできてでもいるように、ねじれてぐらぐらする感じだった。それにギヤがしじゅう、なんの前ぶれもなくつぎの段階に入ってしまう。だから、ほとんどペダルを踏《ふ》まなくても猛《もう》スピードが出ていたかと思うと、つぎの瞬間《しゅんかん》には、必死でペダルを踏《ふ》んでもちっとも進まないという具合になる。それにフロントライトも、ついてはいるがなんの役にも立たない。アスファルトの道路と、ときどきぱっぱっとかすめる丈《たけ》の高い草を、二メートル足らず先まで照らす役にしか立たなかった。そして下り坂は、どんどん急になってゆく……。

ぼくは、神のお恵《めぐ》みがなかったら今夜もう一人鎖骨《さこつ》を折る人間が出るな、と思ったのをおぼえている。自分も破滅《はめつ》の危機に瀕《ひん》していたのだ。レーシングカーを運転している鼠《ねずみ》みたいな心地《ここち》だった。それでいて妙《みょう》なことに、恐怖感《きょうふかん》がぜんぜんぴんとこない。まるで他人事《ひとごと》のようだった。ぼくは、これで無事に帰れたときには、ものすごく景気のいい作り話を女の子たちに聞かせてやろう、と何度も思った。うまく帰りつけたなら、だけど。衝突《しょうとつ》して道路に倒《たお》れているぼくを、パブ帰りのフレッドが酔《よ》っ払《ぱら》い運転で轢《ひ》いてしまわなければ……。

無限と思える時間、道路からはずれたり、急に現れた木を足で蹴飛《けと》ばしたり、無我夢中でブレーキをかけて、あやうくハンドルの向こうへトンボ返りしそうになったりをくり返しているうちに、とつぜん明かりのついた公衆電話ボックスが見えたときは、びっくりして、本当に嬉《うれ》しかった。ぼくは自分がまだ生きているのを喜びながら、自転車を下りて、ボックスに駆《か》けこんだ。

「二ペニー投入してください」女の交換手《こうかんしゅ》の声がした。

ぼくは一ペニーも持っていなかった。しかし、ぼくの嘆願《たんがん》に、交換手《こうかんしゅ》は折れてくれた。彼女《かのじょ》は〈クラターバーン・アームズ〉につなぐと、そっちは放っておいて、いちばん近い医者を探してくれることになった。ぼくはエマを呼んでくれとたのんだ。やっと出てきた彼女《かのじょ》の声は、きゃあきゃあはしゃいでいた。だが、そんな調子は、たちまち吹《ふ》っ飛んだ。

電話ボックスを出たとき、ぼくの脚《あし》は、がたがただった。歩いて帰ろう、と思った。一夜分としてはたっぷり、英雄的行為《えいゆうてきこうい》を果たしたのだから。

まず、フレッドのヒルマンが追いついてきた。彼《かれ》はキキッとブレーキをかけて停《と》まると、窓を下ろして、ひどく不機嫌《ふきげん》な声で「まだ医者に追い越《こ》されてないか？」と言った。

「まだです。誰も通りません」

「ようし」彼《かれ》は言うと、エンジンを加速させた。エマが後部座席から、「よくやったわね、アトキンソン」と言うが早いか、車は命からがら地獄《じごく》を逃《に》げ出す猫《ねこ》みたいに走り去った。

ぼくが帰りついたときには、ちょうど小さなバッグを持った男が、フレッドに見送られて正門から出てくるところだった。フレッドは、その男をちやほやしていた。

「あの生徒の状態を見たとたん、すぐお電話したほうがいいと思いましてね」とフレッドは言った。

「賢明《けんめい》でした」医者は答えた。

嘘《うそ》つきめ、とぼくは思った。手柄《てがら》をみんな横取りしやがって。こっちは、あれだけの道をふらふらになって走ってきたというのに。

みんなは、食堂の横の大きな空《あ》き部屋《べや》のキャンプ用ベッドに、ウィルフを寝《ね》かせているところだった。それがすむと、全員が黙《だま》って出ていった。エマだけを残して。

「お座りなさい」彼女《かのじょ》は言って、毛布が積んであるもう一つのキャンプ用ベッドのほうにぼくを押《お》した。

ぼくが座ると、彼女《かのじょ》は二メートルほど離《はな》れた床《ゆか》の上に、ぼくを見上げるような格好で座った。両脚《りょうあし》を折ってキャメルのコートをその上に掛《か》けている姿は、絵のようだった。髪《かみ》は下ろして、真紅《しんく》の細いリボンで押《お》さえているだけだ。顔は青ざめていたけれど、とても綺麗《きれい》だった。なんだか上品な英国映画のヒロインみたいに見えた。そして、その大きな目はじっとぼくを見据《みす》えていた。なぜか、心から感嘆《かんたん》しているように。

そんな目で見られると、ぼくはキャンプ用ベッドの上でもじもじした。その頃《ころ》のぼくはまだ、人から感嘆《かんたん》の目で見られるのに慣れていなかったのだ。家の犬を別にすれば……。しかし、いつかは自分もこういうことが平気になるのかもしれないと思うと、くすぐったくて、身もだえしたくなった。

「今夜は、あなたに救われたわ」彼女《かのじょ》はわくわくさせるような低い声で言った。「私《わたし》たち教師のしたことには、まったく弁解《べんかい》の余地がありません。監督《かんとく》する者を一人も残さず、あなたたちだけにして出かけたりしてはいけなかったのよ。万一……もし彼《かれ》が死んででもいたら、私《わたし》たちはみんな首になって、二度と教壇《きょうだん》に立てなくなっていたわ。私《わたし》はフレッドに、パブに全員で行くべきじゃないって言ったの。でも、彼《かれ》は一時間くらいなら問題ないって……今夜はさいごの晩だし、あなたたちはほとんど大人といってもいいんだしって。いったい何が起こるというんだって」エマは身震《みぶる》いして、大きく息を吸いこんだ。「でも、これでわかったわ。そこへあなたが現れて、失敗の穴を埋《う》めて、私《わたし》たちを救ってくれたのよ」

自分のことをそんなふうに言われて、ぼくは心の底からそわそわした。

「ただ常識どおりのことをしただけです」と、ぼくは言った。

「でも、常識があったのはあなただけなのよ。あとの人たちは何をしていたの？」

ぼくは笑って、「水に濡《ぬ》れた雌鶏《めんどり》みたいに、ばたばたしてましたよ」と言ったが、つづけて「でも、彼女《かのじょ》たちもそのうちに成長しますよ」と言った。

「あたし、あなたはかなり偉《えら》い人になるんじゃないかと思うわ、アトキンソン。大人になったときにはね」

彼女《かのじょ》はなんだか夢でも見ているような感じだった。あるいは、ぼくが銅像《どうぞう》になって台座の上に立っている幻《まぼろし》でも見ていたのだろうか。

「何言ってるんですか。ぼくはいつもと変わっちゃいませんよ」ぼくは、エマが抱《いだ》く幻《まぼろし》の責任などとりたくはなかった。

「おまけにあなたは、謙虚《けんきょ》なのね。謙虚《けんきょ》すぎて……」

いったいどうなってるんだろう、これは。誤解というものを受けたことは、前にもあったが、それは憎悪《ぞうお》にもとづくものばかりだった。ぼくが何を言おうがしようが、かならず駄目《だめ》な奴《やつ》ということにしてしまう、そういう連中はよくいた。二年のときの化学の時間に一年間、ぼくをクラスの道化にしてしまおうとした殴り屋コンク・ショーの奴《やつ》もそれだった。憎悪《ぞうお》が原因の誤解なら、ぼくも対処できた。しかし、これは……

「今夜はもう一つ、あなたにたのみたいことがあるの。この部屋《へや》で寝《ね》て、ウィルフが目をさましたら面倒《めんどう》を見てあげてほしいのよ。彼《かれ》をまかせられるのは、あなたしかいないわ」

エマはさらにこまごまと、注意すべきことをならべはじめた。ぼくはそれを記憶《きおく》しようとした。疲《つか》れているのにへりくだっていると、気が遠くなってきた。ぼくはただ「はい、はい」と、言いつづけていた。ウィルフと二人きりになるなんて、あの自転車で走っていたときよりもずっと怖《こわ》かった。病人とか怪我人《けがにん》にはがまんができない。しかし、なんとなく、ひとたび台座の上に立ったからには下りてはいけない、でないととんでもないことになりかねない、という気がしていた。

彼女《かのじょ》はやっと立ち上がった。手をこちらへのばしたので、ぼくが立たせてやったのだ。その体はぼくにくっつきそうだった。

「お休み、アトキンソン」彼女《かのじょ》は言った。そして爪先立《つまさきだ》ちになると、その唇《くちびる》がぼくの頬《ほほ》を軽く撫《な》でた。それから颯爽《さっそう》とヒールの音を響《ひび》かせて、彼女《かのじょ》は出ていった。ドアが閉まってその姿が見えなくなったとき、ぼくは、まっすぐなシームの入ったナイロンストッキングにハイヒールを履《は》いている脚《あし》の線が、なんてきれいなんだろうと思った。

その夜はひと晩じゅう、ひどい目に遭《あ》った。ウィルフはショック状態だからと、先生たちがその部屋《へや》のセントラルヒーティングの温度を上げたのだ。彼《かれ》は三度ぼくを呼んで起こし、暑すぎるの、気分が悪いのとぬかした。それから、また吐《は》いた。ぼくは真っ暗になった気味の悪い廊下《ろうか》をふらふらとキッチンまで行って、吐《は》いたものを拭《ふ》くのに使えそうなものを、捜《さが》さなくてはならなかった。ぼくはなんでもかまわず使ってやった。〈クラターバン・ホール〉では、今でも、いちばん上等のふきんはどこへ行ったんだろうと思っていることだろう……

ぼくはいい看護人《かんごにん》ではなかった。ウィルフはさかんにうめいたが、ぼくはうめく人間には耐《た》えられないのだ。翌朝、先生たちがウィルフを石膏《せっこう》で固めるために車に乗せて病院へ連れていったときには、見送るのが嬉《うれ》しくてたまらなかった。おそらく彼《かれ》のほうでも、ぼくと離《はな》れられて嬉《うれ》しかったことだろう。

そしてもう、荷造りをして家へ帰るときが来た。出ていくバスに手を振《ふ》ってやろうと思って、サドルバッグもすでにつめ終えた自転車のそばでぼくが待っていると、エマが近づいてきて、急いでる？　それとも、帰る前にコーヒーを一杯《いっぱい》飲む時間はある？　と訊《き》いた。

時間はあった。ミスター・ワンダフルを演じたい気分だった。ウィルフとの一夜のあとでは、そのくらいの資格はあるという気がした。

エマはぼくを一人彼女《かのじょ》の部屋《へや》に置いて、コーヒーを取りに行った。彼女《かのじょ》の荷造りは、まだできていなかったので、ぼくはそのへんを嗅《か》ぎまわった。どんなものを読んでいるのか、本を見てみる。ラジエーターの上に一足、干しっぱなしになっているナイロンストッキングをいじる。そして、えい、言ってしまおう、彼女《かのじょ》のいい匂《にお》いを嗅《か》ぎたくて、脱《ぬ》いであるブラウスの匂《にお》いも嗅《か》いでしまった。ぼくはそれまで、母さんを別にすれば、女性の部屋《へや》へ一人で入ったことがなかった。

そこへ彼女《かのじょ》がばたばたともどってくると、コーヒーを渡《わた》してくれてから、いろいろ質問をはじめた。第一問は、この一週間はどうだった？　楽しかったかしら？　だった。

「ええ、すごく」とぼくは言った。「素晴らしかった。ただ、ホールの人たちが、ぼくたちが森の手入れをしたおかげで助かったかどうかは、あやしいですね。女の子がいたせいで、ずいぶんバカ騒《さわ》ぎもしたし。男子だけだったら、ずっとよく働きましたよ」

「まあ、アトキンソン、あなたってピューリタンなのね。女の子は好きじゃないの？」

「女の子も、いるべきところにいてくれるぶんには、問題ないんですが」

「じゃ、そのいるべきところっていうのはどこなの？」疲労《ひろう》と、あやうく不名誉《ふめいよ》なことになりかけた事件のせいで青ざめていたエマの顔も、今朝《けさ》はまた元気になっていた。その頬《ほほ》は血色もよく、目もキラキラしていて、しじゅう笑みがこぼれた。

ぼくは、けおされてしまった。「ヒットラーはキュッへ、キルヒェ、キンダーって言いましたよ」ぼくはなんとか切り抜《ぬ》けた。「つまり台所、教会、子どもです」

「でも、あなた自身の考えはどうなの？」熱中のあまりわずかに口を開いて、上の歯の白い先端《せんたん》をのぞかせている彼女《かのじょ》は、とても魅力的《みりょくてき》だった。ぼくはまったく口がきけなくなった。

「ガールフレンドはまだいないの？」と、エマは訊《き》いた。「六年にもなれば、男子にはみんなガールフレンドがいるんだと思ってたけど」しかし、ぼくがいませんと答えたとき、エマはあまり失望したようには見えなかった。

こんな具合に話はつづいた。彼女《かのじょ》が質問をし、ぼくがそれに答えて長々と意見を述べる。彼女《かのじょ》はそれを聞くのがいかにも楽しそうだった。

しかし、やがて彼女《かのじょ》はため息をついて立ち上がると、荷造りをしなくては、と言った。そのため息が、なんだかひどく大きく聞こえた。だがそれを言うなら、ぼくだって家へ帰るのはいやだったのだ。

お祖母《ばあ》ちゃんは、ココアをぼくの脇《わき》の竹のテーブルにとんと置くと、自分のものと決まった椅子《いす》に、しっかり腰《こし》を据《す》えた。猫《ねこ》みたいに喉《のど》でも鳴らすんじゃないかと思うくらい、座り心地《ごこち》のいい椅子《いす》なのだ。

「ハリス先生とは、どうなってるの？」

「どうもなってやしませんよ！」ぼくは言ったが、なぜか、胸の奥《おく》で心臓がぴょんと跳《は》ねた。

「先生のお母さんの話だと、先生はおまえのことばっかり話しているそうよ。お母さんは、もううんざりだって。まるで、おまえがネルソン提督《ていとく》とウィンストン・チャーチル（第二次大戦中の英国を率いた首相）を一人にした人間みたいなことを言うんだそうだよ」

ぼくはいろいろな気持ちを必死で抑《おさ》え、肩《かた》をすくめて言った。「友だちの一人が鎖骨《さこつ》を骨折したのさ。ぼくは電話をかけに行って、お医者さんを呼んだ。それだけのことだよ」

「ハリス先生の話だと、違うわねえ。おまえみたいに素晴らしい青年には、会ったことがないって言ってるそうよ」

　これで、「ぼくだって先生は素晴らしいと思うよ。学校じゅうでいちばんいい先生なんだ。それに、話をしてもおもしろいし。こっちをガキ扱《あつか》いしないで、大人と話すみたいに話してくれるんだ」と言わなかったら、失礼というものだろう。彼女《かのじょ》とは、クラターバーン以来会っていなかったのだけれど。

　お祖母《ばあ》ちゃんはため息をついた。「気の毒にねえ。あの人は苦労したのよ。いちばんいい時期を無駄《むだ》にして。そういう人はたくさんいるけど。みんな、あの忌《い》まわしい戦争のせいだよ」

「そうなの？」今はエマについての話なら、なんでも興味津々《きょうみしんしん》だった。

「あの人は、英国空軍の若い軍人と婚約《こんやく》してたのよ。レジー・モンゴメリーといって、タインマス（ノーサンバーランド州、タイン川河口の、ノース・シールズととなりあう町）に住んでいたの。あんたとおなじ学校だったのよ。爆撃機《ばくげきき》のパイロットだったんだけど、ドイツの上空で撃墜《げきつい》されて。エマのお母さんは、エマはそれっきり立ちなおっていないって言ってたわ。一九四四年からは、ほかの男には見向きもしないのよ。二人はとても愛しあってたのね。レジーのつぎの休暇《きゅうか》のときに、結婚《けっこん》する予定だったの。お母さんは、エマが死ぬんじゃないかと思ったのよ。二人は本当に……仲がよかったからねえ」

　仲がいい、というこのかんたんな言葉には、じつに多くのものがふくまれていた。仲がいい。ぼくの心の暗闇《くらやみ》で、無数の思いがかさこそと動いた。「先生は結婚《けっこん》して当然だったのに。なんてひどい話だろう。先生が十若《とお》かったら、ぼくだって追いかけていたよ。クラスの女の子たちなんかより、よっぽど魅力《みりょくてき》的だもの」

「不思議だねえ、あんたまでそう言うのは」お祖母《ばあ》ちゃんは遠くを見つめる目をし、やるせなげでロマンチックな表情を浮かべた。「エマもあんたについて、まったくおなじことを言ったそうよ。自分が十歳若《さい》かったら、って……。時間なんて、不思議なものね。十年なんて、あたしみたいなお婆《ばあ》さんにゃ、なんでもないけど。十分よりも短い気がするわ。乳母車《うばぐるま》に乗ってた赤ん坊《ぼう》が、気がつくともう、女の子とデートしてるんだから」

「でも、ハリス先生にはまだ希望があるよ」と、ぼくは言った。「今だって、明るい顔をするととても綺麗《きれい》だもの。フレッド・リグリーがいるし」

「ああ、その人の話は、エマのお母さんもしてたわ。ときどき、あの家に出入りしてるらしいのよ。でも、エマはもの足りないみたいでね。しょぼくれたひとり者の代表みたいな男らしいじゃないの。いい年だっていうのに、いまだにお母さんのエプロンにぶらさがってるんじゃ、女は相手にしやしないわ。エマはお母さんに、たとえ地球上のさいごの男だったとしても、あの人とは結婚《けっこん》しないって言ったそうよ。あんたのほうが、今だって三倍も男らしいって」

お祖母《ばあ》ちゃんは立ち上がって、火かき棒で暖炉《だんろ》の火をかきおこした。

「ま、いくら『もし』と言ってみても、はじまらないわね。現実は現実なんだから。ロージー叔母《おば》さんは元気？　ゴードン叔父《おじ》さんは、また腰《こし》のせいで仕事を休んでるって話じゃないの」

10. ウィルフ

夏休みの終わりに、ぼくはウィルフのところへ行ってみることにした。とくべつ仲がいいわけではなかったが、退屈《たいくつ》していたし、誰《だれ》かを助けてやったあとでは、どうしているか見たくもなるじゃないか。彼《かれ》の住んでいるところは知っていた。スエズ通りの酒屋の二階なのだ。ただ、今まで行ったことはなかった。

彼《かれ》の母親がドアを開けたとたん、ぼくは来たのは失敗だったとさとった。頭にはスカーフ、灰色のくしゃくしゃのストッキングにカーペット地のスリッパという格好で、お祖母《ばあ》さんじゃないかと思うほど老《ふ》けていたのだから。ぼくは、たちまちウィルフがかわいそうになった。

「何か？」彼女《かのじょ》はうさんくさそうに言った。変に光る黒い目をしている。

「ウィルフの様子を見に来たんですが」

「あんたになんの関係があるの？」

「彼《かれ》が怪我《けが》をした晩、ぼくが看病《かんびょう》したんです」

「げろを吐《は》かせときながら、ろくに拭《ふ》いてもくれなかった人ね」この女には、喜びなど一気に吹《ふ》き消してしまう意地悪さがあった。

母親はぼくを二階へ案内した。変な臭《にお》いがした。

「あの子はとってても痛がっててさ。退院させるのが早すぎたんだよ。新学期には間に合わないだろうしね。しかも、あの子は首席監督生《かんとくせい》としていろんな責任を負わされてるのにさ」

ぼくは、来なければよかったと、心から後悔《こうかい》した。貧乏《びんぼう》は大嫌《だいきら》いだ。ウィルフが学校へ着てくる制服を見れば、わかるはずだったじゃないか。彼《かれ》は、ブレザーの袖口《そでぐち》から手首がすっかりのぞくほど小さくなった制服を着ていたのだ。

彼《かれ》はぼくを見ても喜びもせず、絶望しきったひどい顔をしていた。それでも、黒いシルクの三角巾《さんかくきん》から腕《うで》を出して、握手《あくしゅ》しようとした。

「おやめ」と、母親が言った。「また腕《うで》が痛くなるよ」

顔色が悪かったし、痩《や》せてもいた。この前のスポーツ大会の百メートルレースで優勝した男の面影《おもかげ》は、どこにもなかった。

「せっかく来たんだから、お座りよ」母親は、椅子《いす》の上に積んであった洗濯物《せんたくもの》をどけた。穴だらけの下着ばかりだった。ぼくはおそるおそる座った。

「ウィルフ、具合はどう？」

母親が代わりに答えた。

「まったく駄目《だめ》よ。ひどい話さ。お医者さんは一時間近くも来なかったんだろう？　この子を一時間も苦しませてさ。それも、すぐにちゃんと病院へ入れたかい？　とんでもない。格好だけの手当てをして、朝まで待たせたんだ。面倒《めんどう》くさかったんだよ。その医者は免許《めんきょ》をとりあげられたって当然だわ。こんなに具合が悪くちゃ、試験に受かりっこないでしょ。試験に受からなかったら、いい就職口《しゅうしょくぐち》もありゃしないじゃないの。そうしたら、あたしたち母子《おやこ》はどうやって暮らしていくのよ？　あたしはけちけち倹《けん》約《やく》して、この子をあのグラマースクールへやったっていうのに、学校じゃかわいそうに腕《うで》を折られただけなんだからね」

ウィルフの表情ときたら……。だが、母親は口を閉じなかった。

「あたしは亭主《ていしゅ》を亡くしてるんだからね。真相がばれたら、グラマースクールのお上品な連中はきどってばかりいられやしないよ。家へ見舞《みま》いにも来やしないんだから。あんなことしでかしたんで、恥《は》ずかしくて来られないいんだろう。あたしの顔を見られないのさ！」

「先生たちが何をしたって言うんです」ぼくは狼狽《ろうばい》していた。

「問題は、したことじゃなくて、しなかったことだよ。この子が事故に遭《あ》ったとき、先生たちはみんな、パブで飲んだくれてたそうじゃないの。この子が首の骨を折ってたかもしれないのに、かまやしなかったんだろ、あの高慢《こうまん》ちきなリグリー先生と、横柄《おうへい》なハリス先生とやらは。あの人たちのしたことは、法律違反《いはん》だよ。みんなそう言ってる。あたしは市議会に訴《うった》えてやることにしたよ。市議のピットニーがすぐ近所に住んでるからね。あの人が、あんたの学校の理事たちを追求して、あたしの権利を守ってくれるよ」

ぼくの体を本物の恐怖《きょうふ》が走った。フレッド・リグリーがそういう目に遭《あ》っても、それはかまわないが、エマまで！　するとこんどは、恐怖《きょうふ》よりも強い怒《いか》りと憎《にく》しみが湧《わ》いてきた。よくも、この薄汚《うすぎたな》い文句屋のばばあが！　上品な暮らしをしている人たちに、かかっていこうというのか？　ぼくの頭に、たちまちうまい嘘《うそ》が浮《う》かんだのは驚《おどろ》きだった。

「でも、監督《かんとく》する先生が一人、ホールに残ってたんですよ」と、ぼくは言ったのだ。わざとらしくとまどったような顔を見せながら。「ウィルフ君は言わなかったんですか」

「残ってたって、誰《だれ》が？」こんどはウィルフが怒《おこ》りだした。

「パギー・ウィンターボトム《べとべと》だよ」

「じゃ、どこにいたんだ？」

「畜舎《ちくしゃ》の中の樵《きこり》の小屋で、紅茶を飲んでたのさ」

「おまえはどうして知ってるんだ」ウィルフの声も、母親に劣《おと》らず不満そうだった。この母子《おやこ》は似《に》た者同士だった。

「本人がぼくに、その小屋へ行ってると言ったからさ」

「じゃ、なぜ彼《かれ》を呼ばなかったんだ」急所をついた質問だった。だがぼくはもう一つ、巧《たく》みな嘘《うそ》を用意していた。

「きれいに忘れちゃったのさ、興奮してたから。それに、彼《かれ》が来たって何ができた？　車は持ってないし……ドニーの自転車にだって乗れやしないよ。落っこちて首の骨を折っていたろうな」

「しかし、彼《かれ》は他の連中と一緒《いっしょ》に帰ってきたじゃないか」

「車が帰ってきた音を聞いて、出てきたのさ」

ウィルフは考えこむような顔つきになった。パギーは人気のある無害な小男だった。ウィルフは、彼《かれ》を騒《さわ》ぎに巻きこみたくはないらしい。ウィルフがこの問題に関心を失いはじめたのが、ぼくにはわかった。しかし、ここで手をゆるめるわけにはいかない。ぼくはまだ、愛《いと》しいエマのことが心配だった。夜も眠《ねむ》れずに彼女《かのじょ》の心配をする羽目になりたくない。このいやな婆《ばあ》さんは、この場ですっかり黙《だま》らせてしまいたかった。完全な敗北の立場に追いこんで、婆《ばあ》さんのほうが、眠《ねむ》れずに心配するようにしてやりたかった。

「キンバーさん、今の話、だれか他の人にはしなかったでしょうね？　おばさんが困ったことにならないといいけど……」

「困ったこと？　なんの話よ？」

「名誉毀損《めいよきそん》ですよ。他人について事実でもない悪口を言った場合には、法廷《ほうてい》にひっぱり出されることがあるんですよ」

「法廷《ほうてい》？　なんの？　あたしは神を敬《うやま》い、法律を守っている女だよ。あたしがもとめてるのは、ただ自分の権利が守られることだけさ」彼女《かのじょ》の黒い玉のような目から悪意が薄《うす》れ、不安の色が漂《ただよ》いはじめた。

「民事法廷《ほうてい》ですよ」と、ぼくは言った。「他人について間違《まちが》ったことを書けば、相手は誹毀罪《ひきざい》で告発できます。口で言った場合は、名誉毀損《めいよきそん》で告発できます。抗弁《こうべん》するには、自分の言ったことは事実で、悪意にもとづくものではなく、公《おおやけ》の利益のためになるということを証明するしかありません」ぼくは、名誉毀損《めいよきそん》のことならよく知っていた。ちょうど退屈《たいくつ》な必修科目の公民でやったところだったから。

それはウィルフもおなじだった。彼《かれ》は脅《おび》えはじめ、母親に食ってかかった。「だから、騒《さわ》ぎを起こすなって言ったじゃないか。ぼくは来年度、首席監督生《かんとくせい》なんだぜ。母さんが騒《さわ》ぎを起こしたりしたら、ぼくはどうなると思う？　卒業証書さえ、もらえないかもしれないよ。そうなったら、いい就職なんかできっこないじゃないか」

「そのとおりですよ、キンバーさん」と、ぼくは言った。「とても厄介《やっかい》なことになりますよ。そのうえ、法廷《ほうてい》に出てもらう弁護士の費用もあるし」

「費用？」彼女《かのじょ》は息をのんだ。「家にゃ、お金なんかありゃしないわよ」

「でしょうね。でも、先生たちにはある。学校にもね。うなるほどお金がある」

彼女《かのじょ》の目には涙《なみだ》があふれてきた。「そうだね、ああいう連中はたくさんお金を持ってるんだ。しかもその金を、貧乏人《びんぼうにん》を苦しめるために使うんだ。あたしは、この世に誰《だれ》一人面倒《めんどう》を見てくれる人もいないただの未亡人だっていうのに」

もういいだろう、とぼくは思った。完全に叩《たた》きのめしてしまったりしたら、この女はさらにいやな奴《やつ》になるだろう。ぼくは彼女《かのじょ》の腕《うで》にやさしく手を置いた。「さあ、あまり心配しないで。まだ、ウィルフとぼく以外には、誰にも話してないんでしょう？　ぼくはひと言もしゃべりゃしませんよ」

それでもぼくとウィルフで彼女《かのじょ》をなだめるには、長い時間がかかった。ウィルフは憎々《にくにく》しげにぼくを見ていた。たとえ今まで友だちだったことがあるとしても、それはもう終わりだった。ぼくは立ち上がると、心をこめて言った。「まあよかった、みんな片づいて。新学期に会おうな、ウィルフ」

ぼくは、若くて美しいものを老いて醜悪《しゅうあく》なものから救ったんだと思いながら、暗くて臭《くさ》い階段をよろよろ下りると、表へ出た。キンバー夫人のような女が暴れだしたら、ぼくたちはどうしたらいいっていうんだ。

外のいい空気は、じつにさわやかだった。

その晩、ぼくは散歩に出て、エマの家がある通りのはずれを通った。彼女《かのじょ》が今、わずか五十メートルかそこらのところで本を読んでいるか、ラジオを聴《き》いているのだと思うと、ぼくは幸せな気分になった。彼女《かのじょ》はぼくのおかげで、のんびり安全でいられるのだ。でも、それを彼女《かのじょ》が知ることはない。いつか、無事に過去のことになったときに、ぼくがうちあける決心をしないかぎり。そのときには、彼女《かのじょ》はまたぼくに感謝してくれるだろう。それどころか、また頰《ほほ》を撫《な》でるようなキスだってしてくれるかもしれない。

ぼくは、他人事《ひとごと》のような妙《みょう》な気持ちで、彼女《かのじょ》が自分のものになったような気がしていた。ほかの誰よりも、自分のものだという気がした。エマ、エマ、エマ、一人でつぶやいていると、彼女《かのじょ》にキスしているような気持ちだった。

第二部

11. ウィリアム・ウィルソン

ウィリアム・ウィルソンがいなかったなら、エマとぼくは二度と出会わなかっただろう。ウィリアム・ウィルソンは、待ちかまえていた災害のようなものだった。学年はぼくとおなじだが、かよわい少女風の美少年だった。校内の演劇でオフィーリア（シェイクスピアの戯曲『ハムレット』のヒロイン）をやったことがあったが、それで彼《かれ》があまり得《とく》をしたわけではなかった。しかしうちの学校の英語の主任は、シェイクスピアものとなると、女の役も男が演じたシェイクスピア時代流にやらなくては、と固く信じていて、しかも、人にうんと言わせるのがうまいタイプ。そしてウィリアムのほうも、注目をひくためなら、なんでもやる奴《やつ》だったのだ。

ウィリアムは、弱虫で処置なしだった。スポーツはすべて駄目《だめ》。ラグビーのフィールドでは五分もすればボロボロになる。追い出されるところまではいかなかったものの、勉強のほうも駄目《だめ》で、およそ注目なんかしてもらえそうにない奴《やつ》だった。しかし、ほかの名もない意気地《いくじ》なし仲間のあいだに埋没《まいぼつ》して満足していたなら、危害をくわえられるところまではいかなかっただろう。

問題は、彼《かれ》が埋《う》もれたままでは満足できなかったことだった。彼《かれ》は人気のある生徒を、互《たが》いに仲がよく排他的《はいたてき》なグループをもとめて、ぼくたちのまわりを、ジャムの瓶《びん》のまわりをぶんぶん飛びまわる蜂《はち》みたいにうろうろしていたのだ。自分は機知などとはまったく無縁《むえん》だったのに、ぼくたちの機知をそっくり真似《まね》してみせたのだ。

グループの中ではむろん、ぼくたちはお互《たが》いに残酷《ざんこく》な悪口を言いあっていた。ジャック・ドーソンの眠《ねむ》そうにたれたまぶた、トニー・アップルのでかい鼻、ぼくの首筋《くびすじ》の皺《しわ》。だが、ぼくたちがお互《たが》いにそういうことを言いあっているからといって、ウィリアム・ウィルソンまでが、そんなことを口にする権利があるはずがない。しかも、ぼくらの真似《まね》をしてそういう悪口を言うときの彼《かれ》は、かならず女の子のような甲高《かんだか》い声でくすくす笑っているのだった。

彼《かれ》はしじゅう、ぼくらのそばをうろついていた。そしてあるとき、しつこくしすぎてぶん殴《なぐ》られた。ぼくたちが昼飯のあとで、コークス用シュートのそばで大ぼらを吹《ふ》きあっているところだったのが、彼《かれ》にとっては不運だった。市のどういう気まぐれからだったのか、学校のボイラーハウスの一つは、三階にあった。そこで管理人がコークスを引き上げるにも灰を落とすにも楽なように、校舎の側面に大きなブリキの管が垂直に取りつけてあったのだ。長さは十メートル足らず、直径は五十センチくらいの管だ。中には滑車《かっしゃ》が取りつけられ、滑車《かっしゃ》からはコークスや灰を入れたバケツを吊《つ》り上げる、鉤《かぎ》のついたロープが下がっていた。

その日はウィルソンがつけあがってしつこくなり、三度脅《おど》かされ、一度脇腹《わきばら》を殴《なぐ》られても頑《がん》として立ち去ろうとしないのを見て、テディの奴《やつ》がコークス用のバケツをひょいとロープからはずすと、ウィルソンを捕《つか》まえて、ロープの先の鉤《かぎ》を彼《かれ》のベルトにひっかけた……ウィルソンは悲鳴《ひめい》をあげて暴れたが、ぼくらのうち二人が押《お》さえつけて、あとの仲間がロープをひっぱった。ウィルソンは、このコークス用シュートを上昇《じょうしょう》して、姿を消した。彼《かれ》の脚《あし》がばたばたしながら消えていくのを眺《なが》め、そのうつろな叫《さけ》びがシュートの上のほうから荘重《そうちょう》なこだまとなって反響《はんきょう》するのを聞いていると、本当におかしかった。ぼくらは足ががくがくするほど大笑いしてから、また話のつづきにもどったが、そのあいだにもウィルソンの必死の叫《さけ》びが響《ひび》いてくるたびに、さらにどっと笑った。

やがてベルが鳴って、みんなは三々五々散りはじめたが、ウィルソンがぶらさがったままでは笑ってもいられない。ぼくは仲間と一緒《いっしょ》に歩きだしたものの、ふと良心のとがめを（あるいはそれは、深刻な騒動《そうどう》の予感だったのかもしれない）感じたので、ジョン・ボウズという下級生に手伝《てつだ》わせて、テディが縛《しば》りつけたロープの端《はし》をほどき、彼《かれ》を下ろしてやった。

ウィルソンはありがとうも言わなかった。顔色がすっかりおかしくなり、制服は灰だらけというありさまで、真正面からぼくをののしりまくった。ぼくたち二人は肩《かた》をすくめて立ち去った。

ぼくは、これでもう彼《かれ》も、ぼくらのまわりを徘徊《はいかい》するのはやめるだろうと思った。ところが、そうはいかなかった。彼《かれ》はあいかわらずつきまとったのだ。ただ、ぼくたちの機嫌《きげん》をとろうとしていた以前とは逆に、こんどは憎悪《ぞうお》に燃えていた。

こうして、万事まずいことになってきた。コークス用シュートの中にウィルソンを吊《つ》り上げるのは、グループの連中の日課になった。それがエスカレートしてくると、ウィルソンが見あたらなければ、学校じゅう捜《さが》しまわることさえいとわなくなった。これは、狐狩《きつねが》りの病的な興奮のようなものだった。グループは彼《かれ》を捕《つか》まえると、おだやかな、いかにも仲がいいような態度で、人気《ひとけ》のない構内の隅《すみ》へ連れていき、暴れる彼《かれ》の両手両肘《りょうひじ》をつかんで押《お》さえつけると、彼の必死のわめき声も笑い声でかき消してしまうので、その光景を目撃《もくげき》する人がいたとしても、あいかわらずふざけているとしか見えないのだった。

ぼくは、こういうことにすっかり興味を失《うしな》った。グループを離《はな》れて、他のことをするようになった。だが、昼休みが終わったときだけでなく放課後にも、かならずシュートをのぞいてみるのは、ぼくだけだった。いつもぼくと、誰《だれ》か通りかかった者とで彼《かれ》を下ろしてやったのだ。なかば狂乱《きょうらん》状態で息をつまらせてはいても、ウィルソンには、ぼくが彼《かれ》を傷つける気がないことはわかるようだった。一度などはぼくの腕《うで》に手を置いて、この経験の恐《おそ》ろしさを語ろうとしたこともあった。ボイラーから出る窒息《ちっそく》しそうな煙《けむり》、狭《せま》いところへ閉じこめられる恐怖《きょうふ》、また、自分のベルトが切れて、錆《さ》びてぎしぎし鳴る暗い穴を落下するのではないかという恐怖《きょうふ》のことなどを。

彼《かれ》はぼくに、切れて落ちたりしないように仕方なく買ったという、分厚い新品のベルトを見せさえした。自分自身の拷問《ごうもん》の道具に大金を投じるなんてバカだと、ぼくは思った。その頃《ころ》にはぼくは、彼《かれ》が不快でたまらなくなっていた。さわられるのもいやだった。ぼくはくるりと背を向けた。彼《かれ》の自業自得《じごうじとく》なのだから……

そしてついにある日、ぼくは彼《かれ》が恐怖《きょうふ》のあまり洩《も》らしてしまったのを見た。ズボンの両脚《りょうあし》に黒いしみの線がのびていた。ぼくは、こんなことはもうやめなくてはと思った。ウィルソンの奴《やつ》は、なんだかすこし頭がおかしくなっていると思ったから。

ぼくがエマに会いに行ったのは、これがきっかけだった。

テニソン・テラスへは、一度も行ったことがなかった。入口を通ったことがあるだけで。この通りへは、それなりの理由がなければ、誰も入っていかない。「私道」という怖《こわ》い掲示《けいじ》が出ていたから。

ここは昔からの金持ちが住んでいるところで、派手《はで》な流行を追う成り金たちが住むウィットリー・ベイとはまったく違《ちが》う。ウィットリー・ベイのほうはダークブルーの瓦《かわら》屋根と、今風にふぞろいの石を敷《し》きつめたひろびろとした舗道《ほどう》と、車寄せにはボートを積んだトレーラーがあって、人目をひかずにはいない。

だがテニソン・テラスはちょうど未婚《みこん》の叔母《おば》のように、自分の生活を固く守っていた。テニソン・テラスの名が新聞に出ることがあれば、それはチャリティ祭を開くとか、「往時のタインマスにおける賛美歌の曙《あけぼの》」と題する講演を、ここの住人がロータリー・クラブでおこなう、といった通知の類《たぐい》だった。

ぼくは、昔の門の名残《なごり》の、黒くすすけた球がのっている門柱のあいだを入っていった。鉄の門扉《もんぴ》は、戦時中に、住人たちの信じがたいほどの抵抗《ていこう》もむなしく、軍需《ぐんじゅ》物資として持っていかれてしまったのだ。だが、門の霊《れい》は今でも残っていた。ぼくの弱気な魂《たましい》はちぢみあがった。テニソン・テラスの住人たちが頑《がん》として守った丸石舗道《ほどう》を、自分の足が踏《ふ》んでうるさい音をたてるたびに、レースのカーテンの陰《かげ》から誰《だれ》かがじっと覗《のぞ》いている視線を感じ、肩《かた》が前に落ちた。自転車を入れないためにこんな道にしてあるのは、あきらかだった。ここへ配達に来る肉屋や八百屋《やおや》のスマートなヴァンも、走りづらいはずなのに。

この通りの前庭は、下層階級を近づけないための仕掛《しか》けだ、として評判が悪い。ほとんど何も育たない、まるで黒と白の砂漠《さばく》だ。酸性の黒土の上に、とがってぎざぎざの犬歯がむき出しになったような、白い大理石が置いてある。何列もならんでいる熱帯の海の巨大《きょだい》な貝殻《かいがら》は、日に焼かれて骸骨《がいこつ》みたいに白くなっている。そのあいだで、元気のないヒカゲユキノシタが必死で生きのびようとしていた。窓はチリ松の巨木《きょぼく》と、樅《もみ》の木立になかば隠《かく》れている。刈《か》りこみすぎたイボタは、ろくに葉もつけていない。テニソン・テラスの庭を見ると、プレストン墓地さえ明るく思えた。

どの家にも立派な玄関《げんかん》がある。出入口なんてものじゃない。黒石を積んだ玄関はストーンヘンジも顔負けだ。半円形にせり出したベイウィンドーの部分にも、これとおなじ大きなひらたい黒い石が使ってある。玄関《げんかん》とベイウィンドーとのあいだの煉瓦《れんが》の壁《かべ》は陰気《いんき》な灰色で、北向きの壁《かべ》には緑の苔《こけ》みたいなものが貼《は》りついている。ドアはどれも白だが、日があたるせいでペンキにひびが入っている。唯一《ゆいいつ》明るい感じをあたえるのは、ピカピカに磨《みが》かれている真鍮《しんちゅう》のドアノッカーと、医師、手足治療医《ちりょうい》、ピアノ調律師など、その家の職業をあらわす変わった形の真鍮《しんちゅう》の板だけだった。

十七番地はすぐに見つかった。家の番地は、ドアの上の半円形の明かりとりの窓のガラスに金箔《きんぱく》で書かれていたのだ。玄関《げんかん》への石段は、砥石《といし》で雪のように真っ白に磨《みが》いてあって、段がとても高く、幅《はば》も広かった。そこを足跡《あしあと》をつけずに上がるにはどうすればいいか、ぼくは悩《なや》みながら上がった。「押《お》す」と書いてある陶製《とうせい》の白いベルを押《お》す。ボタンのまわりの金属は、何年も金属磨《みが》きのブラッソで磨《みが》いてきた成果か、銀のようで、そのまわりの黒ずんだ石さえうっすらと光っていた。

玄関《げんかん》の内側のタイルの床《ゆか》を踏《ふ》む、女性の重い足音がした。襟《えり》もとまできちんとカーディガンのボタンをとめた女性の上半身は、コルセットでがっしり固められていて、船首の飾《かざ》りにでもなりそうだった。顔はエマに似ている、が、パーマで固めた白髪《しらが》頭の下でもっとずっしりと、石のように見えた。

「何か?」相手はぼくの制服に目をとめても、固い表情のままだった。

「ハリス先生はいらっしゃいますか」

「ハリス先生は今、お茶を飲みながら採点をしています。明日では駄目《だめ》なの?」

石のような顔が崩《くず》れて、驚《おどろ》くほど温かい笑顔《えがお》になった。「アトキンソンと申しますが」

ぼくは魔法《まほう》が効《き》くだろうかと思って、言ってみた。「アトキンソンと申しますが」

石のような顔が崩《くず》れて、驚《おどろ》くほど温かい笑顔《えがお》になった。「ロビー・アトキンソンなのね？　サラのお孫さんでしょ。あらいやだ、あなたの話なら、さんざん聞かされてるわ。考えてみれば、乳母車《うばぐるま》に乗ってた頃《ころ》から知ってるわけだわ！　あなたの洗礼式にも行ったんですもの。さ、入って、入って。ハリス先生は、喜んでのぼせちゃうわ」

先生のお母さんのがっしりした背中とヒップのあとから、玄関《げんかん》ホールのぴかぴかのタイルの上を歩いていきながら、ぼくは、エマも今にこういうふうにがっしりした体つきになるのだろうか、と考えていた。菊《きく》の花が、これもぴかぴかの、インド製の真鍮《しんちゅう》の花活《はない》けに飾《かざ》られていた。研磨剤《けんまざい》と菊《きく》の匂《にお》いがまざって、教会のようだった。そして、奥《おく》へ行くにつれ興奮した複数の女性の声とティーカップのかちゃかちゃいう音が、驚《おどろ》くほど大きくなってきた。ぼくがもし馬だったら、驚《おどろ》いて後脚《あとあし》で立ち上がっていただろう。

しかしハリス夫人はふり返りもせずに、「私のところへ、母親組合裁縫《マザーズユニオンさいほう》クラブの方たちが見えてるのよ」と言うと、ぴかぴかの金具で絨毯《じゅうたん》を押《お》さえてある階段をのぼっていった。ぼくは、夫人は母親組合の委員なのだろうかと思った。

「エマも休憩《きゅうけい》してもいい頃《ころ》だわ」夫人はあいかわらずふりむきもせずに言った。「働きすぎだもの。父親が亡くなってからは、働くばかりで。あの子は、お父さん子だったのよ。とくに……戦争になってからは。父親の死がすっかりこたえちゃったの。あなたは、あの子の慰《なぐさ》めになってくれるわ」

それは期待ではなく、命令だった。

夫人はぴたりと閉まっているぴかぴかのドアを、妙《みょう》におずおずと叩《たた》いた。

「なあに、お母さん？」不快そうな、いらだたしげなエマの声が、ドアの向こうから聞こえてきた。ぼくは来なければよかったと、後悔《こうかい》しはじめた。

「びっくりするわよ。若い男性が訪《たず》ねてらっしゃったんだから」

早足でいらいらと歩く音がして、ドアがぐいと開いた。窓からの冷たい光が、エマの横顔を無残にもはっきりと照らしていた。彼女《かのじょ》にこんなに皺《しわ》があったとは……。ひどく疲《つか》れた顔をしていた。あの凝《こ》ったヘアスタイルも、ピンがはずれて、彼女《かのじょ》がいらいらとかきまわしてでもいたように見えた。おまけに金縁《きんぶち》の眼鏡《めがね》を掛《か》けていて、だらんとした金鎖《きんぐさり》が首の後ろにまわっている。そのために学者っぽく見えはしたものの、さらに老《ふ》けて見えた。クラターバーン以来抱《いだ》いていた彼女《かのじょ》の幻《まぼろし》は、しゃぼん玉のようにはじけた。自分の母親とほとんど同じ年齢《ねんれい》の女性のことをうっとり空想していたのだ、と思うと、自《じ》己嫌悪《こけんお》にぼくは胸が痛んだ。だが、ここへ来たのは、そもそもウィリアム・ウィルソンのためなのだと思って、自分を慰《なぐさ》めた。

彼女《かのじょ》は邪魔《じゃま》をされたのに怒《おこ》って、じろりと母親を見た。だがそのとき、後ろに立っているぼくに気がついた。

ぼくは、あれほどみるみるうちに人の表情が変化するのを見たことがない。彼女《かのじょ》は両手でさっと髪《かみ》を撫《な》でつけ、眼鏡《めがね》に手をやった。にっこりしたけれど、目のやり場に困っているようだった。そんな彼女《かのじょ》を見ると、心臓がどきどきした。こんなに傷つきやすそうな人は見たことがなかった。そのせいで、彼《かの》女《じょ》はふたたび若く見えた。

「紅茶をいれなおしてくるわ」と、彼女《かのじょ》のお母さんは言った。「それから、美味《おい》しいケーキもね。男性のお客様があるなんて珍《めずら》しいでしょ」そして姿を消した。

「お入りなさい」エマは言うと、くるりと背を向けて、部屋《へや》の奥《おく》のほうへ行った。その背中とヒップの形はお母さんそっくりだったが、ただスリムで、小型だった。エマはひょいひょいと何度もかがんではいろいろなものを拾い、どれもこれも、いくつもあるクッションの後ろに押《お》しこんで片づけた。そして黒の大理石でできた大きな暖炉《だんろ》のかたわらへ行くと、それに手をついてもたれ、ぼくのほうを向いた。眼鏡《めがね》は、いつのまにか消えていた。ただ、掛《か》けていた痕《あと》は無残にも赤く鼻に残っていたが。それでも、これも暖炉《だんろ》の暖かな火に映《は》えているおかげだったのかもしれないが、彼女《かのじょ》はとつぜん、二十歳くらい若返って見えた。その笑顔《えがお》はひどくはにかんでいたし、大きなグリーンの目も、ぼくの顔をじっと見てはいられないのだった。彼女《かのじょ》は幸福そうだったが、すっかりとまどっていた。これほど人を動揺《どうよう》させたのは、はじめてだった。だから、自分が魔術師《まじゅつし》になったような気がした。

そのとき、彼女《かのじょ》がすこし大きすぎる男物の革《かわ》のスリッパを履《は》いているのに気がついた。なぜか、きっと亡くなったお父さんのスリッパだろうと思った。見るに耐《た》えないほど奇妙《きみょう》だった。彼女《かのじょ》は、ぼくがそれを見ているのに気がついた。

「あら、いやだ。ごめんなさい。でも、ほんとに履《は》き心地《ごこち》がいいのよ。教える仕事は、とても足が疲《つか》れるの。教師になるには、足と喉《のど》が強くないと駄目《だめ》よ。ときどき学期はじめには、喉《のど》がつまったようになることもあるの。お座りなさい、さあ」

ぼくはぴかぴかの木の肘掛《ひじか》けがついている、大きくて古風な椅子《いす》に座った。ぼくのお祖父《じい》さんの古い椅子《いす》に似ていたが、それよりもずっと大きく、立派だった。彼女《かのじょ》がせかせかと、ぼくの後ろのほうへまわったので、そのあいだにぼくは暖炉《だんろ》の両側の天井《てんじょう》まである本棚《ほんだな》の本を眺《なが》めた。何冊かは派手なカバーが掛《か》かっている歴史の本だったが、あらかたは分厚い医学書だった。ここは、彼女《かのじょ》のお父さんの書斎《しょさい》だったのだ。エマもこの部屋《へや》では、ぼくがお祖父《じい》さんの椅子《いす》に座ったときのように、なかば反発しながら、なかばは嬉《うれ》しいという、あの気持ちを味わうのだろうかと思った。

やがて、彼女《かのじょ》がもどってきた。早変わりの名人だ！　彼女《かのじょ》はもう髪《かみ》を下ろして、真紅《しんく》のリボンで押《お》さえていた。口紅を塗《ぬ》りなおして白粉《おしろい》もはたき、ハイヒールを履《は》いていた。そのせいで脚《あし》は長く、曲線がひきたって見えた——女性に対するハイヒールのこういう効用には、ぼくも前から気がついていた。女の体型全体を変えてしまうのだ……。しかし、エマはむくんだ足を無理やり押《お》しこんだのか、ふっくらしたきれいな足先はひどく窮屈《きゅうくつ》そうだった。

彼女《かのじょ》はぼくのために、これだけのことをしてくれたのだ。おかげでぼくは、かなり鼻が高くなった。しかし、そのややおずおずした笑顔《えがお》を見ると、彼女《かのじょ》はぼくのいい気な表情になど関心を持っているようには見えなかった。かすかな香水《こうすい》の匂《にお》いが——母がつけているのとおなじ匂《にお》いなので〈パリの真夜中〉だなと思った——二人を隔《へだ》てるカーペットの上をふわっと漂《ただよ》ってきたとき、エマのお母さんが、紅茶のトレイを持って入ってきた。

エマの紅茶のいれかたはとてもていねいだった。銀のティーポットに、あまりの薄《うす》さに指先が透《す》けて見えそうなカップ。お茶をいれることが、まるで教会で牧師さんが聖餐《せいさん》を授《さず》けるみたいな、とても重要な儀式《ぎしき》のように思えた。それから彼女《かのじょ》はぼくにカップを渡《わた》すと、「で、こうして来てくださるなんて、どういうわけなの」と言い、片方の眉《まゆ》を魅力的《みりょくてき》に上げてみせた。

ウィルソンとコークス用シュートについての話をしないわけにいかないのは、まったくやりきれなかった。ぼくが長々としゃべっているうちに、彼女《かのじょ》はまた十歳《さい》くらい年をとったように見えた。ただ、脚《あし》はあいかわらずきれいだったが。ウィルソンの野郎《やろう》、まったく。奴《やつ》はいつだって、なんでもぶちこわしてしまうのだ。

エマはさいごまで話を聞くと、「あなたにも、とめられないの？」と言った。

先生というのはどうして、いちばん優秀《ゆうしゅう》な先生でさえも、これほど生徒の実態がわからないのだろう。ぼくは、一生懸命《けんめい》事情を説明した。ところが彼女《かのじょ》は、「でも、あなたの言うことなら聞くでしょう。生まれつきの指導者ですもの」と言うのだった。

これではまるで漫画雑誌《まんがざっし》『ホットスパー』に連載《れんさい》されている、『レッド・サークル・スクール』だった。ぼくは首席監督生《かんとくせい》のデッド・ワイド・ディックで、どんな問題でも解決してしまうというわけだ。ぼくは懸命《けんめい》に、漫画と現実の違《ちが》いを説明した。

「あの人たちが怖《こわ》いわけじゃないんでしょ」エマは顔を曇《くも》らせて訊《き》いた。

「ぼくに手を出そうものなら、奴《やつ》らの歯をへし折ってやりますよ」

これは本気だった。だが、彼《かれ》らが手出しはしないことが、ぼくにはわかっていた。ただ、野次《やじ》ったりからかったりする以外は、二度と口をきいてくれなくなるだけのことだ。しかし、ぼくは卒業するまで仲間はずれという、非人間的な立場に追いこまれてしまうだろう。学校から帰る途中《とちゅう》で全生徒から口笛を吹《ふ》かれたり野次られたりしている、ガリ勉《べん》のロビン・バルマーみたいになってしまう。誰《だれ》が仲間で誰《だれ》が仲間はずれかは、みんなが知っているのだ。一年生でさえ。

そしてぼくのもとの仲間は、監督生室《かんとくせいしつ》のぼくのロッカーへ上の穴から水を流しこんだり、ラグビーの試合のあとシャワーを浴びているうちに、ぼくのシューズの片方が消えてそれっきり、といった悪さをやらかすのだ。そうかと思うと、ぼくの宿題が提出用の棚《たな》から消えたり、学校の食堂で、誰かが失敗したふりをしてわざとぼくのブレザーにカスタードの皿をぶちまけたりする。とにかく奴《やつ》らは、本気で仲たがいしたとなれば、こっちの人生をめちゃくちゃにする手をいくらでも持っているのだ。そして、もとの仲間がぼくをみじめな目に遭《あ》わせるとなれば、それまではぼくが実力者と仲よくしているので敬遠していた他《ほか》の狼《おおかみ》どもも、いっせいに襲《おそ》いかかってくるのだ。

こういうことをみんな、ぼくはエマに必死で説明した。やがて、彼女《かのじょ》の心の中で、台座の上にそびえていたぼくの銅像の足が粘土《ねんど》に変わり、像全体がとけはじめたようだった。

「いいですか、彼《かれ》らはぼくの親友なんですよ。はじめはほんの冗談《じょうだん》だったんです。ぼくも一度目は仲間に入っていました。冗談《じょうだん》だったんです。困っているのは、あいつらがやめようとしないから……もしこのままつづけば、本当に大変なことになります」

彼女《かのじょ》の返事は冷ややかだった。「ウィリアム・ウィルソンにとっては、はじめっから冗談《じょうだん》どころじゃなかったでしょ」もう彼女《かのじょ》はどこにでもいる老教師と変わらず、ぼくも、どこにでもいる六年生になっていた。「あなたは仲間はずれになるのが怖《こわ》いのね。いっそ、名誉《めいよ》ある仲間はずれになってみたらどう？　不名誉《ふめいよ》な仲間の一人ではなく」

「いやです。ウィルソンのためにそこまではできない」

「ウィルソンのために――そこまでは――できない」エマは軽蔑《けいべつ》したように目をつぶった。ぼくは耐《た》えられなくなって、帰ろうと立ち上がった。

「紅茶をご馳走《ちそう》さまでした」

これでやっと彼女《かのじょ》の目が開いた。

「力になってくださると思ったんです」ぼくはうらめしげに言った。

「まあ、お座りなさい。考えてみるわ」彼女《かのじょ》が考えはじめたので、ぼくは待った。クリーム色の秀《ひい》でた額《ひたい》に、あの心配そうな皺《しわ》が一本浮《う》かんでくるのを見つめながら。もう、形勢は逆転していた。

「そのうち二人は監督生《かんとくせい》なのね」と、彼女《かのじょ》は言った。「校長は、監督生《かんとくせい》のバッジを取り上げるでしょう。停学か、退学にだってしかねないわ。Aレベルの試験を受ける年だというのに。大スキャンダルになるわね。親たち、理事たち……学校のイメージにとっても大打撃《だいだげき》よ。新聞にも出るかもしれないし……」

「けど、彼《かれ》らは監督生《かんとくせい》としてはひどいもんです。何もしようとしないんですから」

「あなただって、相当ひどい監督生《かんとくせい》よ。手をこまねいて見てるんだから。ウィルソンがあなたのことを校長に言ったとしたら、どうなる？」

「待ってください」ぼくは言った。「校長のところまで話を行かせちゃ駄目《だめ》です。公《おおやけ》にしちゃ駄目なんです。先生があいつらを捕《つか》まえて、ひと言言ってくだされぱいいんです。それだけで、あいつらは震《ふる》え上がっちゃって、二度としやしません。名前が出なければ、処罰《しょばつ》もなしです」

「でも、どうすれば現場を押《お》さえられるっていうの。あたしは忙《いそが》しいのよ」

「ああ、ぼくに考えがあります。コークス用シュートが見える小さな窓が一つあるんです……」

「知ってるわ。あたしたち女性教師の職員室から物置につづく、廊下《ろうか》の途中《とちゅう》でしょう。あそこへは誰《だれ》も行かないわ。ウィルバーフォース先生が新しい練習帳を取り出すとき以外は」

ぼくが自分の計画を話すと、彼女《かのじょ》はいくつかまずい点を見つけて、こうしましょう、と言ってくれた。ついに完璧《かんぺき》な計画を練り上げたぼくたちは、椅子《いす》にくつろぐと、冷めてしまったも同然の紅茶を飲み、彼女《かのじょ》はぼくに、さいごに残ったケーキをどうしても食べさせようとがんばった。彼女《かのじょ》は上気した顔をしていた。またぼくが気に入り、自分にも満足しているらしい。誰《だれ》だって、人と共謀《きょうぼう》するのは楽しいものだ、そうだろう？

そのとき、お母さんがおずおずとノックして、紅茶を片づけに入ってきた。

「この生徒さん、お家へ帰らないといけないんじゃないの。もう六時半すぎよ」

エマは声をあげて笑った。「時間がたつのは早いわね。楽しいときには」

「世の中をよくする相談でもしてたの?」しかしお母さんは、そんなエマを見て喜んでいた。お母さんはぼくに、よくやったという視線を向けて、「また、お茶にいらっしゃいよ。あなたが来るとほっとするわ」と言った。

ぼくたちは玄関《げんかん》につづく階段で、いかにも共犯者らしくひそひそと話しあった。階段には、ぼくの大きな泥《どろ》んこの足跡《あしあと》がついていたが、エマは気にしているようではなかった。

ぼくは、彼女《かのじょ》がはじめは老《ふ》けた顔だったのに、そのうちに若く見えるようになったことを考えながら、家まで歩いて帰った。不安な気もしたけれど、心が弾《はず》んでいた。女は、心の動き次第であんなにも変わるのだ。だから女は、夜はしぼんで朝になるとまた開く花みたいに、いかにもかよわく見える。野郎《やろう》の外見はいつだっておなじだ。本当に病気になるか、狂《くる》ってしまうまでは。

ぼくはこのときはじめて、エマをもっと知りたくなったのだと思う。

12．災難《さいなん》を回避《かいひ》する

彼《かれ》らがまたウィルソンの奴《やつ》を捕《つか》まえたときは、あやうく見逃《みのが》すところだった。ラグビーの練習を終えてシャワー室を出てきたぼくは、遅《おそ》い残りもののランチを食べに行こうとしているとき、彼《かれ》らが笑いながらウィルソンを引きずって校庭を歩いていくのを見かけたのだ。ぼくはわざとさりげなく校舎の裏口から入ると、あとは、子どものような下級生どもを八方に蹴散《けち》らして、一目散《いちもくさん》に一階の廊下《ろうか》を走った。講堂の階段は一気に三段ずつ駆《か》け上がり、裏をまわって学校の半分を占《し》める女子の教室部分に飛びこむと、五年生の女子の柔《やわ》らかな体の集団へぶつかっていった。彼女《かのじょ》たちの体の感触《かんしょく》と、憤然《ふんぜん》とした悲鳴《ひめい》を楽しみながら。

こうして女性職員室のドアの前に立ったぼくは、ノックをする前にまず必死で息をととのえた。三日間ポケットに入れっぱなしにしていた本を出すことさえ、忘れるところだった。そのくらい興奮していたのだ。エマが貸してくれた本。これこそいっさいの計画の要《かなめ》だったのに、なんというバカだろう、おれは。

ぼくはさらに三度大きく深呼吸をしてから、震《ふる》えながらノックした。だが誰《だれ》も出てこない。ぺちゃくちゃしゃべる声とティーカップのチリチリいう音は、あいかわらずやまない。時間がどんどんなくなっていく。ウィルソンがシュートに吊《つ》り上げられてしまえば、それでおしまいなのに。ぼくはまたドアをがんと叩《たた》いた。思いきり強く。

それでも、返事はない。みんな、耳が聞こえないのだろうか。ぼくはさらに叩《たた》こうと手を振《ふ》り上げた。そのとき、びっくりするほど急にドアが開いたので、あやうく振《ふ》り上げたこぶしで文学修士キャサリン・メリー先生の鼻を殴《なぐ》りそうになった。先生は、その手をおぞましい虫でも見るような目で見た。ぼくは下ろした手をポケットに入れて、握《にぎ》りしめた。

「ドアを壊《こわ》そうとでもいうの、アトキンソン？」先生は、ほんの二秒かそこらでぼくを犯罪者と断じたのか、冷酷《れいこく》な視線を向けた。

ぼくは、その場で監督生《かんとくせい》のバッジを取り上げられるのを覚悟《かくご》しながらも、あの本を突《つ》きつけた。「ハリス先生から、これをお借りしたんです」

メリー先生はそれを受けとると、犯罪の証拠《しょうこ》でもあるかのように調べた。ぼくは、エマがそれを選んだときの慎重《しんちょう》さを思い出した。エマの手はD・H・ロレンス（英国の小説家・詩人。一八八五—一九三〇。『チャタレー夫人の恋人』などで知られる）の『カンガルー』のところでとまりかけてから、シーザーの『ガリア戦記』の翻訳本《ほんやくぼん》に移ったのだった。

「急にラテン語が好きになったの、アトキンソン？　まだ成績にはあらわれていないけど」

「戦争に興味があるだけですよ、先生。ローマン・ウォールが……」

「ああ、そうそう。あなたのローマン・ウォールの話なら、すっかり聞いたわ」

その声の冷たさは、あなたには絞首刑《こうしゅけい》でもまだ甘《あま》いわ、と言っていた。

「わかったわ。ハリス先生にお渡《わた》しするわ。お礼もつたえておく？　ちゃんとおもしろく読みましたって？」

ぼくはただ「ありがとうございました」と言って、引き下がるしかなかった。なんというドジな話だろう！

しかし、また五年生の女子が固まっているところまで行くか行かないかのうちに（その子たちはみんな、ぼくが近づいていくと壁際《かべぎわ》に貼《は》りついてしまった。ただ、一人だけ背の小さな子が、何を期待しているのか、生意気な顔をしていたが）、後ろからエマの声が追いかけてきた。そのあらたまった冷たい声は、ケイティ・メリーとおなじだったけれど。

「アトキンソン君、ちょっと待って！」

ぼくは駆《か》けるようにしてもどった。

「第五章についてちょっと説明したいことがあるの」エマの声は、あいかわらず冷ややかそのものだった。ぼくは彼女《かのじょ》の背後の職員室で、みんなが耳をそばだてているのが見えるような気がした。

ぼくたちは真面目《まじめ》な顔で、狭《せま》い廊下《ろうか》を物置のほうへ歩いていった。

「シーザーは、このときには少し態度が曖昧《あいまい》で……」

ぼくたちは、例の小さな窓まで来ると立ちどまって向きを変え、外を見た。彼女《かのじょ》はパラパラとページをめくっている。なんだか、学校演劇の舞台《ぶたい》に立ってでもいるみたいだった。

下に見える、コークス用シュートのそばの人目につかない隅《すみ》っこは、寒々としていて人気《ひとけ》もなかった。ケイティ・メリーのせいだ！　あいつらはすでにやってきて、ウィルソンを吊《つ》るして消えてしまったんだ。何もかも無駄《むだ》だった……

ところがそのとき、神に栄光あれ！　もみあうようにして彼《かれ》らが姿を現した。ウィルソンは、いつもよりやや激しく抵抗《ていこう》したのだろう、すでにひどい姿になっていた。

「あの人たちは何をしているの？」

「知りません、先生」

「じゃ、あたしが調べてくるわ」

なんという芝居《しばい》だ！　つぎの瞬間《しゅんかん》には、彼女《かのじょ》はぼくがそこにいる口実としてシーザーを窓敷居《まどじきい》に置くと、姿を消していた。

ぼくは、ウィルソンがむなしくあがいている姿を見ていた。トニー・アップルとテディと、三人の取り巻きたちが浮《う》かべている、醜悪《しゅうあく》な楽しみの表情も。

教師用のガウンを着たハリス先生の勇敢《ゆうかん》な姿が、下のドアから現れた。めったに誰《だれ》も使わないドアだ。彼女《かのじょ》は、彼《かれ》らが気づかないうちにまっすぐ近づいていった。そのときにはもうウィルソンは吊《つ》り上げられて、ばたつかせている足しか見えなかった。彼《かれ》は気が狂《くる》ったような悲鳴《ひめい》をあげていた。

ハリス先生に気がついたときのトニー・アップルの顔を、ぼくは死ぬまで忘れないだろう。百万ポンドの値打ちはある見ものだった。

そのときぼくの耳に、誰《だれ》かの声が聞こえた。すぐ近くで。とても冷たい声だ。

「何をにやにやしてるの、アトキンソン。何がそんなにおもしろいの？」

「ハリス先生……が、あの連中のもめごとを仲裁《ちゅうさい》しに行ったんです、メリー先生」

彼《かれ》らはちょうど、シュートの中からウィルソンを下ろそうとしているところだった。ウィルソンは泣きながら、ぐったり地面にくずおれた。ベルトには、まだ鉤《かぎ》がひっかかっている。

「これは、ハリス先生一人じゃ無理よ。アトキンソン、あなたは監督生《かんとくせい》の仕事をしなさい。処置は私《わたし》がします」

メリー先生が大股《おおまた》で去っていくと、ぼくは足もとに大きな穴が開いたような気がした。

午後の授業の鐘《かね》が鳴ってまもなく、ぼくは校長室に呼び出された。ありがたいことに、そこには校長とウィルソン以外、誰《だれ》もいなかった。ウィルソンは空になったカップをそばに置いて、普通《ふつう》は親たちが座る椅子《いす》に座っていた。彼《かれ》はぼくに、絶望しきった濁《にご》った目を向けた。それを見れば、すでに何もかもしゃべってしまったことがわかった。まったく、なんていい奴《やつ》だ！

校長はいつもとは違《ちが》って、こっちを脅《おど》すようなことは何一つ言わなかった。彼《かれ》が青ざめて黙《だま》りこくっているのを見たぼくは、激怒《げきど》しているな、と思った。

「こういうことがおこなわれているのを、ずっと前から知ってたんだな、アトキンソン？」どこをとっても、第一次大戦中の陸軍少佐《しょうさ》そのものだった。ぼくはなんとなく、銃殺《じゅうさつ》を覚悟《かくご》した兵士のように気をつけの姿勢になった。

「はい」

「じつは、ウィルソンは、きみがたびたびコークス用シュートから救ってくれたと言ってるんだがね」

「はい」ウィルソンは、少なくともぼくに悪意は抱《いだ》いていないらしい。

「こういう事件が起きていることを、誰か先生に知らせようとは考えなかったのかね？」

「告げ口はしません」

「無力なこの少年が苦しんでいてもか」

「彼《かれ》らに、やめろとは言いました。問題になるぞと」

「だが、それは悪いことだとは言わなかったのかね」

校長の声にこもっている軽蔑《けいべつ》と嫌悪《けんお》は、恐《おそ》ろしいくらいだった。それから彼《かれ》は言った。「ウィルソン、外で待っていなさい」

ウィルソンは鞭《むち》で打たれた野良犬《のらいぬ》のように、こそこそと出ていった。

「アトキンソン、私《わたし》は本当のところを聞きたい」

「何についてですか」自分の声が、うしろめたい調子になるのがわかった。

「きみの動機だ。ハリス先生が、彼《かれ》らのやっていることに気がついたときに、きみが一緒《いっしょ》にいたことについてだ。話がうますぎて、私《わたし》には信じられないんだが」

「なんのことかわかりません」

「いや、きみにはよくわかると思うよ。あの五人にいくら言って聞かせても駄目《だめ》だと思ったものだから、意図的にハリス先生を利用したんだろう……私《わたし》の部下である教師を……きみ個人の目的のために」

とつぜん、ぼくは彼女《かのじょ》の立場が危険なのを察した。どう危険なのかは、よくわからなかったけれども。だがそれを感じとると、ぼくはふいに、すくんでいる兎《うさぎ》からライオンに変身した。ぼくは彼《かれ》を正面から見据《みす》えて――これには大変な努力がいったが――思いきってはっきり、きっぱりと言った。

「先生のおっしゃっていることがわかりません」

彼《かれ》はそのとき、これは勝てないとさとったのだと思う。ぼくを締《し》め上げるのはやめて、グループの仲間を罵《のの》りはじめ、どうせ無駄《むだ》になっても叩《たた》けるだけ叩《たた》いてやろうと、ぼくのこともがんがん言いだした。

「五人は停学にするほかなかった――そのうち二人は監督生《かんとくせい》だが、監督生《かんとくせい》のバッジを失う。彼《かれ》らの両親とも面談しなければならない。理事たちとの協議もある。もしウィルソンの両親がへそを曲げたら、警察沙汰《ざた》にもなるかもしれない。新聞への口どめはもちろんのこと、学校の名誉《めいよ》がかかっている。きみは監督生《かんとくせい》なんだから、はじめてこういうことがあったとき、すぐ知らせてくれていれば……ウィルソンがきみを弁護《べんご》しなかったら――あれほど熱心に弁護しなかったら、きみのバッジも取り上げていたところだ」

ぼくは、ゆっくりバッジをはずして校長のデスクの上に放り出すしかなかった。脅迫《きょうはく》なんかさせるものか。けちなバッジなんか、好きなところに刺《さ》すがいいや。監督生《かんとくせい》になんか、金をくれたってなるもんか。

校長は、冷ややかにバッジを返してよこした。「メロドラマみたいな真似《まね》はよせ。きみがわれわれにかりかりしなくたって、こっちはもう充分深刻な問題を抱《かか》えてるんだ」彼《かれ》は今までにないほど激怒《げきど》していた。だが、それならぼくもおなじだった。そして彼《かれ》はまた、探《さぐ》りを入れてきた。

「ハリス先生は、きみの特別な友だちなのかね」

彼女《かのじょ》の立場は、また危険になってきた……。

「きみはハリス先生の授業を受けてさえいないだろう？」

「はい」

「じゃ、どうして本を借りたりしてるんだ？」

「ローマン・ウォール見学の旅行のとき、たくさん話をしたんです。ハリス先生は、ぼくがローマの軍隊に興味を持っていると言ったのをおぼえていてくださって……」

「ああ、なるほど」と彼《かれ》は言った。「ローマン・ウォールへの旅行ね」だがこうつづけた。「きみはハリス先生と、本当に親しいらしいね……」

「ぼくの祖母が、先生のお母さんの友だちなんです。同級生だったんで。二人とも、在郷軍人会《ざいごう》の運営を手伝《てつだ》っていますし」

なぜそんな話をしたのかはわからない。だが、なぜかこれが効《き》いた。校長の目から、いやな光が消えた。ぼくは、小さな町の濃密《のうみつ》な人間関係という森の奥《おく》に逃《に》げこんだわけで、校長としては、そこまで踏《ふ》みこむわけにはいかなかったのだ。彼《かれ》には手に負えない領域だ。そして、ぼくらは互《たが》いにそれを知っていた。校長は苦りきっていた。

「ごろつきどもが相手なら、始末をつけてやるんだが。しかし、きみはごろつきじゃないね、アトキンソン。そんな単純なものじゃない。立派な少年心理学者ってわけだ……」心理学者、と言ったときの彼《かれ》の口調《くちょう》には、いかにも校長らしい独特のいやみが感じられた。「きみはつぎの夏で卒業か?」

「はい、そうです」

「大学宛《あ》てに、いい推薦状《すいせんじょう》を書いてほしいだろうな?」

ぼくは返事をしなかった。

「いいかな、アトキンソン。きみはよほど自重《じちょう》しないといけない。さあ、出て、もう一度ウィルソンを呼んでくれ」

ぼくは黙《だま》って部屋《へや》を出た。

ウィルソンが媚《こ》びるようにすり寄ってきた。「ぼくはしゃべらなかったよ」

「しゃべるって、何を?」ぼくは不愉快《ふゆかい》なのを抑《おさ》えて訊《き》いた。

「きみもはじめは、ぼくを吊《つ》るすのを手伝《てつだ》った、ってことをだよ。きみはとめようとしたって、校長に言っといた……。きみは本当にぼくの親友だってね」

ぼくは、あやうく彼《かれ》にへどを吐《は》きかけてやりたくなったが、やめておいた。彼《かれ》はこれからもまだ、引き返して洗いざらい校長に話すことができる。だからぼくはただ、「先生が、もう一度入れと言ってるぞ」としか言わなかった。

そのときだった。顔を上げると、こっちへやってくるエマに気がついたのは。彼女《かのじょ》は幽霊《ゆうれい》のように青ざめていた。ぼくはかろうじてわかる程度に微笑《びしょう》して、うなずいてみせた。「白状なんかしなかったよ。うちあわせどおりの話で大丈夫《だいじょうぶ》」とつたえるために。

彼女《かのじょ》はほっとした顔をした。

そのとき彼女《かのじょ》の向こうを見ると、ケイティ・メリーが、事務室の戸口からじっとぼくたちを見ていた。

ぼくは放課後、急いでエマの家へまわった。彼女《かのじょ》はまだ帰っていなかったが、お母さんは中へ入れて、二階の彼女《かのじょ》の部屋《へや》で待たせてくれた。ぼくはこの前とおなじ椅子《いす》に座って彼女《かのじょ》の本棚《ほんだな》を睨《にら》みながら、校長のことを考えてやきもきしていた。というのも、今までは、彼《かれ》はいい奴《やつ》だとばかり思っていたからだ。ちょっとチャーチルに似たところがあった。どっちも背が低くずんぐりしていて、チョッキの下の腹がせり出し、額は完全に禿《は》げ上がっていた。戦争中ずっと、いちばん暗かった時期にも、校長は毎朝ぼくら生徒に話しかけた。戦況《せんきょう》を解説し、戦意を高揚《こうよう》させた。つねに、われわれは運命の女神をわがものとした、と喧伝《けんでん》していた。彼《かれ》には何度語っても飽《あ》きない、お気に入りのひねった話があった。

「一九一七年のある朝、私《わたし》の上官の大佐《たいさ》がこう言ったんだ。『きみはよくやったよ、スメドレー。きみが勲章《くんしょう》を受けられるように推薦《すいせん》し、パリでの二週間の休暇《きゅうか》を申請《しんせい》しておく』私《わたし》は意気揚々《ようよう》だった。ところがその晩には、ドイツ軍の攻撃《こうげき》がはじまって大佐《たいさ》は戦死し、私《わたし》はドイツの捕虜《ほりょ》収容所にいた。ひよこの数は、孵化《ふか》するまで数えちゃいかんぞ」

校長はけっして意気地のないことは言わなかった。いつでもぼくらに、男と男として話し、答《むち》はめったに使わなかった。ぼくたちに紳士《しんし》であることを期待し、ぼくたちもたいていはそれに応《こた》えた。彼《かれ》はしじゅう「男らしく」とか「紳士的《しんしてき》に」といった言葉を口にした。卒業の際にくれる推薦状《すいせんじょう》にも、好んで「男らしい態度と紳士的《しんしてき》な気質を有す」という言葉を用いた。

ぼくがそういう推薦状《すいせんじょう》をもらえるチャンスは、遠のいた。それどころか、彼《かれ》はもうぼくに好意さえ持ってはいなかった。文学修士のケイティ・メリーやブラック・ファンみたいな情けない奴《やつ》に憎《にく》まれても、これは気にする必要はない。そっちはかえって勲章《くんしょう》みたいなものだ。だが、まともな男に嫌《きら》われたとなると……。いったい、ぼくが何をしたというのだ。じたばたしているウィルソンを、わざわざ助けてやったのに。そのへんの思いやりのない奴《やつ》とおなじにしていたなら、こんな困った羽目にはならなかったのだ。

まだ情けない気持ちで沈《しず》んでいたとき、階段にエマの声と足音が聞こえた。ぼくは挨拶《あいさつ》しようとして、ぱっと立ち上がった。監督生《かんとくせい》のバッジを叩《たた》いて、「ぼくはまだ生きてますよ」と言いながら、にっこり笑う余裕《よゆう》さえあった。

彼女《かのじょ》は冷淡《れいたん》だった。疲《つか》れきったようにどすんとソファに座った。

「大丈夫《だいじょうぶ》ですか?」ぼくは心配になって訊《き》いた。「ぼく、決めたとおりの話しかしませんでしたよ。秘密は一つも洩《も》らしませんでした」

「それはわかったわ」彼女《かのじょ》の声は低かった。「だけど、あなたのことで注意されたの。あなたくらいの年の男の子と……あたしみたいな年齢《ねんれい》と地位の女がつきあうのは好ましくないって、お説教されたわ。年下の男の子をあさっているみたいなこと、言われちゃった」

ぼくはショックのあまり立ち上がった。「ぼく、帰りましょうか?」

彼女《かのじょ》はヒールを床《ゆか》にこすりつけるようにして、靴《くつ》を片方ずつ、ぐいと脱《ぬ》いだ。ナイロンに包まれた足の、かならずしも不愉快《ふゆかい》ではないかすかな臭《にお》いが漂《ただよ》い、皮膚《ひふ》に食いこんでいた靴《くつ》の跡《あと》が見えた。

「いやな男」と、彼女《かのじょ》は言った。「あたしは、何も悪いことなんかしていやしない。謝らなきゃならないことなんか、なんにもないわ。まるでワルの小学生みたいに扱《あつか》われたけど。いいの、帰らないで！　母がお茶をいれてくれてるから。あの男の図々《ずうずう》しさときたら。むろんケイティ・メリーがついていて、あたしを悪者に仕立てているのよ。あの女は、ほんとにいやな奴《やつ》だから。ごみためみたいな心の持ちぬしなのよ。それに他にもまだ、ゴシップ好きのおばちゃんたちがたくさんいるでしょう。でもあたしは、あの人たちの教科書に合わせて一生を送る気なんかないわ……。いいの、帰らなくても！」彼女《かのじょ》はぼくににっこり笑ってみせた。「あたしたちはもう悪い評判をたてちゃったんだから、そのとおりにやりましょうよ。お砂糖は一つ、二つ？」

これは、お母さんがトレイを持って入ってきたからだった。彼女《かのじょ》はお母さんに向かって言った。「校長がね、お母さん、あたしがこのロビーとつきあうのは不穏当《ふおんとう》だ、って言うのよ。お母さんはどう思う？」

「そんなの、無視しなさい」お母さんはぴしりと言った。「また、意地の悪い婆《ばあ》さんたちに何か吹《ふ》きこまれたのよ。ひそひそこそこそ、こっちは息もできやしない。干上がっちゃった婆《ばあ》さん先生たちには、男の人に飲ませるジュースの一滴《いってき》だって残ってやしないわ。そういう人たちは、無視すること、ね。あなたとロビーは、何も悪いことはしてやしないんだから。ロビーはちょっと若い、それだけのことよ。それこそ、あなたに必要なものなのよ」

ぼくたちはこれでほっとして、紅茶を飲むと、顔を見合わせてにっこりした。だがけっきょく、彼女《かのじょ》は「でも、怖《こわ》いわ……」と言いだした。

「ええ、怖《こわ》いですね。ケイティ・メリーがあの窓のとこへ来たときには、死にそうになった」

「校庭で彼女《かのじょ》が後ろに現れたときは、あたしも死にそうだったわ」

「まあ、人の噂《うわさ》も七十五日ですよ！」

「そうね、でも、お互《たが》いに気をつけたほうがいいわ。あたし、あなたに何かの個人教授をはじめたらいいんじゃないかと思うの。あなたがここへ来る口実を作るのよ。あなたのラテン語の成績、かなりひどいんでしょう？　人から聞いた話だけど」

ぼくは自分が不安な顔になったのがわかった。「父は、個人教授のお金までは出してくれないと思うんです。そんな余裕《よゆう》はないから」

「大切な相手なんだから、ただでいいのよ。だって……」彼女《かのじょ》は不敵な笑顔《えがお》でつづけた。「あたしの母とあなたのお祖母《ばあ》さんは、親友でしょう？」

13. ボールの罠《わな》

それからは、毎火曜日に彼女の家へ行くようになった。エマは、いいかげんな真似《まね》はしなかった。教えると言ったからにはと、毎回一時間、きちんとラテン語を教えた。ぼくはさいごにはいつも汗《あせ》をかいていた。

しかし彼女《かのじょ》は優秀《ゆうしゅう》な教師だし、ぼくは優秀《ゆうしゅう》な生徒だったから、授業はぐんぐん進んだ。ぼくがラテン語が苦手だったのは、大学へ入るのに必要だからと強制されたせいと、男子のあいだではラテン語ができないのが格好がいいということになっていたせい、それとラテン語の先生が嫌《きら》いだったからにすぎなかったらしい。ところが、エマにかかると違った。彼女《かのじょ》に教わると、ラテン語はスイス製の時計のように正確で、論理的なものに思えた。彼女《かのじょ》のおかげで、ぼくはラテン語が好きになってきた。そして、宿題を提出する前には彼女《かのじょ》がチェックしてくれたので、学校でのぼくの点数もぐんぐん上がりはじめた。二人はたちまち大成功をおさめたのだ。ぼくは、二人が団結すれば世界だって征服《せいふく》できそうな気持ちになってきて……

それに、彼女《かのじょ》のデスクで、互《たが》いにぴったりくっつくようにして勉強するのだ。彼女《かのじょ》の髪《かみ》の匂《にお》い、そして、彼女《かのじょ》のつく一つ一つのため息、吸《す》いこむ息。その意味も、ぼくにはわかった。自分が間違《まちが》えたときも、よくできたときも。

しかし、いちばん楽しい時間は、ラテン語がすんだあとだった。エマが階下のお母さんにコーヒーとビスケットを出して、とどなると、ぼくたちはそれぞれ暖炉《だんろ》の両側に座って話しはじめる。たいていはぼくのほうから口火を切って、この世の間違っていると思うことについて話しだす。原子爆弾《げんしばくだん》から、ぼくらのラグビーチームのことまで、あらゆる問題について。当時のぼくは、何もかも変えたかったのだろう。このぼくなら改善できると、確信していたのだ。

それでも父さんや母さんとは違って、エマは、「おまえも年をとればわかる」とか、「理屈《りくつ》では正しくても、現実はそうはいかない」と言うとか、いかにもうんざりしたように首を振《ふ》って、「若い肩《かた》に、年とった頭をのせるのは無理だ」といった言葉でごまかすとかして、ぼくの口を封《ふう》じたりはしなかった。とくに政治の話となると、まあ、父さんは政治について議論しようとはしないのだ。父さんは自分が労働者で労働党員だったから、労働者階級だというのに労働党に投票しない奴《やつ》はバカだ、いやバカ以下だと言い、ぼくらはたいていい、さいごにはどなりあいになるのだった。

ところがエマはぼくを大人として扱《あつか》って、ちゃんと耳を傾《かたむ》けてくれた。そしてぼくが文句をならべ終わると、その問題をどう処理する気なのかと、訊《き》くのだった。

「そうですね、ラグビーチームについては打つ手がありませんね。ぼくたちの学校には八百人しかいなくて、半数は女子だし、四分の一は役に立たない子どもで、生まれつきボールの扱《あつか》いが上手《じょうず》な奴《やつ》は、たいていサッカーチームに入ってますから」

「ラグビーシーズンになって、どこのグラウンドもラグビー用になってしまったら、サッカー組はどうするの?」

「そのへんをぶらつきながら、文句を言うくらいでしょうね。なかにはＹＭＣＡみたいな町のチームでプレイする奴《やつ》もいるだろうけど、ほとんどはぶらぶらして文句を言ってるだけですよ」

「じゃ、そういう人たちをラグビーチームにさそったら？」

ぼくは、ぽかんとなり、答えに窮《きゅう》した。「ええと……奴《やつ》らはみんな……労働者階級で……つまり……十六で学校を終えると……造船所で働くようになったり……下層階級で……ぼくたちとは人種が違《ちが》う、粗暴《そぼう》な連中で……いつだって試合の最中にグラウンドに唾《つば》を吐《は》くし……人を罵倒《ばとう》するし……」

「つまり、さそえない理由は何もないわけね」と彼女《かのじょ》は言った。「いいラガーになれそうな人は誰《だれ》もいないと思うの？」

「そうだな……」ぼくは考えた。「手の使いかたが駄目《だめ》なんですよ」

「ゴールキーパーはどうなの。ゴールキーパーなら、手は器用なんじゃない？」

「ああ、ジョン・ボウズは素晴らしいですよ……。彼《かれ》はセーブするとき、たまにみごとに宙を舞《ま》って……敵の足もとからボールを奪《うば》っちゃいますからね」

「じゃ、ジョン・ボウズと話してみたら？　あれはいい子よ――あたし、教えてるの。勉強じゃ世界一とは言えないけど、とても立派な子だわ。学校を出たら警官になりたいんですって」

「どうかなあ。ぼくの仲間はあまり賛成しそうも……それに部長のビル・フォスダイク先生も……」

「あなたは世の中を変えたいと言いながら、自分の評判を気にしてるのね。ヒットラーが民衆の評判を気にしたと思う？　キリストはどう？　カール・マルクスとかチャールズ・ダーウィンは？　あなたははじめる前から負けてるのよ、人の思惑《おもわく》を気にしてるようじゃ」

これは、ぼくにもわかりすぎるほどよくわかった。その事実は何トンもある煉瓦《れんが》のように、ぼくの頭の上に崩《くず》れ落ちてきた。ぼくはただ、暖炉《だんろ》の前に敷《し》いてある彼女《かのじょ》とのあいだのラグを、じっと睨《にら》んでいた。

「いい？」と、彼女《かのじょ》はつづけた。「他人の思惑《おもわく》ばかり気にしていたらどうなるか、教えてあげるわ。あなたは大学へ入って、いずれなんとなく教職について、そのうち誰《だれ》か女の子に出会って結婚《けっこん》するの。すると奥《おく》さんは、子どもを欲しがる。あなたは毎年毎年おなじことを教えつづけている。すると、やがて子どもたちが大人になって孫を生んでくれる。そして四十年勤続のあと、退職して庭いじりでもしているうちに、細長い箱に入れられて家から運び出されることになるのよ。いよいよ死ぬときが来ると、あなたは自分のまわりを見まわして、あれだけの時間はどこへ行っちゃったんだろう、と不思議に思うわ。あたしにはわかってるの。さんざんそういう人を見てきたから」

「ひどい、なんてことを！」

「あたしだって今、そうなりかけてるのよ。確かに、毎年夏の二週間は外国へ行くわ。ザルツブルクとか、ある年にはオーバーアマガウ（ドイツ南部アルプスの麓の町。ペストの被害が少なかったのを神に感謝して、住民が十年に一度キリスト受難劇を上演する）へ行ったし、ギリシャへも、フランスのあちこちの大聖堂へも行ったわ。そのたびに、何か素晴らしいことが起こるんじゃないか、何か大きな変化が起こるんじゃないかって思うの。帰ってきたときには、酔《よ》ったようにまた行きたいと思ってるわ……。ところが、待っているのはやはり変化のない生活。今では、あたしの人生は変わりっこないと思ってるわ。あたしは檻《おり》に入れられたペットの鼠《ねずみ》とおなじで、どこかへ行けそうだという幻想《げんそう》を抱きながら、車の中を走りつづけているのよ」

ぼくたちは慄然《りつぜん》として顔を見合わせた――彼女《かのじょ》があまりにも多くのことを語ってしまったので。

ここでとつぜん、彼女《かのじょ》は訊《き》いた。「音楽は好き？」そして書斎《しょさい》の隅《すみ》に置いてある、ハンドル式のものすごく大きな蓄音機《ちくおんき》のところへ飛んでいくと、いちばん手近にあるレコードをかけた。そして座って目をつぶり、両手を固く組みあわせて聴《き》き入った。

音楽は轟々《ごうごう》と高く舞《ま》い上がった。激しい音楽がぼくの血にしみこんでくる。われを忘れて、どこかへ跳《と》びこんでいこうとしているような気持ちになった。些細《ささい》なことになど目もくれず。早くとまらなければ、手ひどく衝突《しょうとつ》することはわかっているのに、ちっとも気にならない。むしろ、衝突《しょうとつ》は望むところだった。

レコードの溝《みぞ》の上で針がかちりと鳴ってその音楽が終わったときでさえ、目の前に迫《せま》っていた衝突《しょうとつ》の気配は、煙《けむり》のようにまだ宙に漂《ただよ》っていた。

蓄音機《ちくおんき》の回転がすこしずつ落ちて、ついにとまった。

「すごい。なんという曲なんです?」ぼくは訊《き》いた。

「『ワルキューレの騎行《きこう》』よ。『ニーベルングの指輪』のチクルス（連作）の。ワグナーよ。ワグナーは、ヒットラーのお気に入りだったの」

「『指輪』のヒーローは、最後にはどうなるんです」

「やられるのよ、あなたたちの言葉で言うと」

「やられても当然なことをしたんでしょう」

「彼《かれ》は世間の立派な人たちにどう思われるかなんて、ぜんぜん気にしなかったんだと思うわ」

ぼくたちは、また沈黙《ちんもく》した。

「わかりました」とうとうぼくは言った。「ジョン・ボウズと話してみます」

だがジョン・ボウズに近づくのは大難事だった。彼《かれ》は五年生の人気者で、いつでも仲間にかこまれていたのだ。本人は、これといってたいしたことを考えているようには見えなかったのだが、取り巻き連中がいては、ボウズに話しかけることさえできなかった。

唯一《ゆいいつ》の解決法は、夕方、彼《かれ》の家までつけていくことだ、とぼくは決心した。

というわけで、ぼくは金曜日の午後、スパイのように身を隠《かく》しながら、互《たが》いに道路脇《わき》のドブに突《つ》き落としあったり、仲間が肩《かた》に掛《か》けた鞄《かばん》をひったくって道の真ん中へ放り出したりしている連中の跡《あと》を、つけていった。

彼《かれ》らはぼくがついてくるのを見つけると、監督生《かんとくせい》なら、人前で制服姿で人の跡《あと》をつけたりはしないのが本当じゃないか、とからかった。からんでこなかったのはジョン・ボウズだけで、彼《かれ》はぼくの行動など眼中にないかのように、仲間にかこまれてただすたすたと歩いていた。

ぼくはもうすこしで、彼《かれ》に話しかけるチャンスを逃《のが》すところだった。確実にいやな雰囲気《ふんいき》が増してくる地区へ入っていくにつれて、彼《かれ》らからどんどん遅《おく》れてしまったからだ。スラムのような地区というわけではない。ガス工場の後ろにあたる、ヴィクトリア朝時代のテラスハウスというだけだ。だが、いやな感じだった。

そのときとつぜん彼《かれ》が手を振《ふ》ると、手下たちから離《はな》れ、ポケットから早々と、ズボンのベルト通しに結んだ革紐《かわひも》の先についている鍵《かぎ》を出して、横丁の通りへ入っていった。ぼくは駆《か》けだした。そうしないと鼻先でドアを閉められる羽目になるだろうから。

ぼくが近づいていく足音を聞いて、彼《かれ》はぐいとふり返った。五年生にしては大きく、背はぼくより高かったが、痩《や》せていて、顎《あご》は昔の戦艦《せんかん》の舳《へさき》のようにとがっていた。すでに警官の顔だった。

「あんたをからかったのはおれじゃないだろ、アトキンソン！」

「そのことで来たんじゃないんだ」

「じゃ、なんだ?」

「ラグビーをやってみようと思ったことはないか?」

「からかうなよ」彼《かれ》はとりあわずに、鍵《かぎ》を鍵穴《かぎあな》に差しこもうとした。

「いや、真剣《しんけん》な話なんだ」

「あんたは真剣《しんけん》なんかじゃない。処置《しょち》なしだよ」

これは古い冗談《じょうだん》、じつに古い冗談《じょうだん》だったが、ぼくは笑った。彼《かれ》は興味ありげに眉《まゆ》を寄せた。やはり、こいつも人間だったのか、と思ったかのように。

「おい」ぼくは言った。「学校のグラウンドにラグビーのゴールポストが立ったら、おまえは何をやるんだ」

「たいして何も」

「なあ、それならラグビーをやらないか。体もなまらずにすむぞ」

「きつすぎるよ、あれは」

「いいか、おまえはボールをキャッチするのがうまい、足もとへ飛びこんでさ……。ラグビーだっておなじだ。ボールの形が違《ちが》うだけで」

無表情な彼《かれ》の青い目に、ちらりと関心が覗《のぞ》いた。が、「ラグビーボールは蹴《け》ったことがねえからなあ」と言うと、その関心は消えた。「みんなにからかわれるだろうし」

「日曜の午前中なら大丈夫《だいじょうぶ》だ。グラウンドにはおまえとおれだけだ。ちょっとキックを練習してみよう。気に入るかどうか、わかるよ」

「日曜は教会だ」彼《かれ》は目を伏《ふ》せて、うしろめたそうに言った。

「毎日曜かい？」

「日曜の午後なら行けるよ。おふくろが許してくれればだけど。おふくろは、日曜は安息日だと言うんだ……休息する日だって。神様だって日曜にはお休みになったって」

どうも、逃《に》げられてしまいそうな形勢《けいせい》になってきたので、ぼくは急いで言った。「わかった、二時に行ってる。ボールを持ってな。四時までは待ってるよ」

そしてぼくは、それ以上彼《かれ》には何も言わせずに、引き上げた。彼《かれ》は後ろから「アトキンソン！」となったのだが、聞こえないふりをしたのだ。


そんなわけでぼくは、ユニフォームの上にスポーツコートを着て、ラグビーボールを小脇《こわき》に抱《かか》え、日曜の二時には、南京錠《なんきんじょう》のかかった校門のあたりをぶらついていた。

彼《かれ》はすぐに来た。だが、何も持たず、シューズも履《は》かず、まったくの手ぶらだった。着ているのも、日曜の晴れ着らしいものだった。ひどく情けない顔をしている。

「おふくろが、日曜にスポーツをするのはいけないって言うんだ。しかし、あんたに謝りに来た」

ぼくはこの間抜《まぬ》けさ加減に、すっかり腹が立った。なんでも親の言いなりになって、こっちの人生までめちゃくちゃにしやがって。ぼくはかっかした気分をまぎらわそうと、ボールを両手のあいだでくるくるまわしはじめた。

そしてふと顔を上げてみると、彼《かれ》の目が、もの欲しそうにボールを追っている。

ぼくはボールを彼《かれ》に投げた。彼《かれ》はきれいに受けとめた。彼《かれ》の手は骨張《ほねば》っていて大きく、先が四角い長い指をしていて、関節が目立っていた。手の色は白く、甲《こう》には剛《こわ》い茶色の毛が生え、そばかすが散っていた。

「そら」彼《かれ》は気がとがめたように言うと、元気のない投げかたでボールを返してきた。「バイバイ。ごめん!」それきり帰ろうとする。

ぼくは十メートルばかり歩かせておいてから、「ボウズ」とどなって強いボールを投げた。正確なパスではなかった。高すぎたし、彼《かれ》の左へ二メートルくらいそれていた。

彼《かれ》は、それをあざやかに受けた。じつにみごとな手だ! 目もすごくいい!

彼《かれ》はまた、投げ返してきそうな気配を見せた。

「それじゃだめだ」ぼくは叫《さけ》んだ。「そいつはラグビーボールだぜ。こうやるんだ!」ぼくはから手で、そのモーションをやってみせた。

彼《かれ》は完璧《かんぺき》にそれを真似《まね》た。ボールはしゅっと、まっしぐらにぼくの手に返ってきた。ぼくは、また彼《かれ》に投げ返した。つぎの瞬間《しゅんかん》には、ぼくたちは舗道《ほどう》でボールの投げあいをはじめていた。彼《かれ》が、やめなければと思っていることがぼくにはわかった。だがやめられないのだった。このボールのとりこになってしまったのだ。麻薬《まやく》みたいに。いったんボールが動きだしたら、もう抵抗《ていこう》できないのだった。それに、ぼくは投げ返しながらどんどん後ろへ下がって、より長いパスを出すようにしていた。

そのあと、戦略を変えた。パントする、つまり手から落としたボールを空中へ蹴《け》り上げるのだ。ただし、下手《へた》くそに。ボールは回転しながら道路のほうへ飛んでいった。彼《かれ》はそれを捕《つか》まえようと道路に飛び出したが、ちょうどそのとき、一台の車が彼《かれ》のほうへ疾走《しっそう》してきた。

車はボウズをかわさなかった。

ボウズが車をかわした。彼《かれ》は目ざとく車を見ると、虎《とら》さながらの敏捷《びんしょう》さで一瞬《いっしゅん》のうちにボールをつかみ、片足で立って体を歩道のほうに傾《かたむ》けると、車をよけた。車は怒《おこ》ってキ、キ、キとブレーキをかけ、数センチの差で彼《かれ》をかわしてそのまま走り去った。

彼《かれ》はこっちまで歩いてきて、ぼくの手にボールを渡《わた》した。

「今のは、日曜にプレイはするなというお告げだ」彼《かれ》は真面目《まじめ》な顔で言った。だがそう言った彼《かれ》の目は、錠《じょうまえ》前の下りている門と、その向こうの広大なグラウンドの上を、やるせなげにさまよっていた。彼《かれ》はただ走り、跳《と》び、蹴《け》り、ボールをキャッチしたいだけなのだ。いったいそのどこが悪いんだ、日曜日だからって。ぼくはまだ、門を越《こ》えて中に入ろうぜと彼《かれ》をさそえば、うまくいきそうな気がした……

しかし、それではまずいと思った。そうなったら彼《かれ》は、いちばん上等の靴《くつ》に草をくっつけ、罪悪感を顔に浮《う》かべて家へ遅《おそ》く帰ることになって、とんまな親にだってばれてしまうだろう。そうすれば親たちはラグビーすなわち罪と考えるようになり、彼《かれ》は二度とプレイできなくなるだろう。

そこでぼくはただ笑って、「わかった、おまえの勝ちだ。日曜にプレイするのはやめよう」と言ってから、こうつづけた。「しかし、ボールはしばらく持っていてくれ。感覚に慣れてくれよ。月曜の放課後じゃどうだい？」

「新聞配達がある。宿題も」

だが彼《かれ》の目は、そう言っているあいだも、たえずぼくの手の中のボールをじっと見ていた。ぼくは、自分がエデンの園の蛇《へび》になった気がした。

「いいから持ってけよ」ぼくは蛇と同様に、リンゴを差し出したのだった。

彼《かれ》の両手が、彼《かれ》とは無関係のようにのびてきて、ボールを受けとった。ぼくは複雑な気持ちで引き上げた。ぼくのボール、ぼくのいちばんいいボール、唯一《ゆいいつ》と言ってもいいボール。それを貸してやったのに、罪悪感を抱《いだ》く必要なんかないじゃないか……

14・大練習

それっきり二週間、ジョン・ボウズは影《かげ》も形もなかった。ぼくは自分の計画は完全に失敗したと思って、何度もボールを返してくれと言いに行きかけた。それを思いとどまったのは、ただ一つの理由からだった。曖昧《あいまい》な噂《うわさ》が流れていたのだ、「ボウズに似た奴《やつ》が、ラグビーを見ていた」という。学校じゃない。うちの州のチームがゴスフォースで、オーストラリア選抜《せんばつ》の遠征軍《えんせいぐん》に徹底的《てっていてき》に叩《たた》きのめされた、大きな試合のときだという。

「レインコートの襟《えり》を立てて、立って見てたんだ」とジャックが言った。「どこかの親父みたいに、うなずいたり、首を横に振《ふ》ったりしてたよ。あいつ、ノイローゼになったのかな。それとも、ただ笑ってやろうと思って行ったんだろうか」

「笑うほうだよ」ぼくはあっさり言った。ぼくたちのご立派な州チームは、三十二対〇でオーストラリア勢に負けたのだから。

その後、サッカー用のゴールポストが撤去《てっきょ》され、ラグビー用の高いポストが立てられるという、わくわくする日がやってくると、ぼくたちはそれぞれのシューズを油で磨《みが》いて、真剣《しんけん》になってきた。

最初の大練習というのは、めちゃくちゃなものと決まっている。去年の一軍十五人の残り、二軍十五人の残り、それから、サッカーもたいしてうまくなく、十中八九はラグビーもうまくはない大勢の候補者たち。なにしろ、ゴールするにはクロスバーの上ではなく下を通すのだと思っている奴《やつ》さえいた始末なのだ。

ビル・フォスダイクは、彼《かれ》らを黙《だま》らせようとして何度も何度もホイッスルを吹《ふ》き吹き、「おまえはどのポジションがやれる？」「おまえはどこだ？」と訊《き》きながら、まるで狂《くる》った羊の群れをかき分けてゆく弱々しい羊飼いのように、彼らのあいだを歩きまわっていた。

ジョン・ボウズはすぐに一歩前へ出て、「フルバック」と言った。ビル・フォスダイクは、レフェリーをやるだけでなく競技に参加するのが好きだったため、眼鏡《めがね》をはずしていたせいで、ジョン・ボウズが誰《だれ》だかわからなかった。これで、彼《かれ》がいかにいいレフェリーだったかがわかるだろう。

「よし」とフォスダイクは言った。「では、候補者チームのフルバックをやってみろ」

フォスダイクはちょっといやらしい顔をした。フルバックを志願する者など、今までいたためしがなかったのだ。みんなの失敗の尻《しり》ぬぐいをさせられる役なのだから。何キロとまでは言わなくても、ゲームの中心からはずっと後方にいて、寒さで筋肉が凍《こお》ってしまうか、そうでなければとつぜん（筋肉が完全に言うことを聞かなくなった頃に）、ボールがめちゃくちゃにバウンドして飛んでくるのにつづき、すぐ六、七人の怒《おこ》った敵のフォワードが殺到《さっとう》してくるのだから。候補者チームのフルバックなどというのは、ぼくに考えられるかぎりもっとも地獄《じごく》に近い状態で、来年の一軍十五人になるはずの連中に、こてんぱんにやられる役目だとしか考えられない。

いよいよはじまった。スクラムを組む。信じがたいことに、候補者チームがボールを外へ蹴《け》り出した。ぼくはぐるりと迂回《うかい》して、敵のスクラムハーフを睨《にら》みつけてやった。相手は恐慌《きょうこう》をきたしてボールを落とした。ぼくはそれをひと蹴《け》りする。すると、これは敵陣の真ん中まで三十メートルくらい吹《ふ》っ飛んで、ガイ・フォークスのお祭り（一六〇五年、ガイ・フォークスという男が議事堂を爆破しようとして逮捕された事件にちなみ、毎年十一月五日にガイに見たてた人形を燃やし、花火を上げる）の鼠《ねずみ》花火みたいに、四方八方にバウンドした。ぼくはまず間違《まちが》いなく、トライを一回決められそうだった……

　そのとき、何かが飛んできて空中のボールをひっつかみ、ぶちのめそうとするぼくをかわしてグラウンドに這《は》いつくばらせ、こっちの味方をさらに四人かわしかわし、タッチラインの外へ蹴《け》った。ボールは遠く高く飛んでいき、戦争中の阻塞《そさい》気球（敵機が低空飛行で町の上空に入りこんで攻撃するのを防ぐために上げた気球）のように小さくなった。

　線審の旗が、ぼくたちのバックスの七十メートルくらい後ろ、ぼくたちのゴールラインすれすれのところで上がった。ぼくたち相手に候補者チームが得点しようとしている。そこへジョン・ボウズが駆《か》けつけていった。

「まぐれだ」候補者チームが得点するとジャックがつぶやき、ぼくたちはジョン・ボウズがさらに二点、タッチラインから追加するところを見守っていた。

　だが、残念、まぐれではなかった。ジョン・ボウズはボールをとらえ、走り、蹴《け》った。ぼくたちは試合のあいだじゅう、自陣から出られなかった。候補者チームが選手チームを負かしたのは、学校の歴史がはじまって以来のことだった——二十五対十。

「あいつはまるでガンガン撃《う》つ榴弾砲《りゅうだんほう》だな」と、ジャックはつぶやいた。「あんなに遠くまで蹴《け》れる奴《やつ》はいやしない」

　そんなことはないと証明するかのように、ジョン・ボウズは四十メートル外からドロップゴールで得点し、これで試合は終わった。

　みんなが彼《かれ》をとりかこんだ。

「きみの名前は？」ビル・フォスダイクが訊《き》いた。一軍に拾われる確実な兆候《ちょうこう》だ。

「ジョン・ボウズです」

「ジョン・ボウズ？ わが校のサッカーチームのゴールキーパーの親戚《しんせき》か？」（ビル・フォスダイクも、みんなが言うほど間抜《まぬ》けではなかったのだ。）

「ぼくが、そのゴールキーパーなんです」

ばつの悪い雰囲気《ふんいき》になった。ビル・フォスダイクの判断基準では、サッカー選手というのは人殺しほどではなくても、女を乱暴する奴《やつ》よりもずっと下なのだ。フォスダイクはたじろいだ。だが、たじろいだ時点で、もう負けだった。

「彼《かれ》はみごとだったでしょう？」ぼくは吼《ほ》えた。「スマイジーがいなくなった今、彼《かれ》こそぼくらに必要なフルバックですよ。スマイジーなんかよりずっといい」

フォスダイクは顔色を変えた。スマイジーは彼《かれ》の秘蔵《ひぞう》っ子の一人だったのだ。

「彼《かれ》は授《さず》かりものですよ」ジャックが歌うように言い、さらに敬虔《けいけん》な調子でつけ加えた。「天からの授かりものです」これは、ジャックが無神論者なのを思うと、ちょっと行きすぎだった。

新しい一軍が、そろって賛成の声をあげた。フォスダイクは自分をとりかこんでいる、敵意に満ちた泥《どろ》だらけの顔をぐるりと見まわした……

「サッカーチームじゃ、彼《かれ》はいらないのかね？」フォスダイクは冗談《じょうだん》めかして言った。

「あっちは一月までプレイがないんです」ぼくらは証言した。

「きみは本当にルールをちゃんと知っているのか」フォスダイクは、哀《あわ》れなジョン・ボウズを厳しく見《み》据《す》えた。

だがジョン・ボウズは、オーバーコートのポケットから小さな冊子をひっぱり出した。『ラグビー規則集』。ぼくらの仲間、それどころかおそらくフォスダイクでさえ、生まれてから一度も見たことがないものだった。

「すっかり暗記しました」

みんなが喝采《かっさい》した。

「しかし、フルバックのポジションは、もうハーパーにやっちゃったが」

「ぼくはウイングをやります」と、ジェス・ハーパーが言った。「ブランブルじゃ役に立たないから」

ブランブルも、フォスダイクの秘蔵《ひぞう》っ子だったのだが……

そこで、ぼくたちはフォスダイクをかこんで更衣室《こういしつ》へもどり、みんなでチームを再編成した。フォスダイクはすっかり驚《おどろ》いてしまったのか、ろくに口もきかなかった。

そのあと、ぼくはジョン・ボウズと一緒《いっしょ》に家へ帰った。

「よく、あんなことができたな?」

「あんたのボールで、ぶっつづけに練習してたんだ。家庭菜園でね」

「誰《だれ》を相手に?」

「一人でさ。蹴《け》っちゃ、とる。温室だの、納屋だのにぶつかっちゃ、妙《みょう》ちくりんなバウンドで返ってくるぜ。しかも、キャベツやなんかを踏《ふ》まないようにしなくちゃならない。いい練習になるよ。それに、ゴスフォースでオーストラリアのフルバックを見て、たくさん教えられたんだ。どこに立つかってこと——奴《やつ》はぜったい、自分のポジションを離《はな》れなかったもんな。あんたたちのを見てたんじゃ、何も学べなかったろうよ。ミスばっかりしてんだから。最高のを見に行かなくちゃ駄目《だめ》だ。それが勉強のこつさ」

ぼくは彼《かれ》の家の前までずっと、ラグビーの細かいポイントについて講義を聞かされる羽目になった。

その翌日、学校の廊下《ろうか》で、ぼくはビル・フォスダイクに捕《つか》まった。

「アトキンソン、ちょっとだけ」

「はいっ」ぼくには、なんの話か見当がついた。

「おまえがボウズにラグビーを勧《すす》めたんだそうだな？」

「はいっ」

「なぜだ」

「使えると思ったんです。彼《かれ》をフルバックに置けば、もっとたくさん勝てます」

「ラグビーはただ『勝つ』ためだけのものじゃないとは、考えなかったのか」

彼《かれ》は「勝つ」という言葉を、まるで「マスターベーション」とか、「鼻くそをほじる」とでもいった言葉のように言った。

「勝つ以外のことというと？」

「スポーツマンシップだよ。敵にはフェアな一撃《いちげき》をくわえる。弱みにはつけこまないでだ。プレイそのものを大事にするんだ」

「ニューカッスル大学付属校とやるときみたいにですか」

フォスダイクは鼻白んだ。ニューカッスル大学付属校のラグビーは美しいうえに、あざやかなパスを見せてはかならず四十対〇くらいでぼくらを負かすのだが、そのあいだフォスダイクは、パイプを吹《ふ》かしながら、いつも一九二五年のオール・ブラックス（ニュージーランドの代表チーム。一九二四―二五年の英国遠征で二十八連勝した）の遠征なんかの話をしている向こうのおしゃれなラグビー担当の教師たちに、ぺこぺこくっついてまわっていたのだ。

「今年は、ニューカッスルを脅《おびや》かしてやれますよ」とぼくは言った。「あっと驚《おどろ》かせてやりましょう」

彼《かれ》はぼくがニシンの古漬《ふるづ》けででもあるかのように鼻を上に向けて、じろりと見た。

「もうこれ以上、名案は出さないでくれよ、アトキンソン。それだけだ」

これは警告だった。これを聞いたぼくは、こんどは誰《だれ》をサッカーチームからかっさらってやろうかと考えはじめていた。

15・涙

「あなた、音楽は好き?」と、エマが訊《き》いた。その口調から、ジャズではなく「本物の」音楽のことなのはわかった。

「聴《き》く機会があれば。『ワルソー・コンチェルト』（英国の作曲家リチャード・アディンセル作曲。第二次大戦を扱った映画『危険な月光』〔一九四二〕で使われた一曲。協奏曲形式ではなく、セミクラシックの曲）と、『オルウェンの夢』（英国の作曲家チャールズ・ウィリアムズ作曲。映画『ホワイル・アイ・リヴ』〔一九四七〕で使われた）。あとは『風と共に去りぬ』（アメリカの作家マーガレット・ミッチェルの小説で、一九三九年に映画化された）のメロディとか……。映画音楽ですよ……」

エマはため息をついた。「学校では聴《き》かなかったの?」

「何も。教わったのは四分音符《おんぷ》と二分音符と八分音符のことだけです。ときどき歌も歌ったけど——『熟したサクランボ』とか。でも、ぼくたちは『腐《くさ》ったサクランボ』って、勝手な替《か》え歌にしちゃいました。しかし、音楽は六年生には必修じゃないから、もうやりません」

彼女《かのじょ》はまた、ため息をついた。ぼくは、慰《なぐさ》めようと思って言った。「一度『フィンガルの洞窟《どうくつ》』（ドイツの作曲家フェリックス・メンデルスゾーン〔一八〇九—四七〕の作品）を聴《き》きました。よかったな。それから『惑星《わくせい》』（英国の作曲家グスタフ・ホルスト〔一八七四—一九三四〕による組曲）ってやつ——『火星、戦争の元凶《げんきょう》』。あれはすごくよかった——外に飛び出してって誰《だれ》かを殴《なぐ》ってやりたくなった」

「アトキンソン、あなた、野蛮《やばん》ね」

「音楽は野蛮《やばん》な胸を静める」これはたしかシェイクスピアか何かの台詞《せりふ》だと、ぼくは思った。とにかく、これで彼女《かのじょ》は笑ってくれた。

「あなたが『エリーゼのために』（ベートーヴェンのピアノ曲の小品）を聴《き》いたらどんな気持ちになるか、ためしてみましょう」エマは自分の座っている長椅子《ながいす》の隣《となり》を、ぼくに来いというように叩《たた》くと、レコードの埃《ほこり》を払《はら》ってプレーヤーにのせた。

ぼくは長椅子《ながいす》に座ったが、彼女《かのじょ》の隣にいるのだと思うと、とつぜん全身が震《ふる》えだした。

しかし、音楽が鳴っているあいだにちらりと見ると、彼女《かのじょ》は急に何か思いがけない行動に出そうには見えなかった。長椅子《ながいす》のいちばん向こうの端《はし》に座って、ふくらんだ大きなクッションをまるで命綱《いのちづな》のように抱《かか》えている。うなだれて、妙《みょう》に苦しそうな顔をしていた。まるで自分で自分を罰《ばっ》しているかのように。

『エリーゼのために』のつぎは何かショパンの曲だったが、それにつづいて、「ラフマニノフの二番よ」（ピアノ協奏曲第二番か）と言ったときの彼女《かのじょ》の声は、変だった。

そして聴《き》けば聴くほど、彼女《かのじょ》はいよいよ悲しげになっていった。ラフマニノフの途中《とちゅう》で、彼女《かのじょ》は手をのばしてくるとぼくの手を握《にぎ》って、「あなたがそばにいてくれて嬉《うれ》しいわ」と言った。だが、それでも、ぜんぜんセクシーな雰囲気《ふんいき》ではなかった。その指は、熱い針金みたいにぼくの指を固く締《し》めつけたけれど。痛いくらいだった。

そしてようやく、長い沈黙《ちんもく》がつづいたあとで、「あなた、もう帰らなくちゃね」と言ったのだが、かんたんに放してはくれなかった。

ぼくはわけがわからなかった。

ぼくたちには楽しい夜もあれば、つまらない夜もあった。つまらなかったのは、彼女《かのじょ》がレコードをかける夜だった。せっかく二人が一緒《いっしょ》にいる時間を、情けなく黙《だま》りこくって過ごすことになるのだから。ぼくは彼女《かのじょ》が時間を無駄《むだ》にしていることに、腹が立ってきた。せっかく二人でこの世の間違《まちが》いを正すことができるチャンスだというのに……

しかし、ぼくは彼女《かのじょ》の不幸に魅了《みりょう》されてもいた。その不幸のおかげで、エマは一種の悲劇《ひげき》のヒロインになったのだ。イギリス空軍にいて戦死した、あの男。ぼくはその名前をもう忘れていたが。一九四九年には、航空隊員はまだヒーローだった。たくさんの映画があった……滑走路《かっそうろ》での悲しいさいごの別れ。その人に嫉妬《しっと》するなどとは、見当違《けんとうちが》いだった。彼《かれ》はとうに死んでいるのだから。だが、どんな男だったのだろう？　二人でどんなことをしたのだろう？　ぼくは彼女《かのじょ》の闇《やみ》の部分にわくわくして、探ってみたくてたまらなくなった。

だが、彼女《かのじょ》はけっして踏《ふ》みこませず、何一つ語らなかった。ただ、ぼくの手を握《にぎ》るだけで。だから、本当に心が痛んだ。そしてやがて、楽しい夜よりもつまらない夜のほうが増《ふ》えてくると、ぼくは自分が彼女《かのじょ》に利用されているのだ、相手は誰《だれ》だっていいんだ、という気になってきた……

ある夜、エマが大きな蓄音機《ちくおんき》に近づいたとき、ぼくはいきなり乱暴に、「聴かなきゃいけないの？」と言った。

彼女《かのじょ》はふり返った。大きな目は、ぼくをとがめていた。「あたしは音楽が好きなのよ。でも、レコードをかける気になれるのは、あなたがいるときだけなの」

「そんな辛《つら》い気持ちになるのに、なぜ好きなんです」

「あなたはたえず幸せでいたい？　豚《ぶた》小屋の豚みたいに？」

「もちろん」

彼女《かのじょ》は、ぼくにはその奥《おく》を測れない眼差《まなざ》しで、じっとこっちを見ていた。それから近づいてくると、隣《となり》に座った。「じゃ、なんの話をしましょうか？」

こうしてぼくたちは、長くて辛《つら》い沈黙《ちんもく》を強《し》いられることになった。そんな紋切《もんき》り型《がた》なことを言われたら、そうなるに決まっている。とうとう、彼女《かのじょ》はとても小さな声で「あたしは身勝手ね」と言った。

「いいえ、聴《き》きましょう。ぼくも音楽は好きなんです。本当に」

「あたしは、あなたを利用してたんだわ」

「ぼくは人に使ってほしいんです。マッチ箱みたいに」

バカバカしく聞こえるとしても、ぼくは本当に人の役に立つのが好きなのだ。エマ以外は誰《だれ》もが、ぼくを困った奴《やつ》だと思っているらしかった。母さんにとっては汚《きたな》い靴下《くつした》をベッドの下に放り出しておく子だし、父さんにとっては、保守党支持かと思っているとある日は共産主義者になっているという、頭のおかしい奴《やつ》だったのだ。先生たちにとっては、宿題を提出するのはいつでも遅《おく》れるくせに、厄介《やっかい》な質問をする生徒なのだった。自分が社会のお荷物みたいな気がしていた。利用価値があるなどと、彼女《かのじょ》に思いがけず言われたりすると、その言葉は強い酒みたいに頭にのぼった。

またしばらく沈黙《ちんもく》がつづき、ぼくは何か彼女《かのじょ》の役に立てることはないかと、部屋《へや》の中を見まわした。アップライトのピアノの存在にはじめて気がついたのは、そのときだった。それまでは、花を置いたり写真を飾《かざ》ったりする、ただの家具だと思っていたのだ。

「先生はピアノを弾《ひ》くんですか」

彼女《かのじょ》ははっとして、「もう何年も弾《ひ》いてないわ。あれっきり……」と言った。「弾《ひ》きなさいよ——ぼくには、才能を埋《う》もれさせてはいけないって、しじゅうお説教してるじゃありませんか」

それでも、彼女《かのじょ》は座ったまま、もじもじしている。「ひどく腕《うで》が錆《さ》びついちゃってると思うわ。ミスタッチだらけの曲なんか、聴《き》きたくないでしょう」

「わかってるじゃありませんか。ぼくには、音が正しいか間違《まちが》ってるかの区別さえつきゃしませんよ!」

彼女《かのじょ》はやっと覚悟《かくご》を決めたらしく、唇《くちびる》をきっと結んで立ち上がった。ピアノの蓋《ふた》の上にならんでいた写真をどけると埃《ほこり》のひどさに悲鳴をあげて、怒《おこ》ったように両手でその埃《ほこり》を払《はら》い、ピアノ用のスツールの中から楽譜《がくふ》を一つ取り出した。

彼女《かのじょ》はつっかえつっかえ、何か小曲を一つ弾《ひ》いた。それからおなじ曲をもう一度、こんどはずっと上手《じょうず》に弾《ひ》いた。ぼくはすっかり同情して、彼女《かのじょ》のそばへ行って立った。父さんがむずかしい修理をしているときに、何か手伝《てつだ》えないかとそばへ行くときみたいに。彼女《かのじょ》はすばやく、探るような目でぼくを見た。ぼくの表情を見ると、批判するためではなく力になろうとしてそばに来たことはわかったのだろう。歯を食いしばるようにして、また別の楽譜《がくふ》を出したのだから。

ベートーヴェンの『月光』だった。

こんどの手の動きは、ずっと確かだった。オープニングの和音は、ぼくの頭をまっしぐらに突《つ》き抜《ぬ》けた。ぼくは、鋼鉄のようにひきしまった彼女《かのじょ》の顔をじっと見ていた。口の両側に、鉤型《かぎがた》の小さな皺《しわ》ができている。だが、ぼくたちは一つになろうとしていた。一つに。

そのとき、激《はげ》しく高揚《こうよう》してきた主題が、耳ざわりな不協和音の中で崩壊《ほうかい》した。彼女《かのじょ》はバタンとピアノの蓋《ふた》を閉めた……

「つづけて」と、ぼくは言った。「ちゃんと弾《ひ》けてたじゃありませんか」

だがそのとき、ぼくは埃《ほこり》だらけのピアノの蓋《ふた》の上に、最初のひと粒《つぶ》の水滴《すいてき》が落ちるのを見たのだった。そしてさらに何粒《なんつぶ》も。まるで嵐《あらし》のはじまりのようだった。ぼくは驚《おどろ》いて天井《てんじょう》を見上げたが、別に何も見えず、漆喰《しっくい》にもひび一つ見つからなかった。

「どうしたんです……」ぼくは言ってから、彼女《かのじょ》が泣いていることに気がついた。頬《ほほ》を濡《ぬ》らして黙《だま》って座ったまま、鼻の頭から涙《なみだ》をぽたぽたしたたらせていたのだ。

ぼくはあまり人が泣くのを見たことがなかった。ぼくの家では、お祖父《じい》さんが死んだときでさえ誰《だれ》も泣かなかったのだ。お祖母《ばあ》ちゃんだけは別だったが。そのときも、父さんがお祖母《ばあ》ちゃんのそばへ行って肩《かた》を抱《だ》き、背中を撫《な》でてやると、すぐに泣きやんだのだった。だからぼくは、エマにもそうしてやればいいと思ったのだが……

ぼくが両手を肩《かた》に置いても、束《つか》の間《ま》、エマは針金のようにつっぱったまま動こうとしなかった。だが、すぐに立ち上がるとこっちを向いて、あっという間もなくぼくにしがみつくような格好になった。ぼくには、彼女《かのじょ》の辛《つら》さがよくわかった。両手の指先をぼくの背中に、まるで食いこませるようにしていたのだから。背中が痛いくらいだった。けれども、ぼくはただ突《つ》っ立って彼女《かのじょ》の背中を撫《な》でてやりながら、何を言えばいいのか途方《とほう》に暮れて、もごもごと何かつぶやいているだけだった。

しかも、この状態はいつまでも変わらず、ますます動きがとれなくなってきた。彼女《かのじょ》はまるで長距離《ちょうきょり》を走ったあとの選手みたいに、いつまでも涙《なみだ》で息をつまらせて、苦しそうな声をあげながら、弾《はず》んでいる胸をぼくの胸に押《お》しつけている。あまりの醜態《しゅうたい》に、ぼくはすこし怖《こわ》くなった。このあとはどうなるのだろうと思った。なかばは、もし彼女《かのじょ》のお母さんが来て見つかったらと脅《おび》え、なかばはむしろそうなって、こんな状態から逃《のが》れたいと思っていた。

だが嵐《あらし》は、ぼくたちがAレベルの国語の試験用に読まされたいろいろな小説の筋《すじ》どおり、ついに静まってきた。ぼくはただ彼女《かのじょ》の背中を撫《な》でながら、無意味なことをつぶやきつづけていた。とうとう彼《かの》女《じょ》が撫《な》でるのはやめて、というように身をもがいたので、ぼくは手をとめると、それきり彼女《かのじょ》を抱《かか》えたまま突《つ》っ立っていた。

彼女《かのじょ》はぼくを見上げて、「あの曲は、あたしがさいごに弾《ひ》いたものだったの。彼《かれ》が前線へ発《た》つとき」と言った。

言い終えると、彼女《かのじょ》はあらためてまた泣きはじめた。しかしもう、ぼくは怖《こわ》くなかった。ぼくが何かむずかしいことなどしなくてもいずれ泣きやむことは、わかっていたから。それに、最初のときほど激しい泣きかたではなく、なんとなく、気持ちがよさそうな泣きかただったのだ。もう、自分を引き裂《さ》きたがっているような感じはしなかった。

ふたたび彼女《かのじょ》が泣きやむと、ぼくは抱《だ》いていた腕《うで》の力をゆるめた。しかし彼女《かのじょ》は、「放さないで。もうすこし抱《だ》いていて」と言って、ちょっとぼくの胸にもたれるようにした。これはとても気持ちがよくて、温かい気持ちがかよってくる感じだった。ぼくのシャツはへそまでびっしょり濡《ぬ》れていて、へそにのっている水滴がくすぐったかったけれど。

やっと顔を上げてぼくを見た彼女《かのじょ》は、「ありがとう」と言った。その頰《ほほ》はまだ紅潮《こうちょう》して、濡《ぬ》れていた。髪《かみ》が顔じゅうにかかっている。うるんだ目がとても大きく見えたが、表情は落ち着いていた。こちらを信じきっている、幼い少女のような顔だった。

「彼《かれ》の目の色も、あなたとおなじだったのよ」と彼女《かのじょ》は言った。「ライオンの目みたいに、黄褐色《おうかっしょく》だったの」

ぼくは、彼《かれ》の死がエマの心にぽっかり空けた穴を、見たのだと思う。その航空兵の名前は、とうに忘れてしまったけれど。ぼくにわかるのは、その穴はあまりにも恐《おそ》ろしく、ぜったいに塞《ふさ》ぐ必要がある、ということだけだった。大きな傷が口を空けていれば、誰《だれ》だって塞《ふさ》いであげたくなるじゃないか。この世に、そんな穴はあってはいけないのだ。

だからそのとき、ぼくは彼女《かのじょ》にキスをした。

まるで巨大《きょだい》な感情の塊《かたまり》がぼくから彼女《かのじょ》へどっと流れこみ、おなじ大きさの塊《かたまり》が彼女《かのじょ》からぼくにも流れこんできたみたいだった。何かとても温かく、空白を満たしてくれるようなものが。それはとても寒い朝、本当に腹をすかせているときの熱くて美味《おい》しい一杯《いっぱい》のスープで、あまり急いで飲んだために母さんに叱《しか》られてしまう、そんな感じだった。ぼくはとてもがつがつしていた。お互《たが》いの飢餓感《きがかん》が、いっそう飢えをつのらせた。食欲は食べたものによっていっそうさかんになる、といった意味のシェイクスピアの戯曲《ぎきょく》の一行（『ハムレット』一幕二場）が、ふと心に浮《う》かんだ。こんな気持ちは生まれてはじめてだった。そして……

彼女《かのじょ》があまり強く突《つ》き飛ばしたので、ぼくは長椅子《ながいす》の肘掛《ひじか》けの上に倒《たお》れてしまい、そのままじっと彼女《かのじょ》を見上げていた。

彼女《かのじょ》はまるで巣の中の野獣《やじゅう》みたいな獰猛《どうもう》な目つきで、ぎろりとぼくを上から睨《にら》んだ。体だけは大きいのに、ぼくは怖《こわ》くなった。ふと、彼女《かのじょ》はやけになっているから何をしでかすかわからない、という気がした。

だが彼女《かのじょ》はただ、「あなた、もうお帰りなさい」と言っただけだった。

それから椅子《いす》にのっているハンドバッグのところまで、ばたばたと歩いていくと、それを開けかけてまた放り出し、座りこんで両手に顔を埋《うず》めてしまった。

「どうしたんです……」ぼくは情けない声を出した。

「いいから、帰って」彼女《かのじょ》は顔から手を離《はな》しもせずに言った。声がこもって聞こえた。

ぼくは体じゅう震《ふる》えながら、もう一つの椅子《いす》にのっている自分の上着を取った。

「ごめんなさい……」ぼくは、また情けない声で言った。「あんなつもりは……」

「あなたは悪くないのよ。悪いのはあたし」しかし、彼女《かのじょ》はまだ両手で顔を覆《おお》っていたので、ぼくにはその言葉がよく聞こえなかった。

「ねえ、今のことについて、話せませんか?」ぼくにはわからなかった。つぎはどうなるのかも、何があったのかも、彼女《かのじょ》の気持ちも……

「お願いだから、帰って。これだけつらい目に遭《あ》わせれば、今夜はもう充分《じゅうぶん》でしょ?」

ぼくはすっかり怖《こわ》くなって、逃《に》げ出すしかなかった。彼女《かのじょ》のお母さんが来るといけないので、ドアはなるべくそっと閉め、爪先立ちで階段を下りていった。


三日後に手紙が来た。封筒《ふうとう》の表書きの字には、見おぼえがなかった。彼女《かのじょ》の字は一度も見たことがなかったのだ。紙は学校の公用の便箋《びんせん》で、こう書いてあった。

アトキンソン君

これからはもう、ラテン語の個人教授に来ていただくわけにはいかなくなりました。学期の授業も進んで、採点の仕事も増《ふ》えてきたところへ、こんどは大学進学審査の合同委員会で試験官に任命され、そうなると準備が大変になりますし、本をたくさん読まなくてはならないからです。

あなたがラテン語のいちばんむずかしいところを克服《こくふく》するお手伝《てつだ》いは、できたという気がします。あとは立派に前進できることでしょう。

大学への進学がうまくいくように祈《いの》っています。あなたなら、かならず合格するでしょう。

敬具

エマ・ハリス

「素敵《すてき》な手紙じゃない」この手紙を読むと（わが家では、手紙は家族みんなで読むのだ）母さんは言った。「お返事を書いて、ていねいにお礼を言うのよ。それに、チョコレートの大きな箱か何か、差し上げなくてはね」母さんは後半部分を言いながらちらちらと父さんを見たが、父さんは手紙を読んでいて聞こえないふりをした。それから父さんはうめくような声を出すと、尻《しり》のポケットを探って五シリング（シリングは旧貨幣制度での単位。一ポンドの二十分の一）の札を出した。

ぼくは心が躍《おど》った。これでまた彼女《かのじょ》の家を訪ね、彼女《かのじょ》に会う口実ができたのだ。釈明《しゃくめい》もできるだろう。彼女《かのじょ》は以前とおなじようににっこりして片方の眉《まゆ》を上げ、からかうように「アトキンソン」と呼んで、あなたはまるで野獣《やじゅう》だったわよ、などと言うだろうが、それで万事解決じゃないか。

そこでぼくは、母さんがきれいに包装してくれたとても大きなチョコレートの箱を抱《かか》えて、彼女《かのじょ》の家へ行った。彼女《かのじょ》のお母さんがドアを開けると、ぼくは用意してきた口上をぺらぺらしゃべりながら、二階に彼女《かのじょ》がいる気配はないかと、聞き耳を立てていた。

だが、お母さんはあっさりチョコレートを受けとって、どうもありがとう、お祖母《ばあ》さまによろしくね、と言っただけだった。そしてドアを閉めると、それで終わりだった。

16・寒さの中で

エマからあたえられたものをぼくがやっと自覚したのは、このあとだった。彼女《かのじょ》は『不思議の国のアリス』のあの小さな瓶《びん》の薬みたいに、ぼくを大きくしてくれたのだ。あまり大きくしてしまったものだから、ぼくはもう、どこにも入れなくなってしまった。ぼくの人生の他《ほか》の部分につうじるドアは、今ではみんな小さすぎて通れなかった。

学校の仲間たちは、くだらない喧嘩《けんか》をするか、それよりもっとくだらない悪さをするだけの、悪質でけちくさい小人にすぎなかった。彼《かれ》らには、もうかかずらう気になれなかった。

そして家は、床《ゆか》にカーペットが敷《し》いてあり壁《かべ》には壁紙《かべがみ》が貼《は》ってある、ちっぽけな監獄《かんごく》にすぎなかった。父さんが靴下《くつした》はだしでばたばた歩きまわるときの足の臭《にお》い。母さんのとどまるところを知らないこごと。それどころか、ときどき犬にひっかかれても頭にきた。ぴかぴかに磨《みが》いてある炉格子《ろごうし》。『ローリー卿《きょう》の少年時代』とか、馬とか、『母と息子《むすこ》』などの、壁《かべ》の絵。ぼくがもの心ついて以来好きだったこういうものが、監獄《かんごく》の看守と化した。毎週月曜の夜の、本当に楽しみにしていたラジオ番組『ソロモン王の洞《どう》窟《くつ》』シリーズ（原作はヘンリー・ライダー・ハガード（一八五六―一九二五）作の冒険ファンタジー）さえ、背広姿の男たちがマイクに向かってがなっているだけだ、と思うようになってしまったのだ。

ぼくをささえてくれたものは、二つしかなかった。歩くことと、残酷《ざんこく》な行動。

ぼくは昔から、よく歩いた。とくに日曜の午後、昼食のあと、両親とお祖母《ばあ》ちゃんが『ニューズ・オブ・ザ・ワールド』紙と『レノルズ・ニューズ』紙の陰《かげ》に姿を消していびきをかいているときには。ぼくはみんなの頭がすこしずつたれていき、口がすこしずつ開いてゆくのを眺《なが》めては、世界の終わりとはこんなものなんじゃないかと思ったものだ。

今のぼくは、たえず歩いていた。暗くても、風や雨でも。エマがどこか行く手で待っていると想像すれば、さしあたりオーケーだった。ぼくは十キロくらい先の海岸のオールド・ハートリーのあのパブに、彼女《かのじょ》がいるのではないかという考えにとりつかれていたのだ。まったく偶然《ぐうぜん》に……一人きりで……ぼくとおなじように孤独《こどく》なまま……運命に駆《か》り立てられて出てきているのではないか。

むろん彼女《かのじょ》は、いはしなかった。バーにいるのはいつだって、口もききたくない赤の他人ばかりだった。ぼくは半パイントのシャンディを空けると、肩《かた》を人にぶつけるようにしてまた外へ出た。陽気にだらしなく飲んでいる連中が不愉快《ふゆかい》だった。この連中は、じきに死ぬのだということを知らないのだろうか。たかの知れた、定められた日数ののちに……ぼくだってそうだが。砂時計《すなどけい》の砂はたえず落ちつづけて、とまることはないのだ。ぼくが子どもの頃《ころ》何時間もおもちゃにして遊んだ、卵を茹《ゆ》でる時間を測るためのお祖母《ばあ》ちゃんの砂時計《すなどけい》のように。

ぼくは、自分の体は機械にすぎないとしか思えなくなり、機械ならいつとまるかわからないという思いにとりつかれた。つぎの脈は打たないかもしれない。つぎも、そのつぎも。そうなれば死ぬ。ぼくは自分の呼吸が心配になりはじめて、ひと呼吸ごとに、これがさいごではないかと思うようになった。そして呼吸というものは、意識しはじめると、ぜったいうまくできない気がしてくる。ぼくは数分つづけて、呼吸をとめてみた。やがて心臓がどきどきしはじめ、両肺が破裂《はれつ》しそうになったが、そこでぼくの中に住んでいる動物が、どうしても生きたいと執拗《しつよう》にがんばりはじめ、ひゅーっと大きく息を吸いこむ。そのあとぼくは、二キロくらい走ってきたあとみたいにあえぐのだった。

ハートリーのパブを出たあとは、くねくねと海岸沿いに進む。内陸のほうに向けて吹《ふ》く海風が、激しく、でたらめにぼくを叩《たた》いた。そしてタインマスの桟橋《さんばし》に差しかかると、凶暴《きょうぼう》な闇《やみ》の中から青白い幽《ゆう》霊《れい》のような大波が押《お》し寄せてきて、岸壁《がんぺき》を越《こ》えて砕《くだ》け、ぼくをほとんどずぶぬれにした。これはぼくの気分にぴったりだった。もしかすると、そのうちに波がぼくを倒《たお》して海に引きずりこみ、それで一巻の終わりということになるのかもしれない。

そして、誰《だれ》に聞かれる心配もなく全世界に向かって彼女《かのじょ》の名を叫《さけ》ぶと、風がぼくの声をさらい、ぼろぼろに引きちぎって、はるか彼方《かなた》、ウィットリー・ベイの明かりが光っているあたりまで吹《ふ》き飛ばすのだった。

身投げをしようかと思ったことも、何度かある。だが、その頃《ころ》には激情もついえていて、疲労《ひろう》のせいで急におとなしく、穏《おだ》やかな気分になったぼくは、最後の三キロほどを、まめのできた足を引きずり引きずり、まるで巣穴へ帰る鼠《ねずみ》のようにしょんぼりと家へ向かうのだった。

一方、ぼくの残虐《ざんぎゃく》な気持ちは、地理の女教師ウィニー・アントロバスに向けられた。彼女《かのじょ》は比較的《ひかくてき》若くて、四十くらいだったが、不運にもエマと仲がよかったのだ。ぼくはそのことを知っていた。二人は廊下《ろうか》で出会うとかならず、しゃべったり笑ったりしていたからだ。ウィニーは背が高く、やや太り気味で、昔は美人だったかもしれないと思えた。だが、愚《おろ》かだった。授業で小さな間違《まちが》いをしても、けっして認めなかったのだから。

だって教師はみんな、ときには間違《まちが》えるものじゃないか。男の先生に間違《まちが》いを指摘《してき》した場合は、「ありがとう、アトキンソン。よく教えてくれた。きみがいなかったらどうなることやら」とか、「ゆうべ、ちょっとビールを飲みすぎたからな」などと言い、みんながどっと笑っておしまいになる。

ところが、ウィニーの場合は……。ある日の午前の授業で、北アメリカの動物誌をやっていたとき、ウィニーは、アメリカヘラジカは草と小動物を食べて生きている、と教えたのだった。ぼくは興味をかきたてられた学者みたいな顔をして、ぱっと手を挙《あ》げた。

「アントロバス先生、小動物って言いましたか？」

クラスじゅうから、ごくかすかにだったが、獲物《えもの》を狩《か》りたてるような声があがった。ウィニーは罠《わな》に気がついて顔色を変えたが、口もとをひきしめて、やや大げさにうなずいた。

「どういう小動物なんですか、先生」

「それはどうでもいいの。先へ進まなくちゃなりません。鐘《かね》が鳴るまでに、やることがたくさんありますから」彼女《かのじょ》は必死な顔で自分の時計を見た。「つぎに大きい動物はカリブー（北米のトナカイ）で……」

「いや、でも、どうでもよくはないですよ」ぼくは生真面目《きまじめ》に言った。「すごくおもしろい話です。その小動物というのは、鼠《ねずみ》みたいに小さいものですか。つまり、ヘラジカが鼠《ねずみ》を捕《つか》まえるんですか。ヘラジカはひろびろした草原で鼠《ねずみ》を追いかけるんですか、それとも木立の陰《かげ》に隠《かく》れて待《ま》ち伏《ぶ》せするんですか、猫《ねこ》みたいに？　跳《と》びかかって、鋭《するど》い爪《つめ》でずたずたにするんですか」

きどってすましている女の子たちまで、くすくす笑いはじめた。

「それに……」とジャックも質問に加わった。「それに、鼠《ねずみ》は一日に何匹捕《びきつか》まえる必要があるんですか。お腹《なか》をいっぱいにするには、何百匹《びき》も必要だと思いますが」

「ヘラジカの群れなら、鼠《ねずみ》が何百万匹《びき》もいるんじゃありませんか？」リタ・デイヴィスが追い討《う》ちをかけた。いちばん大胆《だいたん》な女の子だ。「この話、とってもおもしろいわ。Aレベルの試験にこの問題が出ればいいのに」

「あたしは、昆虫《こんちゅう》という意味で言ったのです」アントロバス先生は必死だった。「昆虫《こんちゅう》も動物です。ヘラジカは、草の上を這《は》っている昆虫《こんちゅう》を食べるのです」

「ああ、なるほど」とジャックが言った。「でもヘラジカは、自分が昆虫《こんちゅう》を食べてることがわかってるんですか。自分で、『今朝《けさ》はちょっと出かけて昆虫《こんちゅう》でも食べるか』って、考えるんでしょうか。もしそうなら、ヘラジカは食虫性ということになりますから。そうでしょう、アントロバス先生。しかし、ただ知らずに偶然《ぐうぜん》食べてしまうだけなら……」

「五年生のジョージはいつか、知らずに芋虫《いもむし》を食べたわ」リタがさらに言いつのった。「レタスについてたんだけど……」

「待てよ、書いとかなくちゃ。五年生のジョージは食虫性である、と。地理ってのは、おもしろいねえ」とジャック。

「先生、もしヘラジカがジョージ五世国王を食べたとしたら……」

しかし、アントロバス先生はもう聞いていなかった。いつものように目にいっぱい涙《なみだ》を浮《う》かべ、ガウンをたなびかせてドアから飛び出していくところだった。

ジャックはその時間の終わりまで、ヘラジカが王冠《おうかん》をかぶったままのジョージ五世を食べている絵を黒板に描《か》いていた。


エマとはときどき廊下《ろうか》ですれ違《ちが》った。あたりを見まわし、最愛の姿を見つけると、ぼくは急に大股《おおまた》になって近づいていく。以前は廊下《ろうか》で出会えばかならず交わしていた、慎《つつ》ましいが温かい、目くばせのような微笑《びしょう》をうっすらと浮《う》かべて。

だが彼女《かのじょ》は、今では教師のガウンをひるがえし、両腕《りょううで》いっぱいに抱《かか》えた本のバリケードの陰《かげ》に隠《かく》れて、そのへんの凡庸《ぼんよう》な生徒たちを見下すような目で見ながら、さっとぼくの横をすり抜《ぬ》けていくのだった。ぼくはいちばん痛いところを蹴飛《けと》ばされるような気がした。

ぼくは絶望した。もしかすると、ずっとこのままの状態でたちまち来年の夏学期が終わり、永遠に別れることになってしまうのではないか。ぼくにはもう、彼女《かのじょ》に話しかける口実がまったくなかった。ときには、彼女《かのじょ》の死を悼《いた》むような気持ちになった。ときには、彼女《かのじょ》のびくともしない傲慢《ごうまん》さを憎《にく》んだりもした。しかしどんな気持ちになろうと、どうにもならなかった。けっきょく、ぼくはまだ六年生の生徒でしかなく、父さんの言いぐさではないが、偉《えら》そうな顔で天に唾《つば》している、薄汚《うすぎたな》い労働者階級のガキにすぎないのだ。「さんさんと日を浴びているひろびろした高地」というウィンストン・チャーチルの言葉が、いつも頭にこびりついていた。自分がその高地を失ってしまったために。

それでも、途方《とほう》もない希望が湧《わ》くときもあった。お祖母《ばあ》ちゃんの話では、エマの体調がこのところすぐれないとエマのお母さんが言っていた、というのだ。ぼくは彼女《かのじょ》が病気だという話に飛びついて、自分がその原因ではないかというはかない希望を抱《いだ》いた。

そしてある日、とくべつ荒《あら》っぽい非公式の練習で、ぼくが強く蹴《け》りすぎたボールが校外の民家の温室のガラスを割ってしまうということがあったあと、更衣室《こういしつ》でジャックがぼくに、「ハリス先生が、あんなラグビー好きとは知らなかったな」と言ったのだった。

ぼくはただ、うーん、としか言わなかった。

「彼女《かのじょ》、今日、おれたちを見ていたぜ。立ちどまって、たっぷり五分は見ていた」

彼女《かのじょ》はぼくを見ていたのだと、ぼくは確信した。

獲物《えもの》のように彼女《かのじょ》を追いつめてやろうと決意したのは、そのときだった。彼女《かのじょ》は、鎧《よろい》の下は弱いのだ。その弱いところを突《つ》いてやろう。彼女《かのじょ》にふれたければ、ふれたいところに、ふれたいときに、ふれてやろう、と。彼女《かのじょ》の気持ちなんか知るものか。

ぼくは悪知恵《わるぢえ》を働かせた。彼女《かのじょ》がどうしてもぼくを避《さ》けられない場所、逃《に》げたりバスに乗ってしまったり、生徒は入れないところへ入ってしまったりできないような場所は、と考えて、そういう場所を一つ割り出した。

天気のいい日には、全校生徒が運動場に出る。これは当番教師が監督《かんとく》しなくてはならない。二週間に一度ずつ交代で、男女一人ずつで組む。エマはコンク・ショー《殴り屋》と組んでいる……たいていの教師たちは、自分たちがいさえすればみんな悪さはしないと安心しきって、しゃべったり笑ったりしながら、日射しの中をのんびり歩いているだけだった。ところがコンク・ショーはいばりたがり屋で、運動場じゅうをうろうろしては、生徒にごみを拾えと言ってみたり、ちょっとボールを蹴《け》っているだけでも、すこし荒《あら》っぽくなってきたと思うと口を出してみたりするのだった。

この二人が当番だったその日、ぼくは大きな本を片手に、適当な距離《きょり》をとりながら、サッカーの一軍が練習をしているタッチラインに沿って歩いていく二人を、つけていった。だがコンクの奴《やつ》はたちまちエマから離《はな》れ、フィールドをずかずかと歩いていって、往復びんたを張った。

ぼくはにやりと笑うと、飛びかかるようにしてエマの手に本を押《お》しつけた。

「なんの真似《まね》？」彼女《かのじょ》は真《ま》っ青《さお》になった。大きく見開いた目もとつぜん暗くなり、瞳《ひとみ》が真ん丸になった。

ぼくはいまだかつて、女性のこんな目を見たことがなかった。だが本能的に、これは吉兆《きっちょう》だという気がした。

「一緒《いっしょ》に、この本の話をしているる格好をするんですよ」と、ぼくは言った。「噂《うわさ》になるのはいやでしょう?」

彼女《かのじょ》は固く唇《くちびる》を噛《か》みはしたが、本を開いて持ったままゆっくり歩きだしたので、ぼくも隣《となり》を歩きだした。

「なんの用なの?」彼女《かのじょ》はささやいた。

「先生に会いたい。話をしたい。それだけです」

「そんなの駄目《だめ》よ」

「どうして駄目《だめ》なんです。あのとき、ぼくはただ先生をはげまそうと思っただけなのに」

「よく、そんなことが言えるわね」

「先生が、あたしを放さないで——しっかり抱《だ》いていて、って言ったんじゃありませんか」

「大きな声を出さないで。学校じゅうに聞かせたいの?」

「じゃ、ちゃんと会ってください。行儀《ぎょうぎ》はよくする、それは約束します。先生には、二度と手をふれないと約束します」

「そんなこと、駄目《だめ》よ」

「でも、なぜなんですか。ぼくたち、あんなに楽しかったじゃありませんか。ぼくはただ、話したいだけなんです」

「あっちへ行って——ショー先生がもどってきたわよ」

「ショー先生じゃありません。あの先生はホイッスルが鳴るまで、生徒の頭を叩《たた》いてまわってますよ。先生は、どうしてぼくを嫌《きら》いになったんです？」

「嫌《きら》ってなんかいないわ」その声がとても低く、みじめだったので、ぼくはこれは勝てる、と思った。

「話をしてどこが悪いんです。ぼくがどんな悪いことをしたのか教えてくれれば、謝ってもいいです。たった一回だけでも機会をくれたら、友だちらしく別れることもできるのに。どうして駄目《だめ》なんです」

彼女《かのじょ》はふり返ってぼくと向きあった。必死で耐《た》えているのがわかった。彼女《かのじょ》は目を閉じていた……ぼくは自分の負けをさとって慄然《りつぜん》とした。あとほんのすこしだったのに。決定的な「ノー」は目前だった。

だがそのとき……そのとき、一軍のフルバックが敵のフォワードに押《お》されて、必死のキックでタッチラインを狙《ねら》ったのだ。ボールはまっすぐ彼女《かのじょ》の頭のほうへ飛んできて……

ぼくは、思わずそれをキャッチしていた。これほどあざやかな妙技《みょうぎ》をやってのけたのは、生まれてはじめてだった。泥《どろ》と草がすこし彼女《かのじょ》の額にかかった。

ぼくはかんかんになった。そのフルバックのところへつかつかと歩いていくと、彼《かれ》の胸にボールを叩《たた》きつけてどなった。「いったいどこへ蹴《け》ってるんだ。よく見ろ。もうすこしで女性に大怪我《おおけが》をさせるところだったぞ」ぼくは何度もボールを奴《やつ》の胸にぶつけて、どなりつづけた。ついにレフェリーをやっていた先生が近づいてきて、ぼくからボールを取り上げ、騒《さわ》ぎをおさめた。

ぼくは絶望してふり返った。今の騒《さわ》ぎのあいだに彼女《かのじょ》は逃《に》げてしまっただろう、もう、校舎の近くまで行ってしまった後ろ姿しか見えないだろうと思ったのだ。

ところが彼女《かのじょ》は、さっきの場所に立って大笑いしていた。

「まさに白馬の騎士《きし》ね！　悩《なや》める乙女《おとめ》にぴったりだわ。すごく怒《おこ》った顔してたわよ！　あたし、あなたがあの子を殺しちゃうんじゃないかと思った」

「まぬけなサッカー野郎《やろう》です」

「まあ、あなたはまだ子どもなのね。あたし、あなたのこと、深刻に考えすぎてたわ。あたし自身のことも。あなたがおもしろい人だってことを忘れてたわ。あたしも笑うのは好きよ」

「じゃ、家に行ってもいいですか」

「この一度だけよ。お行儀《ぎょうぎ》をよくするって本気で約束すればね。あたしに失礼な真似《まね》はしないって」彼女《かのじょ》はとつぜん、ひどく真剣《しんけん》になっていた。

「約束します」ぼくは言った。凍《こお》りついた地獄《じごく》の季節は終わって、世界じゅうの氷がとけはじめたのだ。どんな約束だってしたことだろう。

「じゃ、火曜に。そして、このバカげた大きな本は持ってお帰りなさい。あたしが征服王《せいふくおう》ウィリアム（十一世紀ノルマン朝時代のイングランド王ウィリアム一世）になんか、興味を持ってるはずがないじゃないの、バカね」

彼女《かのじょ》はぼくに劣《おと》らず上機嫌《じょうきげん》だったから、ぼくは、カードの切りかたさえ間違《まちが》えなければ、もう一度会うときには何が起こってもおかしくはないという気がした。

鐘《かね》が鳴り、ホイッスルが鳴って、学校じゅうがボールを蹴飛《けと》ばしながら、靴底の鋲《びょう》でどろどろにかきまわされた運動場から、また勉強をしに学校へもどっていった。そしてぼくも、あまりの嬉《うれ》しさに茫然《ぼうぜん》としたまま、一緒《いっしょ》にもどっていった。

ぼくは、間抜《まぬ》けなアントロバス先生が、またごたごたが起きないかと心配しているのがわかると、やさしくいたわってあげた。トニー・アップルにさえ、いや、悪魔《あくま》にだってやさしくしてやりたいくらいだった。

ぼくはまた彼女《かのじょ》の家を訪ねるようになったが、こんどは前とは違《ちが》っていた。彼女《かのじょ》はなぜ、あんなにぼくを苦しめるようなことをしたのだろう。

ぼくたちは前とおなじ場所に座った。彼女《かのじょ》は長椅子《ながいす》に、ぼくは彼女《かのじょ》のお父さんの椅子《いす》に。だが、問題は彼女《かのじょ》の座りかただった。べつに派手な刺激的《しげきてき》な座りかたではなかったのだが、しゃれていたのだ。雑誌の中の女性みたいな、粋《いき》な座りかただった。脚《あし》を組み、片腕《かたうで》を長椅子《ながいす》の背にのせてのばす、あの座りかただ。

それに、彼女《かのじょ》の服。衣類は配給制だというのに、彼女《かのじょ》は着るものによほど大金を使ったか、ありったけの衣類をぼくのためにとっかえひっかえしていたのだ。以前のぼくは、母さんか、男友だちを見る程度以上にはしつこく彼女《かのじょ》を見てはいなかった。だが今のぼくは、つねに彼女《かのじょ》をじっと見ていて、前には気がつかなかったいろいろなことに気がつくようになった。耳が小さくてとてもかわいいこと。手首と肘《ひじ》に小さな皺《しわ》があること。小指が曲がっていて、本のページに手を置くと他の指から離《はな》れること。指の爪《つめ》に綺麗《きれい》なアーモンドの型が出ていること。

今では、いつでもかすかに香水《こうすい》の匂《にお》いがしたし、髪型《かみがた》もしじゅう変えるようになった。パーマをかけたときもあったが、これは彼女《かのじょ》には似合わず、中年のオバサンくさく見えたので、ぼくは不機嫌《ふきげん》になった。すると次の週には、パーマはきれいに消えていた……

彼女《かのじょ》の態度もすっかり変わった。ラテン語の勉強ははるかに厳しくなり、ぼくはどんどんできるようになった。そして彼女《かのじょ》は、お母さんが上がってくるとかならず、ぼくのことを「このアトキンソン君はね……」と言うようになった。そして彼女《かのじょ》はぼくにくり返しくり返し、あなたはまだほんの子どもだ、とか、まだ青二才で勉強することがたくさんある、などと言った。母さんや父さんより、ひどいくらいだった。これは癇《かん》にさわった。とくに癇《かん》にさわったのは、ぼくを怒《おこ》ったり、褒《ほ》めたりするときに、身を乗り出してぼくの頭を軽く撫《な》でるようになったことだった。これは体育の先生が、幼い子どもたちが試合でちょっと怪我《けが》をして、それでもまだがんばろうと決心したときに褒《ほ》めるやりかたとおなじだった。ぼくは自分が、とるに足らないガキになった気がした……。そして、ぼくがコートを着て帰ろうとすると、エマは「お休みなさいのキスをしてもいいわよ」と言って、まるで母親か叔母《おば》のように、ふっくらした頰《ほほ》を近づけるのだった。

これも、前とは違《ちが》っていた。ぼくは、彼女《かのじょ》が自分の腕《うで》の中で泣いたときの感触《かんしょく》を忘れてはいなかった。そのときのことを考えれば考えるほど、その思い出が懐《なつ》かしかった。

それでもぼくは約束を守った。また天国から放り出されるのが怖《こわ》かったから、孤独《こどく》という、冷えびえと空虚《くうきょ》な世界が怖《こわ》かったから、ドジは踏《ふ》まなかった。狭《せま》い玄関《げんかん》でお休みの挨拶《あいさつ》を交わしているあいだに、彼女《かのじょ》の体がふとぼくにふれて、頭のてっぺんから爪先《つまさき》まで震《ふる》えたことも、何度かあったのだが。

第三部

17. ジョイス・アダムソン

だが、彼女《かのじょ》には手を出せなくても、手を出せる女はほかにもいた。よりごのみさえしなければ。そしてぼくには、手近なところに格好の実験材料がいた。ジョイス・アダムソンだ。クラターバーン以来、彼女《かのじょ》は教室の向こうから、ぼくにやるせなげなうらめしそうな視線を送ってきていた。

すでに何人かの男子が、ジョイスをデートに連れ出していた。その理由はたいてい、彼女《かのじょ》の父親が腐《くさ》るほどの大金持ちで飛行機まで持っている、という噂《うわさ》だった。父親は、ニューカッスルの飛行場にあるエアロクラブで飛んでいるという話だった。軍が使っていたのを戦後に安く買った中古のタイガー・モス（イギリスの複葉機。第二次大戦中、ドイツ空軍を迎え撃って英本土上空で活躍した）にすぎなかったのだが、それでも飛行機は飛行機だし、ひとたびうまく家へお茶に招かれれば、ひょっとすると乗せてもらえるかもしれない……

だが誰《だれ》一人、お茶に招《よ》ばれさえしなかった。そして連中が言うには、校外でのジョイスの会話力は、校内でのそれよりもっとお粗末《そまつ》だという話だった。ビル・テューソンが言うには、ジョイスがしゃべったのはたった三度、それも時間を訊《き》いただけで、しかも三度目のときは、もう帰る時間だわ、と言ったのだそうだ。いくら飛行機に乗れるかもしれないとしても、そんな退屈《たいくつ》なつきあいではやりきれない。男はあまりおしゃべりでないブロンドの子が好きだというけれど、そこまで口数が少なくては話は別だ。

とにかく、ある月曜の夜、つまりぼく以外はみんな金がなくて宿題をやっていた安全な夜、ぼくは彼《かの》女《じょ》を映画館の〈カールトン〉へ連れ出した。ジョン・ウェイン（アメリカの映画俳優。一九〇七―七九。おもに西部劇で活躍した）とアンナ・メイ・ウォン主演の『空飛ぶタイガー』（ジョン・ウェインが航空兵に扮する戦争物の映画）という映画で、これはどっちみち見たかったから、損をするとしても、一人分の一シリング九ペンスだけだった。最終シーンでは、屋外市《いち》の小屋でやる木製の球を瀬戸物《せともの》にぶつけて割る遊びみたいに、すべてが木っ端微塵《こっぱみじん》に吹っ飛んでしまって、けっこうおもしろかった。

はじめのうちは、〈カールトン〉の一階席の最後列に設けられている二人掛《が》けのシートに座って、彼《かの》女《じょ》の体に腕《うで》をまわしていた。彼女《かのじょ》のほうもぼくの肩《かた》に頭をもたせかけて、というわけだ。出てきたときには腕《うで》がすっかりしびれていたから、彼女《かのじょ》のほうは首がしびれているかなと思った。

ぼくたちは黙《だま》りこくって、海岸通りをもどっていった。彼女《かのじょ》の家まであと半分くらいのところで、ぼくは彼女《かのじょ》を通りの防空壕《ぼうくうごう》の裏へひっぱっていくと、両腕《りょううで》で抱《だ》いた。つまり、これがうまくいかなかったら、二度と一シリング九ペンス無駄《むだ》にする気はないぞというつもりで……

彼女《かのじょ》はまったく抵抗《ていこう》のそぶりを見せなかったから、ぼくはキスした。二人の鼻と鼻がぶつかって、痛かったので、二度目は、鼻がぶつからないですむ、頭をかしげるやりかたを教えてやった。彼女《かのじょ》もほかの女の子とおなじように、口を開けようとはしなかったけれど、息は甘《あま》かった。そこでぼくは、彼女《かのじょ》のコートのベルトをゆるめた。こういうコートは便利だ。ボタンがついていなくて、ベルトで締《し》めているだけだから。彼女《かのじょ》がそれでも文句を言わないので、ぼくは両手を中に入れて、背中を撫《な》でた。大きな、気だてのいい犬でも撫《な》でているような気がちょっとしないでもなかったが、彼女《かのじょ》の体つきはそれよりはおもしろかった。ぼくは両手をヒップまで下ろしていったが、まだ彼女《かのじょ》はじっとしている。

ぼくはすっかり大胆《だいたん》になって、片手をすこし彼女《かのじょ》の二の腕《うで》に掛《か》けるようにしながら、偶然《ぐうぜん》のふりをしてわざと左の乳房《ちぶさ》にさわった。なかば、顔をひっぱたかれるんじゃないかと覚悟《かくご》しながら。ところが、それどころか彼女《かのじょ》は、またキスをさせたのだ。ぼくは手をずらすと、真正面から彼女《かのじょ》の乳房《ちぶさ》を押《お》さえた。彼女《かのじょ》がようやくぼくの手を押《お》しのけたのは、ぼくがブラウスのいちばん上のボタンをはずしにかかったときだった。それでも、べつにいやな感じでもなければ、怒《おこ》ってもいなかった。そして、押しのけた手をとてもやさしく、いつまでも握《にぎ》っていた。

よかった。ぼくはさらに六回ほど彼女《かのじょ》にやさしくキスしたあとで、彼女《かのじょ》の肩《かた》にまわした自分の腕《うで》の時計をちらっと確かめると、また二人で歩きはじめた。家まで歩くのはとても遠かったから、最終バスは逃《のが》したくなかった。

ぼくは彼女《かのじょ》が気に入った。形のいい大きな乳房《ちぶさ》だけでも、一シリング九ペンスの値打ちは確実にあった。また、デートにさそおう。彼女《かのじょ》がすっかり気に入ったぼくは、家に着くまでべらべらしゃべりどおしだった。ラグビーチームの連中のこととか、つぎのシーズンにウィットリー・ベイ・グラマースクールに勝てる見こみとか、いろんな先生たちのことなんかを。

彼女《かのじょ》のほうもすすんでひと言、しゃべりさえした。ブレイク先生が好きだ、いい先生だと思うと。家へ入る階段で、ぼくらはもう一度長々とキスをした。父親が出てくるといけないから、こんどはコートは脱《ぬ》がさなかった。それでも彼女《かのじょ》が忘れないように、コートの上から両方の乳房《ちぶさ》を強く押《お》さえた。それから、つぎの月曜にまた会わないかと言うと、彼女《かのじょ》は黙《だま》ってうなずいた。そのとき父親が玄関脇《げんかんわき》の部屋《へや》の明かりをつけたので、ぼくは急いでずらかった。

ぼくは最終バスを捕《つか》まえると、いっぱしの遊び人になったような気分で家へ帰った。少なくとも一時間は、ハリス先生を忘れていられたのだった。

ぼくはそれからさらに二度、ジョイスをさそった。どこまで許されるかという、境界線も決まった。首と顔は、撫《な》でてもいやがらない。厚めのスカートの上からなら、両手で尻《しり》を撫《な》でても大丈夫だし、セーターの上からおへそにさわってもいやがらない。それをやられると彼女《かのじょ》はくすくす笑って、少なくとも明るいムードになった。そこでぼくは腋《わき》の下のような、セックスに直接関係のないところをさんざんくすぐった。彼女《かのじょ》はくすぐられるのが好きだった。しのび笑いがかわいかった。

それに、彼女《かのじょ》はラグビーのルールをたちまちのみこんで、ぼくがこの前のシーズンで得点した話も、ちゃんと理解した。ホッケーのルールとはぜんぜん違《ちが》うのね、とも言った。彼女《かのじょ》はまた、お父さんがよく出張するとか、弟はろくでもないことばかりしでかすとか、自分はハンフリー・ボガート（アメリカの映画俳優。一八九九―一九五七）が好きだといった話もした。こんな話を彼女《かのじょ》から引き出した者は、それまで誰《だれ》もいなかった。

ぼくらはすっかり仲よくなった。彼女《かのじょ》は自分に関心を持ってくれる男がいるのを、本心から感謝していたのだと思う。彼女《かのじょ》の友だちに二人、ぼくたちがデートしているところを見たのがいて、おかげで彼女《かのじょ》の株《かぶ》はかなり上がったのだ。待ちあわせて〈カールトン〉の階段で会えば、彼女《かのじょ》はいつでもにっこりした。

その二度目のデートで、お互いの腰《こし》に腕《うで》をまわして海岸通りを帰っていく途中《とちゅう》、しかもぼくが彼女《かのじょ》の腋《わき》の下をくすぐっていたとき、不運にもぼくたちはエマに出会ってしまったのだった。つまり、実際よりも悪いことをしているように見えたに違《ちが》いなくて……

ぼくが気がついたときには、エマは十メートルくらい先の街灯《がいとう》の下に立っていた。犬を散歩させていたのだ。ゴールデン・コッカースパニエルが、エマの脚《あし》に引き綱《づな》を半分巻きつけてしまい、必死でひっぱっているものの動きがとれずにいた。ぼくは、エマが引きずり倒《たお》されるのではないかと思った。

ぼくがジョイスをくすぐるのをぱっとやめると、ジョイスも、自分の腰《こし》を抱《だ》いていたぼくの手を払《はら》いのけた。彼女《かのじょ》が離《はな》れると、今までくっついていた体の半分が寒くなった。だが、つぎの瞬間《しゅんかん》には全身が寒くなった。

三人とも、五メートルくらいの近さでそろって棒立ちになったまま、お互《たが》いをまじまじと見つめた。背の高い黄色い街灯の列が、黒い海と空が接する縁《ふち》に沿って遠くまでのび、次第に小さくなっていく。ときどき突風《とっぷう》が吹《ふ》くと街灯が揺《ゆ》れ、闇《やみ》の中で波のくだける音がつたわってきた。ぼくには、エマの表情がよく読めなかった。街灯の光が揺《ゆ》れるせいで、その顔は黄色と黒の三角に塗《ぬ》り分けられているように見えた。

永遠のように思えた時間のあとで、ぼくがびくびくしながら「こんばんは、ハリス先生」と言うと、ジョイスもそれ以上にびくびくした声で、おなじ言葉をくり返した。

また沈黙《ちんもく》があってから、エマは冷ややかに「こんばんは」と言うと、犬にひっぱられて行ってしまった。

ぼくたちは、離《はな》ればなれになって歩いていった。ジョイスが「あの先生、学校に言いやしないわよね。

いい人だから。年寄りの先生とは違《ちが》うわ。ケイティ・メリーなんかとは」と言った。
彼女《かのじょ》が一度にこれだけしゃべったのは、はじめてだった。ぼくは何も言えずに、ただ歩いていた。
また百メートルばかり行ったところで、ジョイスが言った。「あたしたち、何もしてたわけじゃない
わ。ただ笑っていただけで。防空壕《ぼうくうごう》の後ろにいるところを見つかったわけじゃないし……」
ぼくはあいかわらず、何も言えなかった。ジョイスはつづけた。
「だいたい、あたしたち、制服を着てたわけじゃないんだもの。生徒だとはかぎらないんだわ」
防空壕《ぼうくうごう》まで行くと、ジョイスは風を避《さ》けようとして陰《かげ》にまわった。ぼくがひっぱりこまなかったのは、
このときがはじめてだった。彼女《かのじょ》が自分で裏にまわったのだ。だからぼくもはじめて、ジョイスは本当
はぼくにいろいろなことをされるのが好きなんじゃないか、映画へ連れてってもらうお返しにがまんし
てるわけではないのかもしれない、と思った。ちょっと興奮した。その気持ちのなかばは、ジョイスは
おずおずと煮《に》えきらないおとなしい子だとばかり思っていたからだったが……なかばは、女の子が相手
なら誰でもかまわない好奇心《こうきしん》のせいだった。
ぼくも彼女《かのじょ》を追って陰に入り、すぐそばに立った。でも、何もする気にはならなかった。すこしたつ
と、彼女《かのじょ》はわずかに体をくっつけてきて、ぼくの腕《うで》にそっと手を置いた。なんだか、犬が耳をいじって
もらいたくて腕《うで》にすり寄ってくるときみたいな感じだった。
「今夜はよそう」すこしずるい気はしたが、ぼくはしゃがれ声で言った。ジョイスは、人影《ひとかげ》のない海岸
通りをふり返った。
「大丈夫《だいじょうぶ》よ。先生は行っちゃったわ。どこにも隠《かく》れる場所なんかないわよ。それにあの先生は、あた
したちをスパイなんかしないわ。そういう人じゃないもの」

それでも、ぼくは突《つ》っ立っていた。

「キスしましょうよ、ねえ！」その声は本当に心配そうだった。そこでぼくはしぶしぶ、つつくような格好で唇《くちびる》をつけてやった。

「こんなの、キスって言えないわよ！」

ぼくはかっとなった。心も体もエマのことばかりというときに、なじられたからだ。だから、とにかく彼女《かのじょ》を黙《だま》らせようと、キスをしてやった。かつてエマにしたことのあるキスだ。ジョイスはショックでちょっと身を硬《かた》くしたが、ぼくはやめなかった。彼女《かのじょ》は取り乱したような、いやがるような声をたて、やがて両手をぼくの胸にあてると本気で強く押《お》しのけた。ぼくたちは風に揺《ゆ》れている街灯の明かりの下で、じっと見つめあっていた。彼女《かのじょ》の目はぼくを非難していた。かつてのエマの目とおなじように。

「あたしがこういうのが嫌《きら》いなのは、知ってるでしょ！」

「どういうのがさ？」ぼくが喧《けん》嘩《か》腰《ごし》になると、彼女《かのじょ》はそれを感じとってやや冷静になった。ぼくの心を自分がまだしっかりつかんでいないことが、わかっているのだ。

「だって……びっくりしちゃったわ。まさか……こんなこと、考えていなかったもの」彼女《かのじょ》の声が震《ふる》えているので、ぼくは興奮した。彼女《かのじょ》の殻《から》に亀《き》裂《れつ》ができたのだ。いつでも固く閉ざしていた沈黙《ちんもく》の殻《から》に。

だが、ぼくは意地悪く言った。「上品なキスをしてもつまらないと言う。激しいキスをしてもいやがる。どういうキスが好きなのか、自分でわかってないんじゃないか」

「この前までしてたみたいなのが好きなのよ」

こう言われると、ちょっとかわいそうになった。しかしぼくは、あわれんでやれるような気分ではなかった。エマがぼくをあわれんでくれることなんかけっしてないことを、確信していたからだ。だからぼくは腕時計《うでどけい》を見ると、「急いだほうがいいな。雨になりそうだ。それに、バスにも乗り遅《おく》れたくないし」と言った。

彼女《かのじょ》にもこのとき、ぼくが二度と彼女《かのじょ》に会う気がないことがわかったのだった。「まあ、ロビー」と言った声には、本心からの悲しみと、本心からの愛情がこもっていた。

「帰ろう」ぼくは言うと、くるりと向きを変えて歩きだした。

彼女《かのじょ》の家へ着く直前にもう一つだけ、海岸通りの防空壕《ぼうくうごう》があった。その近くまで行くと、彼女《かのじょ》はとても小さな声で、「したければ、乱暴なキスをしてもいいわ」と言った。

ぼくたちは立ちどまり、お互《たが》いの顔をじっと見つめた。目に苦悩《くのう》をたたえた彼女《かのじょ》は、なかなかきれいだった。それに、屈伏《くっぷく》は屈伏《くっぷく》だ。たとえ、こちらが本当にそれを望んでいるわけではなくても……だからぼくは彼女《かのじょ》を抱《だ》きしめると、何度も何度も激しいキスをした。彼女《かのじょ》は、ブラウスのボタンを三つはずさせさえした。しまいにはやめさせようと、必死にぼくの手を固くつかんでしまったが。

「お願い、ロビー、がまんしてね。あたしまだ……慣れてないの」

「ああ、わかった」ぼくはただ突《つ》っ立っていた。死にたくなるほど疲《つか》れていた。彼女《かのじょ》は、ぼくがエマを失うのが怖《こわ》かったように、ぼくを失うのが怖《こわ》いのだ。ぼくたちは、どちらも窮地《きゅうち》に立っていたのだ。そう思うとぼくは彼女《かのじょ》に、今までにないひそかな同情をおぼえた。それに、もしエマに突《つ》きはなされでもしたら、ジョイスだって、誰《だれ》もいないよりはましではないか。誰もいないよりは、ずっと……

ぼくのこんな考えを承認するかのように、遠くで低く雷《かみなり》の音がした。

「走ったほうがいい」ぼくはおだやかに言った。「ずぶぬれになる」

ぼくたちは腕《うで》を組んで走った。彼女《かのじょ》の家の階段まで来たとき、ぼくはからかうように言ってやった。

「まあ、きみもやっとちゃんと話せるようになったな」

彼女《かのじょ》は、ただまじまじとぼくを見つめていた。玄関《げんかん》には明かりがついていて、ドアの卵型の窓の外まであふれていた。その光の中で彼女《かのじょ》の顔に涙《なみだ》がしたたっているのを見ると、ぼくはぎょっとした。大変だ、もし彼女《かのじょ》のお父さんがこんなところを見たら、第三次大戦が勃発《ぼっぱつ》してぼくは二度と彼女《かのじょ》に会わせてもらえなくなってしまう。ぼくのささやかな女性保険さえ、ふいになってしまうに違《ちが》いない。ぼくは彼《かの》女《じょ》の涙《なみだ》を拭《ふ》いてやろうとして、ハンカチをひっぱり出したが、彼女《かのじょ》はそれをひったくって、たんねんに涙《なみだ》をぬぐった。そんなことをしてメーキャップは大丈夫《だいじょうぶ》だろうか……。今夜はまったく、すべて失敗だった。

するとそのとき、さいわい雨が降《ふ》りはじめた。豪雨《ごうう》だ。ぼくの顔も髪《かみ》も、一瞬《いっしゅん》のうちにずぶぬれになった。まさに天の助けだった。暗い沖《おき》のどこかで、とつぜん閃光《せんこう》がきらりと走り、耳を聾《ろう》するばかりの雷《かみなり》がとどろいた。

玄関《げんかん》の中でも大きな足音がした。彼女《かのじょ》のお父さんが、ぱっとドアを開けた。

「なぜそんなところに立ってるんだ、バカだな。ずぶぬれじゃないか」

「稲妻《いなずま》を見てたんです」とぼくは言った。ちょうどそのとき、また、幾筋《いくすじ》にも分かれたみごとな稲妻《いなずま》が光った。

「さあ、濡《ぬ》れないところへお入り」お父さんは、自分も思わず稲妻《いなずま》に見ほれながら言った。

ぼくたちは、明かりをつけずに正面の部屋《へや》に十分くらいたたずんで、海上のあざやかな光が消えてゆくのを、まるで花火の晩のように見つめていた。稲妻《いなずま》が消えてしまう頃には、ぼくたちは二人ともすっかり落ち着き、ジョイスのお母さんは彼女《かのじょ》に、悪い風邪《かぜ》をひかないように二階で着替《きが》えてきなさい、と言った。そして、ぼくには熱いココアを出してくれた。

ジョイスはブルーのパジャマの上に厚いブルーのガウンを羽織《はお》って、また下りてきた。温かな家庭的雰囲気《ふんいき》の中の彼女《かのじょ》の姿は、悪くなかった。ぼくは一瞬《いっしゅん》、毎晩ガウンをまとうジョイスと暮らす一生を夢想した。胸躍《おど》る人生ではないけれども……温かじゃないか。まずまずの人生だ。

すっかり安心してほっとしたぼくは、ジョイスの両親を相手にきりなくしゃべった。みんなが、火事にでもなったみたいに盛《も》り上がった。彼女《かのじょ》のお母さんが台所でお父さんに、ぼくのことを、とてもいい子みたいですねと小声で言っているのが聞こえた。お父さんも、とにかく頭はよさそうだと答えていた。両親は、ジョイスがたちの悪い男にひっかからなかったのにほっとしていたらしい。お父さんはわざわざ車を出して、ぼくを家まで送ってくれた。

お父さんは、ぼくの住んでいるあたりにはあまり感心していなかった。だが、スラムでないことはわかったはずだ。どの家のドアノッカーも毎日磨《みが》かれていて、イボタの生け垣《がき》も、きちんと刈《か》りそろえてあったのだから。

そう何もかも、そろうというわけにはいかないじゃないか。

18・計画

ドアを開けてくれたのは、いつもと違《ちが》ってお母さんではなく、エマだった。

「こんばんは」彼女《かのじょ》の声はよそよそしかった。

「お母様はお元気なんですか」ぼくはおどおどしながら言った。ほかに言うことを思いつかなかったのだ。

「母はおばと一緒《いっしょ》にニューカッスルの〈エッソルド〉へ行ったわ。『風と共に去りぬ』をやってるの」

「そうですか」

彼女《かのじょ》が新しいとっくりセーターを着ているのに気がついて、ぼくはなおさらうろたえていた。ダークピンクの、体にぴったりフィットした、確か母さんがアンゴラと言っていた柔《やわ》らかそうなウールのセーターなのだ。とっくりセーターは最新の流行だった。アメリカの映画スターたちが着ていて、たとえばラナ・ターナーなどはセーター・ガールと呼ばれていた。セーター・ガールはなぜセーターを着るの、なんていうジョークまではやっていた。理由は三つ。一つは温かいから。あと二つの理由は、言うまでもなくあきらかで……

エマは勉強机に座った。彼女《かのじょ》の「あと二つの理由」も、指摘《してき》するまでもなかった。とにかく素晴らしかった。それにダークピンクという色も、彼女《かのじょ》の顔に映《は》える感じだった。

「さてと」と彼女《かのじょ》の口調は、いつも以上にてきぱきと教師らしいものだった。「今夜はウェルギリウス（ローマの詩人。紀元前七〇―前一九）の『アエネーイス』の第六歌よ。さ、アトキンソン、頭を働かせて。あたしがこんなことをしているのは、自分の健康のためじゃありませんからね。最初からはじめなさい。シック・ファトゥール・ラクリマンス……」

「『こうして泣きながら……』」ぼくは、ここでつかえた。「……彼《かれ》は艦隊《かんたい》に自由行動を許し、ついにクーマエのエウボエア海岸に到達《とうたつ》した』」

彼女《かのじょ》は身を乗り出して、文を指した。「あたしなら『エウボエアより植民したクーマエの岸』と訳すわね。どう？」

彼女《かのじょ》は、ぼくを発狂《はっきょう》させようというんだろうか。その左の胸のふくらみは、ぼろぼろの教科書の上にのっているぼくの手から、十センチと離《はな》れていないのだ。もし偶然《ぐうぜん》のようにぼくが手を上げれば……しかし、そんなことをすれば自分の運命が決まってしまうことを、ぼくは知っていた。彼女《かのじょ》はむろん、ぼくをおっぽり出してしまうだろう。

「さあ、早く」エマはぴしゃりと言った。「ひと晩じゅう、クーマエの岸をさまよっているわけにはいかないのよ」

その夜のぼくは、さっぱりふるわなかった。そのセーターのこと以外、何も考えられなかったからだ。しかも、彼女《かのじょ》が袖《そで》をまくっているので、すべすべした腕《うで》の肌《はだ》がむき出しになり、透《す》けるようなうぶ毛が電気スタンドの明かりで光っていて……さわったら、いったいどんな感じがするだろう？

それでいて、彼女《かのじょ》の言うことは、ケイティ・メリーに劣《おと》らず正確で辛辣《しんらつ》だった。おまけにこんどは、ジョイスのことをそれとなくつつきだしたのだ。

「アポロ神殿の巫女《みこ》は、真実を隠蔽《いんぺい》してごまかしてるわね。ちょっとあなたのお友だちに似てない？　まあ、彼女《かのじょ》は完全な沈黙《ちんもく》で真実を隠蔽《いんぺい》するところが違うけれど」

ぼくはじっと座ったまま、身もだえていた。と、こんどはイカルスの死の話がはじまった。

「イカルスは……かわいそうな青年ね」と、エマは、三十センチと離《はな》れていないところからあの大きな黒い瞳《ひとみ》でぼくを見つめて言った。「イカルスには素晴らしい翼《つばさ》があったのに、傲慢《ごうまん》すぎたのよ。太陽に近づきすぎたために翼《つばさ》を背中にくっつけている蠟《ろう》がとけて、まっさかさまに海に落ちて死んじゃったの。傲慢《ごうまん》には気をつけることね、アトキンソン……。ダエダルス・ウト・ファマ・エスト・フゲンス・ミノア・レグナのところから、訳して」

「『ダエダルス（ギリシア神話上の名工。イカルスの父）は、物語によれば、ミノス帝国《ていこく》を出て……』」

「『ミノスの帝国《ていこく》』のほうがいいわね。うるさくて悪いけど。あなたの仲よしのジョイスだって、こんなこと間違《まちが》えないわよ」

もう限界だった。原因はセーターだったのか、からかわれたからなのか、それとも、この家にはほかに誰《だれ》もいないことを知っていたせいにすぎなかったのかも……。ともかくぼくは、要するに爆発《ばくはつ》した。

ぱっと立ち上がると、エマにどなっていた。

「お願いですから、ジョイスのことはほっといてください。彼女《かのじょ》のことをとやかく言うのはやめてください。あの子が、先生にとってなんだっていうんです」

彼女《かのじょ》はぼくの無礼な態度に腹を立てた。だが、それは教師の態度とは言えなかった。

「あの子はあたしにとっては、なんでもないわよ。ただの生徒よ。あなたとおなじで」

ぼくがどなれば、彼女《かのじょ》は母さんとおなじように青ざめるかとぼくは思っていた。だが、その顔はあいかわらず明るいピンクのままだったし、目もとても明るかった。ぼくには彼女《かのじょ》がなぜだか「喧嘩《けんか》」をしたがっているのだということがわかった。

「ジョイスはぼくの仲のいい友だちです」

「お二人で、お幸せにね。さぞかし素敵《すてき》な会話が弾《はず》むことでしょうね」

「また、そんなことを！　人生には会話だけじゃなく、もっといろんなことがあります」

「そのとおりよ。ジョイスの場合は、あれ以下には削《けず》りようがないけど。彼女《かのじょ》から気のきいた言葉なんか、聞いたことがないわ」

「抱《だ》きしめたときがいいんです」ぼくは、爆笑《ばくしょう》を買ってもおかしくない台詞《せりふ》を吐《は》いた。「少なくともあの子は、ぼくがさわったって怖《こわ》がったりはしないんです！」

「まあ、素敵ね！」エマはたじろいだように見えた。「ずいぶんご発展なのね。魅力的《みりょくてき》な手くだをお持ちみたい。あなたがさわっても気にしないって、本当？　ただがまんしてるんじゃないのかしら？」

「彼女《かのじょ》は逃《に》げませんよ。だから、いやじゃないんだ」

「まあ、ロマンチックな考えね！　あたしが若いときは、そうはいかなかったわ。あたし一度、低級なフランス男を撃退《げきたい》したことがあるの。あなたみたいな考えかたの男よ。スリーブレスのドレスでシャンゼリゼを歩いてたら、ならんで歩きだして、あたしの腕《うで》を撫《な》でるの。自分の魅力《みりょく》に自信があったのね、あなたみたいに。あたしはそいつの顔を見もしないで、お友だちと話しつづけていたわ。さいごには、イギリス女はなんとかってバカなことをわめきながら、くるりと向きを変えて道路へ出てったの。通りかかったタクシーの真ん前へ。あたしは、そのあとでは親切だったわ。病院へ見舞《みま》いに行ってあげたのよ、花を持って。その男は頭のてっぺんから足の先までギプスで固められててね、だから、セクシーに見せるなんてことはきれいに忘れてたわ」

「そりゃすごいや」ぼくは叫《さけ》んだ。『つれなき乙女《おとめ》』（英国ロマン派の詩人キーツの有名な詩の題）ですね」（ぼくたちは、Aレベルの試験のために詩もやっていたのだ。）

彼女《かのじょ》もその詩は知っていた。ぼくの言葉は、ぐさりと彼女《かのじょ》の胸に刺《さ》さったようだった。彼女《かのじょ》は立ち上がった。顔をひっぱたかれるなとぼくは思った。彼女《かのじょ》に、ぼくを永久に放り出す口実をあたえてしまったと思っていた。だが、それが彼女《かのじょ》の望みだったのだろう。ぼくは絶望した。殴《なぐ》られまいとして、すこし腕《うで》を上げた。

だが、彼女《かのじょ》は頭のてっぺんから足の先まで震《ふる》えていた。持ち上げたぼくの腕《うで》から十センチくらいのところで、彼女《かのじょ》の左胸のふくらみが、美しく熟《う》れたリンゴのように揺《ゆ》れていた。

ぼくは今こそ、長い年月、幼い頃《ころ》からやってみたいと思っていたことをやるさいごのチャンスだ、と思った。

ぼくはそのふくらみに手を置いた。それはかすかにへこんだ。弾力《だんりょく》のあるブラの下は、さらに柔《やわ》らかく弾《はず》んでいた。

彼女《かのじょ》がぼくを睨《にら》むと、ぼくも睨《にら》み返した。それまでにぼくが経験した、最大の意志の戦いだった。だがぼくは、一つのこつを知っていた。相手の目を見ずに目と目のあいだの鼻筋《はなすじ》を見る、そうすれば楽なのだ。ぼくは今でも、彼女《かのじょ》の鼻梁《びりょう》についていた、眼鏡《めがね》をはずしたばかりのくっきりと赤い跡《あと》を思い出せる。そして眉毛《まゆげ》の端《はし》から一本だけ飛び出していた、すこしカーブした黒い毛も。

彼女《かのじょ》が身震《みぶる》いしたので、ぼくは勝ったと思った。ひどい震《ふる》えかただった。まるで建物の中で何かが崩《くず》れ、建物全体が倒《たお》れかかっているような、激しい震《ふる》えかただった。

そのとき、彼女《かのじょ》がぼくをひっぱたいた。思いがけない痛さに、ぼくは両手で顔を押《お》さえた。つぎの瞬間《しゅんかん》、彼女《かのじょ》はぼくの両手を顔から引きはがすと、それにキスしながら涙《なみだ》を流した。

「ごめんなさい、ごめんなさい。本当にごめんなさい。あたしはひどい女だわ。さ、座って。痛みを軽くするものを何か持ってくるわ……紅茶でもいれるわね……」

しかし、彼女《かのじょ》は長椅子《ながいす》から立とうとはしなかった。彼女《かのじょ》はまるで母親のようになってしまって、ぼくの頭を胸のふくらみのあいだに押《お》しつけて髪《かみ》を撫《な》でながら、幼い子どもを慰《なぐさ》めるような言葉をつぶやいていた。ぼくはされるがままにじっとしていた。それがいちばん安全な気がしたのだ。それくらい動転していたのだ。

ぼくはじっと動かずに彼女《かのじょ》の体の匂《にお》いを嗅《か》ぎ、彼女《かのじょ》の涙《なみだ》がぼくの首筋に落ちて髪《かみ》のあいだをつたっていくのを感じていた。くすぐったかった。そして、果てしなくつづく彼女《かのじょ》の声を聞いていた。ぼくだけでなく、彼女《かのじょ》自身を慰《なぐさ》める声を。

「ああ、本当にバカげてるわ。あたしは、あなたのお母さんでもいいくらいの歳《とし》なのに。あなたの教師だというのに。あたしたちは、師弟関係のはずなのよ。あたしは、どこで狂《くる》って……」

彼女《かのじょ》はこういう具合に、えんえんとしゃべりつづけた。だが彼女《かのじょ》の両手は、まるでそれ自体の生命を持ってでもいるかのように、ぼくの髪《かみ》を撫《な》でつづけてとまらなかった。ぼくは彼女《かのじょ》の匂《にお》いを嗅《か》ぎながら、頭をすこし動かした。すると彼女《かのじょ》の胸のふくらみも動いた。ぼくはかなり興奮してきた。それはウールのセーターの下でも、驚《おどろ》くほど温かかった。

そのとき彼女《かのじょ》の声がとつぜん変わって、何か決意でも固めたようにてきぱきしてきた。そして体も硬《かた》くなると、彼女《かのじょ》はぼくの両方の二の腕《うで》をつかんで、まっすぐに起こした。

「ロビー――あたしを見て！」

涙《なみだ》をたたえた彼女《かのじょ》の目はとても大きく見え、すごくきれいだった。瞳《ひとみ》が大きく見開かれ、全世界を包みこんでしまいそうだった。彼女《かのじょ》の表情はすこしもみじめでも苦しそうでもなかったが、頬《ほほ》はかすかに紅潮《こうちょう》していた。髪《かみ》こそすっかり乱れていても、これほど美しい彼女《かのじょ》は見たことがなかった。

「こんなことになったのには、原因があるわ。二人であまり長いあいだ、部屋《へや》にこもっていたのがいけないのよ。外へ出なくちゃ……何か一緒《いっしょ》にやらないと。新鮮《しんせん》な空気の中で、体を動かさないと。狭《せま》い部屋《へや》に閉じこもってるのは、不健康よ。温室で暮らしてるみたいなもので、気持ちが高ぶって……抑《おさ》えられなくなる。あたしたち、バカねえ。本当にバカだわ。せっかくの友情を、台なしにするところだったじゃない。新鮮《しんせん》な空気の中へ出れば、またお互《たが》いにさっぱりした気持ちになれるわ」

それまで経験したことのない痛みが、ぼくの胃を襲《おそ》った。こんなことは、ラグビーの最中に蹴飛《けと》ばされたとき以来だった。だが、そのときの痛みほど激しくはなく、もっと熱くて、鈍《にぶ》い痛みだった。胸がいっぱいで何も言えないのが、もどかしかった。彼女《かのじょ》一人が話しつづけるのを、ぼくはただ聞いていた。

彼女《かのじょ》は断をくだした。「分別を持ちましょうね。お互《たが》いに分別のある人間らしく、正しい態度をとりましょう。いいわね？」

ぼくは抱《だ》かれたまま、うっとりうなずいた。彼女《かのじょ》が抱《だ》いていてくれるかぎり、何にだって賛成しただろう。

「じゃあ、日帰りでどこかへ行きましょう。どこへ行きたい？」

「ローマン・ウォール」と、ぼくはつぶやいた。「ウォールを見下ろすどこかへ。ヴィンドバラの上の丘《おか》はどうですか？ぼくたちが先生を生贄《いけにえ》にしたあの丘《おか》は」

彼女は笑った。その声はかすかに震えていた。「そう、あのときは楽しかったわね。ま、また楽しくやれるわ。でも、お行儀ぎょうぎの悪いことはなしよ。ジョイスとは、これからもつきあってちょうだい。あの子の悪口を言ったのは悪かったわ。あれはいい子よ。これからもつきあって、あたしに約束して」

「いいんですか？」

「もちろんよ――ただあたしがバカだっただけよ。ぜひ、これからもあの子とつきあってちょうだい。あなたにはお似合いだわ。あたしみたいな、泣いてばかりいるお婆《ばあ》さんとは違《ちが》うもの。あたし、ほんとにひどい顔してるでしょ。さあ、起きてよ！　あたし、動けないじゃないの。大きな図体《ずうたい》をして。体重はどのくらいあるの？」

ぼくは八十キロ近く、と答えたが、彼女《かのじょ》はもう、鏡をのぞきこんで、ハンドバッグの中の化粧《けしょう》道具と櫛《くし》を捜《さが》しながら舌打ちをしたり、あれこれいらだたしげな音をたてたりしはじめていた。それでも、彼《かの》女《じょ》はすっかり満足しているように見えた。なんというか……さっぱりした感じだったのだ。

「あたし、お茶をいれてくるわ」

ぼくはあいかわらず長椅子《ながいす》に寝転《ねころ》がって、腹痛がおさまるのを待っていた。

こうして、分別を失わず公明正大にやることに決めて、すこしもやましいところがなくなったというのに、ぼくたちはどうして押《お》しこみ強盗《ごうとう》でもするみたいに、こそこそと計画を立てはじめたのだろう？

「あなた、丸一日かけて一人で遠くまで行くことある？」彼女《かのじょ》は紅茶を飲みながら訊《き》いた。「ハイキングでも、サイクリングでも」

「よくありますよ、みんな知ってます。一度、一日で五十三キロ歩いたことがあります。去年の八月の祭日です。そのあと一週間、まめが治りませんでした」

「どうして、そんなに遠くまで歩いたの？」

「やれるかどうか試してみたんです」

「いつも、一人で行くの？」

「ぼくについてくるバカなんかいませんよ」

「楽しい？」

「それほどじゃ……。はじめはいいんです。田園地帯で、日が射《さ》してるうちは。そのあとは、足を引きずって歩くだけになります。さいごのほうもいいな。ついにやったと思って、あとは家へ帰るバスの中で寝《ね》るのを楽しみにしてますから」

「あたしと一緒《いっしょ》なら贅沢《ぜいたく》な旅になるわよ。車だもの。あたしはマゾヒストじゃないから。こんどの日曜はどう？」

「いいですよ」

「よかった。どこで待ちあわせましょうか？」

「そうだな、人目のうるさいとこはいやだから……ぼく、先に北のほうへ行ってます。炭鉱村のあたりを抜《ぬ》けて。あのへんには、うちの学校の生徒は誰《だれ》も住んでいないし、行く奴《やつ》もいない。ニューヨークとシャイア・ムア（荒地）を通っていきます。先生は追いついて、乗せてくれればいい。清廉潔白《せいれんけっぱく》そのものじゃありませんか」

19. ぼくたちの王国

「で、いったい今日はどこへ出かけるんだ」朝ご飯《はん》のとき、父さんが訊《き》いた。

「ローマン・ウォールだよ」ぼくは、パンとベーコンをほおばりながら言った。

「じゃ、壁《かべ》の上から落ちないようにしろよ」

「高さは一メートル半くらいしかないんだよ」

「冗談《じょうだん》に決まってるだろう」

母さんのほうは、冗談《じょうだん》を言うような気分ではなかった。「おかしいわよ、いつだって一人で出かけて。あたしがおまえの歳《とし》だった頃《ころ》には、男も女もみんな一緒《いっしょ》に、仲間同士で組んで出かけたわ」

「仲間なんていうと、銀行強盗《ごうとう》みたいだね」

「生意気言うんじゃない」父さんが言った。

「レインコートを持っていくのよ。雨になりそうだから。ずぶぬれで帰ってきて風邪《かぜ》をひいたあげく、看病させられるなんてまっぴらよ」

「どのへんへ行くんだ」と父さん。「万一おまえが落ちて首の骨を折ったら、捜索隊《そうさくたい》を出さなきゃならんからな」

「ヘイドン・ブリッジまでバスで行くんだ。ハウスステッズ砦《とりで》をひとまわりしてみるのさ」

ぼくの嘘《うそ》はゴングのようにあたりに響《ひび》きわたる感じだったのに、二人とも気がつかなかった。

「じゃ、おれは菊《きく》に水をやってくる」と、父さんは言った。「おれがしないような真似《まね》はするなよ」

「仲間同士であちこち歩くのは、とっても楽しかったわ」と母さんは言った。「あの頃《ころ》は楽しかったわ、本当に」

ぼくは、ボーイスカウトで使っていたリュックサックをかついだ。これは、サンドイッチをつめた弁当箱とサーモスの魔法瓶《まほうびん》と叔父《おじ》さんがくれたお古《ふる》の大きなトレンチコートを入れるのに、ちょうどいい大きさだった。そして、軍隊が放出したブーツを履《は》き、これも旧陸軍から出たバラクラーヴァ帽《ぼう》の縁《ふち》を巻き上げてかぶり、バーソロミュー社のタインサイド（イングランド北部タイン川下流のニューカッスルから河口にいたる一帯）の地図を持てば、ぼくのハイキング装備は完璧《かんぺき》だった。

「じゃあね」

ぼくはスパイみたいな気分でぐんぐん歩きだした。どこの家でもレースのカーテンがちらっと動いて、ぼくの様子をうかがっている感じがした。婆《ばあ》さんたちがみんな、国家の一大事でもあるかのように警《けい》戒《かい》態勢をとっているのだ。

ぼくはニューヨークを通過した。アメリカのニューヨークからとった名前だが、それ以外は有名になるようなものなど何もないところだ。戦争中にはアメリカ兵がしじゅう見物にやってきたものだが、すぐ引き上げていった。坑夫《こうふ》の住宅がずらりとならんだ道路が一本と、ひどくぬるいビールしか飲めないパブが一軒《けん》あるだけなのだ。

シャイア・ムアで一台の黒塗《くろぬ》りの車がぼくを追い越《こ》すと、プープーとクラクションを鳴らして停《と》まった。後部座席の黄色い小さな窓の奥《おく》に、ふり返ってぼくを見ている女の頭がぼんやり見えた。

ぼくはドアを開けると、「やったね、ぴったりのタイミングだ。お母さんにはなんて言ってきたの」とどなってしまってから、中の女性が赤の他人で、ただにっこり笑って乗せてくれようとしているだけなのに気がついて、震《ふる》え上がった。

説明のしようもない感じだったので、ぼくはただ「けっこうです」と叫《さけ》ぶとドアをバタンと閉め、汗《あせ》をかきかき空を睨《にら》んで、こわばった脚《あし》で先へ歩いていった。その女性はまた追い越《こ》していったとき、とても妙《みょう》な表情でこっちを見ていたから、たぶんぼくのことをモーペス精神病院から逃《に》げ出してきた患者《かんじゃ》だ、あぶないところだった、とでも思っていたのだろう。

シャイア・ムアをすぎて雨が降《ふ》りだした頃《ころ》には、ぼくは彼女《かのじょ》をあきらめはじめた。車のエンジンがかからなかったのだろうか。犬が病気になったのかも。いや、死んだのか。あるいは、お母さんが病気になったのか。こちらも死んだのか。車が衝突《しょうとつ》事故を起こして、彼女《かのじょ》はつぶれた車体と散乱するガラスの中に、今、血まみれで転《ころ》がっているんじゃないか。それともぼくのルートの説明がまずかったのか、時間を間違《まちが》えたのかもしれず、ぼくらは（誰にも劣《おと》らず口やかましく意地の悪い全知全能の神に操《あやつ》られて）一日じゅうむなしく、互《たが》いを探しまわる運命なのだ。ぼくはけっきょく炭鉱村で一日つぶして、痛む足を引きずりながら帰り、彼女《かのじょ》の悲報を聞くことになるのだろう……

ぼくを追い越《こ》しざま彼女《かのじょ》が景気よくプープーと鳴らした警笛は、まるで天使のトランペットのように聞こえた。それでも、ぼくは他人のように礼儀《れいぎ》正《ただ》しく微笑《びしょう》を浮《う》かべて、助手席のドアを開けた。二度もおなじ失敗をしたんじゃたまらないから。

彼女《かのじょ》はうちあわせどおり、サングラスを掛《か》けていた。ぼくは、サングラスがおかしく見えないように早く日が出てくれることを願った。しかし、彼女《かのじょ》の唇《くちびる》は、見間違《みまちが》いようがながった。ぼくはなぜかサングラスを掛《か》けた男が嫌《きら》いだ。じつに悪党に見える。ところがおかしなことに、これが女だと、口もとがてきめんにきれいに見えるのだ。

「ごめんなさい、遅《おそ》くなって」と彼女《かのじょ》は言った。「母がいろんなことをうるさく言って、きりがなかったのよ。まるで、一日家を空けるのははじめてみたいな騒《さわ》ぎでね。あれは持ったか、これは持ったかって。おしまいには勝手にしゃべらせといて、車を出してきちゃったの」彼女《かのじょ》はちょっと落ち着かない声で笑った。ぼくが乗りこむと、その体重で車はぐっと沈《しず》んだ。四ドアだというのにとても小さくて狭《せま》く、暗い感じがした。革とガソリンの臭《にお》いで、ぼくはちょっと気分が悪くなった。

彼女《かのじょ》は勢いよく車を出した。ダブルクラッチをやりそこねて、あやうくエンストを起こしかけはしたけれど、本当に強盗《ごうとう》が高飛びでもするような勢いだった。それにぼくのほうも、誰《だれ》かに見つかって尾行《びこう》されていないかと、後ろの窓から見張っていた……

車内はかなり窮屈《きゅうくつ》だった。二人の肩《かた》はくっついていて、彼女《かのじょ》の手はギヤを入れ換《か》えるたびに、かならずぼくの膝《ひざ》を叩《たた》いた。スカートがじりじりと上がっては、きれいな膝《ひざ》が現れるので、彼女《かのじょ》はたえずハンドルから片手を離《はな》してスカートをひっぱっていた。革とガソリンの臭《にお》いの中でも、彼女《かのじょ》の髪《かみ》の匂《にお》いはわかった。けれども、ぼくは残念な気持ちで、そんな思いを追い払《はら》った。悪いことはしないと、お互《たが》いに約束したのだから。

「ごめんなさい、窮屈《きゅうくつ》で」と、彼女《かのじょ》は謝った。「これは、父がさいごに持っていた車なの。一九三五年のオースティン一〇よ」少女のような、ひどくやるせなげな口調《くちょう》だった。とたんに、茶色の窓の中の空間に彼女《かのじょ》のお父さんの亡霊《ぼうれい》が浮かび、彼女《かのじょ》があぶなっかしい幼子《おさなご》のように見えた。しかし、ぼくはとっさに思った。きみのお父さんは亡くなってる。でもぼくはこうして生きているぞ、と。

彼女《かのじょ》はぼくに地図を渡《わた》して、膝《ひざ》に広げさせた。ぼくはそれを見ようとしてかがみこむと、車内のガソリンの臭《にお》いでよけい胸が悪くなった。ぼくたちは殺風景《さっぷうけい》なボタ山と高圧線の鉄塔《てっとう》のあいだを、ひたすら走っていた。おかげで人目にはつかなかったものの、ぼくは急にこんなところにいるのがやりきれなくなってきた。もしここで車がエンストしたら（というのは、この古い車はたえずひどい音をたてていたから）、ぼくたちの貴重な一日は木《こ》っ端《ぱ》微塵《みじん》になってしまうだろう。そして、彼女の手が関節を白くしてハンドルを握《にぎ》っていても、車はがたがたぶるぶる揺《ゆ》れながらやっと走っている始末で、あぶなっかしいことこのうえなかったのだ。

ぼくたちは山ほどの十字路をのろのろと越《こ》えてようやく、鉱滓《こうさい》を敷《し》いた道路と、ずらりとならんだ屋外便所の列と、派手な縞模様《しまもよう》の鳩小屋《はとごや》、それにボウブリル、ニュモル方面と書かれた色褪《いろあ》せた道路標識の世界を抜《ぬ》け出した。ヘッドンまで来ると雨がやんで太陽が顔を出し、定規《じょうぎ》で引いたようなまっすぐな道路が目の前につづいていた。

「これがウェイド・ロードよ」と、エマが言った。「ボニー・プリンス・チャーリーの謀叛《むほん》のあとで、ウェイド将軍（ジョージ・ウェイド。一六七三―一七四八。前記チャールズ・スチュワートの南下を許した軍人）が造った道路なの」

ぼくは「わかりました、先生。はい、先生」と、うまく小学生の口真似《くちまね》をして答えた。彼女《かのじょ》はついに噴《ふ》き出して、手をのばしてきてぼくの手を固く握《にぎ》った。これは単に成功したスパイ同士の、使命は果したぞという連帯の証《あかし》にすぎなかったわけだが、とたんにぼくたちは気楽になった。

汚《きたな》いボタ山群も背後になった。ぼくたちは日常生活を洗い流して、生まれ変わった気がした。茶色の縁《ふち》がついたフロントグラスの向こうには、何かこうして発見した新天地からの贈《おく》りものがないかと、ぼくたちは目を凝《こ》らした。過去に手に入れたものなど、ぼくは何も欲しくなかった。好成績だった0レベルの試験の成績にしても、ラグビーでの勝利のような、ふだんなら執着《しゅうちゃく》するものにしても。まして、ぼくの魂《たましい》をむしばむ老いた愚鈍《ぐどん》な両親なんか……

ぼくがもとめていたのは、この新天地がぼくたち二人にあたえてくれるはずのものだけだった。汚《よご》れた灰色の帽子《ぼうし》をかぶり、前足を上げてちんちんをする犬を従えている羊飼いこそ、「ぼくたちの」羊飼いだった。毛を刈《か》られたばかりの、十二頭の羊もぼくたちのものだ。口にいっぱい木の洗濯《せんたく》ばさみをくわえて家の前庭に洗濯物《せんたくもの》を干している農夫の妻。これこそ「ぼくたちの」農婦だった。霧《きり》のかかった金色の朝の日射しこそ、「ぼくたちの」日射しだった。そして黒っぽい生け垣《がき》も、生け垣《がき》の上の、さっき降ったばかりの雨の雫《しずく》が光っているたくさんの蜘蛛《くも》の巣も。

これこそぼくたちの王国だった。そしてぼくたちは、そこに王と王妃《おうひ》として善政を施《し》くつもりだった。

「幸せ？」彼女《かのじょ》は明るい目でちらりとこっちを見ると、また固くぼくの手を握《にぎ》った。

「ぼくは今までの人生で、何をしてたんだろう」

彼女《かのじょ》はかすかに顔を赤らめて、視線を道路にもどした。しかし、ぼくは傷つかなかった。ぼくたちは潔白《けっぱく》な交際をする約束をしていたのだから。ぼくの肉体はまったく静かだった。ジョイスの体を探ったことなど、タインサイドのその他あらゆる不潔なものとおなじで、今では軽蔑《けいべつ》にさえ値《あたい》しない気がした。

パブが一軒《けん》、小高い場所に、歩哨《ほしょう》のようにぽつんと立っているのが見えてきた。古びた灰色の壁《かべ》、幾《いく》列《れつ》もずらりとならんでいる窓、風雨に傷《いた》んで文字が読みとれない看板。周囲に駐車《ちゅうしゃ》している車も、つながれている犬もいないパブ。ぼくたちだけのために立っているパブ。庭には、これも風雨にさらされて灰色になったベンチが一つあった。

「飲みません？」ぼくはすっかり大胆《だいたん》になり、大人ぶって訊《たず》ねた。

「いいわよ」と、彼女《かのじょ》は言った。「リンゴ酒を半パイントだけね」そしてぐいと車を停《と》めた。

ぼくは自分の持っている四シリング十一ペンスで足りますようにと、必死で祈《いの》った。

「ハーフのリンゴ酒を二杯《はい》」

店主は、リンゴ酒の瓶《びん》を捜《さが》すのに大苦労をした。当時のパブには、めったにリンゴ酒はなかったのだ。

「お連れのガールフレンドの方《かた》のには、氷を入れますか」店主は窓からエマを見て訊《き》いた。彼女《かのじょ》は古いベンチに座って、ややそわそわしながら三羽《わ》の雌鶏《めんどり》をからかっていた。くるぶしまでのソックスに頑《がん》丈《じょう》そうなウォーキングシューズ、それにセーターという格好だと、彼女《かのじょ》は確かに六年生くらいに見えた。店主の声には、べつにひやかしている感じはなかった。サングラスのおかげで彼女の目の下の皺《しわ》も見えない。この黄金の朝、彼女《かのじょ》は十七と言っても充分通用した……

「ええ、氷を」ぼくは答えた。彼女《かのじょ》が氷を入れてほしいかどうかはわからなかったが。

「では二シリングになります」もっさりしたノーザンブリアなまりは、ぼくたちへの祝福のように聞こえた。

ぼくはリンゴ酒を外へ持っていった。エマは眼下に広がる荒野《こうや》から、視線をもどした。

「とってもきれいなところね」と彼女《かのじょ》は言った。「ここであなたに棄《す》てられてもいいわ。今なら、幸せに死ねそうだから」

ぼくたちは丘《おか》のふもとで車を停《と》めた。陽光を浴びてきらきら光っている雲が、はるか頭上、ぼくたちがエマを生贄《いけにえ》にしたあの黒い針のような岩の上を流れていった。

「レインコートを持ってったほうがいいかしら？」彼女《かのじょ》は目を細めて空を見上げた。

「ぼくが持ってあげます。用心に越《こ》したことはないから」

それはよくある、赤い裏のついた白いゴム引きの乗馬用レインコートだった。ぼくはそれをくるくると円筒型《えんとうけい》に丸めて、自分のリュックサックのストラップにぶらさげた。

「これだから、目が離《はな》せないのよねえ」と、彼女《かのじょ》は言った。「あなたは、いいかげんなときがあるかと思うと、つぎにはとてもよく気がつくんだから」

「大事なことのときはね。さ、行きましょう」

のぼりのなかばまで来たところで、ぼくたちはヒースを焼いたひろびろした焼け跡《あと》に行きあたった。春にみずみずしい新芽を吹《ふ》かせるために、農民が焼くのだ。羊は新芽を好み、古い草は食べようとしない。焼かれた古いヒースは背の高い黒くてひんまがった杖《つえ》のようで、地面に積もった炭の上を歩いてゆくと、炭がぼくたちの靴《くつ》の下できしみ、くだけた。しかし、焼かれた杖《つえ》のような部分はまだまだ頑強《がんきょう》で、ポキリとは折れない跳《は》ね返る力を失ってはいず、通っていくぼくたちを笞《むち》のように打った。

「まあ、見て」とエマが言った。「焼けたヒースのせいで、体じゅうに炭の線がついちゃったわ。母になんて説明しようかしら」

ぼくが目をやると、彼女《かのじょ》はスカートを持ち上げていた。そのふくらはぎにも膝《ひざ》にも、黒い線が縦横に走っている。だが、その上のほうの腿《もも》の内側は、息をのむほど柔《やわ》らかそうで白かった。

しかしそれを見ても、ぼくは失われた悲しみを感じただけで、傷つきはしなかった。ぼくたちは汚《けが》らわしいことはしないと、すでに誓《ちか》っていたのだから。

「ぼくのズボンだって、見てくださいよ。母さんが卒倒《そっとう》しちゃいます。さあ、ひっぱってあげましょう」

こう言うとぼくはゆっくり、片手で彼女《かのじょ》をひっぱり上げはじめた。だが、自立心のあるところを見せたかったのだろう、彼女《かのじょ》はぼくからずっと離《はな》れて歩きだし、二人は、横ならびで歩いているのも同然になった。

こうしてぼくたちは静寂《せいじゃく》の世界へ、それを破るものはただ寂《さび》しい風の音と、遠いタゲリの声しかない世界へとのぼっていった。

野外の静寂《せいじゃく》というのは妙《みょう》なものだ。こちらが孤独《こどく》を望まないときには、こちらの生命をすべて吸いとってからからにしてしまう。ところがこちらが孤独《こどく》を望めば、その静寂《せいじゃく》を泉の水のように飲むことができるのだ。そして誰《だれ》か好きな人と一緒《いっしょ》のときには、静寂《せいじゃく》は二人をどんどん近づける。精神的に、という意味でだが。静寂《せいじゃく》もまたぼくたちへの、そしてぼくたちのしていることへの、祝福でもあるかのように……

ぼくは丘《おか》の傾斜《けいしゃ》が急になるにつれ、彼女《かのじょ》の呼吸が速まるのが気になって仕方がなかった。ところが、とつぜん傾斜《けいしゃ》がゆるくなると、ぼくたちはこんどはどんどん足を速め、ついには走りだして、あの針のようにとがった石の下に身を投げ出した。ヒースの原はここまでで終わり、短くて柔《やわ》らかい草が円形に石をかこんでいた。

彼女《かのじょ》はその石の針を眺《なが》めて、くすくす思い出し笑いをした。

「お昼にしましょ。あたし、お腹《なか》がすいたわ」

「どっちを向いて座りますか」ぼくは自分のトレンチコートを出しながら訊《き》いた。

はるか眼下、南の方角には、発掘《はっくつ》されたヴィンドバラの城壁《じょうへき》が複雑に入り組んだ蜂《はち》の巣みたいに見え、小学生の群れがそれに真っ黒にたかっていた。

「今日はいやよ」彼女《かのじょ》はふざけて身震《みぶる》いしてみせた。「今日のあたしは、先生じゃありませんからね」

「北を向きましょう。そうすれば、先生を生贄《いけにえ》にしようとして、ピクト人（英国北部に住んだ古代人）とスコットランド人がやってくるのも見える」

「生贄《いけにえ》になったんじゃ、あまり先の望みはないわね。教師をしてるのと比《くら》べても、望み薄《うす》だわ」

ぼくたちは、それぞれサンドイッチを広げた。彼女《かのじょ》は、耳を落とした三角形の、とてもお上品《じょうひん》なのをたくさん作ってきていた。ぼくのは、自分で作ったいつものでっかいサンドイッチだ。彼女《かのじょ》がそれを見て笑うので、ぼくは急に恥《は》ずかしくなった。

「すこし、あたしのをおあがりなさいよ」と彼女《かのじょ》は言った。「あなたのは、非常用に取っときましょう」

「ぼくのは、はじめっから非常用なんです」

エマのサンドイッチは美味《おい》しかった。ハムサンドだが、チーズとチャツネがちょっぴりきかせてある。彼女《かのじょ》によると、「紳士好《しんしごの》み」とかいう味らしい。

「紳士《しんし》の好むものなら、ぼくにだってわかりますよ」ぼくは言った。

「駄目《だめ》よ、アトキンソン。駄目《だめ》！　禁欲の誓《ちか》いを忘れないで」

彼女《かのじょ》がいくらでもサンドイッチを渡《わた》してくれるので、ぼくはどんどん食べた。そのあいだも景色《けしき》を眺《なが》めながら。

食べ終わると、彼女《かのじょ》は「静かね」と言って両脚《りょうあし》をのばし、針のような石に寄りかかって首筋《くびすじ》を太陽にさらした。

「ものの見方が変わりますね」と、ぼくは言った。「生存競争とか、そういうもののことを考えちゃう。ここまで上がってくると、時間なんか関係ないでしょう？　この景色《けしき》はローマ人がいた時代から、あまり変わってないはずですよね。ローマ人たちも、ひと息入れにここまで上がってきたんじゃないかな」

彼女《かのじょ》は、詩を暗唱しはじめた。この城壁《じょうへき》に別れを告げるローマの百人隊長をうたった詩だ。ハウスマン（アルフレッド・エドワード・ハウスマン。一八五九―一九三六。オクスフォードの古典学の教授で、かつ青少年に人気のあった英国の詩人）のだったか、キップリング（一八六五―一九三六。愛国的な詩で人気を博した、インド生まれの英国詩人・小説家）のだったか、ぼくには思い出せない。とてもきれいな暗唱だった。そのあとは、二人とも黙《だま》って座ったまま、ものすごく大きな雲の影《かげ》が、農園の母家《おもや》や、納屋や、雑木林の上を、まるで立ちどまらせることができない巨大《きょだい》な亡霊《ぼうれい》のように、北のウォールのほうに向かって滑《すべ》るように流れてくるのを見つめていた。風が少し強くなってきて、彼女《かのじょ》のスカートにいたずらをした。彼女《かのじょ》はまるでいたずらっ子でも叱《しか》るように、ぐいとスカートを脚《あし》の下に押《お》しこんだ。

「ほんとに素晴らしいわね」と彼女《かのじょ》は言った。「あたしをここへ置いてってもいいわよ。ここへ葬《ほうむ》られるんなら、ちっともかまわないわ」

ぼくには、エマの言いたいことがわかった。たえることのない日《ひ》射《ざ》しと風。それは嘲笑《ちょうしょう》や冷やかしや陰口《かげぐち》など、学校でのどろどろと汚《けが》らわしいすべてから、遠く隔《へだ》たっているものなのだ。それでも、彼《かの》女《じょ》は何か悲しみを抱《かか》えているようで、ぼくは気になった。

「教えるのが、そんなに辛《つら》いんですか。そんなにいやなんですか」

「あなたのことじゃないわ。あなたはとてもいい生徒よ」彼女《かのじょ》は言うと、また手をのばしてきてぼくの手をとり、安心させるように固く握《にぎ》った。「でも、教師っていうのは芝居《しばい》をしているのとおなじなのよ。はじめっから終わりまで、たえず舞台《ぶたい》に立っているのよ、下手《へた》なコメディアンみたいに。違《ちが》うのは、しじゅう笑ってはもらえないし、終わっても拍手《はくしゅ》もしてもらえないということだけ。ぜったい、本当の自分にはなれないのよ。あたしは、『ハリス先生』を演じなくてはならない。ただのエマにはぜったいなれないの」

「エマって呼んでもいいですか」ぼくはおずおずと言った。

彼女《かのじょ》はぼくを見た。びっくりして、半分教師にもどっていた。

「ええ……そうね……二人っきりのときなら。でもぜったい人には……」

「ぜったいに言いません」

「あたしたちは、自分の下の名前は宝物みたいに大事にしているの。生徒たちに知れたら、町でもその名前で大声で呼ぶから、規律なんかなくなっちゃうのよ」

ぼくはこの大きな特権をあたえられたお返しをしようと思って、「両親はぼくをボブって呼びますよ」と言った。「お祖母《ばあ》さんはロビーって呼ぶし、学校の仲間はアッカーって呼びます。どれでも好きなので呼んでください」

彼女《かのじょ》は口をすぼめ、首をかしげて、じっとこっちを見ていた。あんまりいつまでも考えているので、からかう気だなとぼくは思った。しかし、やがて彼女《かのじょ》は言った。「あたしは学校の仲間じゃないわ。そして、ボブじゃ、あなたには短すぎる。これは、おかしな小さな子につける、おかしな短い名前よ。あたしはロビーって呼びましょう」

「じゃ、ぼくのこと、おかしなちびだとは思ってないんですね」

「あなたはとても大きいわよ。それに怖《こわ》いときだってあるわ。それもあなたの魅力《みりょく》の一つじゃないかしら」

「大きく醜《みにく》い、ラグビーは強い。ほら、詩ができました」

「そんなきどった顔しないで」彼女《かのじょ》はふざけて罰《ばつ》をくだすように、ぼくの手を叩《たた》いた。「いい子にするの」

「ぼくは先生の前ではいつだっていい子ですよ。先生はラグビーのスクラムハーフじゃないんだから」

「いつでもいい子ってわけでもないわ。ひどいときだってあるわよ」

「いつ？　どこがひどいんです」

「ウィニフレッド・アントロバス先生を、ひどい目に遭《あ》わせたでしょう。このあいだの朝、職員室で泣いてたわよ。あたしも慰《なぐさ》めようがなかったんだから。あなたはとてもやさしくもなれるのに……どうしてあんな真似《まね》をするの」

ぼくは、ちょっとからんでみたくなった。アントロバス先生は、自分の間違《まちが》いを認めなかったばかりに、自分からみじめな立場を招《まね》いたのだと言ってやろうと。しかし、この丘《おか》の上は、嘘《うそ》などとは無縁《むえん》の場所だった。

「先生に腹を立ててたからですよ。アントロバス先生は、先生と仲がいいでしょう」

しんとした悲しげな表情が、彼女《かのじょ》の顔をよぎった。ぼくは急に寒気《さむけ》がした。日射しそのものが弱まった気がした。つづいて、頬《ほほ》にぽつりときた。そして気がつけば、今かかっている雲の影《かげ》は、これまでのよりずっと長いこと頭上にかかっていた。ぼくは南のほうを眺《なが》めた。

ヴィンドバラの向こうの秋の茶色い丘《おか》が、空よりもぼやけて見えた。空にはもくもくと鼠色《ねずみいろ》の雲がふくらみ、一面に広がって、すでに厚い布のような雨が降りはじめていた。ヴィンドバラの上では、うようよと列になっていた子どもたちがすでに散りぢりになって、小屋に避難《ひなん》しようと走っている。かすかな悲鳴がここまで聞こえ、逃《に》げていく女の子たちの短い白のソックスがちらちらと見えた。

「ちくしょう！」ぼくは言った。

「急いで」エマは言うと、持ち物をかき集めた。「車まで走るのよ」

「間に合いませんよ」はるか下にある車は、とても小さい黒い虫のようにしか見えなかった。「半分も行かないうちに、ずぶぬれになっちゃいます」ぼくはハイカーだから、濡《ぬ》れるのは大嫌《だいきら》いだった。「さあ、濡《ぬ》れないようにする方法があります。やったことがあるんだ。テントを張るんです。その柱の根元に座って。早く！」

彼女《かのじょ》はそれに従った。柱の根元の幅《はば》は一メートル半くらい、台座の高さは一メートル二十センチくらいだ。これなら、最悪の吹《ふ》き降《ぶ》りでも背中は濡《ぬ》らさないですむ。ぼくは彼女《かのじょ》の隣《となり》に座ると、叔父《おじ》のお古の大きなトレンチコートを、二人の脚《あし》の上に広げた。それから、彼女《かのじょ》の乗馬用レインコートをリュックサックのストラップからはずすと、開いているほうを前に向けて後ろから二人の頭にかぶせ、リュックサックもつかんで、コートの下へ入れた。サンドイッチを駄目《だめ》にするわけにはいかない。

やがて、スコールがやってきた。雷鳴《らいめい》とともに、雨の雫《しずく》が頭の上の乗馬用レインコートをぱたぱたと叩《たた》いた。

「頭がいいわねえ」と彼女《かのじょ》は言った。「若いのにほんとに賢《かしこ》いわ。でも、まだ正面から雨が降りこむわね」

「もっとくっつかなきゃだめです」ぼくは彼女《かのじょ》の体に腕《うで》をまわしてぐっと引き寄せ、レインコートの隙《すき》間《ま》をごくわずかにすると、そこから、豪雨《ごうう》にかき消されてしまった北のほうの景色《けしき》を、二人で覗《のぞ》いた。

「気持ちがいいわ」と、彼女《かのじょ》は言った。「濡《ぬ》れさえしなければ、あたしは雨が好きなのよ。いつまで濡《ぬ》れずにいられるかしら」

「永遠にですよ」ぼくは言った。「前に、こんなふうに叔父《おじ》のこのコートをかぶって三時間いたことがあるんです。でも自分一人だと、辛《つら》いですよ」

「あらあら」彼女《かのじょ》はぼくのほうを見て言った。「今、雨があたしにあたったわ」

ぼくはふりむいた。「それは、先生のレインコートのポケットから入ってくるんです」と言うつもりで。だが、「それは」までしか言えなかった。

というのも、ぼくの口は彼女《かのじょ》の口に押《お》しあてられていたからだ。

そして、もう何週間もぼくたちがいじりまわしていた爆弾《ばくだん》が、ついに破裂《はれつ》した。


それはぼくが読んだ本の数々の灼熱《しゃくねつ》のラブシーンとは、似ても似つかなかった。母さんの本のセンチメンタルでくだらないのともまったく違《ちが》ったし、ぼくが十二のときに見つけてからずっと目を光らせていた、わが家の居間のサイドボードの中の、家庭用ビスケットの缶《かん》の下に父さんがときどき隠《かく》していたポルノの、まるで体操みたいなシーンとも違《ちが》っていた。

ぼくが読んだ物語で、多少ともこのときの経験に似ているものが一つだけあった。H・G・ウェルズ（英国の小説家・科学評論家。一八六六―一九四六。代表作『宇宙戦争』『タイムマシン』など）の『白壁《しらかべ》の緑の扉《とびら》』という短編で、これは、ある男が子どもの頃《ころ》、緑色の扉《とびら》のついている壁《かべ》に行きあたって、そこから入ってみると魔法《まほう》の庭に出る、だが、彼《かれ》はけっきょくその庭を見失って、二度と見つけられない、そして、それを探しながら死ぬという話なのである。

小さなことだが、いろいろとびっくりしたことはたくさんあった。女性の肌《はだ》は男性のよりずっと熱く、はるかにすべすべしていること。女性のたてる音、その呼吸そのものが、ほかの何よりも交響曲《こうきょうきょく》に似ていること。だがその交響曲《こうきょうきょく》は、ベートーヴェンよりもずっと理解しやすいこと。聴《き》きさえすれば、かならず自分に対する相手の女性の気持ちがわかるのだ。自分が相手を獲得《かくとく》しつつあるか、失いつつあるかが。指貫捜《ゆびぬきさが》しのときみたいに、たえず熱くなったり冷たくなったりする（隠し場所に鬼が近づくと「熱い」、遠ざかると「冷たい」と言ってヒントをあたえる）。

だが、こんなのはみんな些細《ささい》なことにすぎない。肝心《かんじん》なのは、われわれは見知らぬ、それでいて全面的に自分の味方でもある国を旅して、探検をつづけていくということだ。そこでは、わが身に危険がおよぶ心配はない。ひと休みして、もっと先へ進んでもいいのかと考えたりする。恐怖《きょうふ》に震《ふる》えながら這《は》うように進んでいっても、とつぜん反撃《はんげき》の火の手が上がることもないし、待《ま》ち伏《ぶ》せていた狙撃兵《そげきへい》の弾丸《だんがん》を浴びることもない。それどころか、相手はやや背中をそらせてこちらの手をブラのホックにさそう。こちらがもたもた手探りしているあいだ、相手は無言のうちにじっと辛抱強《しんぼうづよ》く待っているので、自分はなんというどじなバカかと、殴《なぐ》ってやりたくなる。膝《ひざ》がこっちの腿《もも》に食いこんでくるのが痛くて、それをそっとはずそうと手をのばしてみると、相手の膝《ひざ》にふれていることにはじめて気がつき、さらに、その上の肌《はだ》はいちだんとなめらかなことがわかる。

その国では自分の意のままに、台風でも嵐《あらし》でも起こすことができ、自分があまりに大魔術師《だいまじゅつし》のように思えて気分が悪くなるほどなのだ。

そのあとには大いなる平安が訪れて、相手と自分とは永遠にそこに横たわっていられる。もはや二人ではなく一人になった人間が、静かな呼吸をしているだけなのだから。そしてこの世界には、自分たち以外何もない。この安全な暗黒の他に、世界は存在しないのだ。そしてあらゆる孤独《こどく》やありとあらゆる汚《け》らわしいものにまみれた肉体の中に閉じこめられて、死ぬほどうんざりする気持ちとも、永遠に訣別《けつべつ》できるのだ……

そのうちにふたたび、外の世界からいろいろなものが入ってきはじめる。ぼくらは、まだ世界が存在していることに気づいて、飛び上がる。最後の雨の雫《しずく》が二、三滴《てき》、パタパタとレインコートの上に落ちる。レインコートの隙間《すきま》からひと筋の陽光が射《さ》しこんでくる。

「腕《うで》がしびれちゃったわ」エマは眠《ねむ》そうに言うと、もじもじ動いた。レインコートがずり落ちて三十センチほどの隙間《すきま》ができると、ぼくたちは、わずか一時間前にはあれほど美しく完全に思えた世界を一緒《いっしょ》に覗《のぞ》いた。だがその世界は、今の今までぼくたちがいた世界に比べると冷たく薄《うす》っぺらで、やや頼《たよ》りなく見えた。

「あなた、大丈夫《だいじょうぶ》?」エマは訊《き》いた。

むろんぼくは大丈夫《だいじょうぶ》だった。何ごともなく無事に、ボタンをきちんと掛《か》けたズボンの中におさまっていた。というのも、当時は単純なルールがあったからだ。女の子を妊娠《にんしん》させたなら否応《いやおう》なしに結婚《けっこん》すべし、というルールだ。そうしたくないとなれば、家庭も家族も友人も町も棄《す》てて、つまりパリア（会社のけ者《もの》）になるしかないということだ。誰《だれ》も、二度とつきあってはくれないだろう。この罰《ばつ》は、殺人に対しては死刑《しけい》というのとおなじくらい、動かないものだった。

それがかわいそうに、ぼくの友だちのベニー・ジョブリングの身には起きたのだった。ぼくたちはおなじ大学へ行くつもりでいた。ところが、哀《あわ》れなベニーはしじゅうセックスの話ばかりしていた。（ぼくたちは、それを育ちが悪いせいだと思っていたのだが。）そのうちに、彼《かれ》はテルマ・ハーグリーヴズとつきあうようになってしまった。以前から、「やらせる」というので有名な女だった。綺麗《きれい》でさえもなく、ただ、すすんでやらせたのだ。そしてベニーは捕《つか》まってしまったのだ。

ベニーは大学へなど行けなくなった。高校さえ、それっきりだった。十六歳《さい》でリベット工の見習いとして造船所に入ると、わずかに残っていた頭脳も、船体内部で五十人のリベット工が全力でリベットを打つ騒音《そうおん》で、叩《たた》き出されてしまった。帰ってくるのは姑《しゅうとめ》の家の一室で、たえず泣きわめくガキが一人と、このガキを産んでぼろぼろになってしまい、カーラーをつけた頭でうろうろしている女房《にょうぼう》がいるだけだった。彼女《かのじょ》は十七だというのに、五十の母親とたいして変わらない、だらしのないデブになっていた。彼《かれ》は給料袋《きゅうりょうぶくろ》を女房《にょうぼう》に渡《わた》すことさえできなかった。母親に渡《わた》さなければならないのだ。母親は彼《かれ》に、週に五シリング渡《わた》した。毎日ウッドバイン（安タバコの銘柄）を買うのにさえ足りない額だ。そして、これが一生つづく運命なのだった。彼《かれ》は二人の女にひっきりなしにがみがみ言われて、冬にも暖炉《だんろ》のそばの椅子《いす》にさえ座らせてもらえない。ぼくは彼《かれ》がやってくるのを見ると、道路の反対側へ逃《に》げた。ぼくらはみなそうしていた。彼《かれ》の悲惨《ひさん》な表情を見れば、女とたわむれたりするのはすべて大罪だと思えた。まるで、陰惨《いんさん》な伝染病者の背中を叩《たた》くようなものだったと言ってもいい。

カトリックの青年たちが誠実で偏狭《へんきょう》でいられたのは、地獄《じごく》に落ちる恐怖《きょうふ》のせいだったのかもしれない。ぼくにとっては、それはベニー・ジョブリングのおかげだった。あんなことになるのなら、むしろ一生僧侶《そうりょ》でいたかった。僧侶《そうりょ》なら、少なくともかなりの尊敬と、かなりの心の平安を得られるだろうから。

エマが言った。「あたし、すごい顔になってるでしょう」

ぼくは彼女《かのじょ》を見た。髪《かみ》は少し乱れているし、髪《かみ》につけたリボンはすっかりよじれていた。しかし顔はうっすらとピンクだし、そこにあった皺《しわ》はアイロンでもかけたようにきれいに消えてしまっていた。そして、その瞳《ひとみ》はとても大きく、黒っぽく、夢見るようだった。彼女《かのじょ》はくしゃくしゃになった二枚のコートのあいだに、ストラップの長いハンドバッグを見つけると、櫛《くし》を出して髪《かみ》をとかしはじめた。ゆっくりといつまでも……。そうしているとよほど楽しいのだろうか。その目はじっと地平線に据《す》えられていたので、しばらくしてやっと口を開いたときには、誰《だれ》かぼく以外の人に話しかけているように聞こえた。「あたしは、あなたに尊敬されたかったのに」それから彼女《かのじょ》は、つづけて「何もかもめちゃめちゃにしてしまったわ」と言った。

「先生のせいじゃありません」ぼくは彼女《かのじょ》を慰《なぐさ》めようとした。「ぼくですよ。ぼくが悪かったんです」

「バカなことを言わないで。あなたは、男に手を出させるのは女だということを知らないの？　みんな、あたしが悪いのよ。あたしは、あなたを利用したのよ。汚《けが》らわしい女だわ。さかりのついた牝犬《めすいぬ》みたい。あなたたちみたいな若い男の子のそばをうろついたりしちゃ、いけなかったのよ」

よくもこんなひどい言葉を吐《は》けるものだ。こんなに幸せそうな顔をしてるのに——満足しきっているように見えるのに。

「計画してたわけじゃないのよ！」彼女《かのじょ》はぼくを責めるように見た。

「わかってます。雨のせいですよ。ずぶぬれになったほうがよかったんです」

「あたしのこと、どう思ってるかしら？」

「今までに出会った、いちばん素晴らしい人だと思ってます」

彼女《かのじょ》はちょっと微笑《びしょう》したのだろうか、それともただ唇《くちびる》を噛《か》んだだけだったのだろうか。

「こういうことは二度としちゃいけないわ、わかるでしょ」

「なぜ？」

「間違《まちが》っているもの」

「間違《まちが》ってるという気はしませんでしたよ。素晴らしかった。ぼくたちは、誰《だれ》も傷つけていないし」

「あたしたち自身以外はね。でも、世間に知れたら？　万一気づかれたら……あたしは即座《そくざ》に首よ。つぎの就職用の推薦状《すいせんじょう》ももらえずにね。二度と教職にはつけないわ。いいかげんな私立学校でさえ。町も出なければならなくなって……母は……母は恥《は》ずかしくて死んじゃうでしょう……」彼女《かのじょ》は顔を曇《くも》らせた。ぼくから離《はな》れていこうとしている。ぼくは彼女《かのじょ》を失いかけている。

ぼくはその腕《うで》をつかんだ。「誰《だれ》にもわかりゃしません。ぼくたち以外には。これは二人だけの秘密です。ぼくたちは用心してました、これからも用心していれば大丈夫《だいじょうぶ》です」

「神様にはお見とおしよ！」彼女《かのじょ》はちょっと身震《みぶる》いした。今ではもう雨の気配の消えた頭上の雲を、見上げさえした。

「神はいろんなことを言っていますよ。でも、世間の人はろくに気にもしません」

「たとえば？」

「『盗《ぬす》むなかれ』って言うでしょう。ぼくの父は教会へ行ってますが、それでも工場で安くものを買ってきます。それが盗品《とうひん》だってことは知ってるのに。神は『偽証《ぎしょう》するなかれ』とも言いますが、世間の人は毎日、自分に都合がいいような嘘《うそ》をついている。世の中は嘘《うそ》で動いてるんです。もし、みんながいつでも真実ばかり語っていたら、一週間のうちに第三次大戦になっちゃいますよ。神は『あなたの持っているものをみんな売って、貧しい人にあたえなさい』って言いますが、そんなことをしたら、一大決戦が起きますすよ」

彼女《かのじょ》はちょっと、辛辣《しんらつ》な笑い声をあげた。ぼくはすかさず切りこんだ。

「なぜ、神とセックスにそれほどこだわるんです」

「あたしは、あなたのお母さんの歳《とし》なのよ！」

「よっぽど若いときに産んだんですね」

こんどこそ、彼女《かのじょ》は笑った。「ああ、ロバート、あたし、あなたとのこと、どうすればいいの」

「やさしくしてください。内緒《ないしょ》で」

「まあ！　校長先生が、あなたには気をつけろって言うはずよね！」しかし、彼女《かのじょ》はもう寂《さび》しそうに微《び》笑《しょう》していたので、最悪の時はすぎたことがわかった。少なくとも、当座は。運がよかった。というのも、ヴィンドバラにはふたたび活気がもどったうえ、生徒たちの蛇《へび》のような行列が二人の先生に引率されて、ゆっくりとヒースの丘《おか》をのぼってきたからだ。

「まあ、あの子たちに会っちゃまずいわ」彼女《かのじょ》は言った。「車へもどりましょう」

「今、逃《に》げ出したらあやしまれますよ」

「でも知りあいがいたら……」

「先生はサングラスをお掛《か》けなさい。ぼくは、ここで子どもたちに生贄《いけにえ》の話をしてやります」

「まあ、なんてこと！」

さいわい、知りあいはいなかった。それにどっちにしろ、生徒たちは喧嘩《けんか》をし、先生はこれをおとなしくさせるのに忙《いそが》しくて、ぼくたちのことなどどちらりと見ただけだった。ぼくは悠々《ゆうゆう》と座りこんでエマの残りのサンドイッチを片づけ、のんびり手を振《ふ》ってやった。

ぼくたちは日が暮れるころ、車でタインサイドへもどった。あたりにはタールと煙《けむり》、塩と錆《さび》の臭《にお》いが漂《ただよ》っていた。敵国へでも乗りこむような心地《ここち》がした。

「あたしはきっと、今日したことの罰《ばつ》に地獄《じごく》で焼かれるわ」と彼女《かのじょ》は言った。

だが、その声はもうすっかり明るくなっていた。

20. 得たものと失ったもの

　ぼくたちは丈《たけ》の高い草のあいだにのんびり寝《ね》ころがって、思わせぶりに互《たが》いをじっと見つめていた。

「なぜ、片目ずつかわりばんこにつぶってるの？」彼女《かのじょ》が訊《き》いた。

「左右の目で、先生の肌《はだ》の色が違《ちが》うから。左の目で見るとピンクが濃《こ》くなる。右で見ると黄色が強くなるんだ。医者に診《み》てもらったほうがいいかな？」

「大丈夫《だいじょうぶ》よ」彼女《かのじょ》はとても真面目《まじめ》に言った。「あたしは事実、ときどき黄色くなるのよ。曾祖父《そうそふ》が中国人だったの！」

「真面目《まじめ》な話なんですよ！」

「真面目《まじめ》な話といえば、あたしはあなたのことが心配なのよ。こうしていれば、あたしはとても楽しいわ。でも、あなたのほうにはなんの得《とく》がある？　たいしておもしろいはずもないし。あたしはすべてを得ているのに、あなたは何も得ていない。これじゃ不公平よ」

　彼女《かのじょ》はつと手をのばして、スカートの乱れを直そうとした。だが、ぼくはすかさずその手を押《お》さえた。

「そのまま。ぼくは先生を見てるのが好きなんだ」

　彼女《かのじょ》は眉《まゆ》をひそめたが、ぼくの手を放そうとはしなかったので、ぼくはそのまま彼女《かのじょ》の腿《もも》を見ていた。

「ぼくは、先生を見ていたいんだ」ぼくはまた言った。「さわったり、匂《にお》いを嗅《か》いだり、声を聞いたりしていたいんです。先生のセクシーな声をみんな……。先生の声はベートーヴェンの交響曲《こうきょうきょく》みたいなんだ」

「どの曲？」

「『田園交響曲』。今のは、嵐《あらし》が去ったあとで羊飼いが喜んでいる声だな」

「あたし、そんなに騒々《そうぞう》しいかしら？」

「この前、ヘイドン・ブリッジへ行ったときは、人に聞かれたかもしれませんね。ぼくは、先生がぼくの名前をくり返し呼んでくれるのが嬉《うれ》しいんです。まるで崖《がけ》を転《ころ》げ落ちていくところなのに、かまうもんかって感じで……」

「落ちていくんじゃないわ。飛んでいくのよ」

彼女《かのじょ》はぼくを、まるで半日でイレブン・プラスとOレベルとAレベルの試験を全部突破《とっぱ》してしまった、かわいくてしようがない、できのいい教え子でも見るような目で見た。そしてつづけて、「あなた……もっと欲しくならない？　あとで不機嫌《ふきげん》になるようなことは……ない？」と言った。

「そう、ただ……先生にとってうまくいかなかったときだけですね。そういうときは、自分が役立たずの気がして。先生が幸せなら、ぼくも幸せなんです。先生があとで髪《かみ》に櫛《くし》をかけているところが好きで。人を幸せにしたと思うと嬉《うれ》しいんです」

「あたし、大勢の中の一人になったみたいね。ほかには誰《だれ》を幸せにしたの？」彼女《かのじょ》の声にはすこしとげがあった。彼女《かのじょ》は、会ったあとではたいてい上機嫌《じょうきげん》だったけれど、同時に怒《おこ》りっぽくもなったのだ。皮膚《ひふ》がぴりぴりしているような感じがした。ぼくは億劫《おっくう》になりながらも、安全な答えを探した。

「ぼくがいい成績をとると、母さんと父さんは幸せですよ。家の犬も、ぼくに散歩に連れてってもらえるのがわかると幸せそうだし」

彼女《かのじょ》はげらげら笑って、ぼくを解放してくれた。それからちょっと不満そうに、「あなたは、あたしの体をよく見たけど、あたしはあなたをちっとも見ていないわ」と言った。「ワイシャツだって、首まできっちりボタンを掛《か》けたままじゃないの。ネクタイをしてないのが不思議なくらい！」彼女《かのじょ》の手が伸《の》びてきて、いちばん上のボタンをはずした。「あなたに胸毛があるかどうかも知らないのよ！」

ぼくはちょっと……不安になった。ぼくのものは、ぼくのものだ。ぼく一人の体なのだ。急にちょっと自分を……犯された気がした。しかし、ぼくはひたすら彼女《かのじょ》の手をしっかり握《にぎ》ったまま、これも冗談《じょうだん》にしてしまった。

「ぼくの胸には七本、毛が生えてますよ。数えたんです。ぼくは運がいい。父さんなんかたった三本しか生えていません。子どもが両親の平均値だとしたら、母さんはどこかに十一本生えてるんでしょうね」

彼女《かのじょ》はくすくす笑った。「バカね！」しかし、すぐにぼくに握《にぎ》られていた手をもぎはなすとワイシャツの下に深くつっこみ、指先で胸をつねった。「七本の一本を見つけたみたい。抜《ぬ》いてあげようか」

「やめてください！」ぼくはまた彼女《かのじょ》の手をつかんで、力いっぱいレインコートのほうへひっぱった。さわられるのがいやだったからではない。ただ、このままでは彼女《かのじょ》をとめられなくなる気がしたのだ。ボタンはきちんと掛《か》けておくほうが無難だった。

彼女《かのじょ》の声は、またとげとげしくなった。「お互《たが》い様じゃないの。何よ、あたしはただ、あなたのシャツを脱《ぬ》がせようとしただけじゃないの。ただ、あなたの胸が見たかった。それだけなのに」

「なんのために？　汚《きたな》いですよ。ぼくは醜《みにく》いから」

「あたしが判断したんじゃ駄目《だめ》なの？」

なんてことだ、これじゃ、ほんとの喧嘩《けんか》になってしまう。せっかくの幸せな時を台なしにしないでくれ。もう、あと一時間しかないというのに……

ぼくはごろりとあおむけになって、空を見上げた。「わかりましたよ、そうしたければシャツを脱《ぬ》がせてもいいですよ」

彼女《かのじょ》はまたくすくす笑った。かわいい声だった。ぼくはこの声を、千人の中からでも聞き分けられるだろう。「自分がどんなふうに見えるかわかる？　ヴィクトリア朝の初夜の花嫁《はなよめ》よ。上を向いて寝《ね》たまま、祖国のことを考えているの」

「さあ、早くして」ぼくは目をつぶって歯ぎしりをした。彼女《かのじょ》がさらに四つ、ボタンをはずすのがわかった。とても手際《てぎわ》がよかった。それからシャツの裾《すそ》を、ベルトを締《し》めたズボンの下からひっぱり出してはだけた。日射しが胸に温かい。それから、ひんやりしたそよ風が撫《な》でていった。彼女《かのじょ》の目がぼくの体を、蠅《はえ》が這《は》うみたいに上へ下へと動きまわるのを感じて、くすぐったかった。

「あなたの胸は汚《きたな》くはないわ。大きいだけで。あなたを見てると、古典的な噴水《ふんすい》についている像を連想するわよ。海神ネプチューンがほら貝を吹《ふ》いているところ」

「そうか、ネプチューンか」それならぼくにお似合いだ。アポロでもアドニスでも（二人とも美男）ないんだ。老いたるネプチューン。いいじゃないか。「じゃあ体に、苔《こけ》かカビでも生えていませんか。ごしごしすればとれるかな？」

「やってみましょう」彼女《かのじょ》は筋肉づたいに、一本の指をそっと走らせた。ぼくは体の両側に置いた手を、固く握《にぎ》りしめていた。あらゆるものが手から滑《すべ》り落ちかけていた。ぼくは彼女《かのじょ》を発見したことによって、まったく新しく美しい一つの世界を手に入れたわけだが、こんどは、彼女《かのじょ》に出会う前には持っていた世界を失いかけていた。つまり、幼い頃《ころ》から知っていた唯一《ゆいいつ》の世界を。

「どうして、そんなに硬《かた》くなっているの?」彼女《かのじょ》は笑いをふくんだ声で訊《き》いた。

「くすぐったいもの。くすぐられるのには弱いんだ」ぼくはかっとなりそうだった。彼女《かのじょ》はかろうじてそれを嗅《か》ぎつけると、手をとめた。

「ちょっと、頭をあなたの肩《かた》にのせてもいいでしょう? とてもいい匂《にお》いなんですもの」と言った彼女《かのじょ》の声は、悲しげだった。

「ああ、じゃ、いいですよ」

彼女《かのじょ》の髪《かみ》が冷たくくすぐったく、影《かげ》のように下りてきて、腕《うで》がぼくの胸の上にのびた。それきり、ぼくたちはじっと動かずに、丘《おか》の向こうで鳴きかわしている何羽かのシギの声と、背の高い草のあいだを吹《ふ》いてゆくため息のような風の音を聴《き》いていた。

「どう?」彼女《かのじょ》はぼくをなだめるように言った。子どもの頃《ころ》、砲弾《ほうだん》の破片をぼくの手から取り上げたときの母さんのように。「そう悪くないでしょ?」

「いいですよ。でも、動かないで」

「あなたは、あたしをヴァイオリンみたいに鳴らすくせに」彼女《かのじょ》はうらめしそうに言った。「今は電信柱みたいに、ただごろんとしてるだけじゃないの」そして、つづけた。「あなたの心臓が打ってる音が聞こえるわ。どすんどすんってすごい音。やっぱり、電信柱じゃないようね」

ああ、女というのは! ほっそりした指は片ときも休まず、こちらを無理やり動かそうとさわりつづけていた。ぼく自身も探究したことのない場所を、すみずみまで探究しようとしている。

「電信柱も、また先生にさわりたくなってくるかもしれないぞ！」
彼女《かのじょ》は勝《か》ち誇《ほこ》ったように笑った。「いいわよ。ちっともかまわないわよ」

学期なかばの休みの一週間は、めちゃくちゃだった。先生たちはオクトーバー・ウィーク、ぼくたちはじゃがいも掘《ほ》りの週と呼んでいる週だ。日射しの豊かな一週間だった。ぼくたちは三度もウォールへ行ったが、それでもまだ木曜だった。火曜にも行くことになっていたが、この日は一日じゅう降りどおしで、両親に変わってるといつも思われているぼくでさえ、歩きに行くという口実で家を出るのは無理だった。その火曜は最悪だった。やりきれない思いで鬱々《うつうつ》と歩きまわりながら、雨がやんでくれるのを祈《いの》って窓の外を眺《なが》めているしかなかった。

「あんた、まるで檻《おり》の中の虎《とら》みたいだよ」と母さんは言った。そこでさすがのぼくも落ち着かなくてはと思って、静かな絶望のうちに、百回も読んでもう暗記してしまった戦時中のアメリカの爆撃機《ばくげきき》についての本を読むことにした。

ぼくたちの事情は一変していた。もう、あの丘《おか》へ行くことはなかった。あの丘《おか》はにぎやかすぎ、人目につきすぎたのだ。ぼくたちは誰《だれ》も行かない場所を探した。門が壊《こわ》れかけていて、有刺鉄線《ゆうしてっせん》が張ってあるような原っぱ。丈《たけ》の高い草が入口のまわりに生えていて、トラクターのタイヤの跡《あと》がない原っぱ。生け垣《がき》が厚くて高く、まだ数カ月は農民が見に来ることもない、冬キャベツのぎっしり植わっている畑。ぼくたちは本当に狡猾《こうかつ》になり、まだ一度も見つかっていなかった。

「明日はどうする？」木曜日、帰ろうとして二人の荷物をしまいながら、ぼくは訊《き》いた。
「無理ね」彼女《かのじょ》は言った。「十二時に歯医者があるの」

たかが歯医者のために、エマがぼくたちのことをやめると言うのに、ぼくは憤激《ふんげき》した。

「そのあとで、ここへ来られない？」

「歯を抜《ぬ》くのよ――痛んでる奥歯《おくば》を。あたしを殺したいとでも言うの？」

「じゃ、土曜は？」

「土曜の午前中は、母と買い物に行かなきゃならないわ。土曜の午前はいつもなのよ。そして午後は、伯父《おじ》と伯母《おば》がお茶に来るの」

「日曜は？」ぼくの声はもはや怒《いか》りと苦しみの悲鳴だった。まるで自分が死にかけていて、命の雫《しずく》がしたたり落ちていくのを眺《なが》めてでもいるような思いだった。この先にあるのは、冬だけ。そして雨と霜《しも》と雪が……

「まだ採点が残ってるの。あなたのせいで、今週は一枚もできなかったのよ。それに授業の準備もあるわ。生活を棄《す》てるわけにはいかないでしょ。毎日が休日とはいかないのよ。そのくらい、あなたにだってわかるでしょ。あなたには、しなければならないことはないの？　宿題は？」

「宿題なんか、くそくらえだ。宿題がなんだ」

「いい？　いつまでもこんなことをつづけられないことは、わかっていたでしょ。美しい狂気《きょうき》みたいなものだったのよ……夢ね。でも、そろそろ目をさまさないと」

「じゃ、ぼくと会うより採点のほうが大事なんですね」

「ひどいことを言うのね。とにかく天気予報じゃ、週末はまた雨よ」

「何もかもきちんと計画してるんですね。ぼくは、こんどはいつ計画にはめこんでもらえるんです？」

「火曜の晩に来ることになってるじゃない」

たをした。

「ラテン語の勉強にですか？」ぼくはまるで、ダートムアの刑務所《けいむしょ》で最低の労働でもするような言いか

「あたしたちは幸せでしょ？　だから、こんどは、窮屈《きゅうくつ》なところにもどらなきゃ。それが払《はら》うべき代《だい》償《しょう》なのよ。確かに苦しいわ。知らなかったの？　ああ、あたし、あなたがまだまだ若いことを忘れてたんだわ」

「そりゃ、嬉《うれ》しいことを言ってくれますね。ぼくは、自分にふさわしい汚《きたな》い石の下に這《は》って消えますよ」

「ごめんなさい。あたしが悪かったのよ。こんなことをはじめちゃいけなかったの」

「いけなかっただって？　でも、素晴らしかったじゃ……」

彼女《かのじょ》は、ぼくの手首を固く握《にぎ》った。「人生は素晴らしいわ、でも残酷《ざんこく》でもあるわ。それを認めなきゃ。ねえ、聞いて。レジーが最後の休暇《きゅうか》で航空隊から帰ってきたとき――彼《かれ》はそれっきり戦死しちゃったんだけど――母はわざわざ外出して、あたしたちを二人きりにしてくれたのよ。でも、あたしたちがちょうど愛しあおうとしたそのとき、玄関《げんかん》のベルが鳴ったの。レジーは放《ほう》っとけって言ったけど、あたしは出ていってしまったの。伯母と伯父だったのよ。あたしには、まさか追い返したりはできなかった――あたしたちの婚約《こんやく》のお祝いに来てくれたんですもの。プレゼントを持ってね。二人はひと晩じゅう、母が帰ってくるまでいたわ。でも、レジーは二人にとてもよくして、笑わせてばかりいたの。けっきょくその代償《だいしょう》を払《はら》わなくてはならないことを知っていたのに。あたしにできたのは、彼《かれ》のためにさいごのピアノを弾《ひ》くことだけだったわ。どんなに悲しいか、わかってもらうために。人生には、こういう残酷《ざんこく》なことがあるのよ。あなただったら、どうした？」

ぼくは何も言えなくなった。ぼくは、人生はつねに幸福だ、この世はぼくたちのためにあるのだという、見当違いな美しい夢を抹殺《まっさつ》した。ぼくは、兎《うさぎ》の首を一撃《いちげき》して殺すように。おそらく、これが大人になるということなのだろう。

彼女《かのじょ》はこわごわ言った。「よければ、日曜の午後に寄ってもいいわよ。今週はレッスンに来なかったでしょ。ラテン語でわからないところがあるって言えば、大丈夫《だいじょうぶ》。お茶を飲みましょう。母はなんて言うかわからないけど、でも、大丈夫《だいじょうぶ》よ。母はあなたが好きだから」

「オーケー」ぼくは気が重かった。「日曜の午後のお茶ですね」

窮屈《きゅうくつ》なところも、またその中へ自分を押《お》しこんでしまえばそう悪くもない。以前の生活がたちまちもどってきて、これまでのことはあっさり忘れてしまう。この小さな箱の中には、楽しいことさえいくつかあった。ラグビーシーズンの開幕戦みたいな。

試合は水曜日の放課後だった。ぼくらタインマス校チーム対相手はガーマス校。ガーマス校というのは月謝をとる学校で、男子校だったが、八歳《さい》の子どももふくめ全校で三百人くらいしかいない。ラグビーだけでサッカーはぜったいやらないが、これは、サッカーは自分たちには下品すぎると思っているからだった。彼《かれ》らのラグビーは本格的で、勇敢《ゆうかん》にタックルし、こぼれ球には命がけで飛びつき、ラインめざして突《つ》っ走り、つかんだボールはじつに正確にパスした。ビル・フォスダイクは、彼《かれ》らを非常に高く評価していた。

だがぼくらはたいていの場合（彼《かれ》らはハーフタイムまではなかなかがんばるのだが）けっきょくはかろうじて連中を負かした。向こうにはぼくみたいな、でかくて獰猛《どうもう》でいやな奴《やつ》がいないからだ。

修道院の廃墟《はいきょ》とタイン川から海までを見渡《みわた》せるプライアー（小修道院長の意味がある）公園にある彼《かれ》らのグラウンドへ、ぼくたちが駆《か》け出していったのは、まったく素晴らしい晩だった。周辺には、彼らが住んでいるジョージ王朝風の家々が高くそびえていて、桟《さん》で細かく仕切られたたくさんの大きなガラス窓の明かりが、遠くでまたたいていた。どちらのゴールポストのてっぺんにも、見物に来た鷗《かもめ》が一羽《わ》ずつとまっていた。それに、わが校の低学年の子の数も、半端《はんぱ》じゃなかった。この晩ばかりは遠くまで行く必要がなかったし、めったに勝たないぼくたちが試合に勝つところをみんな見たかったのだ。うちの学校の先生たちも、家へ帰りがてら六人くらいは来ていたが、その中にエマがいて、フレッド・リグリーと話しているのを見つけたぼくは、びっくりして、試合がはじまる前から腹が立ってきた。ぼくはできるだけ早く目立つプレイをして、彼女《かのじょ》の目をフレッドから引き離《はな》してやろうと誓《ちか》った。

味方のバックスの一人が、例によってボールをたちまちこっち側にそらした。ぼくはいつものとおりこういう失敗の穴を埋《う》めようと、彼《かれ》らの後方へ斜《なな》めに走った。死と地獄《じごく》が今にも襲《おそ》いかかってくるのを覚悟《かくご》しながらぼくが球をつかんだそのとき、小さいが貫禄《かんろく》のある声がはっきり聞こえた。「アッカー」そして十メートルくらい後ろに、真っ白なサッカー用のショーツを履《は》いたジョン・ボウズが颯爽《さっそう》と現れたのだ。

ぼくは彼《かれ》の大きな両手をめがけて、きれいにパスした。つぎの瞬間《しゅんかん》にはドスンと大きな音がすると、ボールは天に向かってどんどん小さくなっていった。ぼくはそれがガーマス修道院のてっぺんに、それどころか、海に落ちるんじゃないかと思った。だが、それは敵のゴールラインからわずか一メートルのタッチラインに、うまくすとんと落ちた。

つづくラインアウトでは、敵方の一人で、ウォードルというひょろひょろと背の高い男が、ボールをキャッチした。しかし、彼《かれ》がどうしようかと迷っているうちに、ぼくは彼《かれ》の両腕《りょううで》をはがい締《じ》めにしてやった。彼《かれ》がボールを落としたので、ぼくはその上に倒《たお》れこんだ。間違いなくトライだ（相手方のインゴールに球を置くこと）。みんなが両手を振《ふ》りまわし、タッチラインのところの子どもたちなどは「いいぞ、アッカー！」と叫《さけ》びはじめた。

　ところがいったいどういうわけか、レフェリーを務《つと》めていたビル・フォスダイクが、駆《か》け寄《よ》ってきてどなった。

「ノー・トライ。ノックオンだ（ボールを前に落としてしまうこと）」

「だれがノックオンしたっていうんです」ぼくは訊《き》いた。「ぼくはボールの上に倒《たお》れるまで、さわってやしませんよ」

「スクラムだ」と彼《かれ》は言った。「文句を言うな。さもないと退場させるぞ」

　そこで両軍がスクラムを組み、われわれは相手を彼《かれ》らのラインの向こうまで、きれいに押《お》し出した。これを三回やると、ビル・フォスダイクの奴《やつ》もさすがにこっちの得点を認めた。まったくうんざりだった。……しかし、たのもしいジョン・ボウズの奴《やつ》が、みごとなキックで二点を追加してくれた。

　こんな具合に試合は進んだ。ビル・フォスダイクの不正な判定に、ジョン・ボウズのみごとなキックが立ちむかう。フォスダイクは相手のチームには勝手な真似《まね》をさせておきながら、ぼくらに対してはたえず、あきらかに得点になるトライを否定したのだ。ぼくらのチームは完全に頭にきて、あざやかなプレイを見せはじめた。バックスがすっかり注意深くなり、ボールを落とさなくなったのだ。まるでスイス時計のような正確さで、ぼくらはプレイした。このときばかりは、われわれも、どこから見ても立派なラグビーチームだった。もちろん、これはみなジョン・ボウズのおかげだった――彼《かれ》のおかげで、わわれわれは、ほとんどいつでも敵陣にいられたのだから。ジャックも敵をかわし、間隙《かんげき》を縫《ぬ》ってみごとなトライを二つ決め、トニー・アップルでさえも一回トライを決めた。

ハーフタイムでは、二十七対〇だった。

ぼくらが四つ切りにしたオレンジをしゃぶっていると、向こうからビル・フォスダイクがやってきた。

「もう、のんびりやってくれ」と彼《かれ》は言った。「気楽にな。もうおまえたちの勝ちなんだから。この程度にしといてくれ」

「三十点以上とっちゃ、紳士的《しんしてき》じゃない、ってか？」引き返してゆくフォスダイクの背中に向かって、ジャックがおちょくった。「バカにするな」

後半戦は殺戮戦《さつりくせん》だった。ぼく自身も二点を挙《あ》げ、それが無効の判定を受けると、お返しにジョン・ボウズが猛烈《もうれつ》なドロップゴールをつづけて放った。四十メートル、五十メートル……さすがのビル・フォスダイクも、これにはケチのつけようがなかった。

ぼくらは六十三対〇で圧勝《あっしょう》した。ビル・フォスダイクは、ガーマス校の教師たちに謝っていたが、こっちへやってくると、「アトキンソン、ちょっと話がある」と言った。

ぼくは突《つ》っ立っていた。チーム全員がぼくと一緒《いっしょ》に残ることにしたのは、フォスダイクにとっては不運だった。おかげで彼《かれ》は、せいぜいスポーツマンシップの欠如《けつじょ》について漠然《ばくぜん》と悪口をならべることしかできなかった。

ぼくはエマがいたほうをちらりと見た。笑顔《えがお》かウィンクを期待して……。だが、彼女《かのじょ》はフレッド・グリーとグラウンドを出ていくところだった。そして、フレッドは彼女《かのじょ》の腕《うで》をとっていた。

ぼくの腹の底で、とつぜん猛烈《もうれつ》な不安が暴れだした。

21. 二人の女

つぎの土曜日の晩、ぼくは芽キャベツのつまった袋《ふくろ》を持ってお祖母《ばあ》ちゃんのところへ行った。お祖母《ばあ》ちゃんはとても嬉《うれ》しそうな顔をした。

「まあ、今、ハリス先生がお帰りになったところなのよ。お母さんと一緒《いっしょ》に、お茶に見えたの。もう何年もなかったほど、とてもお元気そうだったわ。十歳《さい》は若く見えたよ。絵みたいに綺麗《きれい》で」

ぼくはつい、にやにやしそうになった。しかし、すれ違《ちが》いになったことにほっとしてもいた。ぼくのお祖母《ばあ》ちゃんは目も耳もとても鋭《するど》い。エマもぼくも、うかつな話はできない。それでも素敵《すてき》だった、こんなに近くに……用心しながら匂《にお》いを嗅《か》いでみると、まだあたりに彼女《かのじょ》の香水《こうすい》の匂《にお》いが漂《ただよ》っているような気がした。

「いったいなんの用があったのさ?」少し失礼な口調で、ぼくは訊《き》いた。「先生がお祖母《ばあ》ちゃんのところへ来るなんて、知らなかったよ」

「ふだんは、そんなことないのよ。でも、母娘《おやこ》で買い物に行ってたのね。お母さんの話だと、先生はこの学期の前半はよく外へ出たそうよ。それが体によかったんだね。すっかり日焼けして」

ぼくはひそかにほくそえんだ。この人たちは何も知らないんだ……

「お母さんの話だと、フレッド・リグリーがまた近づいているらしくてね。今夜はエマを映画に連れてくんですって。あのくらいの男ならまあまあかもね、先生の歳《とし》を考えれば」

ぼくは座ったまま、とつぜん凍《こお》りついてしまった。六インチ弾《だん》をまともに食らったような感じで、手も足も動かせなかった。お祖母《ばあ》ちゃんはそれを見逃《みのが》さなかった。

「おまえ、大丈夫《だいじょうぶ》かい？」

「水曜の試合で背中を蹴《け》られたんだ。座ってると痛いんだよ」ぼくは下手《へた》な言いわけをして顔をしかめ、背骨をそっとさわってみせた。

「お医者さんへ行かなきゃ駄目《だめ》よ。乱暴なスポーツだからねえ、ラグビーっていうのは。ココアでも飲む？」

お祖母《ばあ》ちゃんはキッチンへ行って薬缶《やかん》をかたかたさせはじめたが、ぼくは、心の中の真っ黒な悪魔《あくま》と戦っていた。こんな気持ちははじめてだった。

エマは、よくもそんなことができるな？　ぼくたちであんなことをし、一緒《いっしょ》にいろいろな経験をしたあとで……。幸せにしてやったじゃないか。ぼくは彼女《かのじょ》に、あんな表情をさせたじゃないか。それなのにフレッド・リグリーの奴《やつ》が、ぱたぱたと禿鷲《はげわし》みたいに舞《ま》いもどってくるとは。試合が終わったとき、彼《かれ》がエマの腕《うで》に手を掛《か》けていたことをぼくは忘れていなかった。

ぼくはどうやってお祖母《ばあ》ちゃんのいつものおしゃべりを切り抜《ぬ》けたのか、おぼえていない。ただただ、フレッド・リグリーの頭を石に叩《たた》きつけるところばかり空想していたのだ。遠くジブラルタルの岩（スペイン南部ジブラルタル海峡東端に突き出た岬。アフリカ側にある岬とともに、ヘラクレスの柱と呼ばれる）に……

よし、彼女《かのじょ》とは話をつけてやる。ぜったい話をつけてやるんだ。

帰ろうとして立ち上がると、お祖母《ばあ》ちゃんは言った。「じゃ、気をつけてね。なんだかいつものおまえと違《ちが》うよ。痛みがとれなかったら、月曜にお医者さんへお行き。お母さんが心配して病気になっちゃうから」

　つぎの火曜の晩まで、ぼくはどうやって生きていたのだろう。たいていは、いくつかのおなじ場面を頭の中でくり返しくり返し思い浮《う》かべていただけだった。だから、いよいよエマの家へ行ったときには、台詞《せりふ》は完全にできあがっていた。

　それでも、お母さんには失礼がないように気をつけた。満面にひっつれたような微笑《びしょう》を浮《う》かべているぼくは、まるでアイスクリームサンドイッチと一緒《いっしょ》に釣銭《つりせん》をごまかして渡《わた》す、けちくさいアイスクリーム屋だった。

「二階へいらっしゃい。あの子、待ってるわよ」

　待ってるっていうのか、本当に？　よし、驚かせてやるぞ……

　彼女《かのじょ》はデスクから顔を上げた。その表情はさわやかで若々しく、ぼくに会えて嬉《うれ》しそうだった。だがその微笑《びしょう》は、わずかながら不安そうだった。自分のしたことがわかっているのだ。ぼくは持ってきた何冊かのラテン語の本を、椅子《いす》の上に放り出した。叩《たた》きつけるようにしたので、一冊が跳《は》ね上がって、あやうく暖炉《だんろ》に飛びこみそうになった。

「ロバート！　どうしたっていうの」

「どうしたのか、よくわかっているくせに。フレッド・リグリーのことですよ。〈カールトン〉の最後列の席のことです」

「あたしたち、最後列へなんか行かなかったわよ、バカなこと言わないで」

「先生の体に腕《うで》をまわしたんですか？　手を握《にぎ》りあってたんですか。それとも、あいつが先生の膝《ひざ》に手をのせてたのかな？」

「六年のクラスの半分が見ている前で？　いいかげんになさい。それに、大声を出さないで。母に聞かせたいの？」

「どうしてそんなことが。よくもそんな……」ぼくは、意地の悪い小声で喧嘩《けんか》をする術《じゅつ》を発見した。

「なぜ、いけないの？　あたし、フレッドとは何度も映画へ行ったわよ。友だちですもの」

「ま、そういう言いかたもできますね。だから、奴《やつ》は、プライアー公園でも、人前で先生にべたべたさわってたわけだ」

「べたべたさわった？　あたしの腕《うで》をとっていただけよ、バカね」

「こんどは、バカだって言うんですか？　ぼくは、ローマン・ウォールの上ではバカじゃありませんでしたけどね……ヴィンドバラでは。違《ちが》いますか？　先生は、ぼくを利用してただけなんだ。ぼくは便利な相手だったんだ。フレッドは先生にさわって……？」その先は言えなかった。その場面が頭に浮《う》かんで、ぼくは喉《のど》がつまった。

「まあ、ロバート」彼女《かのじょ》はぼくのほうへ来て、両手を握《にぎ》った。「自分で自分をいじめないで。あたしたち、ただ座って映画を見て、彼《かれ》が車で送ってくれて、母も一緒《いっしょ》にコーヒーを一杯《いっぱい》飲んで帰っただけよ」

これを聞いて、ぼくはすこし安心した。しかし、それを彼女《かのじょ》にさとらせたいとは思わなかった。「ぼくのお祖母《ばあ》さんは、先生の歳《とし》なら彼《かれ》と結婚《けっこん》するのも悪くないって言ってましたよ」するととつぜん、二人が一緒《いっしょ》にベッドに入る光景が頭に浮《う》かんだ。彼女《かのじょ》に赤ん坊《ぼう》ができたところが。あまりの恐怖に、ぼくはその場で吐《は》きそうになった。

「ロバート、ロバート！」彼女《かのじょ》はぼくの両の二の腕《うで》をつかんで、やさしく揺《ゆ》すっていた。「あなた、どうかしてるわよ」

「結婚《けっこん》するかもしれないいんでしょう」

「バカね。あたしはただあの映画を見たかったから、彼《かれ》と一緒《いっしょ》に行っただけよ。一人で見たって、あまりおもしろくないでしょ」

これは嘘《うそ》ではないと思った。おかげでだいぶ安心した。だが、安心しきってしまう気にはなれなかった。フレッドには車がある。いい仕事もある。大学も出ている。ぼくにあるのは、古自転車とテニスのラケットだけだ。ぼくの先行きはまだまだ長いのだ。フレッド・リグリーの今の立場になれるまでには、二十年はかかるかもしれない。

「こっちへ来て、長椅子《ながいす》にお座りなさい。かっかしすぎて、おかしくなってるのよ」彼女《かのじょ》はぼくの隣《となり》に座って、両腕《りょううで》をぼくにまわした。ぼくはとつぜん気持ちがよくなり、同時にひどく疲《つか》れてしまった。

それでもまだ、訊《き》きたいことはたくさんあった……

「彼《かれ》は先生にキスしたことがあります？」

「ええ、何度も。たいていは頬《ほほ》に」

またもや、地獄《じごく》の悪魔《あくま》がぼくの喉《のど》を締《し》め上げた。

「でも、あなたのキスの仕方とは違《ちが》うのよ。彼《かれ》はああいうキスはしないの。わかってよ、ロバート」彼《かの》女《じょ》の両腕《りょううで》に、力がこもった。彼女《かのじょ》は震《ふる》えていた。ぼくはいきなり彼女《かのじょ》につかみかかると、罰《ばつ》にも似た、燃えるような激しいキスを浴びせた。そしてもう一度。さらにもう一度。回がかさなるにつれ、彼女《かのじょ》の震《ふる》えは激しくなった。彼女《かのじょ》はとつぜんぼくの両手を握《にぎ》りしめ、押《お》さえつけた。「駄目《だめ》よ、今は。ロバート、ここでは駄目《だめ》」
「どうして？」

「ここはお父様の部屋《へや》だったんですもの。それに、下には母がいるわ」

なぜか、この言葉はぼくを冷静にした。

「彼《かれ》とは二度と会わないと約束して！」

「そんな約束、できっこないわ。あの人にさそわれればまた行くわよ、今までどおり。あたしの人生ですもの。あなたのものじゃないわ」

彼女《かのじょ》が青ざめ、口もとをひきしめているのを見て、本気なんだなとぼくは思った。ぼくなどまったく怖《こわ》がってはいない。それでもまだ彼女《かのじょ》は震《ふる》えていた。しかしつづけて、彼女《かのじょ》はややうらめしそうに言った。

「あなたに対するあたしの本当の気持ちがわかったら、あなたはフレッドのことなんか心配しなくなるわよ。このあたしが心配しているのは、フレッドのことではないの。あたしがあなたのことをどう思ってるか、わからないの？　それに、どんな将来があるっていうの？　このあたしにとって。これがばれたら、あたしはたちまち首よ」

申《もう》しぶんのない答えだった。王様への贈《おく》り物にもふさわしいものだった。ぼくは陶然《とうぜん》として言った。

「結婚《けっこん》すれば……」

「バカなことを。あなたが結婚《けっこん》できる歳《とし》になる頃《ころ》には、あたしはお婆《ばあ》さんよ」

「それほどの歳《とし》じゃない。それに歳《とし》なんか、かまわないじゃありませんか」

「かまうわよ。あなたは町じゅうの笑いものになるわ。そういう男の人を知ってるの。まわりがいつでも、奥《おく》さんをお母さんと間違《まちが》えるの。あなたはけっきょく、あたしを憎《にく》むようになる。あたし、そんなのに耐《た》えられっこないわ」

ぼくは、エマが彼女《かのじょ》のお母さんみたいに老いて白髪《しらが》になったところを思った。それは、ぼくにも耐えられなかった。

「どうすればいいんです？」

「幸せでいましょう、それができるうちは。そしてあたしに飽《あ》きたときは、すぐにそう言って。いつまでも、友だちでいることはできるでしょう」彼女《かのじょ》はとつぜん、打ちのめされた表情になった。

「先生に飽《あ》きるなんてことはありません。そんなわけがないじゃありませんか。先生はいつだって、ぼくの味方なんだから」

「そうね」と言った口調は、ひどく疑わしそうだった。「あなたも、あたしの味方でいてほしいわ。お願いだから、もう喧嘩《けんか》はやめましょう、ロバート。もう、そんなに怒《おこ》るのはやめて。あたし、たまらないわ、ひどく気がとがめて」

「でも、ぼくは……がまんできなくって……」

「わかってるわ。だからこそ、あたしはこれからもフレッドとデートしなければいけないし、あなたもジョイスとのデートをつづけなくちゃいけないのよ。あたしたちは圧力鍋《なべ》みたいなものなの。ときどき蒸気を吹かしてやらないと駄目《だめ》なのよ」

「ジョイスと、デートしなくちゃいけないんですか。つまらない子だけど」

「あなたが放り出したりしたら、あの子はとっても傷つくわ。そして、理由を知りたがるわよ。それに、女の子っていうのは目も鼻もとても鋭《するど》いものなの。あたしたち、あの子を敵にまわしたくはないでしょ。

でも、あなたがジョイスとデートしてるのをみんなが知っていれば、あたしたちのことは疑いっこないじゃないの。世間に何か噂《うわさ》の種を提供するのよ――あなたとジョイスのことだってそうよ。そうすれば、それ以上は詮索《せんさく》しないわ」

「あったまがいいなあ……」

「ジョイスには、やさしくしてあげて。あの年頃《としごろ》の女の子はとても傷つきやすいから」

「わかった。ジョイスなんか、喜ばせるのはかんたんですよ」

「調子に乗らないで。あたしの歳《とし》の女だって、すぐ傷つくのよ」そう言ったときの彼女《かのじょ》は、かすかに微《び》笑《しょう》を浮《う》かべていた。だが、あまりおかしいとは思えなかった。


妙《みょう》なことに、今では学校にいるあいだじゅう、演技をしている気がした。けっこう上手《じょうず》に演じられて、楽しかった。しかし、自分自身の役を演じてはいても、ぼくの本当の人生は、彼女《かのじょ》のそばにいるときにしかない気がした。それでも演技では、真実の人生ほど消耗《しょうもう》しない。ラグビーの試合の最中、それも相手がウィットリー・ベイ校のときでさえも。ウィットリー・ベイはぼくらとおなじ公立のグラマースクールにすぎないが、もっと上品な地域にあった。背が高く脚《あし》も長いウィットリー・ベイの女の子が大勢、赤のストライプの入ったブルーのブレザーに赤と青のマフラーを巻いて、タッチラインにならび、男子選手たちに向かって声を張り上げていた。

チームも背が高く脚《あし》が長く、いい体格だった。ぼくらにはない輝《かがや》きがあった。彼《かれ》らのユニフォームはみんな新品だった。向こうの学校は何か手を使って、衣類の配給クーポン不足という難関を突破《とっぱ》したのだ。こっちのチームでは、五人は綺麗《きれい》なグリーンと金色の新品のユニフォームを着ていたが、残りのぼくらは、金色は褪《あ》せてクリーム色になり、グリーンは白っぽい灰色になっている、どれもこれもたんねんに繕《つくろ》った戦前からのユニフォームでしのいでいた。

ウィットリー・ベイ校は、いつでもぼくらを負かしていた。ひどい年には三十対〇、いい年でも僅差《きんさ》で負けていた。

ところが、今年はぼくらが勝った。これは一つにはジョン・ボウズの手柄《てがら》だった。向こうには、ジョン・ボウズに対抗《たいこう》する手段がなかったのだ。もう一つには、ぼくがプレイ開始早々向こうのスタンドオフをこっぴどく叩《たた》きのめしたからで、彼《かれ》はそれっきり自分の役割なんかそっちのけで、ぼくにばかり気をとられていたのだ。といっても、治療《ちりょう》を受ける必要があるほどひどくやっつけたわけではない。それに、ウィットリー・ベイの奴《やつ》らはちゃんとぼくに復讐《ふくしゅう》した。ラインアウトのとき、肋骨《ろっこつ》に肘突《ひじつ》きを食らわせ、目にも肘《ひじ》をぶつけてきて……。ぼくはついには、頭のてっぺんから足の先まで打撲傷《だぼくしょう》だらけになって、ま、足を引きずりながら逃《に》げ出したのだ。それでも、ぼくらは二十二対十九で逃《に》げきったのだった。

月曜の夜にジョイスを映画に連れていったときにも、ぼくはまだ頭のてっぺんから足の先まで痛んでいた。だからジョイスが階段の上で待っているのを見つけたときには、わざと足を引きずるような格好をした。ジャック・ドーソンを見習ったわけだ。体を使うようなことができる状態ではないと、彼女《かのじょ》に納得させるために、必死だった。

映画はマルクス・ブラザーズの喜劇『カサブランカの一夜』の再上映だったのだが、ぼくは笑うたびに情けないうめき声をあげ、そのあと、海岸の防空壕《ぼうくうごう》で彼女《かのじょ》が腕《うで》にそっと手を置いてきたときも、「ううっ」と言ってみせた。

「まあ、いったいどうしたの、ロビー？」

「ウィットリー・ベイに勝った代償《だいしょう》さ」ぼくは、情けない声で答えた。もっとも自分では、その声はチャーチルの声に似ているような気がしたのだけれども。

「あたし、ラグビーってバカげた競技だと思うわ。あなた、なぜやるの。そのせいで、ほかのときにそんなに辛《つら》い思いをするくらいなら……」

口数の少ない彼女《かのじょ》の性格はなぜか、多少変わりはじめていた。

「学校の名誉《めいよ》のためさ」ぼくはがんばった。「ぼくらは二試合つづけて勝ったんだ。これまでで最高のシーズンになるぞ」

「ラグビーなんて、ほんとにうんざり」彼女《かのじょ》は熱くなっていた。

「ぼくにうんざりだと言いたいんだろう」ぼくは言ってやった。喧嘩《けんか》にもちこめば、いっさいの面倒《めんどう》から解放されると思って。

だが女は狡猾《こうかつ》で辛抱強《しんぼうづよ》いから、そうはいかなかった。彼女《かのじょ》はすっかりやさしく感傷的になると、そよ風のようにぼくの首筋をそっと撫《な》でた。

「さあ、キスして。口は怪我《けが》してないんでしょ」彼女《かのじょ》はかすかに口を開けてぼくに口づけ、一瞬《いっしゅん》ためらいがちにちろりと舌を入れてきた。

「こんなテクニック、誰《だれ》に教わったんだ？」ぼくは詰問《きつもん》した。かならずしも格好だけの嫉妬《しっと》ではなかった。

「リタ・タックスフィールド。彼女《かのじょ》、お母さんの本でこういうやりかたを読んだんだって。あなた、こういうの嫌《きら》い？」

「かまわないさ、きみが好きなら」

彼女《かのじょ》はもう一度本当にそっと、おなじキスをくり返した。ものすごく刺激的《しげきてき》だった。今夜は、ぼくの気持ちとはかかわりなく、およそ予定とはかけ離れたものになりかけていた。

「ほら、そんなにいやじゃないでしょ」

「こいつ!」ぼくは、彼女《かのじょ》の腰《こし》を抱《だ》いている両手に力を入れた。エマに比べると、体の感じが若かった。もっとほっそりしていて、弾力《だんりょく》があるのだ。こういう比較《ひかく》は、とても楽しかった。国語の作文の時間みたいで。エマ・ハリスとジョイス・アダムソンを比較《ひかく》せよ。ぼくは完全な裏切り者になった気がしたが、それが楽しくて仕方がなかった。ま、エマがジョイスにはやさしくしろと言ったんだから……。でもエマは、ジョイスとこんなことをしろと言ったわけではないことくらい、ぼくにはわかりすぎるほどわかっていた。ところがそのとき、ぼくは大失敗をした。つい習慣から、エマが好むあることをジョイスにしてしまったのだ。

「ううううう」ジョイスは嬉《うれ》しそうな声を出したが、鋭《するど》い口調で言った。「誰《だれ》に教わったの?」

「ジャック・ドーソンに聞いたんだ。彼《かれ》はおふくろさんの雑誌で読んだんだって」

「嘘《うそ》よ。女性誌にはそんなこと書いてないわ」

「バカだな、冗談《じょうだん》さ」

「バカって言わないで」彼女《かのじょ》はため息をついた。「でも、今のをもう一度して」

なんということだ。地雷原《じらいげん》を歩いているようだった。エマの体にふれる前のぼくは、ジョイスにどんなことをしていただろうか? 頭が混乱した。両手が勝手に動きだしているような……

パトロール中の警官がぼくを救ってくれた。彼《かれ》は二十メートルばかり離《はな》れたところに立って、ぼくらが離《はな》れるまでじっと見ていたのだ。

彼女《かのじょ》の家の玄関《げんかん》の階段のところで、ジョイスはとてもうさんくさげに、「あなたって謎《なぞ》ね」と言った。しかし、だからといってぼくから離《はな》れる気はなさそうだった。つづけて彼女《かのじょ》はちょっと不満そうに、「この前の木曜、どうして電話をくれなかったの」と訊《き》いた。

「きみは、お父さんと休暇《きゅうか》旅行に出かけるって言ってたじゃないか」

「週末を三連休にしただけよ。そう言ったじゃない」

「ごめん。錯覚《さっかく》しちゃった」

「それで、シャイア・ムアでは何をしてたの。お父さんがあなたを見たって。車で仕事に行く途中《とちゅう》だったのよ。女の人に乗せてもらってたって言ってたけど」

ぼくにもやっと、小説によく出てくる冷《ひ》や汗《あせ》というのがどういうものかがわかった。それでも、とっさの言いわけに困ることはなかった。

「ポントランドの従弟《いとこ》のとこへ行くんで、歩いてたのさ。そうしたら女の人が乗せてくれたんだ」

「従弟《いとこ》がいるなんて話、聞いたことないわよ」

「つまらない奴《やつ》でさ。鳩《はと》を飼ってるんだ」

「あたしより鳩《はと》のほうがいいわけ？」

ぼくは人生が厄介《やっかい》なものになってきたのにつくづくうんざりして、ため息をついた。

「ヘクサム・グラマースクール相手なら、なんとか行けるだろう」翌日の朝、ジャックが言った。「みんなが元気なら。ウィットリー・ベイがかんたんにヘクサムをやっつけたんだから。しかし、一週間後のデイム・ジュリアン校には、こてんぱんにやられるだろうな」

デイム・ジュリアン校は、この地方で二位のチームなのだ。昔からそうだった。タッチラインにならぶ教師たちは、みんなオーバーコートの下に長い黒のスカートなんか履《は》いているけれど。生徒はみんなカトリックで、美しい濃紺《のうこん》に、聖母マリアと何か関係のある幅《はば》の狭《せま》い金色の線が入ったユニフォームを着ていた。だから、お呼びじゃない信心が乗りうつったりすると、彼《かれ》らにタックルするのにちょっと不安を感じた。この学校の校舎は、清潔で神聖といった感じの妙《みょう》な匂《にお》いがして、世間では、あそこでは試合前夜に教師全員が勝利のための祈願《きがん》をするせいで有利になるから、不公平だと思っていた。しかしこれはくだらない話だった。この地方で一位のニューカッスル大学付属校は、ほとんどの場合彼《かれ》らに勝っているが、ここはお祈《いの》りなどしたこともないにひとしい、神とはまったく無縁《むえん》なプロテスタントだったのだから。

そんなことではなく、デイム・ジュリアン校は要するに優秀《ゆうしゅう》で、ラグビー狂《ぐる》いの集まりなのだ。チームはあらかたアイルランド人だった。ぼくらはビル・フォスダイクが試合を申しこむために、腰《こし》を低くして彼《かれ》らのところへ行かざるをえなかったことを知っていた。ここ数年、彼《かれ》らはぼくらと戦ってはくれなかったのだ。思い出せるかぎり、少なくとも過去十年は、いつでも最低三十対〇でうちの学校を負かしていたから、ぼくらなど足手まといだと思っていたのである。

「フォワードが、もっと威勢《いせい》がよくないとな」トニー・アップルがいかにも不愉快《ふゆかい》な口調で言った。ぼくはかっとなった。フォワードの責任者は、ぼくだったから。「おまえ、ジョイス・アダムソンをひっぱり出せないか？　彼女《かのじょ》とはかなりの仲みたいだし、あいつならでかい」

「おい、ちょっと待て」ぼくはわめくと同時にぱっと立ち上がり、図書室のテーブル越《ご》しに彼《かれ》のネクタイをつかんだ。

「座って、静かにしてくれませんか」司書のホワイト先生が叫《さけ》んだ。「アトキンソン、あなた、模範《もはん》にならなくちゃだめじゃないの、今でも監督生《かんとくせい》なら」

トニー・アップルは喜んで大笑いした。人生は、このとおり不公平なのだ。

「いいか」ジャックがとりなすように言った。「またサッカーの連中にあたってみたらどうだ。ジョン・ボウズを連れてきたのは名案だったぞ……」

そこでぼくは、その日の昼休みに、サッカーの練習をぶらぶら見に行った。ぼくらとは大違《おおちが》いだった。ぼくらは週にせいぜい二回しか練習をしない。ところが、彼《かれ》らは授業の合間の休み時間、昼休み、放課後と、寸暇《すんか》を惜《お》しんでやっていた。薄汚《うすよご》れた古いテニスボールでも練習したし、帰り道では空《あ》き缶《かん》まで蹴《け》っていた。おそらく彼《かれ》らなら、クリケットシーズンでさえ、サッカーをやめるよりは死ぬほうを選んだに違いない。

だが、昼休みには彼《かれ》らは「採掘場《さいくつじょう》」で練習をしていた。何十年も前に、町のボタ山の下のほうの、奥行《おくゆき》のない斜面《しゃめん》を大変な苦労をして切り開き、そこを均《な》らして半分の広さのグラウンドにしたところだ。そこは雑草が生い茂《お》《しげ》っているか、泥《どろ》んこの水たまりかなので、彼《かれ》らのユニフォームは、冬には泥《どろ》まみれだった。ぼくはブレザーを積み上げて作ったゴールの後ろでうろうろしていたが、このゴールは試合のあいだに踏《ふ》みつぶされて平たくなってしまい、果たしてゴールしたのかどうかでたえず喧嘩《けんか》になっていた。彼《かれ》らは通りを缶《かん》を蹴《け》って歩いているときも、ゴールの記録用紙を手放さなかった。ジョン・ボウズとぼくは、遠くからうなずきあった。ぼくらのメンバーになったせいで、サッカー組のあいだでの彼《かれ》の人気は高いとは言えず、彼《かれ》自身も、きどり屋のラグビー野郎《やろう》だと言われはしまいかと恐《おそ》れていた。

彼《かれ》らのプレイは、人目を意識したすごく派手なものだった。得点を挙《あ》げるより、お互《たが》いの体にボールをぶつけあうのに熱心にさえ見えた。なかでも一人、シュートの前にはかならず相手チーム全員を二回は殴《なぐ》らないと気がすまない奴がいた。ジョン・ボウズはバカではないから、ぼくがそいつに目をつけたのを見逃《みのが》さなかった。なにしろ球のコントロールは素晴らしかったから……

「あいつなら勝手に連れてってくれていいぞ」と、ジョン・ボウズは言った。「厄介《やっかい》なだけの奴《やつ》なんだから。自分勝手な野郎《やろう》なんだ。ボールをチームメイトにパスするくらいなら、敵にくれてやるって言うんだから。三度チームに入れてみたんだが、自分のことっきゃ考えてない。自分はスタンレー・マシューズ（一九一五―二〇〇〇。英国のサッカーの名選手）の再来だ、くらいに思ってるんだろう」

だが、ぼくはこいつをじっくり観察した。教養のある家庭の出でないことは、ひと目でわかる。ひどく短く刈《か》った髪《かみ》の毛は突《つ》っ立っていて、茶色く汚《よご》れたトイレブラシみたいだ。顔色は悪いし、指にはニコチンがこびりついている。細めた目はいかにも打算的で、顔は切り傷だらけに見えた。体格は中肉中背。筋骨隆々《りゅうりゅう》というわけではないが、手強《てごわ》い奴《やつ》であることは、鼻をかむときハンケチを使わずに片方の鼻の穴を指で押《お》さえて、もう片方の鼻汁《はなじる》を地面に吹《ふ》き飛ばすやりかたを見てもわかった。

「あいつの名前は？」

「ジェフ・カロム。みんな、あいつはコート置場で盗《ぬす》みをやってると思ってるんだが、まだ現場を押《お》さえられてないんだ」

だが、この男は敏捷《びんしょう》だった、じつに動きが速かった。足も速ければ、誰《だれ》かが接近したときの肘《ひじ》の使いかたも速かった。そして、ボールはまるで彼《かれ》の爪先《つまさき》に貼《は》りついているみたいに見えた。めちゃくちゃにバウンドするラグビーボールを支配できる人間がいるとすれば、こいつこそ、それだった。そしてわれわれのプレイでは、しじゅうボールがでたらめにバウンドするのだ。

「ま、あいつはやめとけ」と、ジョン・ボウズは言った。「あれは害毒そのものだよ」

彼《かれ》は猛烈《もうれつ》な勢いで飛んできたボールをひょいと空中で拾うと、フィールドのいちばん端《はし》までパントを蹴《け》った。さぞかし脚《あし》がつったに違《ちが》いない、こんな半分の広さしかないグラウンドでは……

22. ジェフ・カロム

翌日、ぼくはさりげなくラグビーボールを小脇《こわき》に抱《かか》えて、またグラウンドへ行った。おかげで、さんざん下品なことを言われた。

「卵を産んだのかよ、アトキンソン」

「おまえの球は妙《みょう》な格好してるじゃねえか、アッカー」

しかしぼくには、この連中が鷹《たか》のように鋭《するど》い目でこっちを見ていることがわかっていた。ぼくの狙《ねら》いがわかっているのだ。相手は誰《だれ》なのか、関心を抱《いだ》いているのだ……

ちょうどそのとき、ジェフ・カロムがまたシュートを決めると、ゲームを再開するためにタッチラインへもどってきた。

「いいシュートだぞ、カロム！」ぼくは明るく励《はげ》ました。

「きさまなんかにわかるかよ」彼《かれ》はグラウンドに唾《つば》を吐《は》いた。

「丸いボールのことなら、誰《だれ》にだってわかるさ」ぼくは言った。「いつだって正確にバウンドするんだから」

「こんなグラウンドでもか。きさまはバカだ。モーペスにでもひっこんでろ」

彼《かれ》の仲間が一人二人、おもしろそうだぞとばかり、にやにやしながら集まってきていた。それこそまさに、ぼくの狙《ねら》いだったのだ。

「このボールじゃ、おまえだってぜったいうまくやれまい！」と、ぼく。

「やりたくもねえな。おれはラグビーになんか興味はねえんだ」だが、彼《かれ》の目は計るように、ぼくが小《こ》脇《わき》に抱《かか》えているボールにじっとからみついて離《はな》れなかった。ジョン・ボウズのときとおなじだった。球となればどんなボールでも、目を放せないのだ。ぼくはそれを彼《かれ》にトスした。

「じゃ、やってみろよ。どのくらいコントロールできるか、おれに見せてみろ」

「やってみろよ、カロム。このバカに、やれるとこを見せてやれ！」

こうなると、彼《かれ》のプライドの問題になった。彼《かれ》は両手でボールをためらいがちにまわしてみて、重さを計った。それから下に落として足で軽く叩《たた》いた。見ていると、彼《かれ》が一種のスピンをかけ、片側を蹴《け》ったので、ボールはまた彼《かれ》の足もとへもどってきた。彼《かれ》はわれわれの見ている前で、ボールを蹴《け》りながらタッチラインを十メートルも走ってみせた。

「かんたんだぁ！」

そのときボールが草むらにあたり、自分がラグビーボールなのを思い出すと、妙《みょう》な角度で彼《かれ》の足の上を飛び越《こ》した。それをとらえようとして思いきり足を上げた彼《かれ》は、ひっくり返って灰色のシャツの背中を泥《どろ》だらけにした。彼《かれ》の仲間たちは高校生らしく、こんどは手のひらを返して笑っていた。

彼《かれ》はなんとか威厳《いげん》を保って立ち上がった。「要するに練習の問題だな。おれに一週間くれりゃ……」

「そのボールを一週間貸してやるよ。それでも、賭《か》けてもいいが、それを放さずにこのグラウンドを端《はし》から端《はし》まで完走するのは無理だね」

「じゃ、いくら賭《か》ける？」彼《かれ》は目を細めて、勘定高《かんじょうだか》い顔になった。

「十ボブ（旧貨幣制度での単位だった「シリング」のスラング。一ボブは一ポンドの二十分の一）」ぼくは言った。ぼくのこづかい二週間分だ。

「十ボブ？」彼《かれ》はせせら笑った。「そのくらい、ウルワースのランチタイムでも稼《かせ》げるぜ」

「じゃ、いくらだ？」

「おまえの監督生《かんとくせい》バッジをよこせ」

　この一撃《いちげき》は、したたかにこたえた。それは彼《かれ》も承知だったのだ。バッジの裏にはぼくの名前と年度が彫《ほ》ってあったが、ぼくはついに、その学年の終わりに学校を去るまで、それが自分のものだという確信をまるでもてなかった。校長はテディのとトニー・アップルのとを、すでに取り上げていた。カロムがこれみよがしにぼくのバッジを襟《えり》につけて校内を闊歩《かっぽ》したら、どんな騒《さわ》ぎになることか……

　こんどは、みんながぼくをあざけりはじめた。チャンスはたちまち失われかけていた。ぼくはただ、ラグビーボールの扱《あつか》いにくさに賭《か》けるしかなかった。

「乗った」と、ぼくは言った。「そのかわりおまえが負けたら、おれたちのチームでプレイしろ。入れてもらえればだけどな。おまえがちゃんとやれればってことだが」

　彼《かれ》はいつにもまして青ざめた。この賭《かけ》に負けたほうは、プライドを完全に失わずにはすまない。のけ者になってしまう。彼《かれ》は二の足を踏《ふ》んだ。と、彼《かれ》の仲間の一人が「度胸《どきょう》がないのか、カロム」と言った。

　それで決まりだった。

「ああ、入ってやる」彼《かれ》は言うと、ブレザーを拾い、ボールを小脇《こわき》に抱《かか》えてしおしおと引き上げていった。

　彼《かれ》の仲間たちはぼくを見つめて、ひそひそ話していた。この賭《かけ》の噂《うわさ》は、三十分で学校じゅうに広まるだろう。ぼくはただ、先生たちには知られないようにと願っていた。

その週のぼくの唯一《ゆいいつ》の慰《なぐさ》めは、ホームグラウンドでヘクサム校相手にうまく戦い、二十七対十五で勝者になったことだった。向こうは今年は絶好調とはいえず、ジョン・ボウズのキックには手も足も出なかった。ぼくらの得点のうち十五点は、彼《かれ》の挙げたものだ。もし彼《かれ》がいなかったら、ぼくらはたぶん負けていただろう。

そして、エマとの火曜日の晩。ラテン語をやるどころではなかった。彼女《かのじょ》のそばにいながら、手をのばして彼女《かのじょ》の手を握《にぎ》らずにいることは、その膝《ひざ》をつかんで所有者になった喜びを味わわずにいることは、不可能に決まっていた。そして、ぼくがそういうことをすれば、彼女《かのじょ》の心もかき乱された。

とはいっても、お父さんの蔵書が棚《たな》にずらりとならんでいて、お父さんの写真がマントルピースの上からぼくたちをじっと睨《にら》んでいる重々しい部屋《へや》では、あまり行儀《ぎょうぎ》の悪いことはできなかった。ただ、楽しくすごしただけだ。彼女《かのじょ》はぼくに膝枕《ひざまくら》をしてくれ、髪《かみ》を撫《な》でてくれた。ぼくはその頃《ころ》まで、ブリルクリームをつけていた。しかし、今では毎週日曜の晩に風呂《ふろ》に入るたびに髪《かみ》を洗っていたから、火曜にはまださらさらして艶《つや》があった。そして今では、悲しみに襲《おそ》われることもなくレコードを聴《き》くこともできた。彼女《かのじょ》の婚約者《こんやくしゃ》だった航空兵が最後まで嫌《きら》いだったか聴《き》かなかったかした現代音楽、つまりリムスキー・コルサコフの『シェーラザード』、『火の鳥』（これはストラヴィンスキーの曲）、それにホルストの『惑星《わくせい》』などを。

『惑星《わくせい》』には、ぼくが暗記している「われ、汝祖国《なんじ》に誓《ちか》う」という賛美歌に使われた楽章が一つあった。嬉《うれ》しくてたまらなくなったぼくが、寝《ね》そべったままそれを歌うと、彼女《かのじょ》はじっと聴《き》いていた。

そして「遠い昔に聞いたことのある、もう一つの国がある」という歌詞まで来ると、彼女《かのじょ》はとつぜん、しかしやさしく、「ロビー、あなた泣いてるじゃない！」と言った。

ぼくはぱっと起き上がった。「泣いてなんかいないよ。目から水が流れている、それだけのことさ」

「確かに泣いてたわ。なぜ恥《は》ずかしがるの」

「男は泣かないものだからさ。ぼくは七つのときから、泣いたことがない」

「ほんとに、なぜ、泣いてたの？」

「『もう一つの国』という歌詞のせいさ。ぼくはいつでも、ここことは違う国に憧《あこが》れていた。人が互《たが》いに気づかいあって、しじゅう殺しあいなんかしない国……。もっといい国があっていいはずなんだ。そしてぼくは見つけたんだ。先生のそばにいればいいんだ」

「まあ、嬉《うれ》しいことを。でも、あたしは完全じゃないわ。あたしは……」

「トニー・アップルとかその仲間たちに比べたら、ずっと立派ですよ」

「それは、あの人たちがまだ子どもだから……若いからっていうだけのことよ。あの人たちだって、大人になればましになるわ」

「なりませんよ、堕落《だらく》するばかりです。何もかも冗談《じょうだん》の種にしちゃうんだから。聖なるものなんか一つもありゃしない、先生以外には」

「まあ、驚《おどろ》いた」今では彼女《かのじょ》の目もうるんでいるように見えた。「ご両親はどうなの。あなたを愛しているじゃないの」

「じゃあ、どうして母はしょっちゅうがみがみ言うんです？　親父は、あざけるようなことばっかり言うし」

エマは、ぼくの両手を固く握《にぎ》った。「きっと、あなたがすこし怖《こわ》いのよ。そういうふうに考えたこと、ない？」

きってます」

「ぼくには、怖《こわ》がられるようなところなんかありません。犬を見てればわかります。犬はぼくを信頼《しんらい》しきってます」

「犬は、理解できないことが話題になってても、あなたの言うことを聞かなくてすむわ。共産党を支持するかどうかだって、神は本当に存在するのかっていう話だって。あなたは手にあまる人なのよ。このあたしにとってもそうだけど、あたしは慣れているから」

「ああ、そうだろうな」

「でも、あなたが怖《こわ》がらせている、哀《あわ》れなスクラムハーフの人たちはどうなの。それにウィルソンにしても。ウィニー・アントロバスにしても」

「ああ、なるほど。先生の言うことはわかるけど、ぼくがぼくであることは変えようがないんだ」

「ヒットラーも、おなじように考えてたでしょうね」

「そんなバカな。ぼくをがんじがらめにするんですね」

「誰《だれ》かがやらなくちゃ。そうでないと平和が保てないから」しかし彼女《かのじょ》の笑顔《えがお》はとても温かく、やさしかった。ぼくはふと、母さんと父さんもこんな顔をしてくれたらいいのにと思った。一度か二度でいいから……


相当な数の観衆が集まった。ジェフ・カロムがラグビーボールで評判のドリブルをしながらタッチラインを走るのを、見ようというのだ。現れなかったのは、教師陣《じん》だけだった。ぼくのラグビー仲間は、遠くのほうでぶらぶらしていた。ぼくが勝てば駆《か》けつけて活動をはじめるし、負ければずらかろうという、両様《りょうよう》の構えなのだ。

カロムが真剣《しんけん》なのはよくわかった。わざわざショーツに履《は》き替《か》え、サッカー用のシューズまで履《は》いてきたのだから。青い顔をして、さかんにグラウンドに唾《つば》を吐《は》いている。あのボールではかなり苦労をして、あまり自信がないのでは、という感じだった。

とにかく、彼《かれ》はボールを持って位置につき、ぼくの顔を見た。ぼくがやや震《ふる》え声で「さあ、行け」と言うと、彼《かれ》のとんまな仲間の一人が、レフェリーのホイッスルを吹《ふ》いた。

彼《かれ》は走りだした。ゆっくりボールを進めていく。シューズの外側で微妙《びみょう》に軽く蹴《け》っては球にスピンをかけると、飛び出していったボールはくるりとまわって、彼《かれ》のところへもどってくる。ハーフウェイラインまで行った彼《かれ》がややスピードを上げると、ぼくはすこし不安になり、やめろやめろと自分を叱《しか》りながら、ついいらいらと監督生《かんとくせい》のバッジをいじりだした。

ハーフウェイラインを越《こ》えたところで、ボールは茂《しげ》みにぶつかって跳《は》ね返り、彼《かれ》の顔を直撃《ちょくげき》したが、彼《かれ》はたくみに胸を使い、両腕《りょううで》を大きく広げて球を制した。

だがとつぜん、ボールはまた彼《かれ》の右側に跳《は》ね返った。そして彼《かれ》の肩《かた》を飛《と》び越《こ》え……すると彼《かれ》の右脚《みぎあし》がぱっと、ほとんど耳の高さまで上がって、糊《のり》でくっつけでもしたようにボールとともに下りてきた。彼《かれ》はまさに球技の天才だった。魔術師《まじゅつし》だった。なんとかうちのチームに入れたい、ぼくはよだれが出そうになって……

彼《かれ》はもう四分の三を走り抜《ぬ》けていた。彼のサッカー仲間も、学校じゅうのガキどもも、全員が熱狂《ねっきょう》していた。というのも、五年生の不良が監督生《かんとくせい》との勝負に勝ちかけているわけで、それは監督生《かんとくせい》に耳をねじられたり、翌朝までに五百行、文章を書いてくる罰《ばつ》をあたえられたことのある下級生にとっては、格好の復讐《ふくしゅう》になるからだった。

カロムがふりむいたのは歓声《かんせい》のせいだったのか、それともさっさとけりをつけてしまおうとしたせいなのか、それは永久にわからない。だが彼《かれ》はとつぜんフィニッシュを狙《ねら》ってスピードを上げ、ボールはまた高く跳《は》ね上がった。これは、ラグビーでは、両手でボールをつかんでラインめざして走るべきときだった。ところが、彼《かれ》にはそれはできなかった。彼《かれ》にあったのは脚《あし》だけだったのだ。脚《あし》は二度ボールをとらえ、もうすこしでまたコントロールできそうに見えた。だがそのとき、ボールはさらに別の草むらにぶつかって彼《かれ》の頭上の右側二メートルの高さに上がり、それをとらえようと不可能なことを試みた彼《かれ》は、ゴールラインの上に倒《たお》れて、泥《どろ》の中に長々とのびてしまった。

モスクワ陥落《かんらく》の際の労働者たちのうめきはこんなものだったのでは、と思わせるような声があがった。見物の連中は、息を切らしてのびているついさっきまでの英雄《えいゆう》を、たちまち罵倒《ばとう》しはじめた。

「くず！」

「そんなことじゃサッカーのポジションだってなくすぞ！」

だが、チャーチルの「勝利には雅量《がりょう》がなければ」という言葉を忘れていなかったぼくは、カロムのところへ飛んでいって助け起こすと、「ぜひ、うちのチームに入ってくれよ！」と言った。

彼《かれ》は、うつむいたまま弱々しい上目《うわめ》づかいで、ひどくうさんくさそうにこっちを見た。ぼくもおちょくっているのだと思ったのだろう。彼の世界では、だれもが事あるごとに人をおちょくっていたから。

しかしぼくは、彼《かれ》の憎悪《ぞうお》の眼差《まなざ》しに思わずひるみながらも、できるだけ自然に微笑《びしょう》してみせ、「そのボールはやるよ。おまえには必要になるから。最初の練習は木曜だ、十二時きっかり。おれと一緒《いっしょ》にプレイしてくれ」と言った。

「わかった」彼《かれ》は言うと、新入りを観察しようと駆《か》け寄ってきたラグビーチームの連中のあいだを、顔も上げずにすたすたと立ち去っていった。

カロムと一緒《いっしょ》にはじめて練習に出たぼくは、ルールの説明にとりかかった。

「わかってるよ」と彼《かれ》は言った。「ボウジーに本を借りたよ」

「本当か？」

「学力最低のクラスにいたって、字くらい読めらあな」

「そうか、じゃ、おれが誰《だれ》かにタックルして、ボールを落とさせたら……」

「わかってる。おまえのプレイくらい見たことあるさ。汚《きたね》え野郎《やろう》だ」

もうこれ以上、ぼくが言うことなどありはしない。

彼《かれ》は、洗いざらした灰色の古いラガーシャツを着ていた。どこかでかっぱらってきたのだろう。彼はぼくらの選手の平均よりも小さかったから、例によって眼鏡《めがね》をかけていないビル・フォスダイクは、彼《かれ》には気づかなかった。カロムはすでに宿題をこなしてきていた。ジョン・ボウズとも話したのかもしれない。とにかく、はじめからすんなりとけこんだ。球技というのは、一つをうまくこなせれば、ほかのもすぐに身につくのかもしれない。それに彼《かれ》は敏捷《びんしょう》だったし、球を見分ける素晴らしい眼を持っていた。

彼《かれ》は試合開始後十分のうちに、素晴らしい四十メートルのドリブルで得点した。ボールが高く飛び上がるとすぐにとらえ、テリヤのようにラインめざして突《つ》っ走《ぱし》った。

そのあとは、オフサイドの位置以外のいたるところに出没《しゅつぼつ》した。自分より大きい相手に二、三回、ぺしゃんこにつぶされもした。それでも、何も言わずに立ち上がると、考え深げな目をして草の上に唾《つば》を吐《は》いた。たくましい奴《やつ》だった。彼《かれ》はさらに二回、みごとなトライで得点した。トニー・アップルはボールの上にさんざん突《つ》っ伏《ぶ》す羽目になり、最後には泥《どろ》まみれになった。言うことのない試合だった。

ついに、ビル・フォスダイクが彼《かれ》の名前を訊《き》いた。

「カロムだと？」彼《かれ》は不吉《ふきつ》な声を出した。ビル・フォスダイクでさえも、カロムの名は聞いていたのだ。

「彼《かれ》はサッカーチームから放り出されたんです」と、ジャックが口添《くちぞ》えした。「学校の名誉《めいよ》を高める新しい道を探しているんです」

「フランカーに入れたらどうかと思いますが」と、ウィルフが言った。「ボブ・カッターは、ヘクサムに蹴《け》られた痛手から回復してませんから」

「カッターはそれでも、よくやれるかもしれん」ビル・フォスダイクはやけのように言った。

「ま、カロムは補欠として入れときませんか」とジャックが言った。「万一に備えて」

23. デイム・ジュリアン校での事件

ジャック・ドーソンはユニフォームを脱《ぬ》いで座っていたので、ぼくらみんなに、平べったい下腹の三本の皺《しわ》が見えた。泥《どろ》まみれのシューズの片方はすでに脱《ぬ》いでいたけれども、片方はまだ履《は》いたままだった。

「ちくしょう、まだ信じられねえな」と彼《かれ》は言った。「二十対十四だなんて。勝ったんだぜ」

「向こうだって信じられねえだろうよ」トニー・アップルはにやにやした。「あいつは最後のトライのとき、七十メートル、ドリブルしたんだぜ。七十メートルだよ!」

「向こうじゃ、何がぶつかってきたのかわからなかっただろうよ」と、テディも言った。「奴《やつ》はあいつらを二人叩《たた》きのめした。あいつのタックルは汚《きたな》いぜ。おまえよりひどいよ、アッカー。相手のフルバックは、ほとんど動けなかったものな」彼《かれ》はソックスとシューズだけ身につけたままの素《す》っ裸《ぱだか》で、いつもの勝利のダンスを踊《おど》ってみせた。

「あとでフォスダイクが謝ってたのを聞いたか」ウィルフが訊《き》いた。そしてその声色《こわいろ》を上手《じょうず》に真似《まね》てみせた。「あれはじつはソッカー選手でしてね。しかし、チャーンスをあたえてみようと思ったんでさ」

「ローマ法王は、ぜったい喜ばないね」とジャックが言った。「ヴァチカンでちゃんとミサを終えるまでは、法王にはこの話はしないほうがいいんじゃないか」

「おれたちはみんな、フェアプレイをしなかったというんで破門さ」

「いかん、あれはクリケットではありませんぞ（フェアプレイじゃないという意味の慣用表現）、きみ、クリケットとは申《もう》せません！　ってわけだな」ジャックは絶好調だった。ぼくらはみんな笑いころげた。

そのとき入口にビル・フォスダイクの影《かげ》が差すと、凍《こお》りついたような沈黙《ちんもく》が訪れた。フォスダイクは真《ま》っ赤《か》な顔で、汗《あせ》をかいていた。その顔は、眼鏡《めがね》がひんまがっているせいか、ちょっと狂気《きょうき》を思わせた。

「あれほど恥《はじ》をかいたのは、生まれてはじめてだ」と彼《かれ》は言った。「あんな派手な真似《まね》をしやがって。ラグビーってのは、ボールをうまくあしらうゲームだ。州一番と言ってもいい相手との試合だというのに、それを茶番にしちまう。もう二度と、ここへは呼んでもらえないぞ。ぜったい」

「なぜです？」ジャックが訊《き》いた。「向こうが負けるのが怖《こわ》いからですか」

ぼくは、ビル・フォスダイクが発作を起こすんじゃないかと思った。

「勝ち負けの問題じゃないんだ、ドーソン！　人生にゃ、勝つこと以上に大事なものがあるんだ。とくに、おまえたちのやりかたで勝つよりもな」

「けど、おれたちはなんのルール違反《いはん》もしませんでしたよ」ジョン・ボウズががんばった。彼《かれ》はとがった顎《あご》をよけい突《つ》き出していた。本当に興奮していたが、それも無理はなかった。彼《かれ》はみごとな活躍《かつやく》をしたのだから。失敗は一つもしていない。ぼくらは今や、彼《かれ》はこの州の年齢不問の代表チームにも入れるのではないかと思っていた。

「確かにルールを破ってはいないかもしれん。だが、ラグビーの精神に反しているのだ」フォスダイクはどなった。「おれはその精神を十年も守ってきたのに……」

「それで十回も満足に勝ってないわけだ」と、ジャックがつぶやいた。

そのままいけばどうなったことか。だが、ちょうどそのとき、デイム・ジュリアン校の教師が二人現れた。ひび割れてはいるがぴかぴかの靴《くつ》に足もとまである黒の長いスカートというあの学校の格好で、そして、まるで日曜の朝の教会で誰《だれ》かが高笑いでもしたような暗い顔で。彼《かれ》らはビル・フォスダイクを外へ連れ出した。フォスダイクが小声で謝っているらしい声を聞けば、事が先方にとって二十対十四で負けたことなどより深刻なのがわかった。

フォスダイクがもどってきた。死人のように青ざめて震《ふる》えていたが、唇《くちびる》をなめると口を開いた。

「デイム・ジュリアンの生徒で、更衣室《こういしつ》のブレザーに入っていた、とても高価な腕時計《うでどけい》がなくなったと言ってきた者がいるそうだ」

ぼくらはなぜいっせいに、ジェフ・カロムを見たのだろう。彼《かれ》はちょうどそのとき、まるで十ペンスのくず肉みたいに骨だらけの体の痩《や》せこけた真ん中へんだけを、薄《うす》いぼろぼろのタオルで巻いて、シャワー室から出てきたところだった。

「ああ、まいったなあ」ジョン・ボウズがつぶやくのが聞こえた。「おれはあいつを監視《かんし》してるつもりだったんだ。しかし、おまえが戦術の話をやめようとしなかったからさ、アッカー」

「カロム、そこに立ってろ」ビル・フォスダイクが言った。彼《かれ》は、うるさいお巡《まわ》りのようにつかつかとそっちへ行くと、釘《くぎ》にぶらさげてあるカロムの衣類や、彼《かれ》が座っていた床《ゆか》のあたりにまだ転《ころ》がっているバッグや、汚《きたな》らしいラグビー用具をかきまわした。

これはいささかひどかった。われわれは、いつ何時《なんどき》最悪の結果になってもおかしくないと思いながら、突《つ》っ立っていた。しかしフォスダイクがベンチの上に並べて、みんなの目の前にさらけ出したものといえば……安タバコのウッドバイン一箱とマッチ箱。つぶれたジャムサンドが二つ入っている、くしゃくしゃの紙袋《かみぶくろ》。ピンクの長椅子《ながいす》の上から流し目を送っている巨乳《きょにゅう》でブロンドの女が載《の》っている、雑誌から破いたやはりくしゃくしゃの一ページ。そして古い袋《ふくろ》に入ったコンドームが一つ……。こういうものがみんな、二人の聖職者の目の前にさらけ出されたわけだが、ぼくらは誰《だれ》も、二人のほうを見る気になれなかった。

「何もないな」ビル・フォスダイクは吐《は》きすてるように言った。彼《かれ》はカロムが座っていたあたりをパタパタと、隣《となり》の生徒の衣類の山まで隅《すみ》から隅《すみ》まで叩《たた》いてまわった。しかし、濡《ぬ》れたコンクリートの床《ゆか》と細い板をつなぎあわせたベンチと、白タイルを貼《は》っただけの壁《かべ》以外には何もなかった。「ない」

それから彼《かれ》はまたカロムのほうを向くと、「そのタオルの中を見せろ」と言った。

「いやです」カロムは言った。真《ま》っ青《さお》になっている。

「見せろ」フォスダイクはどなって、手をのばすとタオルをはがしにかかった。ぼくらは、カロムが抵《てい》抗《こう》して体をねじり、ビル・フォスダイクのずんぐりした両手が何度も何度もひっぱるのを、ただ見ているほかなかった。タオルはついに破れ、カロムの手にはわずかに小さな切れ端《はし》だけが残った。

どこの隙間《すきま》からも、腕時計《うでどけい》など出てはこなかった。だが、ぼくらは全員がカロムの裸《はだか》を見てしまった。それは大きかった。そして妙《みょう》な具合に曲がっていた。はっきり言ってよじれていた。われわれはみんな、彼《かれ》がそれを隠《かく》していた理由を知った。彼《かれ》は自分の秘密を好奇《こうき》の目から隠《かく》そうとして、更衣室《こういしつ》で何年間も必死で苦悶《くもん》してきたのだろう。だが、それがついに白日のもとにさらけ出され、彼《かれ》もそれがわかったのだ。十七人の仲間のうちには、誰《だれ》かしゃべる奴《やつ》がいるだろう。その噂《うわさ》は学校じゅうに広まって、果てしない笑い話の種になることだろう。いや、新たに、醜悪《しゅうあく》なあだ名さえつきかねない……。

ビル・フォスダイクはただ、突《つ》っ立っていた。このあとどうすればいいか、わからなかったのだ。

だが、ジョン・ボウズにはわかっていた。彼《かれ》はつかつかとフォスダイクに近づくと、自分のタオルをぱっと取ってフォスダイクに渡《わた》し、自分のその部分も体のほかの部分と変わらず正常だという事実を暴《ばく》露《ろ》してみせた。

「先生、こんどはおれを調べてください!」

残りのぼくらは、ぐずぐずしてタオルをはずせなかった。だが、みんながポケットを、ソックスを、ショーツを、バッグを、裏返して見せた。こんなやりかたで憎悪《ぞうお》がむき出しになるところを見たのは、生まれてはじめてだった。そしてあの大バカはうなだれて立ちすくんだまま、青くなったり赤くなったりしていた。

そのときデイム・ジュリアン校の男子生徒が一人やってきて、自分たちの先生の上着をひっぱった。

その手の中には時計があった。

「ベンチの後ろの隙間《すきま》から落ちたんです。ぼくが脱《ぬ》いだものの下になっていたんです。どうして、そんなとこへ落ちたのかわかりません。ぜったい、ブレザーのポケットに入れといたはずなんですが」

「おまえは大バカ者だ、マクヒュー」向こうの先生がどなりつけた。「月曜の朝いちばんに、私《わたし》の部屋《へや》へ来なさい」彼《かれ》はぼくらにくるりと背を向けた。「フォスダイク先生、なんと言ってお詫《わ》びをしたらいいか。あのバカ者が……」

だが、その声はぼくらの歓声《かんせい》にかき消されてしまった。ぼくらはカロムのそばへ行くとその背中を叩《たた》いてやって、自分たちの泥《どろ》だらけの用具を高く放り上げた。

フォスダイクはカロムのほうを向いた。そのときでさえ、彼《かれ》にはまだ救われるチャンスはあったのだ。すまなかったと詫《わ》びさえすれば……

だが彼《かれ》はただ、「カロム、これはみんな没収《ぼっしゅう》するぞ」と言ったきり、ウッドバインとマッチに、いやらしい写真、それにコンドームの入った封筒《ふうとう》を取り上げたのだった。坊《ぼう》さんたちでさえ、フォスダイクのやりかたにはショックを受けていた。

と、その一人がお詫《わ》びのつもりらしく、口を開いた。「きみたち、こんなことがあったあとでも、一緒《いっしょ》にお茶を飲みに来てくれますか。おいしいケーキがたくさんあるんです——わが校のお母さんたちは、とてもよくしてくれるものですから」

この人はいやな奴《やつ》ではなかった。だからぼくたちはついていった。そしてデイム・ジュリアンの連中と押《お》しあいへしあいしながら、フォスダイクくらいいやな奴《やつ》はいないと、大声で悪口を言った。向こうも、心から賛成してくれた。

帰りのバスの中の沈黙《ちんもく》の濃さは、ナイフで切れそうなほどだった。ぼくはジョン・ボウズとならんで座っていた。彼《かれ》のことがかなり好きになっていた。すこしきどり屋なところ、堅苦《かたくる》しいところはあったが、それでもいい奴《やつ》だった。

彼《かれ》が、そっとささやいた。「これからは、カロムをよく見張っとくよ」

「しかし、あいつは何も悪いことは……」

「バカな！　あいつはおそらくあの時計を盗《ぬす》んで、見つかったところへ隠《かく》しといたんだよ。あとで、何かを忘れたふりをして、急いで更衣室《こういしつ》へ引き返し、誰《だれ》かが先に見つけていなければ、かっぱらうつもりだったんだ。じつに悪質だぜ、カロムは。問題児だって、おれが言っただろう？」

月曜の朝、ジャックとぼくは校長室へ呼ばれた。ラグビーチームのキャプテンと副キャプテンとしてだ。

校長はぼくたちを、不良学生を呼んだときのように暖炉《だんろ》の前の絨毯《じゅうたん》の上に立たせておいたりはせず、親たちを呼んだときに座らせる椅子《いす》を勧《すす》めた。狡猾《こうかつ》な狸《たぬき》だ。

「さて、きみたち……」

そのあとにつづいた話は、たわごとでぼやかしてはあったが、要するにカロムには二度とラグビーをやらせるな、学校の名誉《めいよ》のためだ、ということだった。

ぼくらは、黙《だま》って校長の話を聞いていた。校長がぼくたちの意見を訊《き》くまで。彼《かれ》は気がすすまなかったものの、一応は生徒の意見を訊《き》いたのだ。

「ぼくらは四試合やって、四回とも勝ちました」と、ジャックは言った。

「そして、すっかり評判を落としたわけだ。きみたちがやっつけた学校はどこも、うちとは試合をする義理はないんだ。フォスダイク先生はもうすぐ、来年の試合の日取りを相談する葉書を出すことになっている。きみたちにはどうでもいいことだろうがね、その頃《ころ》には二人とも大学に入っているだろうから。もっとも、私《わたし》がいい推薦状《すいせんじょう》を書けばだがね。今はちょうど、その山を片づけるのに忙《いそが》しくて……」校長は、ぼくらの頭にこの言葉に隠《かく》された意味がしみこむまで待った。それからつづけた。「クリスマス前は、あと二試合で終わりだ。一つはゲイツヘッド・グラマースクール。こっちは、フォスダイク先生の話では楽勝だそうだ。もう一つはOB会相手のやつ。これには勝てたためしがなく、将来も見こみはないようだね」

校長は両方の手のひらを持ち上げてみせながら、とても愛想よく笑った。きみらには世間の常識というものがあるし、要点もわかっているじゃないか、というわけだ。それは確かにあたっていた。この学校のOB会は、地元のラグビークラブの創設者同然だったのだ。試合はむしろ彼《かれ》らのためのショーだったのだ……ぼくたちをひきたて役にしての。

「そして、つぎの学期の前半はサッカーシーズンだ」と校長は言った。「きみらがまた試合をするようになった頃《ころ》には何もかも……うまく解決しているだろうね」

このときの答えを聞くと、ぼくはジャックに感嘆《かんたん》した。じつに狡猾《こうかつ》だ、と思った。

「カロムは膝《ひざ》を腫《は》らしています」と彼《かれ》は言ったのだ。「だから、出られないと思います。しかし、もし治ったら……ぼくらとしては、出場の権利は留保して……」

「よし、わかった」と校長は言った。「それがよかろう。万事は時間が解決する。さしあたりは、誰《だれ》かほかの有能な選手を出すんだね」

校長というのは、当面の見とおししか頭にない。気の毒なことだが、どうしてもそうなるのだ。

「おまえ、悪い奴《やつ》だなあ」ホールを一緒《いっしょ》に歩きながら、ぼくはジャックに言った。「じつにうまいこと考えたじゃないか」

「なんの話だ？」

「カロムについての言いわけさ」

彼《かれ》は顔をしかめてぼくを見た。「べつに、うまいことを言ったわけじゃない。事実なんだよ。おれは今朝《けさ》、カロムが学校へ入ってくるところで会ったんだ。ちゃんと歩けなかったよ。日曜の午後に、どこかでやられたんじゃないかな」

「ほんとか」

「アッカー、おれはときどき、おまえは人生をなんでもごまかして渡《わた》ろうとしてる気がするんだが。それじゃあいずれ、厄介《やっかい》なことになるぞ」

彼《かれ》は、それだけ言うと立ち去った。まるで、ぼくが何か無礼なことでも言ったみたいだった。

この話は、これでもう終わりだ。ぼくらが順当にゲイツヘッド校を三十二対八で破り、ＯＢ会は例によって、ぼくらを一蹴《いっしゅう》したということ以外は。

24. 二枚《まい》の絵

「プレゼントがあるんですよ」ぼくはエマに言った。学期さいごの火曜日だった。「クリスマスプレゼントです」

　クリスマスまで取っておくつもりだったのに、できあがってしまったものだから、彼女《かのじょ》の反応《はんのう》を見たくてがまんできなくなってしまったのだ。このプレゼントには、とても苦労した。自分で描《か》いた絵なのだ。ぼくは、Oレベルの美術はとったものの、六年生になって子どもっぽい科目をみんな棄《す》てたとき、一緒《いっしょ》に放棄《ほうき》してしまったのだ。それに、これは正確には「ぼくの」絵ではなかった。父さんが持っている絵を模写《もしゃ》したもので、それはこの地方の有名な画家が描《か》いた『昔日《せきじつ》のシールズの風景、魚河岸《うおがし》とトロール船』という絵だった。だがぼくは、画家のあらゆる技巧《ぎこう》をじつにたんねんに模倣《もほう》したので、父さんも母さんもほとんどオリジナルと変わらないと言い、父さんが額縁《がくぶち》をつけてくれたのだった。

　ぼくは、母さんがクリスマス用の包装紙でていねいに包んでくれたその絵を、背中の後ろから取り出してエマに渡《わた》した。

「なんなの？」彼女《かのじょ》はすこし心配そうに訊《き》いた。

「開けて、見てください」

　彼女《かのじょ》はその絵をしげしげと眺《なが》めた。ぼくは正直に一方の隅《すみ》にはぼくの名を入れ、反対の隅《すみ》には「ヴィクター・ノーブル・レインバードを模《も》して」と入れておいたのだ。

「とても素敵《すてき》ね」エマは信じられないというように言った。「あたし、あなたが絵を描《か》けるなんて知らなかったわ」

「描《か》けやしません。模写がうまいだけです。だから美術を棄《す》てたんですから。お母様の気に入ればいいと思って」

「母には見せなくてもかまわないかしら?」

「どうして見せないんです」ぼくは憤然《ふんぜん》とした。「下手《へた》だからですか」

「母はみんなにしゃべっちゃうと思うのよ。そしたら噂《うわさ》になるわ。それじゃ、あたしたち困るでしょう。それじゃちょっと……秘密が、ね、ロビー。ごめんなさい。これを描《か》くのにどれほど苦労したかはわかるわ。あたし一人のときに、出して楽しむわ」彼女《かのじょ》はふと気がついたように、熱いキスをしてくれた。

「本当にありがとう。ずいぶん時間がかかったでしょう?」

「来週まで、取っておこうかと思ってたんです。クリスマス当日まで。でもがまんできなくなって」

「かえってよかったわ。あたし、来週の火曜には会えないの。そのつぎの火曜にも。親戚《しんせき》とのパーティがあるのよ」

「ほかのときに来ちゃいけませんか」

「そうね……無理だわ。クリスマスっていうのは忙《いそが》しいのよ。友だちや親戚《しんせき》がみんな訪ねてくるでしょ。お宅もそうじゃなくて?」

「来るでしょうね」ぼくは不機嫌《ふきげん》になった。

「休暇中《きゅうかちゅう》に、生徒は教えられないわ。学期中だけよ」

「ああ、それじゃ、ぼくも今じゃただの生徒なんですね」

「そうじゃないことは、わかってるじゃないの。ただをこねないで」

「三週間も先生に会えないんですよ！」

彼女《かのじょ》は黙《だま》ったが、つづけて言った。「もっと長くなるわよ。学校がはじまったら、Ａレベルの模擬《もぎ》試験だわ。あたしは採点で大忙《おおいそが》しじゃないかしら。そして、あなたのほうは猛勉《もうべん》よ」

「ぼくに飽《あ》きたんですね」

「バカを言わないで。あなたは勉強をはじめなくちゃ。隅《すみ》から隅《すみ》まで復習するのよ。そうでしょ、これはあなたにとって、とても大事なことなんですもの。時間はたちまちたつわ」

「わかりましたよ！」

「素敵なものをもらったのに、お返しがなくて悪いわね。不正になるから……。あたしたちは、生徒にプレゼントはできないの。どんなに好きな生徒にでも。噂《うわさ》になるから。ごめんなさい」

「クリスマス休暇中《きゅうかちゅう》には、フレッド・リグリーに会うんですか」

「そうね……一度くらい、飲みに来るでしょうね」彼女《かのじょ》はあきらかに、わざとあっさり言った。

「そして、先生は彼《かれ》と映画へ行って……」

「まださそわれてないけど、さそわれれば行くでしょうね。さあ、また蒸《む》し返さないで」

ぼくは彼女《かのじょ》を厳しく見据《みす》えた。少しきどっている感じがした。分別を持ちましょうねと言っているようなの。ぼくにも彼女《かのじょ》が、できればぼくを手頃《てごろ》な大きさの箱に押《お》しこんで、遠くへやってしまいたい……何か「小さくする」手はないかと思っているのが、なんとなくわかった。

「ジョイスとデートすればいいじゃないの……。すこし楽しみなさいよ。リラックスするのよ」

「ジョイスとなら、ぼくがデートしたいときにしますよ。先生に言われなくても」

「ロビー、そういう態度はやめて！　あたしは、ただ力になりたいだけなのよ」

ぼくは、それ以上この部屋《へや》にいるのに耐《た》えられなかった。息がつまりそうだった。そこで立ち上がって、コートを着た。少なくとも、これで彼女《かのじょ》のとりすました態度は崩《くず》すことができた。

「あら、帰らないで。ポートワインを飲ませてあげようと思ってたのよ。クリスマスですもの。一緒《いっしょ》に乾杯《かんぱい》しましょう。母も、あなたのために特別にミンスパイ（英国の伝統的な菓子。クリスマスに欠かせない）を焼いたのよ」

「ミンスパイのために来てるわけじゃありません」と、ぼくは言った。「ミンスパイなんか、先生が苦しくなるほどつめこめばいいじゃありませんか」

「ロビー、そんな！」

だが、ぼくはもう階段を猛《もう》スピードで半分駆《か》け下りていた。下まで降りきったとき、彼女《かのじょ》のお母さんが不思議そうな顔で、居間のドアを開けた。

「すみません」とぼくは言った。「今夜は帰らなきゃならないんです。なにしろクリスマスだから、母の手伝《てつだ》いがあるんで。お幸せなクリスマスと新年をお迎《むか》えください」

こう言うなり、ぼくは玄関《げんかん》のドアを後ろ手にばたんと閉めた。ぼくの不可解な態度の謎《なぞ》は、母子《おやこ》のあいだで解けばいい。

ジョイスの場合は、まるで違《ちが》っていた。あの防空壕《ぼうくうごう》で、またそれぞれのコートのボタンを掛《か》けていたとき、彼女《かのじょ》は心配そうに「お休みのあいだに会える？」と訊《き》いたのだ。

「きみが忙《いそが》しいだろうと思ってたけど」ぼくは意地悪なことを言った。「親戚《しんせき》のパーティやなんかで」

「何言ってるのよ。しじゅうってわけじゃないわ。たいていの時間は勉強するつもりよ」

「楽しそうだね」ぼくは意気消沈《いきしょうちん》した。

「あら、おもしろいわよ。あたしたちのやりかたでやれば」

「おもしろい？　寒い部屋《へや》に座って、何度も何度もいろんなことをノートに写すのが？　ぼくにゃ無理だな。ぼくはたいていテニスボールを壁《かべ》にぶつけて、時間をつぶしてるんだ。親父はかんかんになるけど――壁紙《かべがみ》に汚《よご》れがつくから」

「マージョリーとあたしは、うまいやりかたを考え出したのよ。勉強も競争にしちゃうの。二人で五シリングずつ出すと、お父さんがお金を足して大きな箱入りのチョコレートを買ってくれるの。そして、二人で問題を出しあって、最後に正解が多かったほうがチョコレートをもらうの」

「そりゃいいね」かなり変わっている、という気はしたが、果てしなくノートを写したり、ボールを壁《かべ》にぶつけて親父と喧嘩《けんか》したりしているよりは、ずっとましだと思えた。

「よければ、あなたも来れば。マージョリーは知ってる？」

「ときどき見かけるよ」マージョリーは、黒いカールした髪《かみ》の、大声で笑う大柄《おおがら》でぽっちゃりした女の子だった。彼女《かのじょ》はぼくのジョークにクラスで真っ先に笑ってくれるから、ぼくは彼女《かのじょ》が好きだった。マージョリーならがまんできるだろう。

　ぼくはクリスマス前の月曜に、はじめてジョイスの家を訪問した。お互《たが》いに、そろそろそういうことをしてもいいだろうと思ったのだ。ドアを開けてくれたのは母親のミセス・アダムソンだったが、彼女《かのじょ》を見たとたん、羽根で軽くひと撫《な》でされただけでひっくり返っても不思議はないほど驚《おどろ》いた。以前、それも一度だけ会ったときのこの母親は、ぶかぶかのスラックスにスリッパを履《は》き、エプロンをして、だらんとしたウールのカーディガンを着ていた。それに、眼鏡《めがね》も掛《か》けていた。ところが今日の彼女《かのじょ》は……とても、おなじ女性とは思えなかった。眼鏡《めがね》は掛《か》けていないし、じつにおしゃれなダークグレイのビジネススーツ、ナイロンのストッキング、そして黒いエナメルのハイヒール、という格好だったのだ。

ぼくは、彼女《かのじょ》がエマとたいして歳《とし》が違《ちが》わないのを知って、びっくりした。それなのに、彼女《かのじょ》のスタイルの前には、ジョイスもエマもずんぐりしていると思えるほどだった。スリムであるべきところは、鉛《えん》筆《ぴつ》なみにスリム。そして会社勤めの女性たちが（学校の事務員は違《ちが》うけれど）着るようなブラウスを着ていて、そのやや窮屈《きゅうくつ》めのブラウスには、呼吸とともに皺《しわ》の寄るべきところに皺《しわ》が寄っているのだった。髪《かみ》はシニョンにまとめていて崩《くず》れている箇所《かしょ》などまったくなく、漆黒《しっこく》に輝《かがや》いている。耳はじつにかわいらしく——ぼくはいつでも耳に惹《ひ》かれるのだが——小さなパールのイヤリングがついている。そして肌《はだ》はまるでクリーム色のベルベットで、さらに香水《こうすい》の匂《にお》いが……

「失礼するわね」と言って、彼女《かのじょ》は明るく笑った。「あたし、ちょうどお店へ行くところなの」

ジョイスも、母親が『ド・レスケ』というブティックをやっている、という話はしていた。町でいちばん高いブティックなのだ。母さんはいつもその店のウィンドーをのぞいていたが入ったことは一度もないし、父さんは値札を見るとヒューと口笛を吹《ふ》いたものだ。

ぼくは、女は魔術師《まじゅつし》だなと思いながら茫然《ぼうぜん》と突《つ》っ立っていた。あんなにやぼったかった女が、どうすれば急にこんな美人になれるのだろう。

「中へ入って待ったら？」と彼女《かのじょ》は勧《すす》めた。「ジョイスはあたしのお使いで、ひとっ走《ぱし》り買い物に行ったのよ。帰りにはマージョリーも呼んでくるわ。すぐ帰ってくるわよ」

ぼくは、いったいどういう挨拶《あいさつ》をすりゃいいんだ、と思いながら、この家のしみひとつない応接間に入った。あせってきょろきょろしていたぼくの目は、壁《かべ》に掛《か》かっている一枚の絵にとまった。帆《ほ》をいっぱいにふくらませた帆船《はんせん》の、美しい絵なのだ。しかも、複製ではない。

「あの絵、いいですね」

「ああ、あれ」とジョイスの母親は言った。「あれは去年の休暇《きゅうか》に、スカーボロー（イングランド北東部の有名なリゾート）で見つけたのよ。海がなかなかよく描《か》けているでしょう？」

ぼくたちはほかの絵も見てまわり、ぼくはその一つ一つについて、多少はわかったようなことを言った。ぼくは、必死になって彼女《かのじょ》から目をそらそうとしたが、どうもあまりうまくいかなかった。母親というものには、こんな格好をさせるべきではない。法律で決めておくべきだ。母親は母親らしくあれ、と……

最後の絵まで来ると、ぼくは、このあと何を言えばいいのだろうと心配になってきた。彼女《かのじょ》はしじゅうくっつくほどの近さに立っていて、その香水《こうすい》の匂《にお》いが……

「みごとな批評《ひひょう》だったわ」と、彼女《かのじょ》は言った。「あたしはそんなこと、考えもしなかったわ。あなた、学校で美術をやってるんでしょう？　ジョイスから聞いたわ」

「以前は、です」と、ぼくは言った。「やめちゃいました。模写が多少うまいだけだったので。ぼく自身のものの見方がなかったんです」

「それは自分に厳しすぎるわよ。あなたは、とても斬新《ざんしん》な見方をするわ」

こう言うと、彼女《かのじょ》はほっそりした白い手をぼくの腕《うで》に……

ぼくは身動きもできずに、ただじっと立っていた。

「家じゃ、この秋にジョイスの肖像《しょうぞう》を油で描《か》いてもらったの。ロンドンの画家に来てもらって。ご覧《らん》になる?」

「ああ、ぜひ」ぼくはようやく声をしぼり出した。

「二階なの。いらっしゃい」

ぼくは彼女《かのじょ》のあとについて、二階へ上がっていった。黒っぽいナイロンのストッキングの下で、ほっそりした筋肉が、クリームのように柔《やわ》らかく動いていた。ぼくは、自分は一生、女のあとを追って二階へ上がっていくことになるのではないかと、正気とは思えないことを考えた。その絵はどこにあるのだろう。洗面所、つまり……トイレか。金持ちの中には、貴重品をトイレに置くのをおもしろがるのがいるのだ。

彼女《かのじょ》がドアを押《お》し開けると、目の前には、ブルーのカーペットが敷《し》きつめられていた。そして、それに合うブルーのシルクの上掛《うわが》けが掛《か》かっているダブルベッド。なんてことだ、他人のベッドルームに入れてもらうなんて……

「あたしたち夫婦の部屋《へや》よ。散らかってて、ごめんなさい」

ぼくには、どこも散らかっているとは思えなかった。ベッドの下からのぞいている白いふわふわした一足のスリッパを、散らかっていると数えなければ。

「あれがジョイスよ。うまくあの子をとらえてるでしょう? 唇《くちびる》を噛《か》む癖《くせ》なんか」

確かに、本物のジョイスそっくりだった。わずかに今よりは若く、かなり疲《つか》れたような、ぐったりした顔をしてはいたが。しかし今は、彼女《かのじょ》などなんの救いにもならなかった。ただ、カンバスに塗《ぬ》った絵の具でしかない。しかもその絵は、ベッドのヘッドボードの上の壁《かべ》に掛《か》かっているのだ。よく見るには、ぼくたちはベッドのすぐそばに立たなくてはならなかった。しかも母親は、これまで以上にぼくにくっついていた。数センチしか離《はな》れていない。手はまた、ぼくの腕《うで》の上だ。美しい顔が信じきっているように、何か問いたげに、ぼくの顔を見上げている。そして、香水《こうすい》の匂《にお》いが……

そのとき、ぼくはジョイスのことを思い出し、とつぜんかっとなった。これじゃあんまりひどいじゃないか、きみよりも魅力的《みりょくてき》な、こんなママがいるなんて。どうやら……きみのボーイフレンドを盗《ぬす》もうとしているらしいママが……

そこで、ぼくは背筋《せすじ》をのばして言った。「いい絵ですね。すみませんが、トイレを拝借《はいしゃく》できますか」彼女《かのじょ》はにっこり笑った……意味ありげに、わかっているわというように、にやっと笑った。「左側の二番目のドアよ、階段に向かって」そう言うと彼女《かのじょ》はドアのほうへ行き、「あたし、出かけなくちゃ」と言った。

ぼくがトイレに隠《かく》れたまま、水を流し、手を洗って出ていくまで、あとどのくらい時間が稼《かせ》げるかと考えていると、ジョイスとマージョリーが帰ってきた声がした。彼女《かのじょ》の母親は、ぼくのことをどう思ったただろう。便秘だとでも思ったんじゃないか。

ぼくはジョイスの顔を見て安心したくてたまらずに、階下へ降りていった。「ほら、彼《かれ》が来たわよ」母親は言いながら、手袋《てぶくろ》をはめていた。「あたし、どこへ行っちゃったのかと思ってたのよ。水を流すのが早すぎて、下水処理場へでも流れてっちゃったのかと思って」ジョイスの母親は、この一件をひどく滑稽《こっけい》だと思っていたらしく、さらにつづけた。「あたし、あんたのいい人を怒《おこ》らせちゃったらしいのよ、ジョイス。あたしが寝室《しんしつ》へ連れてったのは許せないと思ってるらしいの。

たとえあんたの肖像《しょうぞう》を見せるためでもね。それであたしにつんつんしてるのよ。この人は、筋金入りの北イングランドのピューリタンだわ。じゃ、またね。楽しくやってね」こう言うと、さいごにもう一度ダークグレイのスカートをふわりとひるがえし、シームがまっすぐに見えるストッキングに包んだ美しい脚《あし》を片方見せて、彼女《かのじょ》は出ていった。

ぼくは真《ま》っ赤《か》になって、さいごの数段を降りていった。

「ママのことなんか、気にしないでね」とジョイスは言った。「すぐいたずらをしたがるのよ」その表情を見れば、母親がどんないたずらをしたか、ジョイスにはよくわかっているようだった。

しかし、アダムソン夫人は二度とぼくにそんな真似《まね》はしなかった。その後はいつでも、とても親切なだけで、普通《ふつう》だった。ぼくはさんざん考えたすえ、彼女《かのじょ》はぼくを試したのだ、テストしたのだという結論に達した。安全な男なのか、ジョイスと家に二人きりにしても大丈夫《だいじょうぶ》なのかを見たのだと。つまり、ぼくがもしトニー・アップルのようなすれっからしだったら、アダムソン夫人にキスしようとするとかなんとかして、反則をとられ、二度とこの家に来るなと言われて、骨折り損になったろうということだ。

ところが、ぼくは何度もこの家をおとずれることになった。お茶には四回招《よ》ばれたし、ランチも二回ご馳走《ちそう》になった。父親とはあまり顔を合わせなかったけれど、そもそも父親はぼくに話すことなどろくになかったのだ。勉強は進んでいるかとか、ラグビーチームのほうはどうだなどと訊《き》かれはしたが、最初のときにあれこれ話したあとは、ぼくは無理にいろいろ話そうとはしなかった。相手はろくに聞いてもいず、適当にあいづちを打っているだけだったから。

ジョイスの両親はどちらもしじゅう留守だったから、よくぼくたちだけになった。むろん、マージョリーは一緒《いっしょ》だったが。ぼくは、マージョリーが好きになった。太りすぎだと思っていたから、デートしたりはしなかったが。男はプライドを大事にしなくては……。しかし、ぼくはそんな彼女《かのじょ》がかわいそうだった。あと十五キロくらい落とせていたら、けっこう人気が出たのではないかと思う。しかしそうなると、こんどはジョイスと親友にはなれなかったかもしれない。女の子というのは、友だちがあまり綺《き》麗《れい》だといやがるというから。

とにかく、ぼくは一人でボールを壁《かべ》に叩《たた》きつけながら勉強をつづけた場合と比べると、ずっと猛《もう》勉強をする結果になった。三人でお互《たが》いに質問しあったことは、それきり忘れなかった。チェコスロヴァキアの工業製品など、一生忘れないだろう。彼女《かのじょ》たち二人にはすでに二十点負けていたのに、この問題でまた三点失ったのだから。また、『ハムレット』で亡霊《ぼうれい》がはじめて現れるのは何幕何場かも、忘れないだろう。この問題で、ぼくはマージョリーを二点負かしたのだ。

けっきょく、さんざん笑ったあげく、最終日にはマージョリーがチョコレートを獲得《かくとく》した。彼女《かのじょ》は、ジョイスの四百点、ぼくの三百九十九点に対して、四百十九点取ったのだ。それでも、彼女《かのじょ》はチョコレートを気前よくぼくたちに分けてくれて、三人でほとんど全部食べてしまった。

そしてぼくは、ジョイスのいい人として、アダムソン家の新年のパーティにも招かれたのだった。

「来なくてもいいのよ」と、ジョイスはさばさばと言った。「みんな、ぐでんぐでんになっちゃうの。終わりの頃《ころ》には、相当ひどいことになるわ。あたしはいつでも、新年になったとたんに寝《ね》ちゃうのよ」

彼女《かのじょ》があまり絶望的な顔をしたので、ぼくはきみの相手をしに来るよ、と言った。

25・新年

中年ビジネスマンたちはそろってスーツ姿、でっぷりしたその妻たちも寸分の隙《すき》もなく飾《かざ》りたてているのだから、これはかなりやりきれなかった。パーティのはじめのほうと終わり頃《ごろ》と、どっちがひどかったかはわからない。はじめのうちは彼《かれ》らも素面《しらふ》で、自分が担当した取引の話とか、やっと手に入れた新車の話、また女性の場合なら、いいメイドを引きとめておくことのむずかしさといった話をしていた。（そして誰《だれ》もがかならず、学校の勉強はどう、と訊《き》くのに、返事は聞いていないのだ。）

しかし、いよいよ酔《よ》いがまわってきて、上着を脱《ぬ》ぎ、タイをゆるめはじめると、お互いに相手の奥《おく》さんにキスしはじめる始末だった。大人がバカな子どもみたいな真似《まね》をはじめると、この世の終わりという感じがしてくるものだ。そしてそろそろ真夜中という頃《ころ》には、みんなセンチメンタルになってピアノのまわりに集まり、「川のほとりの水車小屋、ネリー・ディーン」とか「懐《なつ》かしのわが家、愛《いと》しき人々」とかを歌いだした。

でもここに自分がいるのは、そして閉口しているジョイスを見守ってやれるのは、やはり嬉《うれ》しかった。飲めと押《お》しつけられる酒は素直に受けとって、そのままカーテンの陰《かげ》の窓敷居《まどじきい》に置き、朝、メイドに片づけてもらうことにした。ぼくは酒は嫌《きら》いで、頭ははっきりさせておきたかったのだ。

一人だけ話し相手になってくれる人がいた。体の幅《はば》といったら納屋の入口並みの、町のラグビークラブのメンバーで、ぼくの高校のOBだった。ぼくたちはずいぶんよくしゃべった。二人ともフォワードで、最高の熱気も知っていれば、バックスの間抜《まぬ》けさ加減も知っていたからだ。

十二時に時計《とけい》が鳴り、新年を迎《むか》えてきちんと挨拶《あいさつ》を交《か》わすと、彼《かれ》がやってきてぼくをかき抱《いだ》き、「これから十一時間したら、ハイクリップと試合だ」と言った。

ぼくはけげんな表情で彼《かれ》を見た。彼《かれ》はすでに泥酔《でいすい》状態で、満足に立ってもいられなかったのだ。

「おれたちゃー、負けるよ」彼《かれ》は真面目《まじめ》な顔で、ぼくを見て言った。「新年にゃ、いつだって負けるんだ。わかるだろ、理由は。全員、酒がへえってるからよ。酔《よ》っ払《ぱら》っちまって出てこねえ奴《やつ》だって、二人や三人はいる」彼《かれ》は、慰《なぐさ》めでももとめるようにビールのマグの底を覗《のぞ》きこんだ。そしてマグをぐるぐるまわして揺《ゆ》すっていたと思うと、「おまえは大丈夫《だいじょうぶ》だ。おまえは、まるっきり素面《しらふ》だからな」と言う。ところが、こんどはまた別のことを考えはじめたらしく、ぶつぶつ小声でつぶやきだした。その言葉がわかるまでには、ずいぶんかかった。だが、しまいに彼《かれ》は、ぼくの胸をものすごく太い人指し指で三度軽く叩《たた》くと、言ってのけたのだ。

「どうだ、明日の朝、来ねえか。十一時によ。ぜってえ試合に出してもらえら。いつだって人が足らねえんだ、人がいねえのさ、元日にゃ。で、おまえにゃ相棒がいるかい。気のきいたウイングが？　そいつも連れてこい。奴《やつ》にゃ、やることがたんとある。たんとな」

ぼくはかすかにぞくりとした。練習のためにも試合に出たい。入れられるのは町のクラブの三軍か二軍だろうけど。ジャックの奴《やつ》も出たがるんじゃないか……

「たぶん行けます」ぼくは言ったが、まだ本気ではなかった。

「道具を忘れるなよ」彼《かれ》はゲップをした。「そして、おれに言われて来たと言え。おれはトニー……トニー……ベレシュフォードってんだ」
こう言うと、彼《かれ》はうつ伏《ぶ》せに倒《たお》れてしまった。

ぼくは午前一時に帰って八時には起き、わが家の通りのはずれにある電話ボックスから、ジャックに電話をかけた。

「嘘《うそ》だろう」彼《かれ》は信じなかった。「からかうにしても、もう少しまともな話をしろよ……」

「おまえは、奴《やつ》に会ってないからだよ」と、ぼくは言った。「チームがみんな奴《やつ》みたいだったら……」

「わかった、行くよ。見るぶんにゃさしつかえないからな」

ぼくらはオーバーを着こみ、用具を入れたバッグを背中で派手に揺《ゆ》すりながら、現場に着いた。はじめは、試合なんかありっこないと思った。車もほとんど来ていないし、入場ゲートは開けっぱなしで、ふらふら揺《ゆ》れている。スタンドにも観客の姿はなかった。

更衣室《こういしつ》のドアも開いていたが、何か低い音が漏《も》れているだけだ。いつものどなり声だのシューズを放り出す音だのではなく、敵を罵倒《ばとう》する歌でもない。低いうなり声のような音だ。

と、トリルビ・ハット（つばの幅の狭い中折れ帽）をかぶったおいぼれが、ひどく心配そうな顔で出てきた。男はゲートをじっと睨《にら》んでぐずぐずしていたが、また中に入っていった。

この男はさらに三度出てきては、中へ引き返していった。

「あれは一軍のコーチだぜ」ジャックは脅《おび》えたように言った。

その男はつぎにまた顔を見せると、ぼくらをじろりとひどく横柄《おうへい》な態度で眺《なが》め、こっちへやってきて、

「おまえたちは、ハイクリッフ戦の補欠か」と訊《き》いた。

「違《ちが》います」ぼくは言った。「ぼくらはグラマースクールの生徒です。ラグビーチームの一軍です。ベレシュフォードさん……ベリスフォードさんから、来れば試合をさせてやれるかもしれないと言われたんです」

「バカもいい加減にしろ」男はひどく気分をそこねたらしく、それをあらわにした。

「こいつは一度、このチームに参加したことがあるんです」ぼくは言って、ジャックを指差した。「そちらのウイングが怪我《けが》をしたときに」

「あれは遠征《えんせい》試合のときだ。緊急《きんきゅう》事態だったからだ」と男は言った。

「彼《かれ》はトライを挙《あ》げたんですよ」

「まぐれさ」

こんなに横柄《おうへい》な奴《やつ》は見たことがなかった。じつにいやな奴《やつ》だ。彼《かれ》はまた中へ入ってしまった。

「スタンドへ行って座っていよう」ジャックは腐《くさ》っていた。「少なくとも、料金はとられないですむ」

だがまさにそのとき、横縞《よこじま》の入ったラグビーのユニフォームを着た巨体《きょたい》のベリスフォードが、更衣室《こういしつ》の入口に現れたのだ。彼《かれ》はドアにつかまって、かろうじて立っていた。

「ちくしょう」ベリスフォードは言った。「どうして、こんなことやるんだ。どうしてこんなことを。おまえ、アルカセルツァー（鎮痛剤）を持ってないか。おれは三錠《じょう》持ってたんだがもう飲んじまって……」

彼《かれ》は少し青ざめていた。

だが、そのうちに彼《かれ》の頭にも、うっすらと光が射しこんできたらしい。

「おまえ……若いの……ゆうべいた奴《やつ》だな。早く帰っちまったじゃないか」彼《かれ》はとがめるように、ぼくを睨《にら》んだ。「おれは、朝の六時半まで帰らなかったんだぞ。犬みてえに元気だったね。朝飯も食ってやしねえ……バカだねまったく……朝飯なんか食う奴《やつ》は」

「どうして?」ジャックが訊《き》いた。

「そんなことわかるだろう!」ベリスフォードはひどくゆっくり、うなずいた。電池の切れかけたフクロウ型の目ざまし時計みたいに。「おまえ、ゆうべ、うちのあほうなフルバックが何をしでかしたか、知ってるか? 市営浴場の壁《かべ》をよじのぼって、しのびこんで飛びこんだんだよ。ところが濡《ぬ》れなかった。なぜかって、湯が入ってなかったからさ。冬のあいだは休みなんだ。あのバカは、そんなことにも気がつかないで手首を折っちまった。おまけに、スタンドオフは車を街灯にぶっつけるし。今日はうんと下がったとこでプレイするしかないね。プレストン病院に入ってるからな」

彼《かれ》は雌鳥《めんどり》がひどく苦労して卵を生むときのような音を出した。笑っているのだとわかったのは、しばらくたってからだった。

「なぜ、おまえとおまえの友だちは、中へ入って着替《きが》えないんだ。祖国は二人を必要としているぞ」彼《かれ》はジャックの手を握《にぎ》り、まるでポンプの柄《え》のように何度も何度も上下に振《ふ》った。「おまえは、いいウイングだ——立派なウイングだ。友だちから聞いたぞ。今、この町でいちばんのウイングだってな」

ぼくたちは中へ入った。たちまちあのしかめつらのおいぼれが、「おまえたち、ここになんの用だ?」と言って近づいてきた。

ベリスフォードが割《わ》って入った。「二人ともおれの友だちなんだよ、モリス。試合に出るんだ。おれはキャプテンなんだから、おれが出すと言ったら、こいつらは出るのさ」

あたりのベンチでうなだれていた選手たちが、顔を上げた。ぼくは、その一人が右足を左足のシューズに突《つ》っこもうとしているのに気がついた。

「そのガキどもにプレイさせてやれよ」一人がどなった。

「べつに損もしないじゃないか」もう一人も叫《さけ》んだ。

モリスはぶつぶつ言っていたが、けっきょく折れた。ジャックはスタンドオフになる。ぼくは、フルバックにされかけたが、しつこくがんばって、いつもやりなれているフランカーにしてもらった。彼《かれ》らのフランカーは、自分はいっそベッドで寝《ね》ていたいけれども、ポジションはどこだってかまわない、と言った。

「よーし」とベリスフォードがどなった。「早いとこ片づけようぜ」

彼《かれ》らは膝《ひざ》に手をついて、それをささえに、婆《ばあ》さんみたいな格好で立ち上がった。にぎやかな咳《せき》とうめき声とゲップのコーラス。ぼくら二人は後ろへ下がって、ぼくらのヒーローたち、百戦錬磨《れんま》の巨人《きょじん》たちがよろよろ出ていくのを見ていた。禿《は》げ頭にうっすらと汗《あせ》をかいている、元ウェールズ代表のセンター、ジェンキンズ。松葉杖《まつばづえ》代わりに仲間の肩《かた》につかまって、足を引きずって歩いていく、百八十七センチのフォワード、マグレガー。わずかにスクラムハーフのウィルフォード一人が、頬《ほほ》もバラ色なら表情も明るく、元旦《がんたん》を機に日付が変わる頃《ころ》、訓練のために走ってきた、と自慢《じまん》していた。だが本好きの、真面目《まじめ》くさったフルバックのスティーヴンソンは、アガサ・クリスティの最新作を読みながら九時半までベッドの中にいた、と言った。

じつをいえば、整列したときには、敵のハイクリッフも似たり寄ったりの状態に見えたのだった。ところが向こうには、ウイングに、すぐさま元気よく走りだしたことでもわかったとおり、あきらかによく眠《ねむ》ってきた若いのが一人いたのだ。

「あいつを早いとこ押《お》さえたほうがいいな」と、ジャックがつぶやいた。

まるで夢の中の試合だった。ぼくら数人以外は、まさにスローモーション映画だった。ぼくの記《き》憶《おく》に残った場面は、わずかしかない。

ジェンキンズがとつぜん元気になると、あとを追うぼくを従えてくねくねと身をひるがえしながら、ハイクリッフのディフェンスを突《とっ》破《ぱ》していった。だがとつぜん足をとめて動かなくなると、ぼくにボールを投げてよこし、「おい、走れ。おれはへとへとだ」と言った。

ぼくは走った。ハイクリッフのたくましい胸をした堂々たる巨《きょ》人《じん》たちが、大地に根が生えたように足を踏《ふ》んばったまま、たのむように腕《うで》を弱々しく振《ふ》って阻《そ》止《し》しようとしているあいだを縫《ぬ》って。彼《かれ》らのインゴールは、幽《ゆう》霊《れい》屋《や》敷《しき》さながら、がらがらだった。ぼくは、得点するにはボールをどこへ置けばいいか迷った。

「おまえが自分でゴールキックを蹴《け》れ」ベリスフォードが言った。「おれは歩いてハーフウェイラインまで下がる。あまり早く蹴《け》るなよ。おれたちにひと息つかせてくれ」

そしてジャックも、こちらのゴールラインすれすれのところまで来ていたボールを奪《うば》うと、誰《だれ》もが知っているあの巻き毛をひるがえしてフィールドを端《はし》から端《はし》まで走り、彼《かれ》以外のわれわれチームのメンバーは、ただ突《つ》っ立ってそれを眺《なが》めながら、まるでニューマーケット（ロンドン郊外の競馬場）の勝ち馬に叫《さけ》ぶみたいにひたすらホーム、ホームとどなっていた。

もっとも、ハイクリッフ側のあの若いウイングも、われわれのあいだを四回駆《か》け抜《ぬ》けて得点を挙げた。

ハーフタイムのとき、どこからともなくヒップフラスク（尻ポケットに入れる携帯用の酒の容器）が出てきた。

「おもしろいか？」ベリスフォードは泥《どろ》んこの上にあおむけに寝《ね》そべったまま、気持ちが悪そうな顔で訊《き》いた。「おもしろがってる奴《やつ》がいて嬉《うれ》しいよ」

後半戦は、さらにひどいことになった。両陣営《じんえい》がスクラムを組んだときに押《お》しあわず、もたれあうような格好になってしまったのだ。スクラムが何度もあっさり崩《くず》れた。ウィルフォードは二回、みごとなトライを挙げ、がんばり屋のスティーヴンソンも、二度ドロップゴールを成功させた。

ジャックは、彼《かれ》にタックルできる絶好の位置にいた相手のフルバックが急に体を二つに折って吐《は》きはじめたとき、さらに一回トライを挙げた。

「おれは突《つ》っ走《ぱし》りすぎて、もうへばったよ」と、ジャックは言った。「五人制のサッカーをやってるようなもんだ」

それから十分たつと、どっちの選手もレフェリーに向かって、「あと何分やるんだ、ハーバート?」

「おい、同情してくれよ」などとどなりはじめた。

「点数はどうなってる?」レフェリーもどなった。もうホイッスルを吹《ふ》く元気も残っていないような顔つきだ。

「二十九対二十九の同点だな」ウィルフォードがどなった。

「これまでだ」向こうのキャプテンがどなり返した。

レフェリーが長々とホイッスルを吹《ふ》いた。みんなが長々と喝采《かっさい》した。

「バーが開いてるといいが」

「このあとじゃ、一杯《ぱい》やってもバチはあたらん」

ジャックとぼくはつぎの週、この試合の記事が地方紙に出ていないかと夢中で捜した。が、一行も出ていなかった。スポーツ記者のチーフが、夜の乱痴気騒《らんちきさわ》ぎがはじまってまもなく警官をかわいがったために、収監《しゅうかん》されてしまったせいらしい。

休暇《きゅうか》のさいごの日、マージョリーは現れなかった。ジョイスの話では、家でフランス語の復習をやっているという。ぼくたちはフランス語はやらず、ラテン語を少しやったけれど、二人とも心ここにあらずだった。

「居間へ行きましょ」と、ジョイスは言いだした。「あそこなら暖炉《だんろ》があったかいわ。二人でソファへ寝《ね》ればいいじゃない」

ぼくはまじまじと彼女《かのじょ》を見た。彼女《かのじょ》の台詞《せりふ》にしては強引だったから。しかし、ジョイスは血色《けっしょく》の悪い疲《つか》れた顔をしていて、目の下にはうっすらとくまができていた。

ソファに気持ちよくおさまると、ぼくは彼女《かのじょ》のブラウスのボタンをいじりはじめた。けれども彼女《かのじょ》はその手をあっさり押《お》しのけて、「おいたは駄目《だめ》」と言う。それでいて、こんどはすり寄ってきた。

ぼくはすっかり面食らった。彼女《かのじょ》の声には、ぼくに腹をたてている感じはまったくない。今までの彼《かの》女《じょ》になくくっつきたがるのだけれど……。ぼくは両手を宙に上げて、しおれたバナナの房《ふさ》のように、ひらひらさせていた。

「どうしたんだい？」ぼくはいらだちを抑《おさ》えて訊《き》いた。「模擬《もぎ》試験が心配なの？」

「ううん」彼女《かのじょ》は言って、太いため息をついた。満足そうな、同時にあきらめてでもいるようなため息だった。「抱《だ》きしめてよ。強く……」

そのまま十分くらいじっとしていると、彼女《かのじょ》は言った。「背中を撫《な》でてくれる？　やさしく。あ、いい気持ち」

「インフルエンザにでもかかったの?」

「違《ちが》うわ」

「じゃ、どうしたんだ」

「女の子しか知らないことよ」

「なんだって。妊娠《にんしん》してるんじゃないだろうな。そんなわけないだろう? ぼくたちは何も……」

彼女《かのじょ》はぼくを見上げて、にっこりした。何もかも知っているような、ちょっとモナ・リザみたいな、ぼくよりずっと偉《えら》いと思っているような微笑《びしょう》だった。「おとなしく寝《ね》てて、お行儀《ぎょうぎ》をよくするって約束したら、教えてあげるわ」

「いいよ、わかった」ぼくはちょっともがいた。右の腰《こし》が痛かったのだ。「なんなんだい?」

「その……あたし、今、月のうちで具合の悪いときなのよ。いつもはとっても痛むの。でも、あなたがいてやさしくしてくれるから、ほとんど痛まないの」彼女《かのじょ》は感謝するように微笑《ほほえ》むと、さらにぴったりすり寄ってきた。「背中を撫《な》でるの、やめないで」

どう言えばわかってもらえるだろう。ぼくは特権をあたえられた気がした。自分が確かにもとめられているという気がした。この世界を変えられるような気がした。左腕《ひだりうで》がどんなに痛くても、右脚《みぎあし》がびりびりしびれていても、問題ではなかった。

「ラジオをつけようか」ぼくはカーペットの上を歩いていってスイッチを入れ、マントヴァーニ楽団（イタリアに生まれロンドンを中心に活躍したマントヴァーニ（一九〇五—一八〇）が率いた楽団。ストリングス中心のムード音楽で人気を博した）の番組に合わせた。いつもは、きんきらきんの俗《ぞく》悪《あく》な音楽だと思っていたのに。

「ありがとう」二人がまたさっきの体勢にもどると、彼女《かのじょ》はつぶやいた。そしてあっさり眠《ねむ》ってしまった。

ぼくは首を上げなくても見える彼女《かのじょ》の体を、あちこち見た。長椅子《ながいす》の向こうの腕《うで》にだらんと掛《か》かっている綺麗《きれい》なふくらはぎと、ナイロンストッキングに包まれた足。ぼくの手を握《にぎ》っている、ほっそりしたすべすべの手。呼吸とともに二つの乳房《ちぶさ》が上下すると、首筋のくぼみにのっている小さな十字架《じゅうじか》が一緒《いっしょ》に動く。まぶたはうっすらと青く、唇《くちびる》は呼吸とともに震《ふる》える。ぼくは、自分が貴重な船荷を満載《まんさい》した船の船長になったような気がした。完全にまかされているのだ。いっさいがぼくのものなのだ。あまりにも満たされた気持ちで、ぼくはこれが永遠につづいてくれないかと思った。

……ぼくもまどろんだのだろう。そのつぎに気づいたのは、「起きなさい、美男美女」という、彼女《かのじょ》の母親の声だったのだから。

「あ、大変だ！」ぼくは仰天《ぎょうてん》して飛び起きた。

しかし、彼女《かのじょ》の母親はとてもやさしい表情で、ぼくを見て微笑《ほほえ》んでいた。「いびきをかいてたわよ、ロビー」

「すみません……ぼく……」

「そんなにあせらずに。猛《もう》勉強っていうのは疲《つか》れるものよ。今、紅茶をいれますからね」そしてまた微《ほほ》笑《え》むと、行ってしまった。

ジョイスはむにゃむにゃとぼくの名前を呼び、ぼくの手をさらに固く握《にぎ》りしめた。

「起きろよ、お母さんが帰ってきたぞ」

こうして、ぼくたちは格好をととのえ、また母親がもどってくると、弱々しく微笑《ほほえ》んでみせた。

「お父様には、あなたたちが一緒《いっしょ》に寝《ね》てたって話はしないほうがよさそうね！」

だが、これはみんな冗談《じょうだん》、女っぽい軽い冗談《じょうだん》にすぎなかった。

家へ帰るバスの中で、ぼくはふと、ジョイスとエマのことを考えた。たいていの仲間はまだキス一つ経験していないのに、自分は二人の女性とつきあっているのだと思うと、かなり自分に満足した。それに、二人を比較《ひかく》するのも楽しみだった。ジョイスはおとなしくておだやかで、やましいところがない。彼女《かのじょ》のお母さんは、おそらくぼくらがどこまで進んでいるかを知っていて——しかも、それを気にしていない。ぼくには、ジョイスを急《せ》かす気持ちはなかった。いつかはそうなるのではと思っていたが……だが、エマのほうは……エマと一緒《いっしょ》にいたときのことを考えはじめると、目も耳もたちまちふさがってしまって、車掌《しゃしょう》がバス料金を集めに来ても三度言われるまで聞こえず、向かいの二人の女店員がくすくす笑いだした。

エマはぼくのことを、いらないときは、大好きな玩具《おもちゃ》みたいに小さな箱にしまっておけばいいと思っているのだ。

ぼくは、こんどまた彼女《かのじょ》を捕《つか》まえたら、そのお返しをしてもらおうと思った。どっちが偉《えら》いか、教えてやるのだ……彼女《かのじょ》が慈悲《じひ》をもとめて叫《さけ》ぶまで。

エマに慈悲《じひ》は無用だ。しかし、彼女《かのじょ》もそれを望んでいるのでは……

ぼくは、あやうくバスを乗り越《こ》しかけた。

第四部

26. オールド・ハートリーのパブ

そういうことになったのは、一月の末だった。今では、それ以前のぼくがどうして幸せでいられたのか、よくわからない。ただ、ジョイスと彼女《かのじょ》の家族がいたし、模擬《もぎ》試験は何度もあった。それに、エマとは辛抱《しんぼう》して会わないようにしていたが、それも銀行預金《よきん》みたいなもので、やがて一気に使えるときが来るという、希望があった。

模擬《もぎ》試験はみな、じつに楽々とすんだ。ぼくは猛勉強《もうべんきょう》は苦手なのに、試験ではたいていうまくいく。言葉の使いかたは達者《たっしゃ》だったから、他の連中がまだ鉛筆《えんぴつ》を噛《か》み噛み考えているうちに、もう書きだしていた。何も知らないのに、いかにもよくわかっているような答えを書くのが得意だったのだ。だが今回はジョイスのおかげで、そんな必要もなかった。あらゆる事実が頭に入っていたから。

いざ成績がわかったときには、まったく信じられなかった。教師たちもやはり信じられなかったらしく、ぼくに成績表を乱暴に返しながら、複雑な顔をしていた。ジョイスも、やはりかなりいい成績だった。

だがぼくは、心の底でエマのことがすこし心配になりはじめていたのだと思う。彼女《かのじょ》からはなんの連《れん》絡《らく》もなかった。採点や成績表の仕事は、もう終わっているはずだった。だってぼくのポケットには、父さんからは一ポンド、お祖母《ばあ》ちゃんからは五シリングの褒美《ほうび》がもらえるはずの、成績表が入っていたのだから。学校の廊下《ろうか》でもあまりエマには出会わない気がしたし、そのうえいざ会っても、彼女《かのじょ》はうつむいたままでこっちを見ないふりをしていた。しかしぼくは、彼女《かのじょ》は忙《いそが》しいのだろう、疲《つか》れているのだろうと思っていた。

ところがあの夕方、学校が終わったあとでぼくは彼女《かのじょ》を見たのだ。ラジエーターにもたれて、フレッド・リグリーの話に耳を傾《かたむ》けていた。リグリーがあんなに生き生きしているのは、見たことがなかった。まるで本当に生きているみたいに見えたほどだった。彼《かれ》はしきりに冗談《じょうだん》を言っていた。

そしてエマは、それを聞いて笑っていた。

ぼくは廊下《ろうか》のはるか遠くの物陰《ものかげ》に隠《かく》れて、それを見ていた。四時はとうにすぎていて、生徒はほとんど全員、すでに家へ帰っていた。ぼくはジャックやトニー・アップルたちとボールを蹴《け》りながら校庭を一周したあと、忘れた本を取りに教室へもどってきたところだった。

ぼくは立ちどまって、「なんてひどい女だ！」と思っていた。私《わたし》たちは辛抱《しんぼう》して、お互《たが》いのために自分を抑《おさ》えなくてはならないわ、だなんて、よく言うよ。そうとも、ぼくはあんたが望むとおり辛抱《しんぼう》してきたんだ。自分を抑《おさ》えてもきた。それなのに、あんたはそれをいいことに、フレッド・リグリーと笑ってるじゃないか……。ぼくはそこにたたずんだまま、自分でも怖《こわ》くなったほどの真っ黒な怒《いか》りに震《ふる》えていた。

そのときフレッドが言った。「じゃ、今夜ね」

すると彼女《かのじょ》は、幸せそのものの笑顔《えがお》でぼくがいるほうをふり返ると、教室へ入っていった。フレッドのほうは、口笛を吹《ふ》きながら廊下《ろうか》をぶらぶら遠ざかっていった。二人ともぼくに気がつかなかったのは、幸いだった。ぼくは、ほんのわずかでも動けなかったのだから。

ぼくには、「彼女《かのじょ》はぼくのものだ」ということしか考えられなかった。ぼくの財産なのに、それをあの男が盗《ぬす》んだ、としか。自分は無だ、無以下だという気がした。この世というのは大人が作った山で、彼《かれ》らはその上にいて、のぼってこようとする若い者を嘲笑《ちょうしょう》するのだ。のぼろうともがいている手を踏《ふ》みつけ、あまり高いところまで来れば、顔面を蹴飛《けと》ばすのだ。

憎《にく》しみが、口の中で苦かった。


それから二日後の晩、ぼくはあのオールド・ハートトリーのパブで、前と同じ半パイントのリンゴ酒を前に座っていた。その晩は、あまりこんでいなかった。バケツをひっくり返したような豪雨《ごうう》という、ひどい天気だったから。ぼくのトレンチコート（ヴィンドバラで二人でかぶったのとおなじコートだと思うと、やりきれなかった）はぐしょぬれで、床《ゆか》に雨水をしたたらせていた。誰《だれ》かが入ってくるたびに、叩《たた》きつけるような波の音と風のうなる音がした。強い雨が窓を叩《たた》き、煙突《えんとつ》の中では風がヒューヒューと鳴って、火がパチパチとはぜたり揺《ゆ》らいだりしていた。

ぼくの気分は、ドラマの場面のようにくるくる変わりつづけていた。憎《にく》らしいエマが愛《いと》しいエマになり、哀《あわ》れなエマになった。ぼくはそのとき、彼女《かのじょ》がとつぜんこのパブの入口に現れるかもなどという、じつに子どもっぽい空想をしていた。

おまえは、どこまでみじめになれば気がすむんだ？　銀行に預金があったって、使えないんじゃ何になる。預金通帳なんかおっぽり出して、忘れちゃうほうがましじゃないか。

そのとき、雨水をしたたらせて座っていたぼくの頭に、とんでもない考えが浮《う》かんだ。エマという銀行に預《あず》けてある預金を、一気に使ってしまおう。どうせ価値がない預金なら、価値がないってことを確認してやるんだ。しかし、多少の価値があるのだとしたら、十分後には彼女《かのじょ》がこのパブの戸口に現れて、ぼくの幻想《げんそう》はもはや幻想《げんそう》ではなく、現実となるはずだ……

パブの外に、赤い電話ボックスがあった。

彼女《かのじょ》に電話してやろうと思った。

今夜のぼくはリンゴ酒だけでなく、煙草《たばこ》とマッチも買っていた。

強風が吹《ふ》き荒《あ》れるボックスの中の電話帳で彼女《かのじょ》の家の番号を見つけたときには、そのマッチもほとんど使いきっていた。

電話には彼女《かのじょ》が出た。隙間風《すきまかぜ》の吹《ふ》く玄関《げんかん》に立っている彼女《かのじょ》の姿が目に浮《う》かんだ。

「ロバートですが……」

それきり、しんとしている。

「ちょっと、聞こえてるんですか？」

「ええ、聞こえてるわよ。なんのご用？」その声にはかすかに敵意が感じられた。「その音は何？」

「風ですよ」ぼくは言った。「それに波の音」

「どこにいるの？」

「オールド・ハートリー」

「オールド・ハートリー？　そんなとこで何をしてるの？」

「ウォーキングです」

「こんな晩に？　どうかしてるんじゃない？」

「そうかもしれない」

「びしょぬれでしょう」

「ぐっしょりです」

「お家へ帰るんでしょ？」

「崖《がけ》づたいにね」

「でも、あぶないわ。吹《ふ》き飛ばされるわよ」

「でしょうね」

「いったい、どうしたっていうの」

「先生のせいです」

「まあ、ロビー、バカなことを言わないで」

「ぼくには、バカなことを言う権利があります。この命はぼくのものです。どう扱《あつか》おうと、ぼくの勝手です」

「まあ……」エマの声が本当に心配そうになってくると、ぼくは慰《なぐさ》められた。

「お時間です」交換手《こうかんしゅ》の声が割りこんできた。

「さよなら」ぼくは言った。

エマはあえいだ。「駄目《だめ》、切らないで、交換手《こうかんしゅ》さん。料金はあたしが払《はら》います」交換手《こうかんしゅ》は、承知してひっこんだ。

「ここへ来ない、ロビー？　あたしの家へ？」

「もう遅《おそ》いですよ」ぼくはただ、彼女《かのじょ》の家へ着く頃《ころ》には遅《おそ》くなりすぎるという意味で言ったのだ。もう八時だったから。ところが嬉《うれ》しいことに、彼女《かのじょ》は誤解した。

「ロビー……バカな真似《まね》をするんじゃないわよ、いい？」

「するかもね。したいんだ。先生には関係ないさ。さっさとフレッドと結婚《けっこん》しなさいよ」

「フレッドと結婚《けっこん》するつもりはないわ」

「だまされるもんか。もう切ります」

「駄目《だめ》……待って。ひどい晩よ。あたしが迎《むか》えに行ってあげる。家まで車で送るわ」彼女《かのじょ》はもう半狂乱《はんきょうらん》だった。

「いいですよ」ぼくは言った。「十五分待って、それからここを出ます」

「十五分じゃ無理よ」

悪魔《あくま》のような喜びがこみあげてくると、ぼくは黙《だま》って電話を切った。

ぼくの時計では、彼女《かのじょ》は十六分で来た。

あの白い乗馬用のレインコートを着て、怒《おこ》った顔をしていたが、同時に用心深く、誰か知人がいはしないかとパブをこっそり見まわしていた。ぼくをバカだと思ってるんだろうか。パブには三人の爺《じい》さんと、ダーツをやっている二人の若い漁師しかいなかった。知っていそうな相手なんか、誰《だれ》もいやしない。

それはもう確認してあった。

ぼくの前に立ちはだかった彼女《かのじょ》は、怒《おこ》っているせいか、よけい綺麗《きれい》に見えた。ぼくは彼女《かのじょ》の姿を見られただけで、もう嬉《うれ》しかった。ほとんど顔さえ忘れかけていたのだから。彼女《かのじょ》は鼻に白粉《おしろい》をはたいてもいないし、口紅もつけていなかった。髪《かみ》は風でめちゃくちゃだ。ぼくはそれにさわりたかった。両手でかきまわしてやりたかった。

「いらっしゃい」彼女《かのじょ》は厳しい声で言った。「送ってあげるわ」なんだかソーシャルワーカーのような態度だった。

「一杯《いっぱい》おごりますよ」ぼくは偉《えら》そうに、遠くのカウンターを指差した。

「そんな暇《ひま》はないわ。寝《ね》る前にやることがたくさんあるの」

「飲みなさいよ。飲まなければ、ぼくは動きません」ぼくは本気だった。

にらみあっていると、やがて彼女《かのじょ》は疲《つか》れたように腰《こし》を下ろした。

最初の降伏《こうふく》だった。

彼女《かのじょ》は腰《こし》を下ろすと、さっさと飲み物を飲んでしまおうとした。だがぼくには、彼女《かのじょ》が思い出しているのがわかった。ローマン・ウォールへ行く途中《とちゅう》にあったパブのことを。あの幸せだったときのことを。彼女《かのじょ》の中には裏切り者がひそんでいて、ぼくはただ、その裏切り者をそそのかせばいいのだった。

やがてぼくも、自分の飲み物を飲みほした。ここではぼくも、それ以上できることはなかったから。外の駐車場《ちゅうしゃじょう》へ歩きだすと、建物の陰《かげ》から風が吹《ふ》いてきて二人とも吹《ふ》き飛ばされそうになり、一瞬《いっしゅん》、固く抱《だ》きあってその風をやりすごさなくてはならなかった。ぼくの心は弾《はず》んだ。今夜は強風までが、ぼくの味方をしてくれているのだ。

車に乗って彼女《かのじょ》が点火装置に手をのばしたとき、肩《かた》がふれあった。ぜんそく持ちのミシンみたいなおんぼろの車は、咳《せ》きこんで息を吹《ふ》き返した。ギヤにのばした彼女《かのじょ》の手が、例によってぼくの膝《ひざ》にふれた。二人のあいだの緊張《きんちょう》が高まった。どちらも無言だった。

家に向かって走りだすと、車は風に捕《つか》まってぐらぐらと左右に揺《ゆ》れ、薄暗《うすぐら》いヘッドライトが、道の端《はし》から端までちらちらと照らした。

「先生に会えただけで、よかった」

「あたし、どうかしてるわ」と彼女《かのじょ》は言った。「こんな晩に出てくるなんて」

「あのねえ、何も言わないほうが身のためよ！　あたしは、あなたにとても怒《おこ》ってるんだから。前からバカだとは思ってたけど、まさか……」

「他に、どうすれば会えたんです？」

「あたしの家へ来ればよかったじゃないの」

「来いと言ってくれればいいのに。ぼくはずーっと待ってたんですよ。じっと辛抱《しんぼう》してたんです、言われたとおり」

「空いてる晩がなかったのよ」

「フレッド・リグリーのためなら、あったじゃないか」

「ああ、そういうこと。あなたはつけまわしてたのね。じゃ、この話に決着をつけちゃいましょう」

彼女《かのじょ》はブレーキを踏《ふ》んで車を道の片側に寄せると、ぼくの首でもねじりそうな猛烈《もうれつ》な勢いでハンドブレーキを引いた。ああ、きみはなんてバカなんだ、エマ。ぼくと別れるつもりなら、ぼくの家の前でそう言うべきだったのだ。オールド・ハートリーとウィットリー・ベイのあいだの、こんな人気《ひとけ》のない寂《さび》しい路上などではなく。

ぼくたちは黙《だま》りこんでいた。攻撃《こうげき》開始を待っている二つの部隊同士のように。海から風が吹《ふ》いてくると車が揺《ゆ》れ、スプリングがぎしぎし鳴った。天候もぼくの味方だった。外の世界も、ぼくの心の中そっくりに荒《あ》れ狂《くる》っていたのだ。

「いい？」エマは、まるでいたずらっ子の手でもとるように、ぼくの手をとった。しかしその手は、あのときの手とおなじなのだ。エマ、手は忘れない……「いい？　またあたしを捕《つか》まえられると思っているのなら、クリスマス前のあたしにもどせると思っているのなら……あたし、狂《くる》ってたんだわ。分別を失ってたのよ」

「エマ、ぼくはあなたを愛してる」

「本当に愛しているのなら、放っておいてちょうだい。あなたには洋々たる前途《ぜんと》があるわ。試験の成績は素晴らしかったじゃないの」

「ああ、それじゃ、見てくれてたわけですね」

「もちろん見たわ。あなたのことは気になるもの」

彼女《かのじょ》の手が、まるで手自身に命でもあるかのように、やや必死な感じで、ぼくの手をぎゅっと一瞬《いっしゅん》握《にぎ》った。「それに、あなたには、今ではジョイスがいるわ」

「ジョイスが、ぼくにとってなんだというんです」ああ、ぼくはとたんに、自分が鼠《ねずみ》同然の裏切り者になった気がした。ただし、この鼠《ねずみ》は腹をすかせて、全世界を征服《せいふく》してやろうと思っていて、かんたんにもてあそばれる鼠《ねずみ》ではなかった。「ぼくが愛しているのはあなたなんです、エマ」

「そんなこと、言わないで」苦痛の叫《さけ》びだった。「でも、あたしは自分のしでかしたことを背負《せお》って生きていかなくちゃならないの。あなただってそうよ。人間は生きつづけるものなのよ。心の傷が原因で死んだ人はいないわ。さあ、家まで送りましょう」

ああ、女王のエマよ。きみは権威《けんい》ある者すべてを味方にして、自分の王国で堅固《けんご》に守られている。校長も、英国国教会も、いまいましい国王自身までが、きみが今しようとしていることには喝采《かっさい》することだろう。きみは分別のあるおこないをしようとしているのだから。

だが、きみの王国には、立派な女王エマ以外の者も住んでいるのだ。ヴィンドバラの上の丘《おか》でぼくと寝《ね》ころんでいたあの少女が、そして、今夜とすこし似ている雨の夜に、ぼくがジョイスとたわむれているのを見てかっとなった女性が。きみの心の奥底《おくそこ》では、こういう女性たちがそのことを忘れられず、もがいているのだ。きみの王国ではいずれ革命《かくめい》が起こる。きみはまだそれを知らずにいるけれど……。

「わかりました」と、ぼくは言った。「それだけ言って先生の気がすんだのなら、ぼくは歩いて帰ります。崖《がけ》の上をね。さようなら！」

ぼくは車のドアを開けようと、手をのばした。ゆっくりと。彼女《かのじょ》に時間をたっぷりあたえながら……。もしぼくの手がドアまで届いてそれを開け、ぼくが降りて歩きだしたなら、それで終わりだ。ぼくたちは、二度と口をきかないだろう。二人のあいだの隔《へだ》たりは海のように広くなるだろう。

ぼくの手はドアのハンドルのほうにのびていった。だが、たちまち彼女《かのじょ》につかまれた。

「お願いだから、冷静になって」彼女《かのじょ》は叫《さけ》んだ。しかし、彼女《かのじょ》自身がすでに冷静ではなかった。ぼくには彼女《かのじょ》の手が震《ふる》えているのが、弾《はず》みでぼくにくっついた全身が震《ふる》えているのが、はっきりわかった。

ぼくはその手を固くつかんで、彼女《かのじょ》にキスした。力ずくでしたと思われては困る。ぼくに言わせれば、力など時間の無駄《むだ》にすぎない。女の抵抗《ていこう》を力ずくで突破《とっぱ》しても、その心には、所有するに値《あたい》するものは何一つ残らない。このときも、もし彼女《かのじょ》が凍《こお》りついてしまったなら、女が得意とする嫌悪《けんお》の軽い身震《みぶる》いとともに身を引き離《はな》したなら、ぼくはじっと座ったまま、打ちのめされた気持ちで家まで送ってもらっていただろう。

しかし、ぼくは彼女《かのじょ》の唇《くちびる》の感触《かんしょく》から、王国の壁《かべ》が崩《くず》れ、プライドの高い女王が屈服《くっぷく》するのを、邪悪《じゃあく》で野蛮《やばん》な小さな女たちが彼女《かのじょ》を王座から放り出すのを、感じたのだ。

「まあ、なんてことを！」彼女《かのじょ》は言った。まるでガラスの皿にのったできたてのデザートを、石の床《ゆか》に落としでもしたように。「まあ、なんてことを……どうしてこんな真似《まね》をする必要があったの」

ぼくは、彼女《かのじょ》が身をもがいて離《はな》れるにまかせた。もう手遅《ておく》れだったから。

彼女《かのじょ》は背中を丸めて、ぼくを見つめていた。真っ白な顔の中で、目だけが黒い穴のように見えた。また風が吹《ふ》いてきて小さな車は揺《ゆ》れ、スプリングがきしんだ。外を、一台の車が勢いよく通過して、そのヘッドライトが雨の打ちつけるフロントグラスに反射し、散乱した。強い光を浴びた彼女《かのじょ》の顔が真っ白く浮かび、すみずみまではっきり見えた。口が少し開いていて、瞳《ひとみ》がひどく大きかった。

「まっすぐ帰るのがいちばんだったのに」と彼女《かのじょ》は言った。「そうしたら、いいお友だちとして別れることもできたのに。べつに騒《さわ》ぎも起こさないで」だが、彼女《かのじょ》はすでに過去形で語っていた。

「ぼくは先生を愛してるんです」ぼくは、もう一度そっと、彼女《かのじょ》の片手をとって言った。

「愛さなければよかったのに。このあたしだって、愛さなければどんなによかったか」その声にはすでに涙《なみだ》がまじっていた。彼女《かのじょ》は慰《なぐさ》めをもとめていた。そしてぼくには、あたえることのできるものがたくさんあった。ただ、それは慰《なぐさ》めとは別のものだった。

それからずいぶんたって、また一台、車が通った。するとエマはさっと頭を上げて、曇《くも》ったフロントグラスから射《さ》しこむ明かりに時計をかざして見た。

「大変、もう十一時だわ。ご両親がなんておっしゃるかしら」

「きっと、警察と消防署と沿岸警備隊に、出動を要請《ようせい》してますよ」

ぼくは意気揚々《いきようよう》としていた。これで彼女《かのじょ》を手に入れた。もう逃《に》がしはしない。リグリーは永久におしまいだ。エマが彼《かれ》について語ったいろいろなことときたら。いろんなことをする合間に、おしゃべりをしたときに……。ぼくはすこし彼《かれ》にすまないような気さえした。だが、心からすまないと思ったわけではない。彼《かれ》のおかげで味わったみじめな気持ちは、今でもかすかに尾《お》を引いていた。

「あたし、気が違《ちが》ったんだわ」彼女《かのじょ》は言うとドレスとコートをかきあわせ、髪《かみ》を直して、現実の寒い世界にもどろうとした。「母も……」

「お母様にはなんて言ってきたんです？」ぼくはとつぜん、自分たちの弁解が通用するものかどうか、気になりだした。

「母は伯母《おば》のところへ出かけていたのよ。私《わたし》は、ウィニー・アントロバスのところへ行ってくるというメモを置いてきたの。でも、今頃《いまごろ》は心配しているわ。……靴《くつ》が片方、どこかへ行っちゃった。あなたのそばにある？」

「どっちの親も大丈夫《だいじょうぶ》ですよ。靴《くつ》はここ」

「そんなに得々《とくとく》としていないで。あなたは今夜自分がどういうことをしたのか、わかってないのね」

「ぼくが、何をしたんです」

「あたしの気持ちを……変えたのよ」

「変化も休息とおなじで、いいもんですよ」

ぼくはあいかわらずきどっていたが、彼女《かのじょ》の声は確かに変化していた。温かく、深く……沈痛《ちんつう》といってもよい。はじめて聞く声だった。そう、女性という相手は、あるところまではわかっても、それ以上は理解できない。その夜、ぼくは哄笑《こうしょう》してもよかったのだ。リグリーなど、もう敵ではなかった。ぼくは彼女《かのじょ》の体という戦場で彼女《かのじょ》をリグリーと奪《うば》いあい、勝ったのだから。

「話しあわないといけないわね。でも、今夜は無理」彼女《かのじょ》は言うことを聞かない点火装置を何度もひっぱったあげく、車を出した。ぼくはとつぜん、災難が襲《おそ》ってくる予感に、口から心臓が飛び出しそうになった。

「そう、今夜は無理だわ」こんども、彼女《かのじょ》の声は深く沈《しず》んでいた。

ぼくたちは、家へ着くまでひと言もしゃべらなかった。ときどき彼女《かのじょ》が手をのばしてきて、ぼくの手をぎゅっと固く握《にぎ》りはしたけれど。家の通りの端《はし》で降ろしてもらうと、ぼくは家まで一散に走っていって、中へ入りながら腕時計《うでどけい》を見た。

十二時二十五分前だった。両親はほとんど火の消えた暖炉《だんろ》の両側に座っていたが、とつぜん部屋《へや》を寒く感じたのは、火がないせいではなかった。けれどもぼくは気力にあふれていて、攻勢《こうせい》に出た。

「今夜は三十キロ以上歩いたんだよ！」いつもの手だった。

「上着がぐしょぬれだよ」と、母さんは言った。「びしょびしょになってるわ。すぐ脱《ぬ》ぎなさい」

「おまえは常識がないとは思っていたが」と父さんが言った。「しかし、これはひどすぎる。母さんは、おまえが桟橋《さんばし》から落ちたんじゃないかと思ってたんだぞ。おれは今、警察へ電話するところだった」

ぼくは、もしぼくが桟橋《さんばし》から落ちていたら警察なんかたいして役には立たなかっただろう、と言いたいのをがまんした。ただじっと座って、両親が昔ながらのやりかたでぼくを叱《しか》りつけるのにまかせながら、エマのことを思っていた。

つぎの火曜の晩にエマのところへ行ったときには、前とは雰囲気《ふんいき》が違《ちが》った。不平に思うことは何もなかった。ラテン語の勉強は、もうやる気がなかった。ただコーヒーを飲んで話をし、音楽を聴《き》いた。しかし彼女《かのじょ》は……前よりゆったりしていて、なんとなく自信が感じられた。長々とキスをつづけて、ぼくがついに息を切らしても、やめようとしなかった。手も握ったままで、ぼくが放そうとしても、放さなかった。何度顔を上げてみても、ぼくには読みとれない表情を浮《う》かべて、こっちを見つめていた。そのモナ・リザのような表情は、あの日の午後、気分が悪くなってぼくと一緒《いっしょ》に長椅子《ながいす》で眠《ねむ》ってしまったときのジョイスの表情と、すこし似ていた。気がつくと、彼女《かのじょ》はぼくの手と、首筋の後ろの肉がたるんでいるところをじっと見ていた。ぼくの体のいちばん醜《みにく》い部分だ。

不満などあるはずがない。それでいて……さ、私《わたし》の居間へいらっしゃい、と、蜘蛛《くも》が蝿《はえ》に言いました、という感じがした。いいカモだ、というわけだ。子どもの頃《ころ》に聞いたこの童謡《どうよう》が、たえず頭の中で鳴っていた。ぼくは、ふざけた態度でいなくてはと思った。学校の連中のことでも、世界情勢のことでも、ぺちゃくちゃしゃべりつづけなくてはと。彼女《かのじょ》が退屈《たいくつ》することはわかっていても、近づいてきたニューカッスル大学付属校との試合の話だっていい。なんでもいいから、「ぼくたち」以外の話をするのだ。

しかし、ぼくはけっきょく長椅子《ながいす》の上で彼女《かのじょ》にくっつくことになった。その膝《ひざ》に頭をのせて、ふたたびグスタフ・ホルストの『惑星《わくせい》』を聴《き》いていた。

プレーヤーの上でカチリと音がして、ぼくの好きな楽章が終わった。カチ、カチ、カチ。ぼくは彼女《かのじょ》が立ち上がってレコードを取り替えられるように、頭を持ち上げた。だが彼女《かのじょ》は、「動かないで」と言うと、それからさりげなく「週末に泊《と》まりがけで、ハイキングに行くことある?」とつづけた。

「ええ」ぼくは言ったが、やや面食らっていた。「ときどき。ぼくはユースホステルの会員ですから。でも、どうして?」

「二人で一緒《いっしょ》に、週末をまるまる過ごせないかしらね」

ぼくの目には、湖水地方の山々の峰《みね》に日が射《さ》している美しい風景が、そしてぼくたち二人が一緒《いっしょ》にのぼっていってヘルヴェリン山（イングランドの湖水地方の山、標高九百五十メートル）の山頂に腰《こし》を下ろす光景が浮《う》かんだ。

ぼくはつい起き上がってしまった。「すごい。先生もユースホステルの会員なんですか? ロッククライミングを教えてあげますよ」

エマは首を振《ふ》った。「あたしが考えていたのは、そういう週末じゃないの。でも二週間先に、母がロンドンの祖母のところへ泊《と》まりに行かなきゃならないのよ。だからあたしは、犬の世話をするために留守番するの」

「ユースホステルへは、犬は連れていけませんよ」

「連れてく気はないわ。あたしは、あなたがここへ来たらって言ってるのよ。泊《と》まれないかって。週末を一緒《いっしょ》に過ごすのよ」

ぼくは眉間《みけん》に皺《しわ》を寄せて、彼女《かのじょ》を見た。「一緒《いっしょ》に出たり入ったりしたら、人目につきませんか」

「外へ出る気はないわ」彼女《かのじょ》はその微笑《びしょう》で、言いたいことをさとらせてくれた。柔《やわ》らかく温かな大きな手で、体内の命をつかまれたような気がした。

「あなたとひと晩、過ごしたいのよ。まるまるひと晩。朝、目がさめたときに、あなたの顔が見たいの」

　ガキの頃《ころ》から大嫌《だいきら》いだったことといえば、他人と一つベッドに寝《ね》ることだった。以前はときどき従弟《いとこ》のロニーが泊《と》まりに来て、ぼくのダブルベッドで一緒《いっしょ》に寝《ね》ることがあったけれど、ぼくはほとんど一睡《いっすい》もできなかった。二人とも端《はし》と端に寝《ね》るので、床《ゆか》に落ちる危険も大いにあった。そうしていても、とつぜんがりがりの肘《ひじ》や膝《ひざ》がぶつかってきたり、ふと目がさめると、目の前五センチくらいのところに相手の顔があったりしたのだ。しかも、彼《かれ》は豚《ぶた》みたいないびきをかく。それにぼくは昔から、朝、起きぬけに誰《だれ》かに見られるのがいやだったのだ。まるで温めた死体みたいよ、と母さんは言った。

「あたしと一緒《いっしょ》に寝《ね》たくはない？」エマはぼくの狼狽《ろうばい》した表情を見てとって、たちまちひどく悲しそうな顔になった。ぼくは耐《た》えられなくなった。

「ぼくと寝《ね》たら、ひどい目に遭《あ》いますよ。よく寝返《ねがえ》りは打つし、いびきはかくし……」と、ぼくは言った。「すごいいびきなんだから。先生は一睡《いっすい》もできませんよ」

「わかったわ。あなた用に客室のベッドを用意しましょう。あとで……眠《ねむ》るために」

　ぼくはまだ、うぶなふりをしていた。「なんの……あとですか」むろん、わかってはいた。彼女《かのじょ》の顔はさらに悲しげになった。

「あたしを抱《だ》きたくない……ちゃんと？」

「そんなの危険です」とつぜん、昔、人生の罠《わな》にはまってしまった友だちの思い出が一気によみがえって、ぼくは実際に飛び起きてしまいさえした。主よ、この窮地《きゅうち》から救いたまえ！

　エマは、ぼくの手を固くつかんだ。「ちょっと、落ち着いて。話しあうだけならいいでしょ」

「ぼくには、どうにもできません。あれを売っているのは床屋《とこや》だけですけど、あそこにゃいつでも、頭を刈《か》りに来た親父たちが大勢順番待ちで座って、人の言うことに聞き耳を立ててます。それか、ニューカッスル・ユナイテッドの試合のあと、駅で行列してる人たち相手に売りつけに来る、たちの悪い新聞屋から買うしかない。トニー・アップルに売りつけようとした奴《やつ》がいたんです。あいつは、死にそうになりましたよ。まあ、その男が本当に持ってたとは思わないけど――ただのいたずらで、トニーをからかったんだと思いますけど」

「落ち着いて、大声を出さないで。母が上がってきちゃうわよ、あなたがあたしを殺しかけてるのかと思って」エマは、ぼくを滑稽《こっけい》だと思っているらしかった。

「じゃ、どうするんです?」ぼくは彼女《かのじょ》を睨《にら》んだ。

「女には、月のうちしばらく安全な時期があるのよ。知らなかった?」

「どうしてわかるんです。どうして信用できるんです」ああ、神様、助けてください……大学……教職……このつまらない町から出ていけるすべてのチャンス。それだけの値打ちはない。ぜったいにない。ぼくはとつぜん、自由が欲しくなった。ジャックやトニーと笑い、ラグビーをし、しじゅう巻きこまれているような平凡《へいぼん》なごたごたに飛びこんでいきたくなった。それがこの世でいちばん幸せなことなのだと、とつぜん思えてきた。それこそ天国なのだと。

「気がすすまないのね?」彼女《かのじょ》の声は、あいかわらず低かった。

「まだそういうことをする覚悟《かくご》がないんです」ぼくはとつぜん、ジョイスのおなじ悲鳴を思い出した。あの夜の、海岸通りでの。

「ではなぜ、こういうことをはじめたの?」エマはもう、怒《おこ》っていた。「このあいだの晩、車の中ではすごくあたしをもとめてたくせに。少なくとも、あたしの座ってたところからはそう見えたけど?」

「いや、もちろんぼくは、先生がとても欲しい。でも、そういうふうにじゃなくて……今はまだ。先生と話をして、先生のそばにいて、音楽を聴《き》いて……そして……」

「そして?」エマは危険な口調《くちょう》で言った。

「なぜ、今のままじゃいけないんです? なぜ、すべてをめちゃめちゃにする必要があるんです。だって、ぼくは十七ですよ。まだ大学へも行ってないし、兵役もすませていないし、まだこれから六、七年は職にもつけないんです」

「このあいだの晩、それを考えればよかったわね。じゃあどういうつもりで、あんなことをしたの?」

「先生に怒《おこ》ってたんです。フレッド・リグリーのことで」

「あなたは小さい子で、フレッド・リグリーに玩具《おもちゃ》を盗《と》られたっていうわけね?」

ぼくは深いため息をつくと、「そうです」と答えた。

「あら、そうなの」彼女《かのじょ》の声は一段と低くなった。「じゃ、そういうことね。これでみんな、おしまいだわ」

愚《おろ》かなことにぼくは一瞬《いっしゅん》、自分が勝ったと思った。だが、さすがにぼくも、彼女《かのじょ》の口調は気になった。

「おしまいって、何がです?」

「あたしたちがよ」

「というと……」

「おしまいなのよ。終了《しゅうりょう》。もうこんなこと、つづけていられないわ。あなたは、あたしをその気にさせておきながら、何もしないいんだから」

「でも、楽しそうだったじゃないですか。文句も言わず」

「あなたと別れたあとのあたしを、見せたかったわ。あたしは一睡《いっすい》もできなかったのよ。ぎゃあぎゃあ悲鳴をあげそうになって。二度とあんな真似《まね》はさせないわ」

「でも……」ぼくは愕然《がくぜん》としていた。「友だちでいることはできるんでしょう？」

「もう遅《おそ》すぎるわ」

「じゃ――ぼくには二度と会わないというんですか」

「そう。でなければ、あたしは気が狂《くる》っちゃうわ」

「しかし、ぼくはそんなつもりは……」

「罰《ばち》があたったのよ」彼女《かのじょ》はわびしげに言った。「若い男の子と遊んだりしたおかげで」

「ごめんなさい。わからなかった。許してください」ぼくは彼女《かのじょ》の両手をつかんだ。

「ああ、許してあげるわ。でも、もう終わりだってことは変わらないわ」それから彼女《かのじょ》はぽつりと、「あたしはほんとにバカだった」と言うと、立ち上がってコーヒーのカップを片づけはじめた。「自分で勝手にお帰りなさい。あたしはきっと、階段を踏《ふ》みはずしちゃうから」

　ぼくはとつぜん必死になった。「なんとかする道があるはずです」

「でも、あなたはさっきはっきり、その気はないって言ったわ」彼女《かのじょ》は青ざめ、ひきつった顔をしていた。疲《つか》れて、やや老《ふ》けたように見えた。「もちろん、それがいちばんいいわ。あたしはただあなたがそのことに、車の中で過ごしたあの晩より前に、気がついてくれればよかったと思うだけ」

　ぼくは……彼女《かのじょ》がとてもかわいそうになった。自分自身もかわいそうだった。このくそいまいましい世界全体が、かわいそうな気がした。

そこでぼくは言った。「もし、先生が本当に安全だというんなら、ぼく……いいです」その言葉は、ぼくの中からペンチでひっぱり出されたような感じだった。

彼女《かのじょ》は片方の眉《まゆ》を上げてぼくを見た。「あれはとても……楽しかったって言う人もいるのよ。あなたのその口ぶりじゃ、世界の終わりみたいじゃないの？　あまり嬉《うれ》しくないわね」

だが、彼女《かのじょ》の顔には生き生きした色がもどってきた。そして彼女《かのじょ》がぼくの腕《うで》の中に飛びこんで抱《だ》きつくと、もう他のことは気にならなかった。

27. 犬を眠らせる

「ユースホステルへ行くにしては、妙《みょう》な時期ね」と、母さんが言った。

「そんなことはないよ。ホステルは開いてるんだから」と、ぼくは答えた。「ところによってはね。すばらしい春だもの、待ちきれないよ」

「天気予報じゃ、雨ですってよ」

「ああ、ぼくはすっかり檻《おり》に閉じこめられちゃったような気分なんだ。何か変化が欲しいよ」

「もうわかった」父さんが新聞をがさごそさせながら言った。「この一週間、毎日、檻《おり》の中の虎《とら》みたいにうろうろしてたからな。そろそろ、そんな癖《くせ》は棄《す》てる頃《ころ》だ」

もし父さんが、ぼくが本当は何を棄《す》てようとしているのか、夢にでも見たなら。もしぼくが、この一週間というもの、雪が、ブリザードが、洪水《こうずい》が来てくれとどれほどに祈《いの》っていたか、知っていたなら。だが、そんな幸運はおとずれなかった。いい天気だった。ぼくは、その経験をしなくてはならない。すでに約束してしまった以上。

「小さいスパム（豚肉の加工品の缶詰）を入れといたわよ」すでに荷物をつめてあるリュックサックを見て、母さんが言った。「とても足りっこない量しか、入れてなかったじゃないの」

「ありがとう。じゃ、行ってきます」見せかけのリュックサックを背負《せお》い、エマの家の暖炉《だんろ》の前のラグの上まで行くだけの、見せかけのブーツを履《は》いた足を踏《ふ》み鳴らすと、ぼくは母さんにキスをして家を出た。

「首の骨を折るなよ」後ろから父さんがどなった。

そんなかんたんな話ですむなら。


テニソン・テラスでは、どこのカーテンの陰《かげ》からも人が覗《のぞ》いている気がした。エマはぼくがベルを鳴らすか鳴らさないかのうちに、ドアを開けた。

ぼくらは軽く抱《だ》きあう。そして彼女《かのじょ》は「ブーツを脱《ぬ》いで、リュックサックと一緒《いっしょ》に玄関《げんかん》へ置いておきなさい」と言った。「ブーツの鋲《びょう》でカーペットが傷《いた》むから」

すでになかば裸《はだか》になってしまったような気持ちで、ぼくは彼女《かのじょ》のあとからキッチンへ入っていった。犬が、隅《すみ》の自分の寝床《ねどこ》から、歓迎《かんげい》にはほど遠い低い声でうなった。

「母が留守なので、すこし不安なのよ」と、エマは言った。「だから、あたしに近づく人に嫉妬《しっと》するの。そばにいるときは、あたしにさわらないほうがいいわ。コーヒー、飲む？」まるで掃除《そうじ》とか朝のいろいろな雑用でもしているような、さばさばした言いかただった。

ぼくはテーブルに座って、コーヒーを飲んだ。おしゃべりをするようなムードではなかった。彼女《かのじょ》はせかせかと動きまわって、食器を洗ったり、わずかばかりの洗濯物《せんたくもの》を裏庭へ干しに行ったりしていた。ぼくはそこにあった『マンチェスター・ガーディアン』（有力新聞）を読もうとしたが、いいかげんに記事から記事へと拾い読みするだけだった。もしこの光景を覗《のぞ》いている人がいたとしたら、ぼくらはお互《たが》いにすっかり飽《あ》きてしまった同士だと思ったことだろう。彼女《かのじょ》はエプロンを掛《か》けて、家事をする格好だった。

ぼくは、けっきょく何ごとも起こらないのではないかとさえ、空想しはじめた。

そのとき彼女《かのじょ》がキッチンの流しの前から、ぼくのほうは見ずに言った。「無理にしなくてもいいのよ。あなたがいやなら、しなくても」

ぼくは考えこんだ。本当にユースホステルへ行こうか——今ぼくがいやだと言えば、そうしなくてはならなくなるわけだ。そんな気にはなれなかった。面倒《めんどう》くさかった。考えるだけで疲《つか》れたと言ってもいい。二キロも歩かないうちに死んでしまいそうな気がした。

「いや、いいんです」今コーヒーを飲んだばかりだというのに、口の中はからからだった。

「じゃ二階へ上がって、ベッドに寝《ね》てていいわよ。あたしの寝室《しんしつ》は知ってるでしょ」彼女《かのじょ》はあいかわらず、ぼくのほうを見なかった。

「わかった」ぼくはやっとの思いで玄関《げんかん》へ行き、リュックサックを持ち上げた。

「そんなもの、なんの必要があるの？」

「パジャマが……」ぼくは言いわけのように言った。

「まあ」彼女《かのじょ》は言うと、ぼくから顔をそむけてドアの柱にもたれた。玄関《げんかん》の薄暗《うすくら》がりの中にいたぼくには、彼女《かのじょ》の背中が震《ふる》えているようにしか見えなかった。彼女《かのじょ》を動転させてしまった、泣いているんだ、と思って、ぼくはぞーっとした。だが、こっちを向いた彼女《かのじょ》は、笑っていた。

「何がそんなにおかしいんです？」

「一つだけ訊《き》くわ。『嵐《あらし》が丘《おか》』のヒーローのヒースクリフ（恋の情熱にとりつかれた、反面残酷な人物）がパジャマを着てるところなんて想像できる？」

ぼくはリュックサックを放り出すと、足を踏《ふ》み鳴らして二階へ上がっていった。今日の彼女《かのじょ》は自信満々だ。無愛想《ぶあいそう》で事務的。その迫力《はくりょく》の前に、ぼくはホットケーキみたいにぺしゃんこにされた気持ちだった。

ぼくが着ているものを脱《ぬ》いで、美しい小さな椅子《いす》の上に積み上げると、椅子《いす》はそのかさの下に隠《かく》れてしまった。だがぼくは、ベッドに入るのは躊躇《ちゅうちょ》した。ひとたびベッドに入ってしまったら……

ぼくはふらりと、窓際へ行った。室内はカーテンを半分引いて薄暗《うすぐら》くしてあり、ベッドサイドランプがつけたままになっている。ぼくはカーテンの隅《すみ》から外を覗《のぞ》いてみた。老婦人が一人、よくある車のついたショッピングカートをひっぱって、こっちへ歩いてくる。婦人が立ちどまって黒猫《くろねこ》に話しかけると、猫《ねこ》は夢中でカートに体をこすりつけた。

崖《がけ》から飛びおりようとしているときくらい、普通《ふつう》の世の中が懐《なつ》かしく思えるときはない。その世界へもどろうとすればもどれるのだとしても、そのときにはぼくは、おなじぼくではなくなっているだろう……

彼女《かのじょ》が上がってくる足音は聞こえなかった。とつぜんドアの向こうで偉《えら》そうな、それでいて共謀者《きょうぼうしゃ》めいた声がした。「もう、ベッドに入った?」

ぼくはいたずらっ子みたいに、ベッドへ飛びこんだ。凍《こご》えるほど寒くて、歯がかちかち鳴りはじめていた。

彼女《かのじょ》が入ってきた。裾《すそ》が床《ゆか》につきそうなブルーのガウンに着替《きが》えている。櫛《くし》で後ろへとかしつけた髪《かみ》を肩《かた》に広げている彼女《かのじょ》は、もう主婦のようには見えなかった。勝ち誇《ほこ》った女王と、いたずら好きな少女がまざった感じだった。彼女《かのじょ》はベッドまで来ると、立ちどまってぼくを見下ろした。それから、何か思いにふけっているような表情でガウンの紐《ひも》をほどいた。

ベッドサイドランプの光の中に立った彼女《かのじょ》を見たとき、ぼくは、毎日みんなが見ているのは女の「断片」なのだと思った。顔、手、脚《あし》。こういう断片が一つにつながることなどないのに、それでもぼくたち男どもは満足しているのだ。水着すら、女をずたずたにしているように思えた。ヌード写真ですらドライフラワー、あるいはそれ以下の、命のない枯《か》れた花、青ざめた亡霊《ぼうれい》にすぎない。校庭でネットボールをやっている少女たちの、ちらちら見える下着でさえ……日曜の昼のご馳走《ちそう》をちょいとつまむだけで、きちんとした席に招かれて食べることはないのとおなじだった。

「すこしどいて、あたしを自分のベッドに入れてくれない？」とうとう、彼女《かのじょ》が言った。「凍《こご》えちゃうわよ。あなた、そこでじっと寝《ね》たまま、いつまでもあたしを見ているつもり？　あたしはストリップでもやってる気持ちになるわ」

そして彼女《かのじょ》がふいに偉《えら》そうな態度を棄《す》て、恥《は》ずかしくていたたまれなくなったようにベッドに入ってくると、ぼくらは手をふれあい、震《ふる》えつつ、笑いながらならんで横になった。それでも彼女《かのじょ》はとても上《じょう》機嫌《きげん》だったから、ぼくの顔に浮《う》かんでいた表情に満足していたのだと思う。

ところがそのとき階下で、あのくそ犬が吠《ほ》えだした。

彼女《かのじょ》はじっと横になったまま、その声を聞いていた。

「すぐ静かになるわよ」と、彼女《かのじょ》は言った。

ところが、ならなかった。犬はいつまでも、いつまでも吠《ほ》えつづけたのだ。

「黙《だま》らないのかな？」ぼくは訊《き》くと、片手を彼女《かのじょ》の胸にまわして、おずおずと引き寄せようとした。だが彼女《かのじょ》は動かなかった。犬のことばかり気にしていた。

「一人にされたのがいやなのよ。寂《さび》しいんだわ。いつもは、かならず母のそばにいるの。どこへでも母についていくのよ」

「それじゃそんな犬、お母さんがロンドンへ連れてきゃよかったんだ」

彼女《かのじょ》が三十センチと離《はな》れていないところにいては、ぼくはとても平静ではいられなかった。彼女《かのじょ》の体から発する体温さえつたわってくるのに、それでいて何もできないのだから。

彼女《かのじょ》はついにぱっと起き上がってもう一度ガウンを着ると、「早めに晩ご飯をやってくるわね。たぶん、それで静まるわよ」と言った。

ぼくは一人取り残されて、天井《てんじょう》を睨《にら》んでいた。

やっともどってきた彼女《かのじょ》は、ベッドの縁に腰掛《こしか》けてじっと耳をすました。ぼくはガウンの中に手を入れようとして、払《はら》いのけられた。「焦《あせ》らないで！」

犬はほんの数分、静かになっただけで、また吠《ほ》えだした。

「ほっとけよ」ぼくは、冷たく言った。「そのうち、ぼくたちが聞きあきるより前に、吠《ほ》えるのに疲《つか》れちゃうさ」

「だめよ。お隣《となり》のミス・モロウに聞こえてるわ。いつも、犬のことで文句を言ってくるのよ。母が留守だってことも知ってるの。すぐに、どうしたのか見に来るわ。あたし、洋服を着て、ミス・モロウが来たら出ていけるようにしておかないと」

そして、ぼくの美しい人はとつぜん姿を消した。三分くらいすると、彼女《かのじょ》が階下に降りていく足音がして、吠《ほ》え声はやんだ。ぼくはもうちょっと横になっていたが、何もかもバカバカしい気がしてきたので、起き上がって自分も服を着た。キッチンへ入っていってみると、なんとあのバカなスパニエルは彼《かの》女《じょ》の膝《ひざ》の上に寝《ね》ようとして、バカめ、しょっちゅうずり落ちながら彼女《かのじょ》の顔をなめていた。だがぼくを見ると、陰険《いんけん》な目でちらちらうかがいながら低くうなりだした。

「あまりぼくが好きじゃないみたいだな」黙《だま》ってもいられずに、ぼくは言った。

「誰にでもやきもちを焼くのよ。母とあたし以外には。毎晩、母のベッドで寝《ね》るの。そして母が留守のときは、あたしのところで寝《ね》るのよ。ふだんはね」

「じゃ、どうするんです？」せっかく自分を追いつめて崖《がけ》から飛び下りる決断をしたというのに、今さら……するとまた、いつもの腹痛がはじまった。

「二階の踊《おど》り場まで連れてってやれば……ドアの隙間《すきま》から、あたしの声が聞こえるし、匂《にお》いも嗅《か》げるから……落ち着くかもしれないわ。とにかく、吠《ほ》えなくはなるかも。やってみようか？」

ぼくらはやってみた。ぼくは先に横になって、彼女《かのじょ》が犬に何かやさしく声をかけるのを聞いていたが、そのあと彼女《かのじょ》が飛びこんできて、ばたんとドアを閉めた。

二度目に彼女《かのじょ》がベッドに入ってくるのを見たときは、最初ほどの刺激《しげき》はなかったけれど、やはりとてもよかった。

「さあ抱《だ》きあって、あったまりましょう」と、彼女《かのじょ》は言った。

それはいい考えだと思えた。犬がドアをひっかきはじめるまでは。ぼくには、彼女《かのじょ》の情熱がまた急速に冷めていくのがわかった。

「ドアに傷をつけちゃうわ。母が気がつくわ」遠ざかってゆく彼女《かのじょ》の尻《しり》も、じつにきれいだった。リンゴの形をしていて……

「古い物干しの紐《ひも》でも持ってきて、あいつを縛《しば》っちゃえば？」

「あたしの犬のことを、そんなふうに言わないで。さ、さ、いい子ね。このいやな人が意地悪を言ったわねえ?」

彼女《かのじょ》がふざけているだけならいいのだが。

物干しの紐《ひも》という案も、やってはみたが、駄目《だめ》だった。犬は悲鳴《ひめい》のような声で吠《ほ》えはじめた。

「海岸へ散歩に連れてったらどうかしら。ブライズにつづく砂丘《さきゅう》へ。疲《つか》れきるんじゃないかしら」

「それじゃ、ぼくだって疲《つか》れちゃうよ。睡眠薬《すいみんやく》でもやったらどうかな。そうだ、持ってないの?」

彼女《かのじょ》は眉《まゆ》をひそめた。「あるわ、確かに。今ではね。あなたが現れるまでは使ったことがなかったのよ。今でも毎晩は使わないけど……」彼女《かのじょ》はとつぜん寂《さび》しげな顔になった。何もかも、めちゃくちゃになりかけていた。

「肉切れの中に押《お》しこんでやれば……」ぼくは必死で言いつづけた。

「でも、夕飯を食べさせたばかりよ」

「生肉をやるんですよ」ぼくは急に犬の権威《けんい》になった。「生肉を食べずにいられる犬はいないから」

彼女《かのじょ》は疑わしそうな顔をした。「毒なんか食べさせるのはいやだわ」

「半錠《はんじょう》やりなさいよ、大きな犬なんだから」

「今ある生肉は、あなたの夕食用のステーキ肉だけよ」

「ぼくなら、ステーキより先生のほうを食べたい!」

驚《おどろ》いたことに、この言葉が彼女《かのじょ》を元気づけたらしい。彼女《かのじょ》は食料置場へ行って、睡眠薬《すいみんやく》の瓶《びん》とステーキ肉を取ってきた。ぼくはその肉を小さく切って細い切りこみを入れ、うまく半分に割った薬を押《お》しこんだ。それから、さらに二つ、小さな肉切れを作った。

「まず、これを先にやる。そうすれば、薬の入っているやつも警戒《けいかい》しないで食います」

うまくいった。三切れとも、嚙《か》もうとさえせずに、ぱくりとのみこんでしまった。まるで象にスマーティー（ボタンのように小さいチョコレート）でもやったように。

「待っているあいだに、もう一杯《いっぱい》コーヒーでもいかが」

ぼくらはさんざん待たされた。そのあいだ、ボンゾ（狂った奴の意味がある。ロビーが犬に勝手につけた名）の奴《やつ》はいい思いをした。エマにべたべた可愛《かわい》がられてご機嫌《きげん》だった。それでもどうかすると、ぼくに対しては口もとを歪《ゆが》めて、いやな感じの黄色い牙《きば》をむき出した。この犬がただ一つしなかったのは、昼寝《ひるね》をする気配を見せることだった。一時間たっても、あいかわらず彼女《かのじょ》に可愛《かわい》がってもらいたがっていた。

「もう半錠《はんじょう》飲ませてみよう」ぼくは無慈悲《むじひ》に提案した。その頃《ころ》にはぼくももう、崖《がけ》から飛び下りる時を待っているのにかなり疲《つか》れていたのだ。たとえボンゾがリップ・ヴァン・ウィンクル（アメリカの作家ワシントン・アーヴィング作の、浦島太郎に似た物語の主人公）みたいに百年眠《ねむ》りつづけても、果たして飛び下りられるのかどうかと疑いはじめていた。

　エマは疑わしげに、可愛《かわい》くてたまらないというようにボンゾを眺《なが》めた。「そんな危険なことは、すべきじゃないと思うわ」

だがけっきょく、ぼくらはその危険を冒《おか》した。こうなると、ぼくたちは夕食に何を食べるのだろうという気がした。だが二つ目の半錠《はんじょう》を飲みこんだとたん、犬は三回あくびをするとエマの膝《ひざ》から下り、ふらふらと自分のバスケットへ向かった。

「ようくお休み、ボンゾ」ぼくは言った。

「そんな冷たいことを言わないで」と、エマは言った。「それに、ボンゾなんて呼ばないで。この子の名前はベニーよ」

それでも彼女《かのじょ》はぼくの手をとって、喜んで二階へ上がっていった。お互《たが》いにとにかくひと仕事終えて、ほっとした気持ちだった。

二人がようやく本当にくつろいだ気持ちになりかけたそのとき、彼女《かのじょ》がとつぜん弾《はじ》かれたように起き上がって言いだした。「ベニーは大丈夫《だいじょうぶ》かしら。ばかに静かだわ」

ぼくは、それこそぼくらの望んだことじゃないかと言いたいのを、やっとがまんした。

「あたし、ちょっと行って見てくる」遠ざかっていくリンゴ型の尻《しり》についてのぼくの鑑識眼《かんしきがん》は、かなり成熟《せいじゅく》しつつあった。

階段をどたどたのぼってくる彼女《かのじょ》の足音は、ひどく乱れていた。

「ロビー、どうしても起きないのよ。いくら揺《ゆ》すってもいびきばかりかいてるの」

「それが睡眠薬《すいみんやく》の効果じゃないですか！」

「ちょっと違《ちが》うのよ。あたしは一錠《いちじょう》飲んでも、夜中に目がさめてトイレへ行くわ」

すこしばかり残っていたロマンチックな気持ちがすっかり窓から飛んでいってしまったのは、この瞬間《しゅんかん》だった。

「死んじゃうかもしれないわ！」

ぼくは、ひどく悲しんだとは言えない。

「あなた、怖《こわ》い顔をしてるわ」と、彼女《かのじょ》は言った。「ひどいこと考えてるのね。残酷《ざんこく》な人」

「獣医《じゅうい》さんに電話したらどうです」ぼくは力なく言ってみた。

「なんて言えばいいの。気が違《ちが》ったと思われるわ――犬なんか飼う資格はないって」

「犬が餌《えさ》を食べているときテーブルから薬が落ちて、とめる暇《ひま》もなく食べちゃったと言えばいい」

彼女《かのじょ》は厳《きび》しい目になって、まじまじとぼくを見た。「嘘《うそ》が上手《じょうず》ねえ。ときどき、あなたはこのあたしにはどれだけ嘘をついてたんだろうと思うわ」

「ならいいよ、自分でもっとましな嘘《うそ》を考えなさい」

「あたし、それ以上のは考えられないわ。あなたは格が違《ちが》うわよ」

ともかく彼女《かのじょ》は獣医《じゅうい》に電話をかけた。すると、驚《おどろ》いたことに獣医《じゅうい》は医院にいて、すぐその哀《あわ》れなワンちゃんを連れてらっしゃいと言った。

「一緒《いっしょ》に行きましょうか？」

「とんでもない。獣医《じゅうい》さんは、あたしの母をよく知ってるの。それに、あなたがこんどは獣医《じゅうい》さんにどんな嘘をつくかと思うと」

「じゃ、どうすればいい？」

「本でも読んでらっしゃい」

そこでぼくは彼女《かのじょ》を手伝《てつだ》って、いびきをかいているベニーをガレージの車の後部座席まで運ぶと、家の中に引き返して、彼女《かのじょ》の本棚《ほんだな》から一冊、本を取り出した。

マリー・ストープス著《ちょ》『結婚愛《けっこんあい》』。ぼくが好きなのは旅行記なのだが……それもとくに、自分がぜったい行きそうにない国の旅行記だ。

どうやら眠《ねむ》ってしまったらしい。べつにマリー・ストープス博士の文学的才能に失望したわけではなく、ただ疲《つか》れきっていただけだ。

いとおしむように椅子《いす》の後ろから下りてきた二本の腕《うで》に、頭をやさしく揺《ゆ》すられて目をさましたときは嬉《うれ》しかった。

「うーん、どうした?」ぼくは言った。

「ベニーは大丈夫《だいじょうぶ》よ。でも獣医《じゅうい》さんがひと晩泊《と》めて、様子を見てくれるって。子どもの手の届く場所に睡眠薬《すいみんやく》を転《ころ》がしとくなんてバカだ、って言われたわ。きっと、子どもってあなたのことね!」彼女《かのじょ》は嬉《うれ》しそうにくすくす笑った。「ベッドへいらっしゃい。埋《う》めあわせをしてあげるから」

そして、彼女《かのじょ》は埋《う》めあわせをしてくれた。ぼくは眠《ねむ》りに落ちていきながら、自分は戦死したあの哀《あわ》れなパイロットに、ただ祖国のために死んでくれたからというだけでなく、もっと感謝しなくては、と思っていた。


真夜中に鳥たちが鳴いた。まだ暗かった。ぼくたちはからまりあって寝《ね》ていた。暑かったので、ぼくは毛布をすこし剝《は》ぐと、二人で耳をすましました。

「あれは夜明けのコーラスかな」

「夜明けまでには、何時間もあるわ」彼女《かのじょ》はまだ身につけていた腕時計《うでどけい》の、夜光塗料《とりょう》で光っている針を見た。「四時間あるわよ」

まだ、ぬくぬくと暖かい四時間があるのだ。重く暖かい毛布のような時間。安全な暗黒の王国が、あと四時間はつづくのだ。

「あたしの口をあんなふうに手でふさぐんだから……窒息《ちっそく》するところだったわよ」

「先生がすごい声を出すんだもの。先生が眠《ねむ》っているあいだに、隣《となり》のミス・モロウが警官を連れてきたから、この殺人はぼくたちだけの問題だからって言っときましたよ」

彼女《かのじょ》はくすくす笑った。「ごめんなさい。声が出ちゃうのは仕方がないんですもの。それにあなた、そんなでたらめを言って！」

彼女《かのじょ》が、まるでぼくに殺されかけてでもいるように何度も何度もぼくの名前を叫《さけ》んだことなど、からかう必要があっただろうか。ぼくはすこしうしろめたい気がして、「その時計の針、まるで闇《やみ》の中の蛍《ほたる》みたいだね」と言った。

「蛍《ほたる》を見たことあるの？」

「ないけど、見たい。田舎《いなか》へ行って、ひと晩じゅう木の陰《かげ》で愛しあいたい。狐《きつね》や兎《うさぎ》が、ぼくたちを見に寄ってきて——彼《かれ》らの目が赤や緑に見えて」

「あなたに言わせると、あたしが騒《さわ》ぎすぎるから、何キロか以内のものは怖《こわ》がって寄りつかないんじゃない？」

「海辺の洞窟《どうくつ》の中でも愛しあいたい。波の音を聞きながら。そして山のてっぺんでも。夜が明けてくるのを眺《なが》めながら。そうだ、南海の島でも……」

「夢ばっかり見て！」彼女《かのじょ》の声には、すこしとげがあった。二度ともどってこられなくなるところへさらっていかれるのではと、脅《おび》えてでもいるように。

「できますよ。二人で計画すれば」

「ロビー、あたしには今だけで充分《じゅうぶん》だわ。あたしは三十二よ、そして今やっと、こんな気持ちになったの。中年になって。それでも……」彼女《かのじょ》はやさしくぼくの手を握《にぎ》った。「こんなことは今まで起こらなかったけれど、それでも変ではなかったのよ。こんなことは一度も味わわない人もいると思うの」

「かわいそうな人たちだね。ぼくは昔、母さんが笑うのを聞いたことがあるんだ。先生が笑ったみたいな声で、真夜中にね。ぼくは水を飲みに起きたとこだったんだけど。あの頃《ころ》はなぜ母さんが笑ったのか、わからなかった。どうして先生は、あんなふうに笑ったんです？」

「あなたが幸せにしてくれたからじゃないの。そして、あなたを捕《つか》まえるまでに三十二年もかかったからよ」

「でももう、ぼくを捕《つか》まえたでしょう」

「そうね」彼女《かのじょ》の声は低く、やや悲しげになった。「でも、こんどはいつ捕《つか》まえられるかしら。わからないわ。この週末はまったく偶然《ぐうぜん》、ついていたのよ——何もかも都合《つごう》よくいったんだから。こんなことは二度と期待できないわ。母が家を空けることはめったにないから」

エマが小さなドアを開け、二人の幸せな王国へ、冷気と寂《さび》しさと恐怖《きょうふ》の予感を呼びこんだような気がした。ぼくは彼女《かのじょ》のほうへ手をのばした。

「気をもまないで。今を無駄《むだ》にしないで。まだ何時間もあるんだ。先のことはなんとかなるよ」

「ああ、若くて楽観的でいいこと」この瞬間《しゅんかん》の彼女《かのじょ》の言いかたは、母さんそっくりだった。「あたしたち、いつかはこの償《つぐな》いをさせられるわ」

彼女《かのじょ》の体は霜《しも》でも降りたように冷えて硬《かた》くなり、ぼくを避《さ》けていた。一瞬《いっしゅん》ぼくは絶望したのだけれど、そのとき彼女《かのじょ》が言った。「あなた、ほんとに悪い子ね」そして全身を大きくくねらせると、あとはまた申《もう》しぶんないことになった。

ぼくは夜が明ける頃《ころ》、目をさました。カーテンの周囲がうっすらと灰色になりかけていた。いつものぼくは、目をさますのが嫌《きら》いだ。夢の中ではいろんなことが起きていた気がするのに思い出せないし、たとえ思い出せても嬉《うれ》しくないだろうという気がするからだ。目がさめたときにはたいてい、陸から七百キロも離《はな》れたところを櫂《かい》もなく漂《ただよ》っているボートのような気がした。

だが、その朝は違《ちが》った。ぼくは猫《ねこ》のように静かにのびをし、あくびをした。ぼくの心は、はじめはぼくの背中に、つぎには胸に寄《よ》り添《そ》って丸くなっている、小さくてとても温かい体の記憶《きおく》であふれていた。甘《あま》ったるい気分だった。ぼくたちは相手を起こさずに眠《ねむ》ったまま、同時に寝返《ねがえ》りを打つことさえできるようになっていた。そして彼女《かのじょ》が眠《ねむ》りながらたてた、いろいろな音の記憶《きおく》。「ふーん」とか「ううん」とかいう小さな声は、知らずに彼女《かのじょ》の心の本音を語っているように思えた。

ぼくは枕《まくら》の上の彼女《かのじょ》の顔を見ようとして、寝返《ねがえ》りを打った。つぶっているまぶたはうっすらと青かった。赤褐色《せきかっしょく》の髪《かみ》が少し片方の目にかかっていて、鼻からのかすかな息で揺《ゆ》れていた。その顔からは、すべての皺《しわ》が消えてしまったように見えた。まるで純真な幼子《おさなご》の顔だった。ごくかすかに微笑《びしょう》を浮《う》かべていた。

ぼくは寝《ね》たまま彼女《かのじょ》を見つめて、ぼんやりと自分の人生について考えようとしたが、頭は一割くらいしか働かなかった。残りはまだ安らかに、しっかりと、彼女《かのじょ》にくっついていたから。

対ニューカッスル大学付属校の試合について考えようとしても、くだらない子どもの遊びとしか思えなかった。Aレベルの試験のことを考えようとしても、これも子どものやることとしか思えなかった。母さんと父さんのことも考えた。二人ともきっとちょうど今頃《いまごろ》起きて、父さんは六時から二時までの勤務に出かけるところだろう。父さんと母さんは、今のぼくみたいな気持ちを味わったことがあるのだろうかと思った。

二人はぼくのことをどう思うだろうか、ぼくが今どこにいるか知っていたら……第三次世界大戦の勃《ぼっ》発《ぱっ》だ！

だが、そんなことはありそうもなかった。ぼくはすでに、悪知恵《わるぢえ》のかぎりをつくして両親をだまそうと、決意を固めていたのだ。そして、ぼくの意志と狡知《こうち》は、じつに堅固《けんご》な防壁《ぼうへき》だった。ぼくはもっと小さなことで、何度も成功していた。両親にはぜったいばれなかった。今や、それがぼくの生きかただった。だますということが。要するに徹底的《てっていてき》に気をつけて、いかなるミスもおかさなければいいのだ。ぼくはホステルへ行ってきた経験という、両親向けのお話を作りにかかった。そこで会った連中とかまずかった食事のこと、羊が子を産むところを見たんだよ、という具合に。どれも、今までに行った旅行で体験したことだった。

しかし、そんなことを考えているのも、心の一割にすぎなかった。残りの九割は、彼女《かのじょ》が呼吸をしながら体を押《お》しつけてくる感覚しか意識していなかった。

彼女《かのじょ》は、ぼくが見ているのに気づいたのかもしれない。むにゃむにゃと「まだ早いわよ。もう一度眠《ねむ》りなさい」と口の中で言った。

しかしぼくが彼女《かのじょ》に手をのばすと、「まあ、ロビー、もう駄目《だめ》」と、あきらめているように、だが嬉《うれ》しそうに言った。

ぼくたちは日曜日の夕方五時頃《ごろ》、やっと起き出した。エマは、六時半にニューカッスルから着く電車に乗っているはずの母親を迎《むか》えに行かなくてはならず、その前に、獣医《じゅうい》のところから犬を連れてこなくてはならない。彼女《かのじょ》はぼくを家まで車で送っていくと言ったけれど、雨が降っていたので、歩いて帰ったほうがいいと思った。ちゃんと濡《ぬ》れて帰って、ひどい目に遭《あ》ったと言うほうが、もっともらしいだろう。

ぼくたちは玄関《げんかん》のドアマットの上で、長々と最後のキスをした。彼女《かのじょ》は「あたし、ちゃんとやれるかどうかわからないわ」と言った。「足が震《ふる》えてて、満足に歩けないのよ」と。そして、あの素晴らしい笑い声をあげた。こんどこの笑い声を聞けるのはいつだろうと思うと、ぼくは悲しくなった。

彼女《かのじょ》がドアを開けると、雨と闇《やみ》が吹《ふ》きこんできた。

「気をつけてね」彼女《かのじょ》は急に生真面目《きまじめ》になり、体をちぢめて脅《おび》えていた。「ご両親はなんて……？」

「そっちは、ぼくにまかせてください」ぼくは言うと、リュックサックをかついで外へ出た。門のところでふりむいて手を振《ふ》ることもしなかった。どこでおしゃべりな婆《ばあ》さんが覗《のぞ》いているか、わかりはしなかったから。

暗いうえに、風と雨なのはありがたかった。闇《やみ》はぼくの顔を隠《かく》してくれる味方だったが、風と雨に対しては戦わねばならない。腹が立ってきた。そのときぼくはふと、自分がいつも人生に対してどんなに怒《おこ》っていたかに気がついた。ところが今は、まったく怒《おこ》っていなかった。ぼくは急に、敵地の中で怒《いか》りという武器を失い、途方《とほう》に暮れている気がした。家へ帰るまでに、心の中に少しは怒《いか》りをかきたてようとしてみた。そうしなくては両親に気づかれてしまう。しかし、どんなに努力してみても、そのたびに心の中で花開くのはエマとのさまざまな思い出で、ぼくはまたまたふにゃふにゃとだらしなくなってしまった。

たとえばぼくたちは今日一日、巨大《きょだい》な袋《ふくろ》に入ったチョコレートビスケットだけを食べて暮らした。料理をしたり食べたりで時間を浪費《ろうひ》したくなかったから。ベッドがビスケットの滓《かす》だらけになって、さんざん笑った。男性の乳首も女性のそれに劣《おと》らず敏感《びんかん》なことがわかったのも、嬉《うれ》しい発見で……どうやっても怒《いか》りはもどってこない、これにはまいった。

ぼくはケイティ・メリーのことを考えようとしてみた。だがこれも、彼女《かのじょ》だって若くてかわいいときがあったはずだという方向へと、思いはそれてしまった。ブラック・ファンのことさえ、考えようとした……だが、じつは彼《かれ》が息子《むすこ》をかわいがっていて、その息子《むすこ》が去年学校を卒業したことを思い出してしまっただけだった。

なんていうことだ、もうわが家だった。正面には幅《はば》の広い芝生《しばふ》。丸くせり出したベイウィンドーのガラスに、街灯の明かりが映っている。ところがぼくはあいかわらず、今にも弾《はじ》けそうな、幸福でいっぱいの大きな風船玉のまんまだった。口もとが勝手にほころんで、微笑《ほほえ》んでしまう。ぼくは、幸せといってもいい体じゅうのかすかな痛みと、肌《はだ》が輝《かがや》くような感じをおぼえていた。いくら鈍感《どんかん》な両親でも、これに気がつかないはずはない。寝《ね》る時間が来て一人になり、またエマのことを思い出すことができるようになるまでの四時間を、どうやって切り抜《ぬ》けよう。この区画をもうひとまわりして、もっとぐしょぬれになろうか。しかし、家から遠ざかっていくのを誰《だれ》かに見られたりしたら……迷いはきりがなかった。もう駄目《だめ》だという、素《す》っ裸《ぱだか》になってしまったような気持ちで、ぼくは裏口のドアの掛《か》け金《がね》をはずした。だが、ドアは開かなかった。そして、居間には読書用の明かりがついているというのに、ラジオの音は聞こえなかった。

と、犬が吠《ほ》え、そのいらいらした獰猛《どうもう》な吠《ほ》えかたで、家が留守なのがわかった。

でも、両親が日曜の晩に出かけたことなんかありはしない！　母さんはぜったいマントヴァーニの番組を聞きのがさなかった。何か恐《おそ》ろしい事件が起きたに違いない。何か恐《おそ》ろしい罰《ばつ》がくだったのだ、ぼくのしたことに……母さん……父さん……お祖母《ばあ》ちゃん。ぼくは半狂乱《はんきょうらん》で家に飛びこんだ。

母さんの書いたメモがテーブルランプの下にあった。

お祖母《ばあ》ちゃんが胆石《たんせき》の発作を起こしました。見舞《みま》いに行ってきます。夕飯はオーブンの中。十時頃《ごろ》にはもどります。

助かった。十時には、本を抱《かか》えてベッドに入っていても、何も言われないですむはずだ。

ぼくは、自分をまた地上へ引きもどしてくれそうなニュースはないかと思って、ラジオをつけた。

28．プロの選手

「ジョン・ボウズをセンターにして、ウォールズエンド校と戦えば……」トニー・アップルが言った。

ぼくらは学校の図書館で、司書のホワイト先生からいちばん遠いテーブルに陣取《じんど》っていた。本当は、黙《だま》ってそれぞれ勉強をする建前《たてまえ》なのだが、ぼくらは例によってラグビーの一軍選手のことで、わいわい言いあっていたのだ。まるでおんぼろ車がシルヴァーストーン（F1の英国グランプリの会場）の大レースにでも出るような騒《さわ》ぎだ。

「しかし、ボウズは今のポジションですごくうまくやってるぜ」とぼくは言った。「なぜ、勝てる組みあわせを変えるんだ。おれたちは、ウォールズエンドに勝てるよ。たとえジョン・ボウズがいなくたって」

「だからなおさら、やれることは試してみたほうがいいだろう」と、アップルは言う。

「おまえたち、黙《だま》ってくれないか」ビッグ《巨体の》・バンティが言った。「なかにゃ、勉強してる奴《やつ》だっているんだから。真剣《しんけん》にな」

「こっちだって真剣《しんけん》だ」

「子どもの遊びじゃねえか！」

「何が？」

「おまえらのはラグビー・ユニオン（アマチュアチームの連合。各チーム十五名）だろう。ラグビー・リーグ（各チーム十三名。プロも認められている団体）でプレイしなきゃ、話にならねえ」

われわれはみんな、ビッグ・バンティを憎々《にくにく》しげに睨《にら》んだ。ラグビー・リーグは、紳士《しんし》のスポーツではなかったから。選手も一チームに十五人ではなく十三人だし、出てもらう選手には金を払《はら》わなくてはならない。他にもいろいろと、バカげたルールがあった。見物人は、ランカシャーやヨークシャーの、綿のキャップをかぶった労働者の大群だ。「確かに」といった言葉一つにしても方言だらけ。軽蔑《けいべつ》にも値《あたい》しなかったのだ。バンティの奴《やつ》、よくもこんな話を持ち出したものだ。

「おれたちは、本格的なラグビーの話をしてるんだ」と、ジャックはバカにしたように言った。

「ラグビー・リーグはユニオンなんかより、ずっと本格的だぞ」とバンティは言う。「おれの叔父貴《おじき》のトミーに訊《き》いてみな。叔父貴《おじき》はバトリーのスクラムハーフだったんだ。左脚《ひだりあし》を二度、右脚を一度、鎖《さ》骨《こつ》は三度骨折した。さいごにゃ体じゅう、無事な骨はなくなっちまった。本人に訊《き》いてみろよ」

ジャックはかすかに身震《みぶる》いした。「おまえの祖母《ばあ》ちゃんもラグビー・リーグでプレイしてたのかい。再婚《さいこん》した祖母《ばあ》ちゃんはよ？」

ビッグ・バンティは、真《ま》っ赤《か》になって激怒《げきど》した。「祖母《ばあ》ちゃんの悪口を言うな。ラグビー・リーグの悪口もだ。厳しいプレイだぞ。おれもやってたから、わかってるんだ」

「なに――おまえがプロだってのか」ジャックはもう、相手をバカにしきっていた。笑いの種が転《ころ》がりこんできたというわけだ。「おまえまさか、まだおしめをあててた頃《ころ》からブラッドフォード・ノーザンでプレイしてた、なんて言うんじゃねえだろうな」

「去年、この町へ引っ越《こ》してくるまで、毎週プレイしてたんだ。南のほうじゃ、高校はみんなラグビー・リーグに入ってるんだ。本当さ。うちのロイも一緒《いっしょ》にプレイしてたのさ」

彼《かれ》は愛情のこもった目で図書館の反対側、弟のロイが子ども向きの初級原子物理学入門か何かの本を前にしかめつらをしているあたりを、ちらりと見やった。ぼくらがバンティの弟のロイを話題にしたのは、これがはじめてだった。ロイは下級六年生の理科系だった。

「じゃあおまえはなぜ、うちの学校の選手にならない？」ジャックはあやしむようにバンティに訊《き》いた。

「そんなにうまいんなら？」

ビッグ・バンティがプレイするところなど、考えられなかった。なにしろ大きくて、山も同然なのだから。デブというのとは違《ちが》う……だが、大きなハムみたいな不器用な手をしているのだ。

「許可が下りなかったのさ。一度でもリーグでプレイしたら、ユニオンじゃ仲間に入れてくれないんだ。ユニオンはリーグを毛嫌《けぎら》いしてるからな。ま、ユニオンはガキの遊び、お上品な方々の遊び、お行儀《ぎょうぎ》よくやりましょうねって連中のゲームさ」

「くだらねえことを言うなあ」と、ジャック。「賭《か》けてもいいが、おまえ、今まで一度もラグビーなんかやったことないんだろう？　あんなに葉巻《はまき》を吸ってたら、どんな奴《やつ》だって肺がいかれちまうもんな」

「いくら賭ける？」ビッグ・バンティが訊《き》いた。

「一ポンド」トニー・アップルが意地悪く言った。トニーはいつだってポケットの底が抜《ぬ》けるほど金を持っているのだ。

「乗った」と、バンティは言った。「こんどの練習はいつだ？　おれとロイで、目にもの見せてやるよ」

「木曜だ」ジャックはいかにも楽しそうに目をぎらつかせていた。どっちへ転《ころ》んでも、彼《かれ》は損はしない。ビッグ・バンティが恥《はじ》をさらすか、トニー・アップルが一ポンド失うだけのことなのだから。これこそ、ジャック好みのなりゆきというやつだった。

バンティとロイが更衣室《こういしつ》から出てきて、靴底《くつぞこ》の鋲《びょう》にこびりついた土を落とそうと、荷馬車の馬みたいに足をどんどんと踏《ふ》み鳴らしはじめたとたん、ぼくは、トニーはあの一ポンドを損するぞというあいやな予感がした。彼《かれ》らは黒の不吉《ふきつ》な感じのショーツを履《は》き、熊蜂《くまばち》のように獰猛《どうもう》な感じがする、黄色と緑と黒の縞《しま》のユニフォームにストッキングという格好だったのだ。そして背中には、ぼくらのチームにはあったためしがない十一と十二という背番号をつけていた。なんとなく、プロくさく見えた。そして一メートル八十六センチという図体《ずうたい》のバンティがそのユニフォームを着た格好は、学校のユニフォームよりもずっと恐《おそ》ろしげだった。脚《あし》はまるで大木の幹だ。ぼくは真っ黒な毛がびっしり生えた腿《もも》の太さが信じられず、目をしばたたく始末。いつもは白い学校用のシャツの下に隠《かく》れている下腹も、今はぴくりとも動かず、筋肉でできた樽《たる》のように見えた。

ロイは、背の高さはおなじくらいだが、もっと細身だった。これなら足も兄より速いだろう。身長はバンティの百八十六に対して百八十三センチ。体重はバンティの九十五キロに対して八十九キロだという。

ビル・フォスダイクは、不気味な縞《しま》の入ったユニフォームにも平然としていて、二人をあっさり、二軍チームの前衛の二列目に入れた。二軍チームはいつも人数が不足していたから、誰《だれ》でも入ってくれれば大喜びだった。

この最初のスクラムダウンのことは、死ぬまで忘れないだろう。バンティとロイは、攻撃《こうげき》にかかろうとする牛のようにぐっと頭を下げ、ぼくたち一軍のスクラムを十四メートルも後退させて、大混乱のうちにつぶしてしまったのだ。

「見ろよアップル、奴《やつ》らにちゃんと一ポンド払《はら》えよ」ジャックは、喜んでどなった。

だが、それからバンティがはじめてボールを手にしたのだった……。まさか、自分の手の中に飛びこんでこようとは思っていなかったらしい。ブリルクリームで固めた彼の砲弾型《ほうだんがた》の頭が、驚《おどろ》いてのけぞった。しかし、つぎの瞬間《しゅんかん》には彼は走っていた。一本脚《いっぽんあし》のカンガルーのようにひょこひょこと、エヴェレストが走ってでもいるようにのたのたと。ぼくは自分の目が信じられなかった。そのあとがさらにいけなかった。アップルが、おそらく一ポンドを救いたくて必死だったのだろう、猛烈《もうれつ》なタックルをかけたのだ。

バンティは「速い」とは言えなかった。（だからといって遅《おそ》かったわけではないが。）だが彼《かれ》は、膝《ひざ》が胸につくほど高く上げて、まさに速足《はやあし》で進む馬さながらの格好で走っていた。おかげで正面からのタックルの絶好の目標になったのだ。そのくせタックルされても、われわれの仲間ならいつもやるように、怪我《けが》を避《さ》けるために速度をゆるめるということをしなかった。（ユニオンの選手はみんなそうしていたのだ。注意して見ていれば、国際試合でもそうしているのがわかるだろう。）

ところが、ラグビー・リーグの流儀《りゅうぎ》は違《ちが》った。彼《かれ》のトミー叔父《おじ》が左脚を二度、右脚を一度折った理由もわかろうというものだ。アップルにぶつかったのは、バンティの跳《は》ね上がった膝《ひざ》ではなかった。アップルはそこまで接近はしなかった。どっしりした腕《うで》が、いよいよという瞬間《しゅんかん》に突《つ》き出されたのだ。ハムみたいな指を広げた手がアップルの胸をどんと突《つ》くと、アップルは尻《しり》もちをついて倒《たお》れた。

バンティは自分の通ったあとに、ぼくら一軍チームがごろごろ倒《たお》れて大混乱に陥《おちい》っているのを尻目《しりめ》に、ゴールポストの下のラインを突《つ》っ切ると、そっとかがんで片手で芝生《しばふ》の上にボールを置いた。それから、アップルを助け起こしに行くと、「一ポンド払《はら》えよ」と言った。

節穴《ふしあな》同然の目しかないビル・フォスダイクが、彼に近寄っていった。

「おまえはサッカーチームの奴《やつ》じゃなかろうな」フォスダイクはそわそわと訊《き》いた。

「サッカーは、一度もやったことがありません」バンティは胸を張った。

「じゃ、ラグビーチームの二軍に入らないか」

「考えてみます」と言うビッグ・バンティの声は、真面目《まじめ》そうだった。

このあと、試合中にバンティとロイが一軍チームをどんな目に遭《あ》わせたかは、語らずにおこう。バンティをやっつけたのは、狡猾《こうかつ》な古狐《ふるぎつね》ジャックだけだった。それも一度だけだが。ジャックはバンティの背後にまわると、片脚《かたあし》をつかんだのだ。バンティは彼《かれ》を十メートルも引きずったが、けっきょく倒《たお》れてしまった。

バンティとロイは、アップルから一ポンドずつせしめた。彼《かれ》らは〈ジブラルタル・ロック〉へ行くと言っていた。それでビールをやるのだと。

29. 覗《のぞ》き屋

事がうまくいかなくなりだしたのは、その頃《ころ》だった。おそらくエマとぼくは、あぶない橋を渡《わた》りはじめていたのだろう。ぼくたちは、会う場所にはできるかぎり気をつけていたが、選択《せんたく》の余地はそれほどなかった。テニソン・テラスの家では、キスしたり、こっそり抱《だ》きあったりするのがせいぜいだった。ハリス夫人がとつぜんドアをノックする場合にそなえて、服も全部、いつでも身につけていなければならなかった。ハリス夫人がこっそり覗《のぞ》くとか、見張っていたとかいうわけではない。それどころか疑ってさえいなかった。しかし、ときどき、焼きたての小さなケーキを持ってひょいと顔を出したりする。それに、大柄《おおがら》な女性なのに、スリッパを履《は》いているとあまり足音もしなかったのだ。ぼくたちはドアをノックする音ではじめて気がつくのだから、エマが「入って」と言う前にぱっと離《はな》れて普通《ふつう》の表情にもどるだけでもむずかしかった。

それに、この三月は天候が悪かった。雨、雨、雨。残された場所は車の中だけで、しかも車は調子が悪い。雨の中に二時間ほど停《と》めていたあとで、なかなかエンジンがかからなかったときには、何度も心臓が口から飛び出しそうになった。こんな具合では、田舎《いなか》までドライブして小道に身をひそめるというのもむずかしい。

そもそも、エマが外出するための口実は、映画を見に行くか、友だちに会いに行くということ以外にはなかった。だから、町なかに駐車《ちゅうしゃ》するしかない。ぼくたちはいつも、誰《だれ》も来そうにない場所をもとめて、長い時間かかって裏通りを探索《たんさく》した。ようやく見つけた場所はひどいところだった。なんと窒素《ちっそ》肥料工場。悪臭《あくしゅう》漂《ただよ》う窒素《ちっそ》肥料工場のゲートが、夜は開いていて夜警もいなかったのだ。誰《だれ》がくさい窒《ちっ》素《そ》肥料など盗《ぬす》もうとするだろう。ぼくたちは中へ入って、ぐるりと工場の裏へまわり、高さ十メートルののっぺりした塀《へい》と真《ま》っ暗《くら》で静まり返っている工場のあいだに車を停《と》めた。たとえくさくても安全で、そばにあるのは、なかばつぶれた原料運搬《うんぱん》用の籠《かご》の山と、どういうわけかひっこぬかれて錆《さ》びかけている石油ポンプだけだった。

ぼくたちは、この場所を見てはよく笑った。ロマンスの墓場にふさわしい、と言って。ヴィンドバラの上の丘《おか》の頂上とは、なんという違《ちが》いだろうと……

しかし飢《う》えた者には選ぶ自由などなく、ぼくたちは必死だった。ぼくたちのしていたことは、ひとたびはじめたらもう麻薬《まやく》みたいなもので、中毒になってしまう。それをしないときにはお互《たが》いにひどく不《ふ》機嫌《きげん》になり、つまらないことでバカバカしい喧嘩《けんか》になった。

もちろん、窓をしっかり締《し》めきり、むっとする車の中で抱《だ》きあって寝《ね》ていても、合間合間には話もした。狭《せま》くても、暗くて、安全な二人の天国だった。

「今日、大学から通知が来た。大丈夫だって。リーズですよ。Bが三つあればいいんだって」

「まあ、素敵《すてき》」長々とつづくキス。「あたし、あなたに会いに行けるわ。リーズなら、一緒《いっしょ》にいろんな場所へ行けるわよ。誰《だれ》もあたしたちを知ってやしないんだから」

「学生寮《がくせいりょう》に入れれば……うるさい下宿のおばさんもいないだろうし……できるよね——落ち着いて、安心して。こんな会いかたじゃなく」

「まあ、いやらしい。考えることは、それだけ？」

「いや、ニューカッスル大学付属校を負かすことだって、まだ考えてますよ、一週間に一回くらいは。けど、ラグビーもうまくいかなくなってきた。スクラムを組んで、腕《うで》で二列目の奴《やつ》の尻《しり》を抱《かか》えただけで、先生のことを思い出しちゃう」

エマは喜んで大笑いする。それから少し真面目《まじめ》になると、やはり教師らしく言った。「Aレベルの試験のための復習をしなきゃ。指定図書は読んだ？」

「先生のためなら、なんだってしてしまいますよ。先生の目の前に、優等賞のトロフィーを三つならべてみせます。ラテン語のだって」

「がんばってね！　うーん、今の、よかったわ」

ぼくがどこではじめて彼女《かのじょ》を見たかを、話したこともあった。スプリング・ガーデンズ校の運動場だ。

「ませてたのねえ、その歳《とし》で！　あたしのほうじゃ、あなたの存在なんか知りもしなかったわ。あの頃《ころ》のあたしは、若くて純情だった――今のあなたと、いくらも違《ちが》わなかったんだから」

「ぼくは、自分が本当に純情だったことなんて、ないと思うな」

「ほんと？　あたしはときどき、あなたほど純情な人には会ったことがないと思うけど。それなのに、ときには悪魔《あくま》の化身《けしん》みたいになるのよね。不思議な組みあわせ！　だから、あなたのことが好きなんだと思うけど」

「ぼくの好きなところは、それだけじゃないでしょう……」

「ほら、お行儀《ぎょうぎ》をよくして」

「お行儀《ぎょうぎ》？　ここで？　時間の無駄《むだ》づかいじゃありませんか」

「こら！」

ところが、やがてある晩のこと、彼女《かのじょ》がとつぜん身をこわばらせると必死でぼくの手を握《にぎ》ってきた。

「どうしたんです？」

「ロビー、誰《だれ》かがこっちを見てるわ」

「なんだって……どこから？」

車の窓は、完全に曇《くも》ってはいなかった。その夜は風が強く、ドアやフロントグラスのまわりからしのびこんでくる隙間風《すきまかぜ》で、曇《くも》らない部分があちこちに小さな扇形《おうぎがた》になって残っていたのだ。

「あの籠《かご》の山の陰《かげ》よ。あの陰《かげ》から、誰《だれ》かの顔が覗《のぞ》いているのが見えたわ。白い顔で、目のあたりは黒いの」

「なんだ、よせよ。紙切れが釘《くぎ》にひっかかって、風に吹《ふ》かれてたのさ。もう、何も見えやしないよ」

「待って。じっとして」

だが、ぼくはもう服装をととのえていた。何かと遭遇《そうぐう》するとしたら、ちゃんと服を着ていたかったから。靴《くつ》を両方履《は》き終えたとたん、エマがささやいた。

「ほら、いるわ」

遠くの街灯のちらちらする黄色い光の中で、そいつが立ち上がるのが見えた。ぼくはそれを紙切れだと、彼女《かのじょ》の錯覚《さっかく》だと思いたかった。しかし、駄目《だめ》だった。それにはじっとこちらを見ている目があり、開いている口も鼻もあるばかりか、髪《かみ》が風に吹《ふ》かれているのさえ見えたのだ。

ぼくは怒《いか》りでかっとなった。ぼくより大男かもしれないなどとは、まったく考えなかった。スラムの野郎《やろう》か、ごろつきか、ナイフか剃刀《かみそり》だって持っているかも、ということさえ思い浮《う》かばなかった。ぼくは車のドアをばたんと開けたまま、敵のスクラムハーフを追ってスクラムをまわりこむような勢いで出ていった。相手は事が面倒《めんどう》になるまで待ってはいず、一目散に逃《に》げ出した。こっちが、叩《たた》きのめしてやろう、地面の石に頭をがんがんぶつけてやろう、ぶっ殺してやろうと思っていることが、わかったに違《ちが》いない。

逃《に》げ足の速い奴《やつ》だった。瘦《や》せていて軽そうな体だった。薄暗《うすぐら》い明かりの中でもそこまではわかった。真っ黒な、もじゃもじゃの髪《かみ》をしている。ぼくはあと三メートルくらいまで迫《せま》った。追いつけそうだ。相手がゲートに着く前に捕《つか》まえられるだろう……

だがそのとき、ぼくは誰《だれ》かが放り出しておいたらしい板を踏《ふ》んだ。その板からは、上向きに太い釘《くぎ》が一本突《つ》き出していた。それがなんと、靴《くつ》の底にしっかり刺《さ》さったのが感触《かんしょく》でわかった。しかもさらに悪いことに、その釘《くぎ》のせいで板が靴《くつ》にくっついて持ち上がり、もう片方の足首にぶつかったので、つぎの瞬間《しゅんかん》には、立ちなおろうとしながらも、ああ倒《たお》れると思い、実際にどっと倒《たお》れてしまった。ぼくは構内に敷《し》かれた舗道《ほどう》の石に猛烈《もうれつ》な勢いで叩《たた》きつけられ、息ができなくなった。

それでもまだ頭は持ち上げて、相手を見ていた。だから、相手がゲートまで行って左に曲がったのは見えた。そして、相手が薄暗《うすぐら》い街灯の明かりの中に出たとたん、ぼくはそいつを知ってるような気がして不安になった。学校の奴《やつ》ではないか……？　だがやっと立ち上がったときには、相手の姿はとうに消えていた。

ぼくは車へ引き返しながら、自分を慰《なぐさ》めようとした。学校の奴《やつ》じゃあるまい。若くて瘦《や》せた、おなじ年頃《としごろ》の奴《やつ》にすぎなかったんじゃないか。この町には、うちの学校の他にも、三つもセカンダリー・モダン・スクール（十一歳以上で受けるイレブン・プラスという統一試験に合格しなかった子どもが入る、一九四四年創立の実用科目重視の中等教育機関。多くは一九六五年にできたコンプリヘンシヴ・スクールの開校とともに閉校となった）があるのだから。肥料工場をうろつくなんて、その三つの学校の生徒のほうがはるかにやりそうなことだ。何かかっぱらえるものでも捜《さが》していたのだろう。うちの学校の連中が目をつけるようなものは、ここにはありはしない。うちの学校の生徒でこのへんに住んでる奴《やつ》もいない。ここはスラム地域、貧乏人《びんぼうにん》の住むところだから。

それに、かりにうちの学校の奴《やつ》だったとしても、暗闇《くらやみ》の中でぼくたちの顔が見えたはずはない。ぼくたちが誰《だれ》かなど、わかりっこないのだ。ただ、そのへんにいくらでもいるカップルを覗《のぞ》いていただけなんだろう。覗《のぞ》き屋は覗《のぞ》く相手を選びゃしない。

ぼくがもどったときには、エマはすっかり服装をととのえ、エンジンをかけて運転席に座っていた。

「逃《に》げられた。板を踏《ふ》んで、転《ころ》んじゃって。ただの子どもさ、もどってはこないよ。すごく怖《こわ》がらせてやったからね」

エマは身震《みぶる》いした。「ここは怖《こわ》いわ。どうして、こんなところへ来ちゃったのかしら?」そしてつづけた。「あたしたちを見てたなんて……ずっと……汚《けが》されたような気がする」

「暗かったもの。たいしたことは見てやしない」

「ちょっと見られただけでも大変よ。窓際までしのび寄ってたかもしれないじゃないの……あたしたちがああして……」

「ぜったい、そんなことはない。ひどく臆病《おくびょう》な奴《やつ》だったもの。先生が見つけるまで、あの籠《かご》の山の陰《かげ》にいたんだと思うよ。これからどこへ行く?」

「家へ帰るわ。でも、先にあなたを送ってあげる」

「ぼくたちは、二人とも映画を見に行っていることになってるんだぜ。〈カールトン〉は十時まで終わりゃしない。途中《とちゅう》で出てくる奴《やつ》なんていやしないよ。海岸通りまでドライブして、車の中に座ったまま海を見ていない？　手をつないで、話をしながら」

「そうね……」彼女《かのじょ》はうんざりしたように言った。「わかったわ。海を見るだけならいいわ。清潔な気持ちになれるかもしれない」

海岸通りへ出るまでに、知りあいは一人しか見かけなかった。どの通りにも人影《ひとかげ》はなかった。きっとその晩外出している人はみんな、映画館かパブにいるか、お祖母《ばあ》さんのところで夕食でもとっていたのだ。その晩は、散歩させなくてはならない犬を飼っている不運な間《ま》抜《ぬ》けでもないかぎり、外へ出るような晩ではなかったからだ。

ぼくたちが見かけた唯一《ゆいいつ》の知りあいとは、家へ帰ろうとうなだれて歩いていたウィリアム・ウィルソンで、奴《やつ》の家まではあとわずか数百メートルだった。いったいどこへ行ってきたのだろうと、ぼくは首をひねった。ショーツを履《は》いてはいなかったから、ボーイスカウトのはずはない。

海岸では、一緒《いっしょ》に座っていてもあまりいいムードにはならなかった。彼女《かのじょ》は神経をとがらせて、びくびくしていた。犬を連れている男たちを見ても、ぼくたちとおなじように運がない愛人同士、それも、映画に入る金がないので寒い中をぐるぐる歩きまわっているカップルを見ても、びくびくする始末だった。

エマは十時になるが早いか、ぼくを家へ送りとどけた。ぼくは家へ入って夕食をとる前に、三十分くらい歩きまわらなくてはならなかった。

何も知らずにいられた時間は、そう長くはなかった。二日後にぼくがグラウンドの整備をしていると、ウィリアム・ウィルソンが近づいてきた。あまり感じがいいとはいえない生意気な顔で、にやにやしている。

「話があるんだ」と彼《かれ》は言ったが、その声にはどことなく偉《えら》そうで、不気味な響《ひび》きがあった。

「あっちへ行けよ」ぼくは意地の悪い返事をした。「忙《いそが》しいんだから」

「おれの話を聞いたら、忙《いそが》しくなんかなくなるぜ。二度と、忙《いそが》しいなんて言えなくなるね」

ぼくはとつぜん気が滅入《めい》り、彼《かれ》のあとについてグラウンドの隅《すみ》へ行った。彼《かれ》は今までになく、おまえはすっかりおれのものだとでも言わんばかりの顔をしていた。

「で、なんだい。早く言えよ。いろいろやることがあるんだ」

彼《かれ》は頭をかしげ、なかばにやにやと勝ち誇《ほこ》っているようでいて、なかば脅《おび》えて震《ふる》えだしそうな顔で、ぼくを見た。両手を、まるで殴《なぐ》られまいとするような妙《みょう》な格好で、前に突《つ》き出している。

「二日前の晩、肥料工場の構内で、ちょっと面倒《めんどう》なことになったんだってな」

「誰《だれ》がそんなことを言った？」

「さあ、誰《だれ》だろうねえ」

「そんな噂《うわさ》をした奴《やつ》は、相当目が悪いんじゃないか。その日はおれは〈カールトン〉で『誰《た》が為《ため》に鐘《かね》は鳴る』（ヘミングウェイ原作のアメリカ映画。一九四三年製作）を見ていたよ。イングリッド・バーグマンにゲイリー・クーパー。いい映画だったよ」

「おまえは肥料工場の中にいたんだよ、ハリス先生と」

「ハリス先生？　おまえ、頭がおかしいんじゃないか！　おれはジョイス・アダムソンと一緒《いっしょ》にいたんだぜ。〈カールトン〉で。彼女《かのじょ》に訊《き》いてみろよ」この状況《じょうきょう》にしては、自分の怒《おこ》った演技もなかなかうまいと思った。

「へえ」彼《かれ》はそれがどうしたという顔をした。その両手はさっきよりも震《ふる》えていたが。「ジョイス・アダムソンは、おまえのために嘘をつくに決まってるさ。だけどそれも、おまえがハリス先生と何をしていたかを聞くまでだろうがな……」

ぼくは彼《かれ》を睨《にら》みつけた。せせら笑っている顔面に、こぶしをめりこませてやりたかった。なんというくだらない、くずのような野郎だ。こういう奴《やつ》がいなければ、世界はずっとましになるのに。ぼくたちのいる場所が、今は肥料工場の構内でないのは、彼《かれ》にとって幸いだった……あそこにいたら、彼《かれ》を叩《たた》きのめしていたのではないかと、ぼくは思った。

「無駄《むだ》なんだよ、な」と、彼《かれ》は締《し》めくくるように言った。「おれはあそこにいたんだから。見たんだよ。おまえ、追っかけてきたじゃないか。転《ころ》んで、ちくしょうって言ったぞ」

ぼくは、もうおしまいだと思った。それでも、まだあわてはしなかった。彼《かれ》が誰《だれ》かほかの人間にしゃべってさえいなければ……

「誰《だれ》にしゃべった？」

「誰《だれ》にも。ひと言もしゃべっちゃいねえよ、おまえとは友だちだからな。おれが〈オデオン〉の二回目の上映を見ようと思って歩いてたら、車が通って、おまえとハリス先生が乗ってるのが見えたんだ。車は肥料工場の門を入った。そうなれば、その先を見届けずには……どうやって彼女《かのじょ》にあんなことさせ……」

「それ以上何か言ったら、きさまを殺すぞ。ぜったい殺す」

「大声を出すな。学校じゅうに知られたいのか。おまえはうまいことやってるよな。しかしおれの話がなんにもわかってないみたいだな」

「要求はなんだ。金か?」

彼《かれ》は笑った。「あのな、おれのほうがおまえより、ずっと多くこづかいをもらってるんだぞ。おまえはトニー・アップルみたいな金持ちじゃないだろう」

「じゃ、何が欲しい」

「おまえの友だちになりたい」

あまりにもバカバカしかった。「友だち?

「いつでもおまえと一緒《いっしょ》にいたいのさ。誰《だれ》にも相手にされず、いじめられてばかりいるのがいやになったんだ。さあ、こんどは形勢《けいせい》が逆転したろう?」

「おまえ、どうかしてるよ。おれたちのあいだには、何も共通点がないじゃないか。つきあいだしたら、ホモだと思われるぜ」

彼《かれ》はひるみ、青ざめた。怒《おこ》ったらしかった。ぼくはとつぜん、これは追いつめすぎたかな、と不安になった。彼《かれ》はすっかり顔をひきつらせていたから。

しかし、彼《かれ》はただ「まあ、おれたちが友だちになってもおかしくない理由を考えろよ。おまえはそういうことなら得意だろ。それがいやなら……」としか言わなかった。

ぼくはとつぜん、エマのことを考えてとても怖《こわ》くなった。だが「おまえ、まさかそんなことを! 退学になるぞ」と言うのがやっとだった。

「なあに、おれはそんなどじなしゃべりかたはしない」彼《かれ》は狡猾《こうかつ》だった。「あっちでひそひそ、こっちでひそひそ噂《うわさ》を流すさ。世間は噂《うわさ》が好きだろう? 火のないところに煙《けむり》は立たない」

確かに、彼《かれ》の言うとおりだった。ぼくも彼も、それを知っていた。ぼくは返事につまった。

彼《かれ》はぼくを見て微笑《びしょう》した。やさしい微笑《びしょう》と言ってもよかった。「おまえにはなんの恨《うら》みもないんだよ、アッカー。それどころか、おれがおまえを好きだから、おまえは助かったんだ。おまえが裏切らなければ、おれもおまえを助けてやる。七月には、親友として別れようぜ」

ぼくは、あやうくその場で吐《は》きかけた。

彼《かれ》は時計を見た。まるでこのあとにもまだ約束のある、忙《いそが》しいビジネスマンのように。「時間をやるから考えてくれよ。ショックをあたえて悪かった。ちゃんと折りあえると思うよ」

彼《かれ》はそう言うと、ぼくを残してすたすたと行ってしまった。

火曜の晩まで、ぼくは悩《なや》みに悩《なや》んだ。エマに言うべきか、黙《だま》っているべきか。しかし、こういうことは秘密にしておけるものではない。そんなことをしても、すべての表情や言葉は毒されてしまい、彼女《かのじょ》はたちまち、ぼくから秘密を聞き出してしまうだろう。

エマは茫然《ぼうぜん》と座ったまま、身じろぎもしなかった。

「なんとかあいつを黙《だま》らせてはおけると思うんだ」ようやくぼくが言っても、耳も貸さなかった。

「あたし、どうすればいいかしら」彼女《かのじょ》はつぶやいた。「どうやって切り抜《ぬ》ければいいのかしら。これが表沙汰《おもてざた》になったら、あたしはウルワースにさえ就職できないわ。この町を出なくちゃならなくなる。そんなことになったら、母は死んじゃうわ――心臓が弱いから。お友だちは一人残らずいなくなる。そして、それきり教職にはつけない。これから一生、どうすればいいのかしら。父の昔のお友だちだって、あたしのことをどう思うか」

要するに、彼女《かのじょ》は何一つまともに考えられなかった。ぼくは、彼女《かのじょ》には対策があると思っていた。二人で何か解決策を編み出すことができると……。ところが、彼女《かのじょ》はなすすべもなく、ただぶるぶる震《ふる》えているばかりだった。そしてぼくを見ると、「あなたに会わなければよかった」と言うなり、わっと泣きだした。

いくらぼくが抱《だ》きしめて慰《なぐさ》めても、涙《なみだ》が乾《かわ》くまでには何時間もかかった。泣きやんでからも、ようやく彼女《かのじょ》の口から出たのは、「校長先生はすぐあたしを首にするわ。つぎの仕事のための推薦《すいせんじょう》状もくださらずに」という言葉だけだった。それから「母のいろんなお友だちにも、なんて言われるかしら」という言葉だ。

ぼくも、校長は彼女《かのじょ》を首にするだろうと思った。校長は以前にも、サーズゲットという社会科の男の教師を首にしたことがある。だがその原因は、彼《かれ》が別れた女に、婚約不履行《こんやくふりこう》ということで民事法廷《ほうてい》に訴《うった》えられた、というだけのことだった。

「いいですか、ぼくに考えがあります」とぼくは静かに言った。

彼女《かのじょ》は殺されると決まった動物のような、大きな目でぼくを見た。絶望しきったように。

「第一に」ぼくはゆっくり、きっぱりと言った。「ぼくたちはもう、会うのをやめなくては駄目《だめ》です」

これは心臓を引き裂《さ》かれる思いだったが、避《さ》けようがなかった。ぼくはこの脅《おび》えきっている女《ひと》を、ふたたび自分の足で立たせなくてはならない。そうしなければ、二人ともおしまいになる。だがぼくには、おしまいになる気などなかった。ウィリアム・ウィルソンのようなくだらない奴《やつ》のおかげで。

けれどもエマは、「もう、そんなことをしても手遅《ておく》れよ」と言うばかりで、目はうつろ、心の目に映る恐《おそ》ろしい風景のために顔は青ざめ、丸みのある額には汗《あせ》の粒《つぶ》が浮《う》かび、見たことがないほど老《ふ》けた顔になっていた。

ぼくは、そっと彼女《かのじょ》を揺《ゆ》すった。「いいですか。第二に、フレッドの奴《やつ》はどの程度、先生に熱をあげてますか？　彼《かれ》は完全に追《お》っ払《ぱら》ったわけじゃないんでしょう？」

エマはちらりと、わびしげな笑顔《えがお》を見せた。「今でも、一緒《いっしょ》に映画へ行こうってさそうわ」

「じゃ、いらっしゃい。できるだけ彼《かれ》と出歩くんです。人前に出るんです。そうすれば、世間はそうかんたんに、ウィルソンの言うことなど信用しやしませんよ」

またあの、いやな感じのかすかな微笑《びしょう》が浮《う》かんだ。「あたし、あなたがそんなこと言うとは、思わなかったわ」

「第三には……」ぼくはすでに、自分の計画に熱くなっていた。ひとたび何か考えつくと、いつでも、すっかり夢中になってしまうのだ。「第三に、もう少し彼《かれ》を乗せられませんか？　プロポーズさせられない？」

「ロビー！」彼女《かのじょ》は本当に驚《おどろ》いて、ぼくをまじまじと見た。

「どう、できますか？　つまり、先生が指輪をはめているのを女の子たちが見たら、誰《だれ》もウィルソンの言うことなんか信じやしないでしょう？　ただ、あいつは薄汚《うすぎたな》く意地の悪い、けちな奴《やつ》なんだと思うだけですよ、本当にそうだけど」

彼女《かのじょ》はこんどこそ微笑《びしょう》していた。冬のたよりない日射し程度の微笑《ほほえ》みだったにせよ。

「彼《かれ》はすでに二度プロポーズしたのよ。一度目はずっと前だけど、一度はつい最近なの」

「ラジエーターのそばで先生が笑ってたときですか？」

「いえ違《ちが》うわ、あのすぐあと」

「なんて返事をしたんです？」

「彼《かれ》は、あたしが考えてみるって言うまでねばったわ。あとは、あなたのおかげで、あたしのほうはきれいに忘れちゃったのよ」

「じゃ、今でもイエスと言えるわけですね」

「あのおバカさん、じつはポケットに指輪を入れて持ち歩いてるのよ。もっとも、あたしのために買ったんじゃないけど――彼《かれ》のお祖母《ばあ》さんのものだったのよ。でも、とても素敵《すてき》な指輪。ルビーなの」

「それなら……」

「まあ、ロビー、彼《かれ》を利用するのは駄目《だめ》よ――指輪をもらうだけのために。そんなの悪いわ」

しかし、ぼくはその声に迷いを嗅《か》ぎつけて、全力で押《お》した。

「いいですか、エマ、これは、乗るかそるかの問題なんですよ。先生みたいな人が職を失っちゃ、もったいない。先生のことを好きだという、たくさんの子どもたちのことを考えてください。先生がいなくなったら試験に受からなくなる子たちのことを。先生が教えている生徒の試験の点は、フレッドの生徒の倍もいいんですよ」

「世間じゃ、こんなことをした以上、あたしには教える資格はないって言うわ」

「でも、先生自身はどう思うんです。ぼくを知ってから、先生の仕事はずさんになりました？」

彼女《かのじょ》の声は震《ふる》えていた。「むしろ、よくなったと思うわ。子どもたちを前より理解できるようになったと思うの」

「そうら、ごらんなさい」

「そうかんたんじゃないわよ。フレッドの気持ちはどうなるの？」

「あの人は、ああいう人じゃありませんか。指輪をくれたあと、うまくいかないんじゃないかとびくつきはじめる……結婚《けっこん》はいつまでものばす。けっきょく、解消ということになるかもしれない。彼《かれ》もフィアンセは欲しいんですよ……でも、彼《かれ》が本当に夫や父親になった姿が想像できますか?」

彼女《かのじょ》はまた微笑《びしょう》した。歪《ゆが》んだ、短い微笑《びしょう》。

「じゃあ、やってみなくちゃね。彼《かれ》にその気があれば、チャンスをあたえてみるわ……」

ぼくは思わず叫《さけ》びたくなった。だが、あくまでも真面目《まじめ》な顔で言った。「いいですよ。わかりました。ぼくたちは、そのチャンスに賭《か》けるしかないんです」

「ぼくたち? あなた、急に他人のことを考えるようになったのね! あたしを厄介払《やっかいばら》いしたいの?」

ぼくは彼女《かのじょ》の顔を見た。ゆっくりと生気がもどってきて、絶望は去りつつあった。

「ぼくは先生の無事を祈《いの》ってるんです。もしそんなことになったら……やりきれない。苦しい目に遭《あ》わせるなんてぜったいいやです。ぜったいに……先生をさらし者にさせはしない。あんな連中に」

「どうかしら……」彼女《かのじょ》の心には、またあらゆる不安がよみがえってきたらしい。家の外に大量の石炭がどすんと届きでもしたように。また、はじめから説得しなおしだった。

しかし、ぼくはやった。もう一度。そして、さらにもう一度。説きつけ、どなりつけ、恐《おそ》ろしい将来を描《えが》いてもみせた。

とうとう彼女《かのじょ》は言った。「わかったわ。考えてみる。あなたの言うとおりかもしれない。あなたは、もうお帰りなさい。遅《おそ》いから」

ぼくは立ち上がった。彼女《かのじょ》も立ち上がった。そのときほど彼女《かのじょ》を愛したときはなかった。彼女《かのじょ》は小さく、老《ふ》けて、疲《つか》れて、打ちのめされた顔をしていたけれども。彼女《かのじょ》は、あの魅力的《みりょくてき》なグリーンの目を上げて、ぼくを見た。

「あたしたちがどうなっても――あたしが、あなたこそ、これまで出会ったいちばん素晴らしい男だと思ってることは、忘れないでね」

このときのさいごの抱擁《ほうよう》を、ぼくは永久に忘れないだろう。

第五部

30．チーム編成

どういうわけか、それから数日のあいだは、このことで心が傷《いた》みはしなかった。心にしみてこないという感じだった。ちょうど、列車に乗った誰《だれ》かと、発車寸前に開いている窓越《ご》しにさいごのキスを交わしてさよならを言い、にっこりウィンクすると、やがて閉まったガラス窓越《ご》しに眉《まゆ》を上げて目くばせしあうような、そんな感じだった。列車が出ていってしまったがらんとした暗い駅で、新聞紙が風に吹《ふ》かれているという感じとは、まったく違《ちが》っていたのだ。

勝負はまだついていなくて、進行中だった。ぼくにはまだ、勝ちとらなければならないものがあった。あのあと、学校のグラウンドで、ウィリアム・ウィルソンがはじめて近づいてきたときには、礼儀正《れいぎただ》しい態度をとりさえした。ぼくは彼《かれ》を本心から好きになろうと、決意していた。自分がもしウィリアム・ウィルソンに生まれて、しじゅう無視されたり、笑いものにされたり、そばへ寄るなと言われたりしていたら、さぞかし辛《つら》いだろうと自分に言い聞かせたのだ。トップグループに入れてほしいと思っているのに、出来が悪いばかりに入れてもらえなかったら、やりきれないに決まっている、と。

そこで、その日の昼休みはずっと、一緒《いっしょ》にグラウンドを歩きながら、ぼくは自分の好きなことについて話し、彼《かれ》にも彼《かれ》の好きなことについて話させるように仕向けた。ウィルソンは、それがとても楽しそうだった。とくに、下級生たちが、ぼくたちがずっと一緒《いっしょ》に歩いていることに気づいたときには。下級生はみんな、ぼくに声を掛《か》けたがっていたのだ。その頃《ころ》のぼくは人気があったから。ぼくらのチームの数々の勝利の話が全校に広まっているおかげで、ぼくは英雄《えいゆう》の一人だったのだ。そのうちには、サインをしてくれと言ってくるんじゃないか……

ウィルソンも、一時間はこの栄誉《えいよ》のおこぼれにあずかったわけだった。

だが困ったことに、彼《かれ》は欲が深かった。別れ際《ぎわ》にこう言ったのだ。

「かんたんに逃《に》げられやしないからな、アッカー。おれをグラウンドに縛《しば》りつけて、おまえの人気者仲間に近づけまいとしているんだろう。明日は仲間のところへ行こうぜ、いいな」

「明日はラグビーの練習だよ」と、ぼくは言った。「ニューカッスル大学付属校との試合があるんだ。おまえも出たいのか?」ぼくはつい、隠《かく》していた憎悪《ぞうお》をちらりと声に出してしまった。彼《かれ》はそれを聞きのがさなかった。

「気をつけろよ、アッカー。ハリス先生のことを考えてやれよ」と言うと、彼《かれ》は悪魔《あくま》のようににやにやして、「じゃ、練習を見に行くよ。おまえを見張るためにな。さぞおもしろいだろう」とつけ加えたのだった。

「いいとも、おれたちもニューカッスルと戦ってやらあ」と、ビッグ・バンティは言った。「きみらが勝てるように力を貸すよ。だが、金を払《はら》ってくれればの話だ。おれたちはプロだかんな、ラグビー・リーグの」彼《かれ》は口が耳まで裂《さ》けそうなほどにやりと笑った。弟のロイもやはり、大きな口でにやりとした。二人ともいかにもヨークシャー人ぶってみせ、わざとなまりを強調してみせていた。

「バカ言え」ジャックが大声をあげた。「おれたちが金《かね》でできてるとでも思ってるのか」

ビッグ・バンティはトニー・アップルににやりと笑いかけた。「少なくともこの男は、金でできてる。諸君らイギリス紳士《しんし》は、楽しみのために金を払《はら》わなくちゃいかん。われら労働者はビール代がいる。それと映画代だな。でかい葉巻《はまき》もいるしよ」

弟のロイがうなずいた。彼《かれ》らはただおちょくっているのではなく、本気だったのだ。おちょくっているのも確かだったが。

「いくらだ？」ジャックが訊《き》く。

「おれたちは、むちゃは言わねえ」とビッグ・バンティ。「一人、二ポンド。それで、こっちが勝ったら、二ポンドのボーナス」

「勝ったら、かならずだぞ」ロイが欲にまみれた声を出した。

「おまえらは、そろって生意気なアホだ」ジャックは言ったが、その声にはかすかに嬉《うれ》しそうな響《ひび》きがあった。「どうする、アップル。そんな金、家の金庫にあるかい？」

トニー・アップルはちょっと青くなっていた。「そのくらいは都合がつくかもしれないが……」彼《かれ》はぼくらをいやな顔で見た。「なぜ、おれだけが出すんだ？」

「おれも十シリング（この物語の当時、一ポンドは二十シリングだった）出す」ぼくは言った。

「おれも」人のいいテディも言う。

かわいそうに、ウィルフは本当に困った顔をしていたが、さんざん悩《なや》んだあげく「五シリング出す」と言った。

「じゃ、おれは十」とジャック。「心配ないよ、アップル。もし、おれたちが勝たなかったら……」

「一人、一ポンドにしろ」と、アップルは言った。「もし、おれたちが勝ったら、三ポンドのボーナスをやるから」

バンティはロイの顔を見た。「けちくさい奴《やつ》らだな、あいかわらず。資本家ってのは、労働者のつらを踏《ふ》みにじりやがる。こうなったら、こっちはぜったい勝たなきゃならねえぞ、ロイ」

「ニューカッスルの奴《やつ》らの脚《あし》を二、三本へし折ってやるさ」ロイは性悪《しょうわる》なことを言った。「チームに十三人しかいなくなったら奴《やつ》らがどんなプレイをするか、お手並《てなみ》拝見だ」

「練習で会おうぜ」バンティが言った。

そして、二人は笑いながら行ってしまった。

ぼくは、彼《かれ》らを殺してやりたかった。

「おい、アトキンソン」練習のために着替《きが》えに行く途中《とちゅう》で、ジェフ・カロムが近づいてくると、小声で言った。「おまえ、勝ったらあいつらに金を払《はら》うんだって？」

「誰《だれ》がそんなことを言った？」

「あいつらさ」

ヨークシャーの豚《ぶた》めがと、ぼくは思った。自分はどうなってもかまわない、おなじくらいひどい目に遭《あ》わせてやると思った。

「おれにゃ払《はら》ってくれねえのか」とカロム。

「あいつらは、自分たちはラグビー・リーグだ、プロだって言うんだよ。金をよこさなきゃプレイしないって」

「なら、おれだってサッカーのプロだ。おれにも払《はら》ったっていいだろう」

「どこに、そんな金がある?」

「何か売りゃいい」彼《かれ》はにたにた笑った。「でなきゃ、かっぱらうとかよ」

「失《う》せろ」

「おれに、失《う》せろなんて言わねえほうがいいぞ。チクってやるから。学校によ」

ぼくはとつぜん、どいつもこいつも嫌《きら》いになった。しかし、口ではこう言った。「よし、一ポンドやろう。もし、こっちが勝ったらだ。ただ、週五シリングの分割にしてくれ」

「よし」彼《かれ》は言った。「かならずもらいに来るからな」


練習の前に、ぼくは完璧《かんぺき》なスクラムの布陣《ふじん》を考えはじめた。第一列はいつもとおなじ。第二列にはバンティとロイを置き、この二人の後ろにぼくが入り、ジェフ・カロムがぼくの右側、そしてたよりになるジョージ・カッターを左につける……

「何やってんだ、アトキンソン?」なんということだ、バカ野郎チームのユニフォームを着こんで首からは黄色い紐《ひも》でホイッスルをぶらさげ、ボールを小脇《こわき》に抱《かか》えたビル・フォスダイクのおでましだった。ぜひとも試合に出ようとでもいうのか、またまた眼鏡《めがね》を掛《か》けていない。眼鏡《めがね》を掛《か》けていないと、彼《かれ》の顔はしまりがなく、間が抜《ぬ》けて見えた。掛《か》けていても、しまりがなくて間抜《まぬ》けに見える顔なのだが。

「土曜の試合のスクラムを考えてるんです」

「おまえは、誰《だれ》の許可をもらってチームの編成なんかしてるんだ。そいつはこのおれの仕事だ。優秀《ゆうしゅう》な連中を急にチームからはずそうったって、そうはさせない。シーズンいっぱい、じつに真面目《まじめ》によくやってきた連中なんだから。マイヤーズ、グリーンハルフ、ウォルシュ、彼《かれ》らを入れないわけにゃいかない」

じつを言うと、ぼくはマイヤーズ、グリーンハルフ、ウォルシュとは、すでに話をつけていた。彼《かれ》らはぼくの言いぶんをわかってくれた。彼《かれ》らはチームの実情がわかっていて、自分たちがプレイしてニューカッスルにがつんとやられるよりは、ぼくらががつんとやるところを見ていたい、と言ってくれた。いい奴《やつ》らだ……ものがわかっている。とはいうものの、これは今シーズンの最後から二番目の試合だから、来週の哀《あわ》れなハウドン・グラマースクール相手の最後の楽勝試合には、この連中も出してやらなくては……

問題は、ぼくがビル・フォスダイクと話をつけていなかったことだった。

とはいえ、他のメンバーはみんな、ぼくの味方だった。ぼくらのまわりに集まってきて、輪になってフォスダイクを睨《にら》んだ。

「ベストのメンバーを出さなきゃ駄目《だめ》です」

「そうでなきゃ、勝ち目はない」

だが、駄目《だめ》だった。フォスダイクは自分の仕事に固執《こしつ》するあまり、早くもわめきだしていた。「きさまたちは命令に従え。チームはおれが編成する。真面目《まじめ》にやってきてポジションを獲得《かくとく》した奴《やつ》ばかりでな。おれたちがラグビーをやるのは、勝つためではない。プレイ自体を楽しむためなのだ」

「それを、ニューカッスルの奴《やつ》らに言ってやれよ」ジャックがぶつぶつつぶやいた。「あいつらは三シーズン通して、一度も負けてないんだぜ」

「さあ、練習にかかれ」フォスダイクは叫《さけ》んだ。

キックオフのためにならんだとき、カロムがぼくににじり寄ってきた。一ポンド手に入らなくなるのが心配だった、というだけではないだろう。ぼくたちとおなじように、本心からフォスダイクに思い知らせてやりたかったのだと思う。

「おれがあいつを片づけてやろうか、アッカー？」彼《かれ》は、ビル・フォスダイクがホイッスルをくわえて身がまえているほうに、顎《あご》をしゃくった。

「そうしてくれりゃな」ぼくは苦りきって、深く考えずに答えた。鬱憤《うっぷん》を晴らすために、口でそう言っただけだったのだ。

それが起こったのは、十分くらいあとだった。ぼくはちょうどゆるんだ靴《くつ》の紐《ひも》を締《し》めていたので、見そこなってしまった。だが、あとで他の奴《やつ》らから聞いたところでは、フォスダイクは、ボールを抱《かか》えて走りながら、ウイングに向かって、パスできる位置につけ、とどなっていたのだという。フォスダイクは若い頃《ころ》には州の代表選手だったから、中年親父としては、今でもけっこう足が速かった。なんでも、カロムはその背後に迫《せま》ると、追い抜《ぬ》きざまフォスダイクの左右の踵《かかと》をコツンと蹴《け》ったのだそうだ。フォスダイクはつんのめり、ロープが切れたようないやな音がした。その音はみんなに聞こえて、つぎの瞬間《しゅんかん》には、全員がフォスダイクをかこんで立っていた。

彼《かれ》は両手で右膝《みぎひざ》を抱《かか》え、痛さに顔を歪《ゆが》め、蒼白《そうはく》になって地面に倒《たお》れていた。ぼくらが立たせてやろうとすると、大声で悲鳴をあげる。体育館へ担架《たんか》を取りにやり、グラウンドから運び出す、という騒《さわ》ぎになった。体育の教師が職員室から出てくると、フォスダイクの膝《ひざ》をつついたので、奴《やつ》はまたわめくことになった。体育の教師は靱帯《じんたい》が切れているとか、軟骨《なんこつ》が飛び出しているとか言った。片膝《かたひざ》がプディングみたいに腫《は》れていることは、誰《だれ》が見てもわかった。

ぼくは畏怖《いふ》の念とこみあげてくる不安とを抱《かか》えて、向こう側にいるカロムの顔をまじまじと見た。彼《かれ》はかなりあからさまにウィンクした。体育教師は、電話で救急車を呼ぶと言って職員室へもどっていった。

やってきた救急車が行ってしまうと、ぼくらはみんなぶらぶらと更衣室《こういしつ》へもどった。

「さあて」とアップルが言った。「運が悪かったたな。それとも幸運と言っていいのかな。こうなりゃ、おれたちの好きなようにチーム編成ができるわけだ」

「とんでもない」とジャックが言った。「あいつが病院に着いて真っ先にやるのは、紙を一枚持ってこさせて、土曜のメンバー表を校長に届けさせることだよ。おれはあいつのことなら知ってるからな。いやな奴《やつ》よ」

「じゃ、どうしようか」とアップルが訊《き》いた。

「おれたちの中にゃ、バスに乗り遅《おく》れる奴《やつ》もいるってことさ」と、ジャックは言った。

ジャックの予言はぴたりだった。金曜の朝には、監督生《かんとくせい》の部屋《へや》の外の掲示板《けいじばん》にメンバー表が貼《は》り出された。いつもとまったくおなじ時間だった。マイヤーズ、グリーンハルフ、ウォルシュはちゃんとポジションを得ていた。そして補欠として、無害な下級生のリストが腕《うで》の長さくらいもついていた。だが、バンティ、ロイ、カロムの名はどこにもなかった。

「ずいぶん大勢、バスに乗り遅《おく》れてもらうことになるな」とジャックが言った。「しかし、そいつらはつぎのバスで来させたほうがいい。わざとらしく見えないようにな。むろん、試合がはじまってから着くバスだが」

「二人や三人、外で応援《おうえん》するサポーターがいてくれるといいよな、気分が変わるから」と言ったのは、気のいいウィルフだった。

「当日の担当教師は誰《だれ》だ」

「パギー・ウィンターボトム」

「あれならいい。ラグビーなんざ、なんにもわかっちゃいねえから」

パグはいい奴《やつ》で、無害な小男だった。ぼくらはみんな彼《かれ》が大好きだった。

「昼飯のときにゃ、どこにいたんだ」ウィルソンが訊《き》いた。「おれはおまえの仲間に会いに行くと言っといただろう？」

「ウィルフに、いちばん上の階を片づけに行ってくれって頼《たの》まれたんだ。ミルンが欠席だったから」と、ぼくは言った。じつは最上階の監督《かんとく》は、ぼくのほうから志願してミルンの代わりを務《つと》めたのだが。

これは大仕事だった。美術室はみんな最上階にあり、下級生たちは、こっちが目をむかんばかりに見張っていないかぎり、互《たが》いにそっと近づいて相手に青い絵の具を塗《ぬ》ろうとするからだ。実験室のほうもおなじで、下級生がそっとしのびこんでは、互《たが》いの首筋に塩酸《えんさん》を流しこもうとする。なぜ教師たちがこういう教室に鍵《かぎ》を掛《か》けておかないのか、ぼくにはわからない。もっとも、教室の中にはかならず誰《だれ》か六年生がいて、ヴァン・ゴッホ以来の傑作《けっさく》を仕上げようとしていたり、女子の六年生が解剖《かいぼう》した雌《めす》の蛙《かえる》から卵をかき出したりしているのは確かなのだが。

「じゃ、これからおまえの仲間に会いに行こう」と、ウィルソンは言った。「休み時間はまだ十分《じっぷん》ある」

こいつにこそ、青い絵の具を塗《ぬ》りたくるか、塩酸を首に流しこんでやればいいのだ。

　仲間たちは裏のテニスコートで、ジュリー・メイクピースとアンシア・ウォーナーの試合を見ていた。うちの学校でテニスのシーズンがはじまるのは、本当は夏学期からだ。しかし、コートには、作業員がさっさとネットを張ってしまったし、ジュリーとアンシアはテニス狂《きょう》で、今年はテニスの一軍選手になりたがっていたのだ。彼女《かのじょ》たちはまだ本気でやっているわけではないし、そろって綺麗《きれい》な脚《あし》をしていたから、男子どもは、ときどきちらりと腿《もも》が見えるのを楽しみに見物していたのだ。なんて純情な連中だろう。

　ぼくらはさりげなく近づいていったが、たちまちテディに「あっちへ行け、ウィルソン」と言われてしまった。コークス用シュートの一件で、ウィルソンはますます毛嫌《けぎら》いされていたのだ。「来るなって言ってるんだ！」

　ウィルソンはもじもじして肩《かた》をすくめながら、ややおずおずと、しかし大いに虚勢《きょせい》を張って、「おれは、こいつの友だちなんだ」と言うと、ぐいとぼくのほうに顎《あご》をしゃくった。

「こいつの友だちだって、何言ってるんだ？」とテディ。

　ジャックとアップルは、もう耳をそばだて、ひと言も聞きもらすまいとしていた。他の連中もみんなおなじだった。

「向こうへ行け。さもないと馬《うま》嚙《が》みを食らわすぞ！」テディは脅《おど》かした。

ウィルソンはあいかわらず不安そうに、もじもじにやにやしながら突《つ》っ立っている。「アッカーは、おれの親友なんだ」

「アッカーが親友だって、そりゃどういう意味だ」ジャックが危険な声を出した。「おまえにゃ、友だちなんかいないじゃないか。嚙《か》みついてやれよ、テディ。思いっきりな」

テディが脅《おど》かすように手をのばした。

「アッカー……」ウィルソンはすがりつくような声を出したが、それには脅迫《きょうはく》もたっぷりふくまれていた。

ぼくはとっさに言った。「そいつに手を出すな。何も害はないんだから」

「害がない？」ジャックは信じられない、というように言った。「奴《やっ》はおれたちの吸ってる空気を汚染《おせん》してるぜ。やれよ、テディ。馬嚙《うまが》みだ」

テディが腕《うで》をのばした。

ぼくは、その腕《うで》をつかんだ。

そのまま腕《うで》ずもうのように、手だけで戦うことになった。テディは力が強かった。しかしけっきょく、ぼくのほうが彼《かれ》よりもう少し強かった。体が大きいからだ。テディは力を入れすぎて転《ころ》んでしまった。そのへんの校庭はぬかっていたから、彼《かれ》のズボンは泥《どろ》だらけになった。

「やりやがったな、アッカー。いちばん上等のズボンだっていうのに」

ジャックが、ぼくの顔を見て言った。「おまえはウィルソンのボディガードか何かなのか。いくらもらってるんだ？」ジャックは本心から面食らっていたし、いささかいやな感じの関心を持ちはじめてもいた。

「ウィルソンにほれちゃったんじゃないの?」アップルがあざ笑った。

「バカ言え」とジャックは言った。「アッカーは自分しか愛せない奴《やつ》さ」彼《かれ》は軽くウィルソンを蹴飛《けと》ばした。「向こうへ行けよ、ウィルソン」そしてまた蹴飛《けと》ばし、さらにもう一度蹴飛《けと》ばした。いいかげんな感じの、格好のいい蹴飛《けと》ばしかただった。ジャックのやることはなんでも、格好がよくて、無駄《むだ》がなかった。それに、いつまでもウィルソンを調子に乗らせておくわけにはいかない。

ウィルソンにとっては、鼻をへし折《お》られるのは辛《つら》いことだった。ウィリアム・ウィルソンは怒《いか》りと恨《うら》みを顔じゅうにみなぎらせて、じりじりと後退しはじめた。

彼《かれ》は五メートルばかり離《はな》れると、ちょっと立ちどまり、「アッカー、わかってるんだろうな!」となった。

「おまえ、あいつに何を握《にぎ》られてるんだ、アッカー」とジャックが訊《き》いた。「あいつに脅迫《きょうはく》とか、されてるのか。それとも、手のこんだ冗談《じょうだん》なのか?」

これには、まったく答えようがなかった。ぼくはゆっくりそこを離《はな》れると、途中《とちゅう》でウィルソンに追いついて、「あんなことをしたって無駄《むだ》だと言ったろう!」と、息を殺して囁《ささや》いた。

「あんなことですまされると思うなよ」ウィルソンは怒《いか》りにわれを忘れていた。口もとが震《ふる》えていた。「アッカー、月曜にゃ、もっとうまくやれ。そうでないと、あの愛《いと》しの恋人《こいびと》とお別れのキスをする羽目になるぞ」その目の表情で、ぼくには彼《かれ》が本気なのがわかった。

「なあ」とぼくは言った。「来週まで待ってくれ。何か手を考えるから」

「そうしたほうが身のためだな。おれは本気だぞ」

「なんとかする」

しかしぼくは心の奥《おく》で、なんともなるまいと思っていた。こういうけちな男は今までにもたくさんいたが、ウィルソンもその連中とおなじで、不可能なことを望んでいるのだ。

ぼくは、これがこの学校で受けるさいごの授業になるのだろうか、エマにとってもさいごの授業になるのだろうかと考えながら、その日のさいごの授業に出た。そのせいで、ケイティ・メリーのラテン語の授業なのに、ふだんならけっして感じない、胸を刺《さ》されるような思いを味わった。

31・最後の戦い

ニューカッスル大学付属《ふぞく》校チームのグラウンドは、ゴスフォースにある州立グラウンドまでふくめても、ノーサンバーランド州でいちばん芝生《しばふ》がみごとで、ゴールポストの高さもいちばんだった。グラウンドの芝生《しばふ》はまるでビリヤード台の表面のようになめらかに刈《か》ってあり、シーズンもこれだけ遅《おそ》くなった今でも、ぼくらフォワードの愛するものは、まったく見あたらなかった。つまり、泥《どろ》んこの水たまり、人が滑《すべ》った跡《あと》、芝生《しばふ》のむらといった、ボールをめちゃくちゃな方向へ飛ばすものが、何一つないのだ。タッチラインはウィンブルドン（ロンドン南部郊外の住宅地。全英テニス選手権大会が開催される）のテニスコートみたいに、常勤の整備員の手でくっきりとまっすぐに、あらためて引きなおされていた。

まったく広いグラウンドだった。ユニオンのルールで認められている最大限の広さだ。手でボールを扱《あつか》うのがうまいプレイヤーには向いているグラウンドだ。多くのすぐれたチームが、広さに足がついていかなくなって、ここで敗《やぶ》れた。四つのコーナーを示す緑と白の小さなペナントがついたポストも、ぜったい、今日のために新しくしたものだった。ぼくらのグラウンドのコーナーポストは、腐《くさ》りかけたボロも同然だったというのに。

一つだけ、ぼくらに有利なことがあった。霧雨《きりさめ》が降っていて、おかげでボールが滑《すべ》りやすくなると思われたのだ。向こうのバックスは、指の部分のないウールの小さなミトンをはめるだろう。そのほうがよくつかめるから。そして、古いボールを使うに違《ちが》いない。新しいボールは細くて重く、パスすると魚雷《ぎょらい》のように飛んでいく。だがこれは、濡《ぬ》れると扱《あつか》いにくい。ボールは古くなるほど革がのびて丸くなり、軽くもなって、キャッチしやすくなるのだ。ひどく古いボールの中には、サッカーボールみたいに真ん丸くなっているのもあった。これは、われわれフォワードにとってはドリブルするのに都合がいいし、ジョン・ボウズにもうってつけのはずだった。

ぼくらは校門で、細い白のストライプが入ったグリーンのブレザーを着た堂々たる二人の男の出迎《でむか》えを受けた。向こうの首席監督生《かんとくせい》とラグビー部のキャプテンだった。彼《かれ》らが小柄《こがら》なパギーの上に偉《えら》そうにそびえるような感じで握手《あくしゅ》をする様子は、頼《たよ》りない若者の主人バーティー・ウースターを、賢《かしこ》い執事《しつじ》のジーヴスが敬ってみせるという、ユーモア作家ウッドハウスの物語の図そのものだった。小男パギーは、前回のイングランド対アイルランドの国際試合についてとうとうと語る相手にあきらかに少々脅《おび》えて、必死で何かうまい返答を探していた。

向こうの二人の清潔ですべすべした首筋《くびすじ》と洗いたての髪《かみ》を見つめているうちに、ぼくは彼《かれ》らが大嫌《だいきら》いになった。

更衣室《こういしつ》も、ぼくらにはプレッシャーになった。シャワーまわりのずっしり、ピカピカした金具。天井《てんじょう》の高さまで貼《は》られた汚《よご》れ一つない真っ白なタイル。グリーンのロッカーは一人に一つずつあってそれぞれ鍵《かぎ》つきだったが、蹴飛《けと》ばした跡《あと》もひっかき傷もなければ、汗《あせ》くさい足の臭《にお》いもまったくしなかった。

ぼくらが着替《きが》えているあいだ、パギーは更衣室の中をうろうろしていた。できることなら、ぼくらにうまい忠告でもしたかったのだろう。だが、何も思いつかない。だから仕方なく、不安そうに微笑《ほほえ》んでみせたり、ウィンクしたり、眉《まゆ》を上げたりしていたのだ。いい奴《やつ》だ。

ぼくは着替《きが》えを終えると、彼《かれ》に近づいた。

「マイヤーズとグリーンハルフ、それにウォルシュがまだ来ていません。寝坊《ねぼう》してバスに乗り遅《おく》れたんだと思います」

「なんだと！」一瞬《いっしゅん》、彼《かれ》はこの世の終わりみたいな顔をしたが、かろうじて自分が訊《き》くべきことを思い出した。

「補欠はいないのか」

「ああ、それはいます。ロイとバンティ・ウィルソンが。それにジェフ・カロムも。優秀《ゆうしゅう》な選手ばかりです」

「よし、彼《かれ》らに着替《きが》えさせろ」

ぼくはバンティに手を振《ふ》った。かんたんそのものだった。

両チームともグラウンドに走り出ると、球をすこしあちこちに向けて蹴《け》り、互《たが》いの様子をうかがった。彼《かれ》らはなぜこんなに美しく生まれたのだろう。古いラグビーの歌じゃないが、そもそもなぜ生まれたんだ？　全員そろって背が高く、細身で、健康そのものだった。彼《かれ》らの父ちゃんたちは慎《つつ》ましい暮らしをしながら、なぜか、新鮮《しんせん》な卵とステーキをたっぷり彼《かれ》らのために買ってやったのだ。あきらかにちょっとフランスへ遊びに行ってきた日焼けの跡《あと》が、残っている奴《やつ》もいた。白とグリーンの横縞《よこじま》のシャツはみんなきちんと白のショーツの下に押《お》しこんであり、やはり横縞《よこじま》のストッキングは膝下《ひざした》まできちんと引き上げてある。そして彼《かれ》らはパレードでの近衛兵《このえへい》さながら、整然とボールを蹴《け》り、パスし、キャッチした。

それにひきかえ、こちらはめちゃくちゃだった。たとえばアップルは、脚《あし》の格好が変なせいでストッキングがすでに足首までずり落ちているし、こっちの仲間はたいていそうだったが、タックルされたときにショーツを脱《ぬ》がされたりしないように、ユニフォームのシャツの裾《すそ》をショーツの外へ出している。ショーツの裾《すそ》が、わずか三センチくらいしか見えず、なんだか猥褻《わいせつ》な感じさえした。こっちのチームのソックスとショーツは、手あたり次第かき集めたもので、どれも古ぼけてさまざまな色をしていた。それにもちろん、バンティとロイは、他には樽《たる》のように厚い彼《かれ》らの胸に合うものがないものだから、ラグビー・リーグの頃《ころ》の古いシャツを着ていた。

わがチームはぼくの号令のもと、練習をはじめてだらだらと球をまわしていた。だが、とんでもない方向へ蹴《け》るわ、キャッチしそこねるわで、罵倒《ばとう》しあう始末。大学付属チームは軽蔑《けいべつ》の色をあらわにして、口をへの字に曲げかけていた。彼《かれ》らは四十対〇で自分たちが勝つに決まっている試合に、すでにうんざりしていたのだ。これが連中のいちばんいやなところで、連中は教師たちから、ぼくらとの試合では四十点以上取ることを禁じられていたのだ。それ以上になっては、スポーツマンシップに反するというわけだ。彼《かれ》らはいつでも後半に入ると早々に、そこまで得点してしまう。そのあとはただボールをパスしあったり、円を描《えが》いて走ったり、おなじ相手を何度も叩《たた》いたりして、われわれを玩具《おもちゃ》にするだけで、ぼくらのほうはあきらめてうんざりしながらドタドタついていくばかりなのだ。百対〇で負かしてもらったほうが、みじめでないだけ、まだしもましだったろう。

ぼくは仲間に、あまりいいかげんな真似《まね》はよせと言った。あまりボールを落としてばかりいたら、癖《くせ》になってしまう。大学付属チームのほうではおおっぴらにこっちを笑っていたけれども、ぼくらはひそかに彼《かれ》らを笑っていた。

ぼくらがコイントスに勝ち、アップルがキックオフのボールを蹴《け》った。彼《かれ》はみごとにど真ん中、味方チームが飛びつくのにぴたりの距離《きょり》へ落とした。大学付属チームは、よく油を差してある機械さながらに動きだした。一人が「おれだ」とはっきり叫《さけ》ぶと、二、三人がするするとそいつの前に出て、わざとらしく偶然《ぐうぜん》をよそおって彼《かれ》の防御《ぼうぎょ》に入る……

ビッグ・バンティはこの防御陣《ぼうぎょじん》を猛牛《もうぎゅう》のように突破《とっぱ》して、ボールをつかんだ相手に激突《げきとつ》した。百キロ近い体重でのしかかられた相手が「ウゥッ」とうなる声が聞こえた。つづいて、汚《よご》れた白とクリーム色の肉体がつぎつぎと雪崩《なだれ》のように、彼《かれ》ら二人の上にどっとかぶさる。ボールが外に出てぼくの足もとをかすめた。スティーヴィー・プレンティスのあぶなげない赤い手が、ぼくのすぐ後ろでそれを拾う。どすん、ボールを蹴《け》る音を聞いたぼくは、ドロップゴールを狙《ねら》ったのだなと思った。パントの音とはまるで違《ちが》うのだ。

ぼくがスクラムから頭をひっこ抜《ぬ》いたときには、ボールはもう大学付属チームのゴールポストのあいだに、小さな点となって吸いこまれるところで、相手チームは四点を失った（ドロップゴールは当時のルールでは四点。現在は三点）。あとで誰《だれ》かから聞いた話だと、キックオフから一分半もたっていなかったという。ジョン・ボウズが満足そうな微笑《びしょう》を浮《う》かべて、グラウンドをこっちへもどってきた。

相手チームはあきらかに動揺《どうよう》していた。こんどは向こうがキックする番だったのだが、それが短すぎて、ハーフウェイラインを越《こ》しもしなかったのだ。突《つ》っこんできた敵のフォワードは、逆走するほかなかった。だが、逆走しても手遅《ておく》れだった。ボールはビッグ・バンティの手に渡《わた》っていた。この大きなカンガルーが思いきり跳《と》びはじめたところは、背筋《せすじ》が寒くなる光景だった。ぼくらはみんな争って彼《かれ》のあとを追い、彼《かれ》が最初にハンドオフ（タックルに来た相手を手で押してかわすこと）したとたん、敵の先頭を切っていた選手が尻《しり》もちをつくのが見えた。あと二十メートル。大学付属チームの奴《やつ》が一人、バンティの首にぶらさがっている。バンティは、まるでぼくがリュックサックを背負うように軽々と、その男をぶらさげていった。つぎには二人がぶらさがり、一人が片脚《かたあし》にしがみついた。バンティは勢いをそがれてとまり、周囲を見まわした。と、弟のロイがそばにいた。ボールは、軽いパスでロイに渡《わた》った。ロイはすでにフル回転で、膝《ひざ》が胸につくほど高く足を上げて走っていた。大学付属チームのフルバックが飛びついたものの、ロイの突《とっ》進《しん》はとめられなかった。彼《かれ》はさいごの二メートルを腹這《はらば》いで滑《すべ》りこみ、みごとゴールポストのあいだへ両手でボールを叩《たた》きつけた。

つづいて、ジョン・ボウズがかんたんにゴールを決めて九対〇になった。大学付属チームは大パニックで、お互《たが》いを罵倒《ばとう》しはじめた。仲間うちで罵倒《ばとう》合戦がはじまったとなると、そのチームにとっては悪い前兆だ。

パニックのあげく、彼《かれ》らはずるい手を使ってきた。フォワードを一列に左側にならべておき、右側に向けて球を蹴《け》ったのだ。互いのバックスが、先にボールを取ろうとして競争になった。だがバウンドしたボールは、いかにもラグビーのバウンドらしく彼《かれ》らからそれ、ボールをつかんだ男が得点できるという事態になった。ウィルフが相手の一人より早くボールをつかむと、誰《だれ》にもとめられずに五メートル前に出た。もっとも、彼《かれ》はそのあと七十メートル走る羽目になって、先に前方に投げたボールの上に倒《たお》れ、あやうく内臓を飛び出させるところだった。

十四対〇。信じられなかった。ぼくらの貧弱な応援団《おうえんだん》は大喜びで、飛んだり跳《は》ねたりしていた。その中にはマイヤーズも、グリーンハルフも、ウォルシュもいたが、彼《かれ》らは打ちあわせどおり、ぼくらのつぎのバスに乗ってきたのだ。グリーンハルフは両手で卑猥《ひわい》なしぐさをしてみせた。キックオフから十分たっていた。

もちろん、こんなことが長つづきするはずはなかった。相手チームはこの州でもだんとつの一位だったのだから。しかも訓練を積んでいる。彼《かれ》らはちらりちらりと機械のような優秀《ゆうしゅう》さを見せはじめ、素晴らしいトライをした。つぎにまた一つトライし、つぎにゴールキックを決めた。十四対八。しかし、ジョン・ボウズもみごとなプレイを見せていた。そのたのもしい手は何度も何度もボールをとらえ、特大のキックで敵チームをたびたび敵の陣地まで追い返した。そして、ぼくらのスクラムは、バンティとロイの推進力と、その二人の尻《しり》に激《はげ》しくぶつかってあやうく死にかけながら押しつづけたぼくの猛攻《もうこう》によって、相手のスクラムを取り返しのつかないところまで押《お》しもどした。そして、彼《かれ》らの陣地でぼくらの一人がボールをつかめば、かならずジョン・ボウズが特大のキックでゴールに向けて蹴《け》った。

ボウズの五本のキックのうち二本がゴールを越えた。二十二対八。しかし、敵のタックルはすごかった。彼《かれ》らはやがてビッグ・バンティを押《お》さえこむ方法を学んだ。はじめは三人がかりだったが、すぐに二人でやれるようになった。バンティはややまいった表情になり、息を切らしていた。例の葉巻《はまき》のつけがまわってきたのだ。

そして……悲劇がおとずれた。敵は、彼《かれ》らのゴール近くでジョンがドロップゴールを狙《ねら》って失敗したボールを奪《うば》い、まず左へ、つぎは右へ、つぎつぎにパスしてトライを決めたのだ。ぼくらは、そばへ寄ることもできなかった。ついに、強大な大学付属チームという機械が実力を発揮《はっき》しはじめたのだ。縁起《えんぎ》の悪い過去の陰《かげ》がぼくらを脅《おびや》かしはじめた。大学付属チームにつねに負けていた過去の陰が……

二十二対十三。

相手はさらにトライをかさねた。二十二対十八。

そしてまもなく、ハーフタイムのホイッスルが鳴った。

「ま、つづいているあいだはよかったよな」と、ジャックが達観《たっかん》したように言った。過去にもどったような言いぐさだった。

「まだ終わっちゃいねえぞ、ちくしょう」と、ジョン・ボウズが言った。彼《かれ》のこんな悪態を聞いたのは、はじめてだった。こっちは、今このときをあきらめていない台詞《せりふ》だった。ぼくは彼《かれ》を抱《だ》きしめたくなった。


後半戦の最初のスクラムは、敵がボールをヒール（足で後ろへかき出すこと）した。だが、バンティとロイが猛烈《もうれつ》にプッシュしたので、連中がのろのろヒールしているうちに、ぼくらは連中を三十メートル押《お》し返した。そして顔を伏《ふ》せたまま、ボールがまんまと彼《かれ》らのサイドからちょろちょろ転《ころ》がり出たのを見たぼくは、ぱっと行動を起こすと、スクラムを迂回《うかい》して狂《くる》ったように走った。そしてボールを持っている相手のスクラムハーフをとらえた。ぼくは、彼《かれ》がまだフォワードの足もとをかすめてボールをひっぱり寄せようとしていたところへ駆《か》けつけ、思いきり高く跳《と》びあがって襲《おそ》いかかった。彼《かれ》は痛さに叫《さけ》び声をあげ、ボールはその手を離《はな》れて弾《はず》んだ。

それにジェフ・カロムが飛びついた。こいつはボールを足で自在に操《あやつ》れる。カロムはまるでサッカーの名選手スタンレー・マシューズさながら、敵のあいだを走り抜《ぬ》けた。相手方《あいてがた》は、このラグビーというよりサッカーの魔法《まほう》を使う男のドリブルに、ただ茫然《ぼうぜん》としていた。

カロムは、相手方《あいてがた》のフルバックの一人がボールの上にどっと倒《たお》れこんだとき、すでに相手のラインまで五メートルのところにいた。ビッグ・バンティがそのフルバックの体をそっくり持ち上げると、ロイがボールを拾ってけりをつけた。その上に六人の男が重なった。

「トライ」レフェリーが言った。それからぼくの顔を見て、「ちょっと話がある」と言うので、ぼくはついていった。

ぼくがつぶした敵のスクラムハーフは、いまだに倒《たお》れたままもがいていて、二人の教師が上にかがみこんでいた。

「見たまえ」レフェリーは彼《かれ》を指差した。

「べつに、死にゃしません」と、ぼくは言った。心配なのはじたばたしている連中ではない。もがくことができるなら、べつに問題はないのだ。心配なのは、倒《たお》れたままじっと動かない連中だ。「同情をひくための演技ですよ」

「いったい、きみはどういう人間なんだ」レフェリーは冷ややかに言った。

ああ、レフェリーよ、その質問に答えられたなら、どんなにいいだろう。そう言うあんたは、答えられるのか？　上品《じょうひん》なしゃべりかたをする、ニューカッスルの北部郊外《こうがい》はゴスフォース住まいの、中産階級のきどり屋のあんたは？

そしてまさにそのとき、問題のスクラムハーフが立ち上がって、上品なしかめつらをして、ふらふら行ったり来たりしはじめたので、ぼくの主張は裏書きされた。スクラムハーフは、試合をつづけるつもりのようだった。だが、ぼくがもう一度つぶしてやろうとして奴《やつ》を待ちかまえていることを、忘れてもらっちゃ困る。

「きみがもう一度あんなラフプレイをしたら」と、レフェリーは言った。「……退場だ。おれはしっかり見てたんだ。この試合のはじめからな」

ぼくは彼《かれ》を見た。鼻が高くて赤く、目は灰色で冷たい。そのときぼくは、あのロイの奴《やつ》が敵のゴールのあたりにまだ倒《たお》れていて、パギーがその上に心配そうにかがみこんでいるのに気がついた。ロイは、じっと動かない……

「まだ倒《たお》れてるのは、うちの奴《やつ》ですよ」とぼくは言った。「ラフプレイはどっちです。一人に六人がかりだなんて!」

ぼくは、その場で退場になるかと思ったが、レフェリーはただ「きみらを教える先生方は気の毒だ」と言ったきり、ロイの件を片づけに離《はな》れていった。

「あんたに教わる生徒も気の毒だよ」と、ぼくは言ってやった。ただし、口の中だけで。

二十七対十八。

だが、このあとはずっと、ぼくらのゴールライン前でのせりあいになった。ジョン・ボウズがときおり大砲《たいほう》のように、そこからボールを蹴《け》り出しはしたが。いったいどうやって敵を食いとめたのか、ぼくには永久にわからないだろう。相手チームのスクラムハーフの動きが前よりも鈍《にぶ》くなり、しじゅうぼくをふり返っていたのは確かだが。彼《かれ》らは二度トライしたが、キックは二度ともコーナーフラッグにまともにあたって失敗した。こんな巨大《きょだい》なグラウンドを作るからだ、ざまあ見ろだ。

二十七対二十四。残りはあと五分。ここからがきつい。たえず自分の足の筋肉に、動け、と叫《さけ》びつづけなくてはならない。胸はまるで、ペンキ屋の使うブローランプを使ってヤクでも吸っていたかのような感じがする。両手は汗《あせ》ばみ、ソーセージの束のようにふくらんでいる。ただありがたいことに、敵もくたくたになっていた。いまだにショックと怒《いか》りで震《ふる》えながら、なかばばらばらになりかけていた。青ざめてこわばった彼《かれ》らの品のいい顔は、英国製の戦争映画に出てくる雄々《おお》しいヒーローたちにそっくりだった。

しかし、この最後の五分はまた、ぼくらの至福《しふく》のときでもあった。誰《だれ》もが、いまだかつてやったことのないことを、まさかできるとは夢にも思っていなかったことを、やってのけたのだ。八十三キロの体重で吹《ふ》っ飛んでいく敵方のウイングの足首をとらえ、顔面を下に地面に長々とのびてしまったトニー・アップルの自殺的タックル。六十キロにも足りないジェフ・カロムは、八十キロ近い敵のフォワード三人の足もとに転《ころ》がったボールの上に突《つ》っ伏《ぶ》し、立ち上がったときには唇《くちびる》が裂《さ》け、鮮血《せんけつ》まみれの顔でにやにやしていた。笑ったせいで唇《くちびる》の傷がさらに広がり、真《ま》っ赤《か》な血の玉が噴《ふ》き出してユニフォームにしたたった。ぼくはとつぜん、彼《かれ》ら全員に手放しの愛情をおぼえた。ふと見れば、チーム仲間は互いにひんぱんに体にふれあい、倒《たお》れれば手を貸しあって立ち上がり、胸を叩《たた》きあっていた。これこそ愛だ。

結末はたちまちやってきた。二十メートル外側のこっちのディフェンスに、とつぜん空白ができてしまったのだ。するとそこを抜《ぬ》けて、あの八十三キロのウイングが全力でわれわれのゴールめがけて突《つ》っ走《ぱし》ってきた。そしてそれをとめようとして横から突っこんでいったのは、ジョン・ボウズただ一人だった。これはむちゃだった。ぼくなら、そのウイングには近づこうともしなかったろう。そいつは自分の学校の名誉《めいよ》を守りたい一念で、正気ではなくなっていたから。だがジョン・ボウズは……比類《ひるい》なきジョン・ボウズ、正直で誠実で愛すべきジョン・ボウズは、最後まで任務を果たした。

二人の頭がぶつかりあった。あとで聞いた話だと、はるか遠くのタッチラインにいても、骨と骨がぶつかる恐《おそ》ろしい音が聞こえたという。ボールは空中に舞《ま》い上がった。

ウィルフがそれをつかんで走った。わずかに残る力をふりしぼって走った。そしてぼくらはそのあと

くしていた。

を一団となって追い、大学付属チームのほうは、確実と思われた勝利を逸《いっ》して、唖然《あぜん》としたまま立ちつ

ぼくはウィルフのすぐあとにいた。彼《かれ》は疲《つか》れきっていて、もうぼくより速く走ることはできなかった。彼《かれ》は、まるでまだかわさなければならない敵が前にいるかのように、右へ左へとジグザグに走っていた。疲労困憊《ひろうこんぱい》した脚《あし》を、脳がコントロールできなくなっていたのだ。ぼくともう一人の仲間が追いついて、疲《つか》れた腕《うで》で彼《かれ》を抱《かか》え、なおもラインに向かって走った。最後の五メートルは、ぼくらが引きずっていったようなものだった。そしてはるか彼方《かなた》では、わが校の応援団《おうえんだん》の喝采《かっさい》の声が聞こえていた。

待ちに待った最後のホイッスルが長々と鳴り渡《わた》ったときも、ぼくらはまだ、まるで爺《じい》さんのようにうめき、咳《せ》きこみながら、突《つ》っ立っていた。トライを認める短いホイッスルがそのまま、試合終了《しゅうりょう》の長いホイッスルに変わったのだ。味方のチーム全員がどっとぼくらをとりかこみ、ぼくらを殴《なぐ》り、ひっぱたき、わけのわからないことをわめきたてているようだった。

ジョン・ボウズただ一人をのぞいて。

彼《かれ》と敵のウイングは、いまだに倒《たお》れた場所に転《ころ》がっていた。ウイングは横を向いて片膝《かたひざ》を抱《かか》えていた。だがジョン・ボウズはあおむけに倒《たお》れたきりじっと動かず、レインコートを着た三人の男がその上にかがみこんでいた。

と、幾人《いくにん》かが担架《たんか》を持ってあたふたと近づいていった……

32・校長室への呼び出し

明けて月曜の朝は、体を引きずるようにして学校へ行った。鉛色《なまりいろ》の空の下、雨がぽつぽつ降りだしていた。体じゅうが痛くて、とくに右膝《みぎひざ》がひどかった。誰《だれ》かニューカッスル大学付属チームの野郎《やろう》が、スクラムのときに踏《ふ》んづけたのだ。ぼくは、ジャックがグラウンドで何かバカな失敗をしたあとより、もっとひどい格好で足を引きずっていた。

週末のあいだ、さまざまなことが気になってよく眠《ねむ》れなかったが、一つだけとても楽しみだったのは、全校集会でぼくらの勝利、輝《かがや》かしい偉《い》大《だい》な勝利が発表されることだった。

ところが、あまり熱の入らないまま『愛は日ごとに新し』を四番まで歌い、国王と、その麾下《きか》のすべての大臣たちと、海外のイギリス連邦《れんぽう》諸国のために祈《いの》ったあと、校長の訓示になっても、ぼくらの偉大《いだい》な勝利の話はまったく出なかった。全校の生徒がその話で沸《わ》き立っているというのに。女子のホッケーがウィットリー・ベイ校相手の試合で二対二で引き分けたというニュースと、ラグビーの二軍がウォールズエンド校の二軍を三十対七で破ったニュースとのあいだに、意味ありげな長い間があった。ぼくらはみんなとまどった視線を交わしあった……。

最後の連絡は、集会が終わり次第アトキンソンは校長室へ来るように、というものだった。

ジャックがそっと口笛を吹《ふ》き、同情するような同時にはっきりと心配そうな目で、ぼくを見た。アップルが大声でバカ笑いすると、校長は階段状の講堂の後ろのほうに座っているぼくらを睨《にら》んだ。そんな校長の顔を見たのははじめてだった。

ぼくは集会に集まった生徒が一人もいなくなるまで待ってから、木の階段を駆《か》け下りた。鉛《なまり》のような心臓に引きずり下ろされているような気持ちだった。いよいよおしまいだ、世界の端《はし》から転《ころ》げ落ちるのだ。心の中は空《から》っぽだというのに、爆発《ばくはつ》しそうな気もした。

ぼくはかなり長いあいだ、校長室の閉まったドアの外でうろうろしていた。と、そのドアが開いたのに、校長はただぼくを押《お》しのけて事務室へ入ってしまった。ぼくのことはちらりとも見ようとしない。五分後、校長はまたぼくを押《お》しのけて通った。まるで、ぼくなどそこにいないかのようだった。これでは、校門のところの犬のくそ以下だ。少なくとも犬のくそなら、人は目にとめる。無視すればひどい目に遭《あ》うかもしれないから。ぼくは、こんな扱《あつか》いをされることにすこし腹が立ってきた。そこで、勇気が湧《わ》いた。

やっと、オーク材のドアの中から、校長が「入れ」とどなった。ぼくは中に入ると、後ろ手にそっとドアを閉めた。

校長は期末の成績表にサインをしていた。一枚一枚の成績表をまるで食いつくように、上から下まですごい速さでさっと見ると、誰《だれ》かの喉《のど》でもかき切るような勢いでいちばん下にサインする。五、六、七、八、と片づけていくのを見ていると、ぼくはだんだん自分がよけい者のような気がしてきた。そう思ったとたん、校長はぼくをいたぶっているのだ、ブラック・ファンが以前よくやっていたこととおなじなのだと気がついた。まごつかせてやろうという魂胆《こんたん》なのだ。ということは、校長はまだ知りたいことをすっかり知るにはいたっていないということだ。ぼくは沈黙《ちんもく》を貫こうと決心した。こんな奴《やつ》に何も教えるもんか。勝手に推測させておけ。言いわけなんかはじめたりしたら、ますますがんじがらめにされてしまう。

そんな決心をしたくせに、ぼくがすぐさま自分でも驚《おどろ》くほど低くおだやかに聞こえる声で、「お忙《いそが》しければ、またあとで来ます」と言ってしまったのは、不思議だった。

まったく、バカなことを言ったものだ。校長が顔を上げたのを見たとたん……ぼくはあんなに怒《おこ》った人間の顔を見たことがない。ぼくの希望は完全に消えた。これはある意味で幸いだった。希望は人間を弱くするから。

「待て」校長は吐《は》いて棄《す》てるように言った。それからさらに四枚、成績表にサインした。だが、それ以上はサインもできなくなり、握《にぎ》っていた高価なペンを放り出した。

「ニューカッスルの大学付属校から、きみへの苦情が来ている。危険なプレイをしたということでな。私《わたし》は、きみが退場を命じられなかったのは奇跡《きせき》だと思う。私《わたし》が校長になってからというもの、退場を命じられた生徒は一人もいなかったのだ」

ぼくはもうすこしで「とても激しい試合だったのです」と言いかけた。しかし、それでは、こっちがまず言いわけをしたということになってしまう。校長にチャンスをあたえてしまう。だからぼくは黙《だま》っていた。まだこれからだ、これからがいよいよ大変だと思っていた。これが校長の手なのだから。

「それに先方は、わが校の選手のうち二人は、そもそもラグビー・リーグでプレイしていた選手ではないのかと訊《き》いてきた。向こうの先生の一人が、二人のユニフォームに見おぼえがあると言っている」と校長。

ぼくはまた口がむずむずして、「あまり負けっぷりのいいチームじゃありませんね」と言ってやりたくなった。だが、沈黙《ちんもく》を守った。

「それに校内には、その二人はなんと、試合に出るのに金をもらったという噂《うわさ》がある」ぼくが教会の中で小便をしているのを見つけたとしても、校長にはこれ以上恐《おそ》ろしい声は出せなかっただろう。「むろん、フォスダイク先生が監督《かんとく》していれば、こんなことは一つも起こらなかったはずだ。きみらはウィンターボトム先生の無知を利用したな」

そうか、それじゃパギーの奴《やつ》はかわいそうに、すでに始業前にひどい目に遭《あ》ったのだ。ぼくは心からすまないと思った。しかし、パギーは生きのびられるだろう……

「そこで、こんどはフォスダイク先生の不運な負傷の問題だ。先生は今学期中はずっと休職ということになると言ったら、きみにはさぞおもしろかろう」

すっかり気が滅入《めい》ったぼくを、すでにつぎの打撃《だげき》が待っていた。

「カロムとはもう話をした。あれは退学だ。もう、ここの生徒ではない」

だがぼくは絶望しながらも、カロムは校長に何も話さなかったのだ、何一つ認めなかったのだ、とぴんときた。

「カロムを退学にするのはかんたんだった。あれは0レベルのための科目も三つしかとっていなかったし、それもみんな不合格になったろうからね。だがきみは……」

校長から見れば、今こそぼくは泣き崩《くず》れ、懇願《こんがん》すべきときだった。

だがぼくは、彼《かれ》の期待に応《こた》えてやろうとはしなかった。校長がもじもじとペンを捜《さが》すのを見ていると、完黙《かんもく》というのもなかなかの武器だということがよくわかった。

「どうだ、何か釈明《しゃくめい》することがあるか」校長は、ぼくが筋書《すじがき》どおりの態度に出ないのに、少々傷ついているようだった。ぼくはただ、彼《かれ》の頭上の壁《かべ》に掛《か》かっている授業の時間割を睨《にら》んでいた。今この時間、エマは上級六年の女子に公民を教えているところだった。

最悪の事態はまだこれからだと、ぼくは確信していた。ウィルソンがこの週末のあいだに、両親か誰《だれ》かにしゃべってしまったのは確実だと思っていたからだ。

ところが、校長は一枚の書類を自分の手もとにひっぱった。逆さから読んでみると、それはぼくの成績表だった。

「だがきみの場合は、もし退学にすれば……」校長はここでひと息ついた。「私《わたし》は秀才《しゅうさい》学生の——たぶん学年で一番の学生の、将来をそこなったといって非難されるだろう。それに監督生《かんとくせい》を退学させることになる。まあ……大騒《おおさわ》ぎになるだろうな。きみのお父さんは、州の教育委員会の議員にたぶん知りあいがいるだろうし」

この誘惑《ゆうわく》には、ぼくも勝てなかった。「労働党のウィドウズ議員がいます。今年は委員長です」

これは校長には聞き流しにくい、厄介《やっかい》な問題だった。校長は、「私《わたし》はラグビーのくだらないもめごとごときで、秀才《しゅうさい》の人生を破滅《はめつ》させたと非難されるだろう」と言った。

それじゃ、校長はぼくとエマのことは知らないんだろうか。彼女《かのじょ》はまだ無事なのか？

「そこで、きみには自発的にやめる機会をあたえることにする」

「ぼくのAレベルの試験はどうなるんです」

「来て、受験すればいい。この学校の制服さえ着てこなければな。それどころかお互《たが》いによくわかっているとおり、きみほどのペテンの才があれば、退学したことをご両親に知らせる必要さえないかもしれない。今学期はあと六日だ、きみはもうすこしひどく足を引きずって見せるくらい、かんたんにできるだろう。そうすれば来学期は……そう、今年はイースターが遅《おそ》いからね。はじまるとすぐに試験準備期間になるから、生徒の大半は学校には出ず、家で試験勉強に忙《いそが》しくなる。私《わたし》の言ってることがわかるかね」

そんなことをそそのかすとは、古狸《ふるだぬき》め！　それでも、ぼくの心は弾《はず》んだ。もし校長がぼくとエマの噂《うわさ》だけでも聞いていたら、間違いなく公然と放校になっていただろうから。

「それでは、いいかな？」

ぼくは無言でうなずいた。まともに口がきけるとは思えなかった。

校長は手を差し出した。「では、きみの監督生《かんとくせい》バッジをよこしなさい」

ぼくは躊躇《ちゅうちょ》した。このバッジを手に入れるためには、うんざりするような昼休みを数えきれないほど過ごしたのだ。たちの悪い五年生たちを相手に、真面目に戦って。

しかし、エマの安全のためならば、こんなものは安い代償《だいしょう》だった。

33・救い

ぼくはよろけるようにして校長室を出た。ハンドルをまわしてドアを閉めるのにひどく苦労したあげく、さいごにはそのままにしてきてしまった。ぼくは、不良どもが笞《むち》で打たれる順番を待ったり、打たれて出てきたあとでいつもたむろしているラジエーターのところまで、なんとかたどりついた。

まず味わったのは、めくるめくような安心感だった。これで、ウィルソンからも解放されたのだ。もう、彼《かれ》に何かを強要される心配はない。得るものがなければ、彼《かれ》もわざわざ意地悪をしてエマのことをしゃべるとは思えなかった。なんの得もないのに、厄介《やっかい》なことに巻きこまれるのはいやだろう。それに、もし彼《かれ》がつきあいをもとめてぼくの家に現れるようなことがあっても、べつに、こっちは平気だろうと思った。彼《かれ》はすぐ退屈《たいくつ》してしまうに違《ちが》いない。彼《かれ》がもとめているのは、ぼくではなく、ただ有名になりたかっただけなのだ。どっちにしろ彼《かれ》は、もしエマのことをバラしたりすれば、ぼくにこてんぱんにやられることを承知しているのだし……

と、誰《だれ》かが「こんちは。あんた、一シリングなくして六ペンス見つけたみたいな顔してるわよ！」と言う声が聞こえた。

ジョイスだった。制服のブレザーを着て、どこから見ても監督生《かんとくせい》の格好だったが、温かな青い目がぼくに笑いかけていた。

「きみのほうは、六ペンスなくして一シリング見つけたような顔だね」と、ぼくは言った。

「秘密を教えてあげようか」彼女《かのじょ》はさらににこにこしながら言った。「今、ハリス先生の授業があったんだけど、先生ったら、指輪をしてるのよ！」

「そりゃ、先生ならしてていいだろう。禁止されてるのは生徒だけで……」

「左手の薬指なのよ、バカねえ。ソフィ・ルイスが真っ先に見つけたの。ソフィが悲鳴《ひめい》みたいな声をあげたから、ハリス先生は静かにって言ったんだけど、ソフィが『先生、婚約《こんやく》したのね！』って言ったんで、みんなキャーキャー言う騒《さわ》ぎになったのよ、ほんと。授業はそれっきりになっちゃった。みんな、指輪を見なきゃ承知しないんですもの。綺麗《きれい》な指輪よ――大きなルビーの」

「そりゃすごいね」ぼくは言った。ついにそうなった今、不機嫌《ふきげん》な顔を見せるいわれはなかった。そもそもぼくの案だったのだし。

「相手は誰《だれ》だか、訊《き》きたくないの？」ジョイスは憤然《ふんぜん》としている。

「誰《だれ》なんだい」ぼくは即座《そくざ》に訊《き》いた。

「リグリー先生よ、もちろん。ハリス先生は、その指輪は、リグリー先生のお祖母《ばあ》さんのものだったんだって言ってたわ。ロマンチックじゃない？　もちろん、リグリー先生はこれからちゃんとしたのを買うでしょうけど。今のは一時の間に合わせで」

では、エマ、ぼくが教えたとおりにしたんだね、と思ったが、やはりぼくは、はじめて味わう痛みをおぼえていた。

「どうして、そんな情けない顔をしているの？」ジョイスの青い瞳《ひとみ》からは逃《のが》れられなかった。それに彼女《かのじょ》はぼくという人間を、あまりにもよく知っていた。

「ぼくはたった今、退学になったんだ。でも、これは内緒《ないしょ》だよ」

「でも、いったいなぜ？」彼女《かのじょ》は慄然《りつぜん》として、目を皿のように丸くした。

「長い話になるよ。今ここじゃ話せない」

「そろそろ休み時間だわ。運動場へ出ない？」

芝《しば》が濡《ぬ》れているときは立ち入り禁止だったから、運動場にはぼくたち二人しかいなかった。雨はもうやんで、弱い日が射しはじめていた。しかし、ぼくの目にはほとんど映らなかった。


ぼくはジョイスに洗いざらい話した。ラグビーのことを、だが。

「バカげてるわ、そんな騒動《そうどう》——ラグビーなんて、ただ球を蹴《け》るだけの話じゃないの」と彼女《かのじょ》は言った。「ジョン・ボウズのことは訊《き》いた？　入院してるのよ……脚《あし》を三カ所骨折して、牽引《けんいん》してるの。Oレベルの試験には間に合わないだろうって。それに、完全には治らないから警察に入るのは無理だろうって。小さいときからずっと入りたがってたそうなのに。男の人っていやだわ、ラグビーなんかやって……」

ぼくは黙《だま》っていた。ジョン・ボウズのことでは、ぼくも今では良心が痛んだ。ぼくはやっと口を開いた。「ラグビーが悪いんじゃないよ。ニューカッスルの大学付属チームのせいだよ——金持ちの親父のいる、生意気な野郎《やろう》どもさ。どうして、どの試合でも奴《やつ》らが勝つんだ？　でかいグラウンドを作る金があって、ケンブリッジのラグビー部のコーチを雇《やと》えるからじゃないか」

するとジョイスがとつぜん、「あたしのことも、お金持ちのお父さんがいる生意気な奴《やつ》だと思う人がいるのよ」と言った。

「しかし、きみはきどったりしないだろう」

これには、彼女《かのじょ》も返事につまった。ぼくたちは、運動場のいちばんはずれまで行ったところで折り返した。今では太陽がすっかり顔を出して、遠くに見える、おかしな格好の屋根や小さな尖塔《せんとう》のついた赤と黄色の煉瓦《れんが》の校舎を、明るく照らしていた。校舎は天国のように見えた。もう遠い昔に、新品の制服を着たデブの坊《ぼう》やだったぼく、前途《ぜんと》に希望があふれる輝《かがや》くばかりの奨学生《しょうがくせい》だったぼくの目に、見えたとおりに。

ぼくは、急にひどく寂《さび》しくなった。「ああ、何もかもなくしちゃった」

「まあ、ロビー、バカなことを言わないで。何もなくなってなんかいないわよ」彼女《かのじょ》はぼくの両肩《りょうかた》をつかんだ。「あなたはOレベルには合格してるんだし、これからAレベルにも合格できるわ。大学からはもう入学許可が来ているんでしょ。あなたからそういうチャンスを奪《うば》うことなんか、できっこないわよ」

それでも、ぼくはうなだれていた。

「それにまだ、あたしがいるじゃないの」と、彼女《かのじょ》は言った。「あなたがお望みなら」

ぼくは彼女《かのじょ》の正直そうな、心配そうな顔を見た。今までの人生で出会った、もっとも誠実な青い二つの瞳《ひとみ》を。このぼくのことを本当に心配している瞳《ひとみ》を。彼女《かのじょ》はぼくの胸を、エマのようにわくわくさせはしなかった。エマはこちらを酔《よ》わせ、狂《くる》わせる、暗い色のワインのようだった。だがジョイスは透明《とうめい》で冷たい、新鮮《しんせん》な水のようだった。ぼくらは水があるから生きていける。

「ああ、ジョイス」

ぼくたちは、どちらからともなく、運動場の真ん中で抱《だ》きあってしまった。そしてキスをすると、この世界には自分たち以外誰《だれ》もいないような気がした。

でもそのうちに、校庭のほうからかすかな歓声《かんせい》が聞こえてきたので、ふりむいてみると……

ぼくらはまだ休み時間中の生徒の半分くらいに、見られていたのだった。みんなが「もっとやれ」というように手を振《ふ》っていた。

そしてぼくは思った、こんなことになったからには、だれがウィルソンなんか信じるものかと。何もかもうまくつじつまが合ったのだ。たった一つだけ小さな問題が残ったけれど、それは小さすぎてお笑いぐさとしか思えなかった。

「ロッカーに入ってるものを、どうやって全部家まで持って帰ろうかな」

「あたしが手伝《てつだ》ってあげるわ」と、ジョイスは言った。「あたし、この休み時間のあとは二時間空いてるから」

そのとき、校庭の大勢の生徒たちの中から姿を現したのは、ほかでもない、背が高く近寄りがたい雰《ふん》囲気《いき》の、ケンブリッジ大学修士号を持つケイティ・メリー先生だった。休み時間終了《しゅうりょう》のベルが鳴った。だが、なりゆきが気になる生徒たちはぐずぐずしていた。

というわけで、ケイティ・メリーが、さわやかな風に黒いガウンをなびかせて運動場をこっちへやってくると、ぼくたちもそっちに向かってまっすぐ歩いていった。ほかにはどうしようもなかった。

だが、勝負にはならなかった。先生が口を開く前に、ジョイスが口火を切ったのだ。

「アトキンソンは動転しています」ジョイスはきっぱり言った。「だから、あたしは彼《かれ》が持ち物を運ぶのを手伝《てつだ》って、家まで送っていきます。二時間空いてますから。彼《かれ》が落ち着くのを見届けたら、午後の授業の前にもどってきます」

メリー先生はつんと頭を上げた。彼女《かのじょ》はこういう女生徒の怒《いか》りに、あるいは激しい愛にひるんだのか、それとも、学校のお偉方《えらがた》としてはもう充分《じゅうぶん》に一日分のショックを受けていて、それ以上新しいごたごたにつきあう余裕《よゆう》がなかったのか、ぼくには永久にわからないだろう。先生はただ気に入らないかのように口もとをひきしめて、「わかりました。もどってきたら報告なさい。私《わたし》は、昼休みはずっと自分のデスクにいますから」と言っただけだったのだ。

いったい、自分にここまでつくしてくれた女の子を、棄《す》てるような真似《まね》などできるだろうか。

ぼくは戦争で負傷した英雄《えいゆう》みたいに、足を引きずり引きずり、ジョイスと一緒《いっしょ》に家まで帰った。さいごの数メートルは、ジョイスのたくましい肩《かた》にぐったりもたれて歩く始末だった。母さんはやはり大騒《おおさわ》ぎをした。

「だからそんな脚《あし》で学校へ行くんじゃないって言ったでしょ」と、母さんは言う。

「脚《あし》があるから行ったのさ」

「その若いお嬢《じょう》さんを紹介《しょうかい》してくれないの？　こちらが、お父様が飛行機にお乗りになる方《かた》？」

両親の騒《さわ》ぎは、まるで家が火事にでもなったようだった。その日は午後からの勤務だった父さんは、ジョイスをわざわざ温室へ連れていって自分が育てたトマトの苗《なえ》を見せ、彼女は早咲《はやざ》きの綺麗《きれい》な水仙《すいせん》の束を手にしてもどってきた。

そのあいだぼくのほうは、お医者さんが往診《おうしん》に来るまで脚《あし》を上げて長椅子《ながいす》に寝転《ねころ》がり、痛そうにうめく稽古《けいこ》をしていた。

「なぜ、学校は車で送ってくれなかったんだろうね」と母さんは文句を言った。「先生たちは冷たいんだね、近頃《ちかごろ》は！」

これ以上つけたすことは、あまりない。あとの仲間は校長にさんざん叱責《しっせき》されたあげく、放免《ほうめん》になった。校長は彼《かれ》らに、この件は満足のいく結果になったと言ったそうだ。騒《さわ》ぎの首謀者《しゅぼうしゃ》はすでに処分したのだから、と。校長というものは、「首謀者《しゅぼうしゃ》」を見つけるのが大好きなのだ……別の言葉で言えば「スケープゴート」を見つけるのが。

ぼくはエマのいない、虚《むな》しさに耐《た》えがたいその苦しい夏を、猛烈《もうれつ》なガリ勉《べん》で乗りきった。つまりぼくは――そうだ、明日はラテン語の奪格独立語句《だっかく》と、自然湖の形成を勉強するんだ、楽しみだな、などと考えられるまでになったのだ。ウェルギリウスの『アエネーイス』第六歌を訳してみたりもして、自分では、じつに優雅《ゆうが》な出来ばえだと思った。ジョイスもぼくに会いに来るたびに、「いい成績を取って、くだらない人たちに目にもの見せてやりなさいよ！」と言った。

寂《さび》しさもきわまったとき、エマに会いたくてたまらなくなったときには、勉強がささえになった。鬱々《うつうつ》とした気分で長い散歩に出かけて、気を晴らすこともできなかったのだ。母さんが脚《あし》のことで半狂乱《はんきょうらん》になってしまうから。

おかしかったのは、もう一つ孤独《こどく》を救ってくれたものが、情けないウィルソンの奴《やつ》の存在だったことだ。彼《かれ》はしじゅうやってきては葡萄《ぶどう》をくれたりしたが、二度とエマの名を口にするような愚《おろ》かな真似《まね》はしなかった。けっきょくぼくは、彼《かれ》は本心からぼくが好きなのだと思うようになった。

彼《かれ》は、やがて結婚《けっこん》して四人の子持ちになり、ぼくらの仲間全員のうち随一《ずいいち》の成功者になった。これといった才能もないまま宝飾品《ほうしょくひん》業界に入って、今では三軒《げん》の宝石店のオーナーになり、機会があるごとに昔の悪友を最新型のジャガーで送ってくれる。プライオリー地区無所属の市会議員となったウィリアム・ウィルソン。来年は市長にだってなるかもしれない。

成績発表があるからりと晴れた八月の朝、ぼくはジョイスと一緒《いっしょ》に学校へ行った。みんなつめかけてきて、正面階段をかこんで待っていた。ぼくは昔の仲間には近づかなかった。このひどい奴《やつ》らは、罪悪感のせいか、誰《だれ》一人手紙一つよこさなかったのだ。ぼくがあいかわらず不安がっていたので、ジョイスは手を握《にぎ》っていてくれた。試験問題はとてもやさしい気がしたが、そういうのは決まって凶兆《きょうちょう》なのだ。

そのとき、ウィニー・アントロバス先生が階段を下りてきた。開いたドアの奥《おく》から、彼女《かのじょ》のあとを追うように、先生たちがしゃべる声がざわざわと聞こえてきたので、教師たちもみんな来ていることがわかった。ただ、彼《かれ》らは外には出てこず、教師の特権で、発表の結果をもう見ているのだ。こっちは待っているのに……

ウィニーの目がぼくをとらえた。Oレベルの試験のときの経験から、ぼくらは、先生たちの態度を見れば自分の成績がわかることを知っていた。先生たちは、出来が悪かった生徒は見ようともしない。ところが、よくできた生徒のまわりにはどっと集まって、声をあげて笑い、べちゃくちゃ話しかけ、握手《あくしゅ》をするのだ。かき抱《いだ》かんばかりにして。

そして今、ウィニーは目をそらさなかった。嬉《うれ》しそうな微笑《びしょう》が彼女《かのじょ》の顔をよぎった。が、その笑顔《えがお》がふっと消えた。ぼくが退学になったことを思い出したのだろう。だが、またすぐに、抑《おさ》えようとしても抑《おさ》えきれない何かがこみあげてきたらしかった。

ウィニーは心を決めたように、小走りにぼくのほうへやってきて固く手を握《にぎ》り、ポンプの柄《え》でもつかんでいるように上下に大きく振《ふ》った。「あんた、Aを四つも取ったのよ、アトキンソン。おめでとう。今までこの学校で、Aを四つも取った人なんかいなかったのよ！」そしてジョイスもいるのに気がつくと、急いで「それに、あなたもいい成績だったわ、ジョイス」とつけ加えたのだった。すでに、他の先生たちもぞろぞろ出てきて、生徒と握手《あくしゅ》をはじめていた。ぼくはもう、ひどい犯罪者ではなくなった感じだった。あんなことは何一つなかったかのように。

と、校長が階段のいちばん上に現れて、小さな紙を配りはじめた。

アルファベット順《じゅん》なら、ぼくはコリン・アレンにつづいて、二番目に受けとっていいはずだった。ところが、校長がぼくを飛ばして配りつづけているうちに、汚《きたな》いレインコートを羽織《はお》ってだらしなくタイをゆるめ、よれよれの中折《なかお》れ帽《ぼう》をかぶった薄汚《うすぎたな》い格好の男が二人、強引に人波をかき分けて近づいてきた。後ろにいるほうは、レーダー装置よりたくさんつまみやボタンや付属品のついた、ぼろぼろのカメラをかついでいた。

『シールズ・イヴニング・ニュース』紙が来ていたのだ。

「ちょっと」前の男のほうが、校長に声をかけた。「Aを四つ取ったという生徒はどこです」

校長の顔に浮かんだ表情を見たこのときくらい、ぼくは嬉《うれ》しかったことはない。だが、しばらくしてぼくを指差したのはジョイスだった。「この人よ」

「名前は？」前にいた男が訊《き》いた。「住所は？　写真を撮《と》らせてくれ。制服を着ているとこを。きみはどうして制服を着てないんだ、他の子みたいに？」

ぼくは、校長が爆発《ばくはつ》するのではないかと思った。彼《かれ》はひどく狼狽《ろうばい》した顔をしていた。こっちが校長のことがすこし心配になったほどだった。校長は……まともな表情さえ作れなかった。

しかしついに彼《かれ》は言った。「すぐ準備させます。アトキンソン、急いで家にもどって制服を着てこい。この方たちが、おまえの写真をとおっしゃるんだから」

このときこそ、ぼくの生涯《しょうがい》でもっとも幸せな瞬間だった。ぼくはまったく知らんぷりをして言った。

「監督生《かんとくせい》のバッジがないんですが！」

「ああ、そうか」校長のほうも同様に知らんぷりをした。「校長室へ置いてったんだろう。私《わたし》が見つけてやろう」

世の中とは、こういうものなのだ。先生たちの半数は激怒《げきど》した顔をしていた。あとの半数はとめどなく笑っていた。学校の理事たちは、校長のとったこの措置《そち》をどう思っただろう、とぼくはあとで何度も考えた。

お祖母《ばあ》ちゃんの家へトマトの袋《ふくろ》を抱《かか》えていったのは、それからひと月近くたってからだ。

お祖母《ばあ》ちゃんはぼくを見ると喜んで、「あんたに伝言があるのよ」と言った。「ハリス先生が、時間があるときあんたに来てほしいんですって。試験がうまくいったお祝いを言いたいっていうのよ。発表の日には、チャンスがなかったからって」

お祖母《ばあ》ちゃんは老いても明るい目で、鋭《するど》くぼくを見た。お祖母《ばあ》ちゃんはどこまで知っているのだろう。どの程度まで理解しているのだろうか。訊《き》くわけにはいかず、永久にわからないということはわかっていた。

「じゃ、ジョイスの家へ行く途中《とちゅう》で寄るよ」とぼくは言った。「でも、ハリス先生はフレッド・リグリーと出かけてるんじゃないかな」

「リグリーさんのことは、気にすることはないよ。ハリス先生は指輪を返したの。どうせ、中古の安物だったしね。彼《かれ》は結婚式《けっこんしき》の日取りさえ決めようとしなかったのよ。あれは、どうしようもない男だね」

音は静かでも危険な爆雷《ばくらい》で、世界が破壊《はかい》されたような気がした。だって、ぼくはジョイスを迎《むか》えに行くところだったのだから。ガーマス公園でテニスをする約束だった。あの日以来、時間はかかっても順調に、お互《たが》いの理解を深めるつきあいがつづいていたので……

ぼくは、エマの家へ自転車を飛ばした。テニス用の白のショーツと、ソックスとズック靴《ぐつ》、あとは、白のオープンシャツの上にスポーツコートをひっかけただけの格好で。ハンドルにはラケットがとめてあった。ジョイスは待っているだろう……信じきって……落ち着いて……幸せな気持ちで、たえずちらちらと門のほうを眺《なが》めながら。テニスには絶好の夕方だった。そう暑くもなく、さわやかな風がむき出しの脚《あし》に吹《ふ》きつける。思いきりテニスをしたら、そのあとは彼女《かのじょ》の家へもどって、たっぷり冷たい飲み物を飲み……

だがとつぜん、そんなことは、どうでもよくなってしまった。エマが呼んでいるのだ。血管を、血ではなくあの黒っぽいワインのようなものが流れて、ぼくは頭のてっぺんから爪先まで震《ふる》えていた。ふたたび、すべてがはじまるのだから。そして、それだけが重要なことだったから。

ジョイスのぼくに対する愛を思ってみても、無駄《むだ》だった。みんながぼくに背を向けたとき、彼女《かのじょ》だけは誠実だったことを、一緒《いっしょ》にいるときの心の安らぎを、思ってみても、ぜんぜんなんの効果もなかった。別世界のことだとしか思えなかった。

ぼくはテニソン・テラスへ入っていった。

花がさかりをすぎようとしている他は、何一つ変わってはいなかった。やさしく迎《むか》えてくれた彼女の母親の表情もおなじなら、暗い階段もおなじだった。

ぼくは、死刑《しけい》を宣告された思いと喜びとを、同時に味わっていた。『嵐《あらし》が丘《おか》』のヒースクリフが死の床《とこ》で、これからキャシーのもとへ行くのだと思ったときの気持ちは、こうだったに違《ちが》いない。

だが、「入って」と言った彼女《かのじょ》の声は、どこか違《ちが》っていた。何が違《ちが》うのかはわからなかったが、違《ちが》っていた。

そしてドアを開けてみると、彼女《かのじょ》はぼくを待ち受けてはいず、窓際に立って外の通りを見ていた。着ているのはフォーマルなダークスーツだった。誰《だれ》かの葬式《そうしき》にでも行ってきたのだろうか、とぼくは思った……

彼女《かのじょ》はそのままふり返らず、「あたしがフレッドと別れた話は聞いたでしょう」と言った。

「ええ」ぼくも座らなかった。

「あたし、二番手ではがまんできないって、見きわめたの。一番の人を知ってしまった以上は」

これは、ぼくへの褒《ほ》め言葉だったのだろう。だが、そうは聞こえなかった。彼女《かのじょ》の声は、じつに厳しかったのだ。まるで判決を言い渡《わた》す判事のように。

「あたし、教職に一生を捧《ささ》げようと決めたの。愛はあたしにはむずかしすぎるんじゃないかと思って。あまりにも……煩雑《はんざつ》で。あなたのことは忘れないわ。あなたがあたしにしてくれたことも。死ぬまでね。あれは美しい……狂気《きょうき》だったのよ。でも、あたしは決心したの。二度としてはいけないって。あなたの傷はまだ痛むわ、毎日。でもあたしは、いずれは乗り越《こ》える。ひょっとすると、けっきょく乗り越《こ》えられないかもしれないけど。それで、これから進む道は仕事だと決心したの。死ぬまで働くのよ」

「エマ！」この二つの音にこめられる苦痛など、たかの知れたものだった。

「黙《だま》ってて！　あたしの言うことをさいごまで聞いて！　あたし、バーミンガム（イングランド中部にある英国第二の工業都市。この当時、メージがあった索漠とした街のイ）のグラマースクールの歴史の主任の口に応募《おうぼ》したのよ。最近になって募集《ぼしゅう》があって、『教育版タイムズ』に出たの。あたしは最終選考に残っていて、最終候補は三人しかいないの。バーミンガムは人気がないし、グラマースクールとしてはすこし程度が低いから。あたしはたぶんその仕事をもらえるって言われた――校長は、あたしとフレッドの婚約《こんやく》が壊《こわ》れたので、すぐにでも手放してくれるわ。とても同情してくれてね。あたしは、二度とこの町へはもどってこないでしょう。母も私《わたし》のところへ来て一緒《いっしょ》に暮らすことになるでしょう」

「エマ！」

けれども彼女《かのじょ》は、沖縄《おきなわ》でアメリカの艦隊《かんたい》を攻撃《こうげき》した神風パイロットのように、突進《とっしん》をやめなかった。

「あたしは、そのうち校長職をめざすわ。あたしなら、なれると思うの。校長職につけるのは、ぜひ校長になりたいと思っている人たち、何度でもくり返し志願する人たちなの。あたしは、さいごには校長になる――けっこう適任だと思うわ。とにかく、やるだけやってみる」

「エマ！」もう、ほとんど悲鳴に近い声になっていた。「エマ、ぼくたちのことは！　ぼくたちのあいだを、壊《こわ》したりはさせないぞ。そんなにかんたんに、くだらない仕事なんかのために。でも、そうだ……」ぼくの頭に、とつぜんいい考えが浮《う》かんだ。「ぼくがリーズ大学に入ったら……リーズは、バーミンガムからそんなに遠くない。列車なら二時間だ……週末はまるまる一緒《いっしょ》に過ごせるんじゃ……」

彼女《かのじょ》は声を殺して言った。「バカなことを言わないで。もう終わったのよ。あたしはただ、あなたにはいちばんに知らせなくちゃと思っただけなの。仕事のことを……あたしの人生のことをね」

だが、彼女《かのじょ》は気力を失いかけていた。くずおれそうだった。ぼくが近づいてゆくと、うなだれ、その両《りょう》肩《かた》は震《ふる》えはじめた。ぼくには、彼女《かのじょ》がまだぼくの掌中《しょうちゅう》にあることがわかった……

と、彼女《かのじょ》がふりむいてぼくを見た。ひどく苦しげな顔は、彼女《かのじょ》とは思えないほどだった。まるで、地獄《じごく》をさまよう霊《れい》のように見えた。

ぼくが、自分はけっきょくヒースクリフにはなれないとさとったのは、そのときだった。あんな苦悩《くのう》は、とうていぼくの器量《きりょう》のおよぶものではなかったのだ。エマのそんな顔を見ていると、怖《こわ》くなってきた。とつぜん、自分には彼女《かのじょ》を破滅《はめつ》させる力があることがわかり、そしてとつぜん、そんなことはいやだ、まっぴらだと思った。そんなのは荷が重すぎる。ぼくは……ひるんだ。

「わかったよ、エマ」とぼくは言った。「バーミンガムへ行けばいい、とめないよ。でも、手紙はくれるね？　どうしているかは知らせて。心配でたまらないだろうから」

「いいえ」と、彼女《かのじょ》は言った。「クリスマスカードも出さないわ」しかし、彼女《かのじょ》の顔はもう苦悩《くのう》に歪《ゆが》んではいなかった。ただ青ざめて、沈《しず》んでいるだけだった。

そのとき、階段をのぼってくる母親の足音がした。

「エマ、準備はできた？　そろそろ出かけなくちゃ」

「五分だけ待って、お母さん」返事をしたエマの声は、もうすっかり落ち着いていた。冷静で、てきぱきしていた。

そうなってもまだ、ぼくはあきらめきれなかった。

しかし、彼女《かのじょ》は落ち着いた態度で手を差し出しただけだった。

「さよなら、ロビー。幸せにね。あなたの噂《うわさ》はきっとつたわってくるわ。あなただって、あたしの噂を聞くでしょうしね」

ものすごく疲《つか》れているような声だった。お母さんとどこへ行くのだろう、とぼくは思った。面倒《めんどう》なところでなければいいが、と。

ぼくは彼女《かのじょ》の手をとって、「お元気で」と言った。というより言おうとしたのだが、子どものときに経験して以来の大きな塊《かたまり》が喉《のど》にこみあげてしまった。ぼくはそれきりどうすることもできず、これをさいごに、階下へよろよろと下りていった。彼女《かのじょ》の母親が現れなかったのは、嬉《うれ》しかった。

彼女《かのじょ》の顔は、それきり見ることがなかった。ついにまた、彼女《かのじょ》がこの町へもどってきたときまで。

一九七〇年、大きな総合高校の校長に任命された彼女《かのじょ》の写真を、ぼくは新聞で見たのだ。

そのときようやく、ぼくは事が終わったのを知った。

訳者あとがき

これは、ちょっとつらく悲しい物語です。しかし、そのつらさと悲しさは、自分でもどうすることもできないまま、果《は》てしなく体の奥底から湧《わ》き起こってくる煩悶《はんもん》、それと矛盾《むじゅん》するようですが、その反面にある歓喜《かんき》と一体になっています。

これは第二次大戦中から戦後にまたがる時期の、英国の一少年の成長の物語ですが、ロビーと呼ばれるその少年の、高校時代のさまざまな経験には、若くて優秀《ゆうしゅう》な一女性教師が深いかかわりを持ちます。

ロビーは、陰湿《いんしつ》とも言える英国の有名な階級《かいきゅう》制度ではいちばん下の階級である、労働者階級の家の一人息子です。しかし、彼は学科にも体育にも秀《ひい》でています。つまり頭もよければ運動もでき、そして性的にもやや早熟《そうじゅく》と言えそうな少年です。

そんな彼が高校で、大部分は性的魅力《みりょく》などかけらもない女の先生たちの中に、エマ・ハリスという魅力的な女性教師を見つけて惹《ひ》かれ、思いがけないなりゆきから彼女に激《はげ》しく恋するようになる。しかも彼の母親の年齢《ねんれい》に近いと言ってもよいその女性教師エマ・ハリスのほうも、この秀才でスポーツマンの好青年に惹《ひ》かれてしまうのです。

むろん、そんなことが世間に知られたら、二人は破滅《はめつ》です。彼らは必死に努力してその危険を避《さ》ける工夫をしながら、ますます希望のない愛の深みにはまりこんでゆく。

その先のことは、ここで明かすわけにはいきません。

ただ、二人が破滅《はめつ》せずにすんだのは、ほぼ全面的に、エマの側の勇気のある賢明《けんめい》な決断《けつだん》のおかげであることは、言っておいてもいいでしょう。生徒のロビーは、はじめて経験する女性への盲目的《もうもくてき》な愛に、完全に溺《おぼ》れて分別を失ってしまうので、エマのほうも、その決断に達するまでには命にかかわりそうな苦しみを味わうことになるのですが。しかし、少年ロビーは、はじめての身を灼《や》くような経験をつうじて心身ともに鍛《きた》えられ、大きく成長してゆく、これはそういう物語です。

しかし、この物語の背後には、私たち日本人にはわかりにくい英国特有の社会制度や、心理的特徴《とくちょう》があり、さらに、全体のもっと大きくて重要な時代的背景《はいけい》もあるので、そういう点について最低限の解説をしておきます。

まず、わかりにくい英国の教育制度から。そのわかりにくさは、主として日本と違い、小学校、中学・高等学校、大学に入学する年齢《ねんれい》が厳密《げんみつ》に決まっていないからだと言えそうですが、さらに話を複雑《ふくざつ》にするのは、公立のグラマースクール（中学・高校に相当する）——この制度はその後また変わっていますが、ここでは、この小説の時代の話にかぎっておきます——とともに、私立のグラマースクール、さらに、英国の教育制度の最大の特徴《とくちょう》となっていて、多くは歴史の長いパブリックスクールという私立学校があって、英国を支えてきた中産階級を育てたと言われることです。

英国の子どもたちの教育コースは大きく分けると、この公立組と費用のかかる私立組になります。子どもたちは十一歳《さい》になると受ける「イレブン・プラス」という試験で、グラマースクールかパブリックスクールから大学へ進学する人生か、専門学校的なコースの人生にふりわけられました。この制度は、あまりにも早く子どもたちの可能性を規定してしまうというので、現在では改善《かいぜん》されていますが。ひと言注意をしておくと、パブリックスクールというのは「公立学校」ではなく、きわめて特権的《とっけんてき》で費用もかかる「私立学校」だということです。この小説でも、生徒たちはそちらのコースに進んだ少年たちにコンプレックスを持っていることがうかがえます。また、科目別選択《せんたく》試験であるOレベル、上級試験で大学進学のふりわけに使うAレベル、さらに専門級のSレベルという全国一斉《いっせい》のテストがあって、Oは**ordinary**（普通）、Aは**advanced**（上級）、Sは**scholarship**（学問）を意味し、Aレベル試験の成績は志願者《しがんしゃ》が願書を出した全国各地の大学へのふりわけに使われてきましたが、この制度も一九八八年以後改正されたようです。グラマースクールの第六学年というのもわかりにくい制度ですが、これは最高学年で、普通は二年間なのです。ですから下級の六年生、上級の六年生という言葉も出てくることになります。

　そこで、最後に、この小説の非常に重要な背景《はいけい》について。読み終わった方はおわかりでしょうが、戦争の悲劇《ひげき》ということです。言うまでもなく、主役の一人エマ・ハリス先生が第二次大戦で、航空兵《こうくうへい》だった婚約者《こんやくしゃ》を失ったということです。彼女はその悲しみと心の空白にたえられず、はるかに年下のロビーを愛さずにいられなくなってしまう。もし戦争がなく、婚約者が戦死しなかったら、こんな切ないドラマは生まれなかったでしょう。彼女は苦しみます。しかし彼女もまた、初心《うぶ》なロビーとおなじように、彼女なりの苦しみを乗り越《こ》えなくてはなりません。最後に彼女は言います。「愛はあたしにはむずかしすぎる」と。

著者ロバート・ウェストールはイングランドの最北にあってスコットランドに接するノーサンバーランド州に、一九二九年に生まれ、九三年に亡くなった、主として児童文学作品で知られる作家です。ダラム大学と、有名なスレイド美術学校に学んだのち、中・高校で美術を教えるかたわら、一人息子のために物語を書いたのがきっかけで、四十作ほどの作品を書き、数々の文学賞を受賞しました。日本でもすでに何点も翻訳《ほんやく》が出ています。

彼の情熱《じょうねつ》の根本にはあきらかに、形式的・表面的な道徳《どうとく》とか、愚《おろ》かしい戦争にたいする熾《し》烈《れつ》な怒りがひそんでいます。本書が一読、忘《わす》れがたいものになるのも、そういうウェストールの真摯《しんし》な情熱がつたわってくるからでしょう。

本書の翻訳《ほんやく》にあたっては、徳間書店児童書編集部編集長上村令さんに、ひとかたならぬお世話になりました。またラグビー関係の知識については、秋山洋也氏のご協力をいただくことができました。厚くお礼を申し上げます。

二〇〇五年七月三日　　小野寺　健

【訳者】
小野寺健（おのでらたけし）
1931年－2018年。東京大学文学部英文学科卒、同大学院修士課程修了。横浜市立大学名誉教授。著書に『イギリス的人生』（晶文社）、『英国的経験』（筑摩書房）、『E.M. フォースターの姿勢』（みすず書房）など。訳書にマーガレット・ドラブル『碾臼』『黄金のイェルサレム』（河出書房新社）、D.H. ロレンス『息子と恋人』（筑摩書房）、パール・バック『大地』（集英社、岩波文庫）、ジョージ・オーウェル『オーウェル評論集』（岩波文庫）、E.M. フォースター『インドへの道』（みすず書房）、アニータ・ブルックナー『秋のホテル』『英国の友人』（晶文社）など多数。

【青春のオフサイド】
FALLING INTO GLORY
ロバート・ウェストール作
小野寺健訳 translation © 2005 Takeshi Onodera
376p、19cm NDC933
青春のオフサイド
2005年 8 月31日　初版発行
2019年 7 月 1 日　2 刷発行
訳者：小野寺健
装丁：鳥井和昌
フォーマット：前田浩志・横濱順美
発行人：平野健一
発行所：株式会社 徳間書店
〒141-8202 東京都品川区上大崎3-1-1 目黒セントラルスクエア
TEL（049）293-5521（販売）（03）5403-4347（児童書編集） 振替00140-0-44392
印刷：日経印刷株式会社
製本：大日本印刷株式会社
Published by TOKUMA SHOTEN PUBLISHING CO., LTD., Tokyo, Japan. Printed in Japan.

ISBN978-4-19-862049-3
徳間書店の子どもの本のホームページ　http://www.tokuma.jp/kodomonohon/

弟の戦争
原田 勝訳

人の気持ちを読みとる不思議な力を持ち、弱いものを見ると
助けずにはいられない、そんな心の優しい弟が、突然、「自分は
イラク軍の少年兵だ」と言い出した。湾岸戦争が始まった夏のことだった…。
人と人の心の絆の不思議さが胸に迫る話題作。

かかし カーネギー賞受賞
金原瑞人訳

継父の家で夏を過ごすことになった13歳のサイモンは、死んだパパを
忘れられず、継父や母への憎悪をつのらせるうちに、かつて忌まわしい
事件があった水車小屋に巣食う「邪悪なもの」を目覚めさせてしまい…?
少年の孤独な心理と、心の危機を生き抜く姿を描く、迫力ある物語。

禁じられた約束
野沢佳織訳

初めての恋に夢中になり、いつも太陽が輝いている気がした日々。
「わたしが迷子になったら、必ず見つけてね」と、彼女が頼んだとき、
もちろんぼくは、そうする、と約束した…でもそれは、決して、してはならない
約束だった…。せつなく、恐ろしく、忘れがたい初恋の物語。

青春のオフサイド
小野寺 健訳

ぼくは17歳の高校生、エマはぼくの先生だった。ぼくは勉強やラグビーに忙しく、
ガールフレンドもでき、エマはエマで、ほかの先生と交際しているという噂だった。
それなのに、ぼくたちは恋に落ちた。ほかに何も、目に入らなくなった…。
深く心をゆさぶられる、青春小説の決定版。

クリスマスの幽霊
坂崎麻子・光野多恵子訳

父さんが働く工場には、事故が起きる前に幽霊が現れる、といううわさがあった。
クリスマス・イヴに、父さんに弁当を届けに行ったぼくは、
不思議なものを見たが…? クリスマスに起きた小さな「奇跡」の物語。
作者ウェストールの、少年時代の回想記を併録。